Nancy Rue

D1985095

Am Ende der Unendlichkeit

Ein Roman über die Wette des Blaise Pascal

Francke

Über die Autorin:
Nancy Rue arbeitete zunächst als Lehrerin, bevor sie ihren Beruf aufgab und sich voll und ganz dem Schreiben widmete. Mittlerweile hat sie mehr als 120 Bücher geschrieben und ist zudem als Rednerin unterwegs. Mit ihrem Mann Jim lebt sie in Tennessee in der Nähe ihrer Tochter und Familie.
www.nancyrue.com
Nancy Rue

MIX
Papier aus verantwortungsvollen Quellen
FSC® C014138

Bibliografische Information der Deutschen Nationalbibliothek
Die Deutsche Nationalbibliothek verzeichnet diese Publikation in der Deutschen Nationalbibliografie; detaillierte bibliografische Daten sind im Internet über http://dnb.dnb.de abrufbar.

überarbeitete Neuauflage 2023
ISBN 978-3-96362-317-2

This book was first published in the United States with the title
Pascal's Wager

35037 Marburg an der Lahn
Deutsch von Andrea Wegener
Umschlagbilder: © iStockphoto.com / 4x6; yhelfman
Umschlaggestaltung: Francke-Buch GmbH / Marion Schramm
Satz: Francke-Buch GmbH
Printed in Czech Republic

www.francke-buch.de

Die Wette des Pascal

Entweder existiert Gott oder er existiert nicht.
Diese zwei Möglichkeiten gibt es. Doch für welche Möglichkeit sollen wir uns entscheiden? Allein mit der Vernunft können wir nichts entscheiden. Uns trennt die Unendlichkeit.
Am Ende der Unendlichkeit wird eine Münze geworfen, die – wenn sie gefallen ist – entweder Kopf oder Zahl zeigen wird. Worauf setzt du? Die Vernunft kann weder vorhersagen, wie du dich entscheiden wirst, noch kann sie deine Entscheidung begründen. Lass uns die Konsequenzen deiner Wahl abwägen: Angenommen, Kopf bedeutet, dass Gott existiert, und du setzt darauf. Wenn du gewinnst, gewinnst du alles; doch wenn du verlierst und die Münze mit der Zahl aufkommt, verlierst du nichts.
Deshalb zögere nicht – wette darauf, dass Gott existiert.

Blaise Pascal (1623–1662)

KAPITEL 1

Ich kam wieder einmal viel zu spät zum Auditorium Maximum der Universität. Es war meine Form eines leisen Protests – am liebsten wäre ich gar nicht erst hingegangen. Ich gab es nicht gerne zu, aber auch mit dreißig Jahren fand ich es unglaublich schwierig, mich meiner Mutter gegenüber durchzusetzen. Andererseits stand ich damit nicht allein da. Von Dr. Elizabeth McGavock, der bedeutenden Hämatologin und begnadeten Verwaltungschefin im dezent-eleganten Designeranzug, ließen sich noch ganz andere Kaliber einschüchtern.

Diese Beschreibung meiner Mutter ist übrigens keine Übertreibung. Schade eigentlich.

Als ich an diesem Oktoberabend über den Campus hetzte, dessen altehrwürdige Gebäude förmlich Wissenschaft zu atmen schienen, lag eine feuchte Kühle in der Luft. Ich konzentrierte mich auf mein altes Mantra: *Lass dich von ihr bloß nicht fertigmachen, Jill. Schließlich ist sie schon fünfundfünfzig – und du erst dreißig. Du hast ja überhaupt noch keine Zeit gehabt, es so weit zu bringen wie sie. Das kann sie dir schließlich nicht zum Vorwurf machen. Sie kann dir überhaupt gar nichts zum Vorwurf machen.*

Aber ich merkte trotzdem, wie sich mein Gesicht zu einem hässlichen Grinsen verkrampfte. Ich wählte die Abkürzung über die Wiese und nahm die letzten Stufen zum Audimax in einem leichten Galopp. Wem wollte ich hier eigentlich etwas vormachen? Ein einziger kritischer Blick, eine einzige abfällige Bemerkung vonseiten meiner Mutter – und mein Tag war gelaufen, so oder so.

Als ich zum Eingang weiterlief, kam ich mir vor wie eine Sechstklässlerin, die zu spät zur Schule kommt. Im Gegensatz zu den meisten Gebäuden auf dem Universitätsgelände ist das Audimax keines der üblichen alten, efeuumrankten Bauten, sondern ein moderner, weitläufiger Bau, der irgendwie an eine Ranch erinnert. Und wer weiß, vielleicht war das ja sogar Absicht, um dem Ganzen einen Hauch von Gemütlichkeit zu verleihen. Meine Mutter schien sich dort nach fünfundzwanzig Jahren jedenfalls wie zu Hause zu fühlen; heute Abend allerdings war sie als Ehrengast geladen.

Die Eingangstür öffnete sich und ein Student kam mir entgegen. Er trug das Jackett, das der Cateringservice der Universität den Aushilfen für solche Anlässe zur Verfügung stellte, und leierte seinen *Guten-Abend-sind-Sie-hier-für-das-Jubiläumsbankett*-Gruß herunter, als würde er ihn ablesen.

Ich bin nicht wegen des Essens hier, Kleiner, war ich versucht zu sagen. Aber ich nickte nur und er deutete hinüber zum großen Saal. Mom hatte es also offensichtlich weit gebracht, wenn man den edelsten Speisesaal reservierte, um ihr Jubiläum zu feiern. Na ja, wirklich überraschend war das nicht.

Ich schenkte dem Kleinen ein verkrampftes Lächeln und machte mich zunächst einmal schnurstracks auf in Richtung Damentoiletten.

Zum Glück war niemand da, aber auch wenn alle Kabinen belegt gewesen wären, hätte mich das nicht davon abgehalten, mich ausgiebig im Spiegel zu betrachten. Dank einiger guter Gene väterlicherseits verfügte ich über eine einigermaßen reine Haut, dunkle Augen und dunkles Haar. Meine Mutter hielt mir seit der Pubertät Vorlesungen darüber, dass ich unbedingt Make-up auflegen und ein bisschen eleganter aussehen sollte. Aber ich hatte nie auf sie gehört. Sie hatte auch bei mehr als einer Gelegenheit gemeint, mich darauf hinweisen zu müssen, dass ich mit hochgesteckten Haaren viel professioneller aussah. Also griff ich nach der Spange, die mein Haar zusammenhielt, und ließ es mir in dunklen Wolken auf die Schultern fallen.

Ich konnte fast schon ihre bissige Bemerkung hören: »Wenn du schon unbedingt wie ein zotteliger Steppenwolf herumrennen willst, dann hör doch wenigstens auf, dir ständig durchs Haar zu streichen. Als Nächstes fängst du wahrscheinlich noch an, an den Nägeln zu kauen oder in der Nase zu bohren.«

Ich ließ meine Nägel und meine Nase in Ruhe, aber auch jetzt konnte ich der Versuchung nicht widerstehen, mir mehrmals kräftig mit den Fingern durchs Haar zu fahren, sodass es herrlich verwuschelt aussah und allen, die es wissen wollten, deutlich vermittelte, dass ich aufwendige Frisuren für blanke Zeitverschwendung hielt. Dann warf ich mir meine Tasche über die Schulter, raufte mir zum Abschied noch einmal die Haare und machte mich auf den Weg zum großen Speisesaal. Meine schwarze Jacke im Oversized-Look wehte einen halben Schritt hinter mir her und ich sah so ungepflegt aus, dass meine schockierte Mutter wahrscheinlich mit einer Dose Haarspray vom Podium steigen würde.

Einige Gabeln klapperten schon, als ich den Raum betrat. Max, der gute alte Teddybär, stand an einem Tisch ganz vorne und winkte mir in seiner gewohnten überschäumenden Lebhaftigkeit zu. Sein dunkler Haarschopf, an dem er schon von Weitem zu erkennen war, geriet dabei gleich mit in Bewegung. Alle Anwesenden im Umkreis von zwei Tischen vergaßen ihr gedünstetes Hühnchen und ihren kalten Brokkoli, rissen die Köpfe hoch und starrten zu mir herüber. Es ist immer ein bisschen schwierig festzustellen, ob Max gerade Beethovens Fünfte dirigiert oder einfach jemanden begrüßt.

Er war im Gluckenmodus und flatterte aufgeregt um mich herum. »Ich war schon ganz krank vor Sorge«, sagte er und gestikulierte wild in Richtung seines vollen Tellers. »Schau dir das bloß an. Ich hab kaum einen Bissen heruntergekriegt.«

»Bloß weil's keine Lammfiletspitzchen gibt«, konterte ich und gestattete ihm den obligatorischen Kuss auf beide Wangen, gegen den ich mich nie wehrte, weil Widerstand ohnehin zwecklos war. Max hat mich noch nie gefragt, ob ich eigentlich wie eine Statue aus dem fünften Jahrhundert bewundert und umschwärmt werden will – er tut es einfach.

»Setz dich, setz dich doch«, nötigte er mich. »Ich hab denen gesagt, dass sie deinen Teller abdecken sollen. Aber wahrscheinlich ist jetzt trotzdem alles kalt. Soll ich dir noch was bestellen?«

»Ist schon in Ordnung«, erwiderte ich. »Ich glaube nicht, dass es warm so viel besser schmeckt.«

»Ich kämpfe schon lange nicht mehr für besseres Essen bei Universitätsveranstaltungen«, seufzte Max und seine Worte sprudelten wie üblich in einer bemerkenswerten Geschwindigkeit aus ihm heraus. »Ich hab's denen schon so oft gesagt – ich hab wirklich alles versucht. Eine Universität von unserem Renommee – und all die Gäste, die wir hier haben ... Jill, Schätzchen, iss doch was, iss doch! Es geht doch nicht an, dass du noch an deinem Nachtisch löffelst, wenn deine Mutter ihre Rede hält. Kennst du eigentlich die anderen hier? Ach du liebe Zeit, ich bin ja wirklich als Gastgeber zu nichts zu gebrauchen ... Das hier ist Jill McGavock, die Tochter von Liz.«

Die Vorstellung hätte er sich wahrscheinlich genauso gut sparen können. An den Mienen der Tischgenossen, die etwas müde zu mir herüberblickten, konnte ich ablesen, dass Max den ganzen Abend noch kein anderes Thema gehabt hatte als mich und wo ich denn wohl stecken mochte. Und sie waren ganz offensichtlich erleichtert, dass ich nun endlich aufgetaucht war und sie mit Max über interessantere Dinge reden konnten. Natürlich ist Max furchtbar nett – aber manchmal kann er wirklich ein bisschen anstrengend sein.

»Das ist Dr. Wang von der Pathologie«, erläuterte mir Max, »und Stephanie, seine Frau.«

»Oh ja, natürlich, wir kennen uns schon«, wandte ich mich an das mausgraue Wesen mit der wilden Dauerwelle. »Guten Abend, Stephanie.«

»Ellen Van Dyke«, fuhr Max fort und gestikulierte wild. »Ist gerade in der Krankenhausdirektion eingestiegen. Faszinierend, sag ich dir. Sie erzählt dir sicher von China. Sie war nämlich gerade da und kennt sich wirklich aus.« Er hob die Hand, um den aufkommenden Protest abzuwehren: »Oh doch, Ellen, das stimmt schon. Seien Sie nicht so bescheiden.«

»Freu mich schon drauf«, murmelte ich.

»Und das ist ... meine Güte, bin ich schon so alt? Wie war Ihr Name noch mal? Du liebe Zeit, Sie müssen das wirklich entschuldigen!«

Der Mann, dessen Arm Max inzwischen wrang wie einen Putzlappen, grinste fröhlich. »Ich bin Sam Bakalis«, stellte er sich vor. »Ich hab mich einfach an Ellen drangehängt. Wegen des kostenlosen Essens und so.« Er grinste und deutete auf meinen Teller. »Kann ich von Ihnen auch noch was abhaben?«, fragte er. »Nein, um ganz ehrlich zu sein, bin ich wegen der angenehmen Gesellschaft hergekommen.«

»Ach, spar dir das doch, Sam«, zog Ellen ihn auf. »Du kennst alle meine China-Geschichten sowieso schon. Die anderen an diesem Tisch übrigens auch; Sie haben Glück, Jill, dass Sie heute Abend verschont bleiben.«

»Aber schauen Sie trotzdem mal in Ellens Büro vorbei und lassen Sie sich ihre Bilder zeigen«, beschwor mich Sam.

»Arbeiten Sie auch in der Uniklinik?«, wollte Max wissen.

»Nein, ich bin an der philosophischen Fakultät«, erklärte Sam.

Ach ja – und was machst du da?, fragte ich mich. *Akten sortieren?*

Aber so einfach war es sicher nicht. Verwaltungschefinnen der Klinik in Stanford daten keine Büroangestellten. Aber dieser Sam sah irgendwie gar nicht aus wie der typische Wissenschaftler. Nicht dass man den typischen Wissenschaftler genau beschreiben könnte; wenn man morgens in einem Pulk von Radfahrern über den Campus radelt, sieht man Universitätsangehörige jeden Stils, auch unter den Dozenten. Nur wenige legen es allerdings ernsthaft darauf an, wie ihre Studenten auszusehen; Sam dagegen hatte offensichtlich genau das getan. Er hatte dunkles lockiges Haar, das fast schon ein bisschen struppig aussah; es lugte hinter seinen Ohren hervor, als wäre er mit dem Geld, das ihm seine Mom für den Friseur geschickt hatte, abends in der nächstbesten Kneipe hängen geblieben. Er hatte buschige Augenbrauen, an die sich offensichtlich auch noch kein Friseur herangewagt hatte.

Und er lächelte – nein, grinste – mehr als die meisten Menschen, die eine wissenschaftliche Karriere eingeschlagen haben. Von alldem einmal abgesehen, sahen sein Jackett und sein Hemd so aus, als hätte er sie gerade aus den Tiefen eines riesigen Kleiderstapels gezogen.

Meine Güte, du solltest unbedingt an deinem Aussehen arbeiten, bevor du dich auf die Suche nach einem Date machst, dachte ich. *Bei Ellen würde ich es an deiner Stelle gar nicht erst versuchen. Die ist eher so ein Typ wie meine Mutter. Frauen in Designerschuhen daten normalerweise keinen Mann, der aussieht wie ein ungemachtes Bett.*

An dieser Stelle schaute ich von meinem Teller auf und bemerkte, dass das ungemachte Bett mich anstarrte.

»Max sagt, Sie schreiben gerade an Ihrer Doktorarbeit«, sprach er mich an.

»Stimmt«, bestätigte ich. »Bin jetzt im fünften Jahr.« *Ich steh übrigens auch nicht auf ungemachte Betten.*

»Mathe, nicht wahr?«, hakte Dr. Wang nach.

Ich nickte, schob meinen Teller beiseite und nahm mir den Salat vor. Vielleicht war er ja eher genießbar als der Reis mit den undefinierbaren Fleischstückchen.

»Mathe – da haben Sie sich ja ganz schön was aufgehalst«, sagte Ellen mitleidig. »Ihre Mutter muss unglaublich stolz auf Sie sein.«

»Stolz ist gar kein Ausdruck«, meldete sich Max zu Wort. »Sie plustert sich auf wie ein Pfau, wenn die Rede auf Jill kommt.«

Das stimmte nun wirklich nicht. Aber Max hatte es noch nie geschafft, der Wahrheit ins Gesicht zu sehen. In Bezug auf meine Mutter hatte er längst jede Objektivität verloren. Schon vor Jahren war mir aufgefallen, dass die Liz McGavock, für die er sich begeisterte, eine völlig andere Person war als die Liz McGavock, mit der wir anderen alle leben mussten.

»Aha, im fünften Jahr«, nahm Sam den Faden wieder auf. »Dann müssten Sie ja schon ziemlich weit sein.«

»Bin ich auch«, bestätigte ich. »Ich kann meine Hypothese schon fast beweisen.«

»Das ist gut«, freute sich Dr. Wang. »Muss man nicht sowieso in fünf Jahren fertig sein?«

»Man kann sich theoretisch schon mehr Zeit nehmen«, erklärte ich, »aber das finanzieren sie einem dann nicht mehr. Und – na ja, sie beginnen sich dann schon zu fragen, ob man das mit der Dissertation wirklich durchzieht.«

»Und Ihre Hypothese ist was genau?«

Ich sah zu Sam hinüber, der mich durch seine randlose Brille betrachtete. Als ich ihn unter der Kategorie »kleiner Büroangestellter« einsortiert hatte, war mir gar nicht aufgefallen, welche Tiefe seine Augen hatten. Sie waren braun und auf den ersten Blick nicht besonders auffällig, aber sie schienen so direkt auf alles zu blicken, als wäre hinter ihnen irgendetwas, was dauernd die Feineinstellung regulierte.

»Wollen Sie wirklich wissen, worum es in meiner Doktorarbeit geht«, fragte ich, »oder versuchen Sie nur höflich zu sein?«

»*Höflich* ist nicht gerade das erste Wort, das mir in den Sinn kommt, wenn ich Sam beschreibe«, bemerkte Ellen trocken.

»Und außerdem fällt Differenzialrechnung für gewöhnlich nicht unter Small Talk«, erinnerte uns Dr. Wang.

»Dann bleibt mir wohl nichts anderes übrig, als zu sagen, dass mich das wirklich interessiert.« Sam grinste immer noch unbekümmert.

»Wenn sie doch bloß ein bisschen mehr Basilikum in diese Soße getan hätten, wäre sie richtig gut«, versuchte Max das Tischgespräch auf unverfänglichere Themen zu lenken.

»War ja mal einen Versuch wert, was, Dr. Ironto?«, sagte Sam zu Max. »Aber krieg ich trotzdem eine Antwort auf meine Frage, bevor wir wieder über das Essen reden?«

Max sah aus wie ein Gastgeber, dessen elegante Dinnerparty gerade von einer Gruppe Biker gesprengt wird. Er kannte mich schon viel zu lange.

»Was haben Sie denn bisher so über algebraische Topologie gehört?«, begann ich.

»Wusste gar nicht, dass es so was gibt«, gab Sam vergnügt zu.

»Oha, dann muss ich mit Ihnen noch einen Schnellkurs machen. Sind Sie sicher, dass Sie sich das wirklich anhören wollen?«

»Klar.« Sam grinste wieder. »Ich bin bestimmt ein Experte der algebraischen Topologie, bevor der Nachtisch gebracht wird.«

Ich legte meine Gabel an den Rand meines Tellers und sah Sam direkt in die Augen. »Ich arbeite besonders auf dem Gebiet der K-Theorie; da geht es um Vektorenbündel. Man kann jedem beliebigen Körper einen Vektorraum zuweisen, sodass sich für jeden Punkt des Körpers ein Vektorbündel ergibt. In der K-Theorie befassen wir uns mit diesen Vektorbündeln.«

Sams Mundwinkel zuckten. »Ach ja, jetzt ist mir natürlich alles klar. Wie geht's euch anderen damit?« Er betrachtete seine Tischnachbarn der Reihe nach und grinste wieder.

»Meinetwegen können wir da weitermachen«, antwortete Ellen.

»Na gut, aber eigentlich will ich ja etwas ganz anderes wissen«, sagte Sam und lehnte sich weit über seinen Brokkoli. »Warum das Ganze? Warum wollen Sie sich überhaupt mit *Körpern* im *Raum* abgeben?«

»Weil ich es *kann*«, sagte ich.

»Sie hat ein Problem mit ihrem Selbstwert«, bemerkte Max, ohne mit der Wimper zu zucken. »Wir haben alle möglichen Therapien versucht, aber sie kommt an dieser Stelle einfach nicht weiter.«

»Das gilt nicht«, lachte ich. »Also gut. Ich mache das, weil es wunderschön ist.«

»Mathematik ist wunderschön?«, sagte Stephanie Wang ungläubig.

Ellen schüttelte den Kopf. »Nein, Jill. Ein Sonnenuntergang am Meer ist wunderschön. Eine Schwarzwälder Kirschtorte ist wunderschön. Aber Geometrie ist nicht schön. Was sagten Sie noch gerade über das Basilikum, Max?«

»Nein, wirklich, tut mir doch alle den Gefallen«, sagte Sam. »Ich möchte das wirklich wissen. Ich finde das spannend.«

Er hatte seine Augen immer noch nicht von mir abgewandt.

Ich beschloss meinerseits, ihn diesen kleinen Kampf, wer zuerst wegschauen würde, nicht gewinnen zu lassen, Geschirrgeklapper und Geplänkel um uns herum hin oder her. Kein Mann soll mich in diesem Punkt je schlagen.

»Also, Sie machen das nur wegen der Schönheit«, nahm Sam den Faden wieder auf.

Ich lehnte mich ebenfalls vor. »Das ist ein bisschen arg vereinfacht«, protestierte ich.

»Dann erklären Sie's mir genauer. Ich bin schließlich ein blutiger Anfänger auf dem Gebiet.«

»Na ja, es geht mir schon um Regelmäßigkeit und – ja, wirklich – Schönheit. Das, woran ich arbeite, wird helfen, Mathematik insgesamt besser zu verstehen.«

»Also versuchen Sie die Mathematik zu verstehen, damit Sie ... die Mathematik besser verstehen.«

»Das ist jetzt auch wieder stark vereinfacht. Aber wenn Sie auf einen Praxisbezug so versessen sind ... die K-Theorie lässt sich auch in der Quantenphysik verwenden.« Ich zuckte mit den Achseln. »Aber besonders viel angewandte Mathematik werden Sie hier in Stanford sowieso nicht finden.«

»Ja, das wäre dann viel weniger imposant, nicht wahr?«, stimmte er mir zu. »Ich versuche in der philosophischen Fakultät auch immer mal wieder, einen Bezug zur Praxis herzustellen – und die würden mir am liebsten den Schierlingsbecher reichen.«

»Und was genau machen Sie da?«, wollte ich wissen. Bis jetzt hatte ich die Augen noch nicht von ihm abgewandt.

»Ich lehre.«

»Dann sind Sie dort als wissenschaftlicher Mitarbeiter?«

»Nein, als Privatdozent. Meinen vollen Professorentitel habe ich aber noch nicht, seien Sie also nicht allzu beeindruckt.«

Das hatte ich auch nicht vor. Aber überrascht war ich doch. Ich hatte mich von seinem leichten Dialekt und dem Aussehen täuschen lassen. Und dabei habe ich normalerweise eine gute Menschenkenntnis.

»Ah, hier kommt ein neuer Gesprächsstoff«, bemerkte Max

in diesem Moment erleichtert. So viel Begeisterung hatte die Schwarzwälder Kirschtorte, die gerade an unseren Tisch gebracht wurde, eigentlich gar nicht verdient.

Ich wusste, dass er unbedingt das Thema wechseln wollte, und gab zögernd nach. Wenn ich je Rücksicht auf jemanden nehme, dann meistens auf Max. Er erträgt Misstöne nur, wenn sie in einem Musikstück von Rachmaninoff vorkommen. Gerade beugte er seinen silberdurchzogenen Schopf zu jedem von uns herüber und teilte den Kuchen so sorgsam aus, als hätte er ihn selbst gebacken. Als er mir meinen Teller reichte, bettelten seine warmen braunen Augen mich geradezu an, meiner Mutter diesen besonderen Abend nicht zu verderben. Ich ließ mich bitten und begann, nach besagter Mutter Ausschau zu halten.

Sie saß natürlich am vordersten Tisch, gleich neben Dr. Grant, dem alle Laboratorien in Stanford unterstellt sind. Ihr Gesicht war von mir abgewandt und ich sah, wie sie mit ihm redete – oder, was wahrscheinlicher war, ihm ihre Ansichten über irgendetwas mitteilte. Wenn ich *irgendetwas* sage, meine ich das ganz wörtlich; sie hatte eine Meinung zu allem und jedem und schaffte es für gewöhnlich, diese Meinung so souverän vorzutragen, dass kaum jemand zu widersprechen wagte. Ich konnte sie nicht hören, aber ich war mir ziemlich sicher, dass ihre volltönende tiefe Stimme unüberhörbar an Dr. Grants Ohren drang, dass jedes ihrer Worte gut gewählt und klar artikuliert war und in sein Gehirn drang wie das Skalpell eines Chirurgen. Sie saß wie immer völlig ruhig da, während sie redete. Meine Mutter schien nie das Bedürfnis zu haben, ihre Worte durch Gesten zu unterstreichen, und sie tat nie etwas, was Anlass zu der Annahme gab, sie hätte sich nicht zu jeder Zeit vollständig im Griff.

Das ist jetzt bestimmt der Moment, an dem sich Dr. Grant fragt, ob diese Frau neben ihm eigentlich überhaupt zur Gattung Mensch zu rechnen ist, überlegte ich. *Denk bloß nicht, dass du der Erste bist, der sich diese Frage stellt, Kumpel. Ich frag mich das schon mein Leben lang. Die Frage ist doch vielmehr, ob ...*

Den Gedanken, was die Frage wirklich war, konnte ich gar

nicht mehr zu Ende denken. Er blieb einfach in meinem Hirn stecken, als meine Mutter den Kopf wandte, um den Mann im Smoking anzusprechen, der neben ihr saß. Ich konnte ihr Gesicht sehen und mir blieb der letzte Bissen Kuchen im Mund stecken.

Hab ich den Wirbelsturm verpasst, in den sie auf dem Weg hierher geraten ist?, fragte ich mich verwirrt.

Wenn man bedachte, wie meine Mutter sich normalerweise – immer, um genau zu sein – ausstaffierte, war ein Wirbelsturm eigentlich nicht einmal eine ausreichende Begründung für ihr Aussehen an diesem Tag. Ich hatte erwartet, dass ihre schwere, dunkle, von einigen grauen Strähnen durchzogene Mähne wie üblich in einer makellosen Kurzhaarfrisur zur Ruhe gekommen war, in der jedes Haar genau da lag, wo sie es haben wollte. Dass ihr attraktives, eckiges Gesicht perfekt geschminkt war und dass eine geschmackvoll unauffällige Goldkette auf irgendeiner Bluse aus reiner Seide auflag.

Was ich dagegen sah, war eine Frau, die so aussah, als hätte sie sich gerade im Vorbeigehen hastig irgendetwas ins Gesicht geschmiert und ein paar Klamotten übergeworfen, ohne überhaupt noch einmal in den Spiegel zu schauen.

Ein Friseurtermin war schon mindestens seit zwei Monaten überfällig. Der knallrote Lippenstift, der den Opernabenden mit Max vorbehalten war, sah aus, als hätte ein Kind seine neuen Wachsmalfarben ausprobiert. Und obwohl sie wirklich eine Seidenbluse trug, standen die Ecken ihres Kragens in einem so ungünstigen rechten Winkel zueinander, dass die zwei – nein, drei – Ketten gar nicht richtig zur Geltung kamen. Zwei silberne, eine goldene. Es schien kaum vorstellbar, aber im Vergleich zu ihr sah sogar ich aus wie von einer Topstylistin aufgebrezelt.

Max lehnte sich gerade in Ellens Richtung und hing an ihren Lippen, damit ihm nur keines ihrer Worte entging, aber ich stieß ihn trotzdem sanft in die Rippen.

»Warum sieht Mom eigentlich aus, als würde sie sich vor der Modepolizei verstecken?«, raunte ich ihm zu.

Max sah hinüber zum vordersten Tisch und sein *Ich-schaue-*

gerade-Liz-an-Blick zauberte ein sanftes Lächeln auf seine Lippen. »Ist sie nicht wunderschön? Deine Mutter ist einfach so wunderschön!«

»Nicht wenn sie es darauf anlegt, so herumzulaufen wie heute«, wandte ich ein. »Schau sie dir doch mal an, Max!«

Er schaute genauer hin und nickte dann zustimmend. »Du hast recht. Sie hätte die Diamantohrringe anziehen sollen. Ich hab ihr noch gesagt: ›Trag die Diamanten. Du darfst an diesem Abend funkeln und glitzern, dass es jeder sieht!‹«

Ich gab auf. Max trug wie üblich eine italienische Krawatte und ein Samtjackett und wie immer war sein Haar noch verwuschelter als meins. Wer selbst aussieht, als habe er gerade Tschaikowskis Ouvertüre 1812 dirigiert, kann in Modefragen vermutlich nicht wirklich mitreden.

Ich überlegte, ob ich Stephanie Wang ansprechen sollte. Sie sah zwar auch nicht gerade aus, als würde sie es je auf das Deckblatt einer Illustrierten schaffen, aber sie hatte im letzten halben Jahr vermutlich mehr Zeit mit meiner Mutter verbracht als ich.

Aber dafür kann ich schließlich nichts, erinnerte ich mich. *Was soll ich denn machen, wenn sie einfach nicht zurückruft, obwohl ich ihr ständig Nachrichten zukommen lasse?*

Was natürlich nur die halbe Wahrheit war. In Wirklichkeit war ich erleichtert gewesen, mir nicht ständig ihre Bemerkungen über die Art und Weise anzuhören, wie ich mein Leben lebte. Aber darum ging es gerade gar nicht. Es ging darum, dass Elizabeth McGavock im Moment nicht so aussah, wie es dem Anlass – ihrem Jubiläum immerhin! – angemessen gewesen wäre.

Ich sah hinüber zu Stephanie, aber offensichtlich waren sowohl sie als auch Dr. Wang vollauf damit beschäftigt, einem kleinen Schlagabtausch zwischen Ellen und Sam zu folgen. Stephanie sah aus, als sei sie von Sams Augenbrauen hypnotisiert worden.

»Also frag ich einmal andersherum«, erklärte Sam gerade. »Mir ist schon klar, dass ihr schon längst in der Lage seid, viele Krankheiten bei einem Baby zu diagnostizieren, bevor es überhaupt geboren ist. Aber meine Frage ist die, ob das heute schon allgemein üblich ist.«

»›Allgemein üblich‹ wäre ein bisschen zu viel gesagt«, erwiderte Ellen. »Aber wir *können* das machen, wenn es einen Grund zu der Annahme gibt, dass der Fetus ein erhöhtes Risiko hat zu erkranken. Du weißt schon, Erbkrankheiten in der Familie und so etwas.«

»Du hast das Wort *Fetus* benutzt«, bemerkte Sam. »Lässt das Rückschlüsse auf deine Einstellung zu vorgeburtlichem Leben zu?«

Stephanie Wang kicherte nervös. »Vielleicht kommen wir doch besser auf das Basilikum zurück, Max«, sagte sie.

Ich muss zugeben, dass ich das exzentrische Aussehen meiner Mutter glatt vergaß. Das hier war einfach zu spannend, als dass ich es hätte versäumen wollen.

»Und lässt die Tatsache, dass Sie Ellen auf ihren Gebrauch des Wortes *Fetus* ansprechen, vielleicht Rückschlüsse auf *Ihre* Einstellung zu?«, mischte ich mich ein.

Sam erwiderte meinen Blick geradeheraus. »Wo wir schon mal dabei sind – ja, das tut es. Und warum wollen Sie das wissen?«

»Wird das jetzt hier religiös?«, erkundigte ich mich. »Ich frage nur lieber gleich, denn wenn das hier auf einen religiösen Überfall hinausläuft, suche ich mir besser einen anderen Tisch.«

»Ich bin unbewaffnet.« Sam hob beide Hände in die Höhe. »Aber ich hätte doch gerne das Recht, meinen Standpunkt zu vertreten.«

»Dann lassen Sie sich warnen. Ich fürchte, an diesem Tisch wird es keine Vermischung von Wissenschaft und Religion geben.« Ich sah zu den Wangs hinüber. »Oder irre ich mich da?«

Stephanie sah aus, als wäre ihr eine Wurzelbehandlung lieber als eine Diskussion über Religion.

Dr. Wang hingegen arrangierte seine Hände sorgfältig auf dem Tisch und meinte: »Och, ich hätte nichts gegen eine lebhafte Diskussion.«

Max stöhnte auf: »Wie lebhaft darf's denn sein?«

»Gibt das jetzt einen verbalen Ringkampf?«, fragte Ellen mit gespielter Aufregung. »Soll ich die Teller vom Tisch räumen?«

Sam sah mich weiter ungerührt an. »Ich muss hier nicht mit unfairen Mitteln kämpfen, wenn Sie es auch nicht tun.«

Ich zwang mich, seinem Blick standzuhalten.

»Wie Sie wollen«, sagte ich. »Und was kommt jetzt?«

»Ich glaube, ich war gerade dabei, Ihnen zu widersprechen«, sagte Sam und schaute noch konzentrierter aus als vorher. Offenbar konnte er einem solchen Schlagaustausch genauso viel abgewinnen wie ich. Aber ich konnte mir nicht vorstellen, dass ihm auch so viel daran lag zu gewinnen wie mir. »Sie sagen, dass sich Wissenschaft und Religion gegenseitig ausschließen, wenn ich das richtig verstanden habe.«

»Genau, wenn man alles konsequent zu Ende denkt.«

»Sie sind schließlich Mathematikerin.«

»Und eine unglaublich begabte!«, warf Max an dieser Stelle ein.

»Dann ist Ihnen Pascal sicher ein Begriff. Blaise Pascal, der Vater der Geometrie?«

»Ich bin mit ihm nicht gerade verwandt, aber ja, natürlich ist mir Pascal ein Begriff.«

»Mein Gedächtnis ist ein bisschen eingerostet«, warf Ellen ein. »Kann mir mal jemand auf die Sprünge helfen?«

»Mathematiker aus dem siebzehnten Jahrhundert«, erklärte ich knapp. »Er hat sich mit dem Vakuum beschäftigt. Und er soll die erste Rechenmaschine erfunden haben.«

»Sie haben diese Computersprache nach ihm benannt, nicht wahr?«, fiel Dr. Wang ein. »Das war doch *der* Pascal oder täusche ich mich da?«

»Genau«, bestätigte Sam. Er schien gerade erst richtig in Fahrt zu kommen. »Physik, Mathe – er war ein Wissenschaftler, wie er im Buche steht. Stand total auf Rationalität. Für ihn gab's nichts anderes. Aber nach seiner Hinwendung zum Christentum ...«

»Von was hat er sich abgewandt?«, hakte ich nach.

»Von etwas, das man wahrscheinlich als oberflächliche Frömmigkeit bezeichnen würde«, erläuterte Sam. »Er machte einfach immer mit, was religiös so anstand, aber er war davon nicht wirklich überzeugt. Na ja, jedenfalls ging er danach erst recht dazu über, seine gesamte Energie in die Wissenschaft zu stecken. Die bedeutendsten Ergebnisse seiner Forschung lagen zu diesem Zeitpunkt übrigens noch vor ihm. Aber was ich sagen wollte, ist eigentlich Folgendes: Er wollte seine Kenntnis der menschlichen Natur erweitern – und dafür ist er im Endeffekt dann bekannt geworden.«

»Also hat er Psychologie studiert«, bemerkte ich unbeeindruckt. »Das gilt auch als Wissenschaft.«

»Hmm, darüber ließe sich auch eine Diskussion anzetteln«, lachte Dr. Wang.

»Und das hat er ja auch nicht gemacht«, sagte Sam. »Er hat sich mit dem Glauben beschäftigt.«

»Dem Glauben an was?«

»An Gott.«

Ich wandte meinen Blick gerade lang genug von seinen Augen ab, um meine eigenen entnervt rollen zu lassen. Seine Augenbrauen schossen in die Höhe.

»Sie glauben offensichtlich nicht an Gott«, stellte er fest.

»Hmm, wenn ich mir's genau überlege – nein, eigentlich nicht.« Ich merkte, dass sich eine gewisse Schärfe in meine Stimme eingeschlichen hatte, aber das lag nur daran, dass ich einfach etwas enttäuscht war. Ich hatte wirklich auf eine interessantere Diskussion spekuliert. »Sie werden mich nie überzeugen können, dass es irgendwo eine geistliche Macht gibt, die über allem steht.«

»Und warum nicht?«

»Weil es sich nicht beweisen lässt.«

»Sie glauben also nur Dinge, für die sich handfeste Beweise finden lassen?«

»Genau.« Ich zuckte abschätzig mit den Achseln. »Ich bin schließlich Mathematikerin.«

»Haben Sie in Ihrem Forschungsbereich nicht mit der Unendlichkeit zu tun?«

»Bäh, das erinnert mich an meine Zeit im College«, sagte Ellen. »Mathe gab's bei Dr. Rosenberg, immer dienstags und donnerstags um acht Uhr früh.« Sie schauderte. »Ich glaube, auf diesen Schreck brauche ich noch ein Stück Torte.«

Max, der erleichtert aussah, kam ihrem Wunsch nur zu gerne nach. Er winkte einem Mitarbeiter vom Cateringservice zu. Ich wandte mich wieder Sams durchdringenden Augen zu.

»Stimmt«, gab ich zu. »In der Mathematik gibt es unendlich viele Unendlichkeiten an Lehrsätzen, die nach einer Erklärung suchen. Und die Prinzipien, die sich aus ihnen ableiten lassen, sind außerdem unendlich in ihren Feinheiten und ihrer Vielfalt. Die, die eigentlich hinter allem stehen und die Grundlage bilden müssten, stehen auch wieder nicht allein da – sie sind von anderen abhängig, die wieder von anderen abhängig sind, und so weiter; insofern lässt sich eine Endlichkeit auch nie erreichen.« Ich musste bei dem Gedanken lächeln. »Was denken Sie denn, woher Mathe-Doktoranden ihre Themen nehmen? Die Unendlichkeit bietet genug Stoff ... Na ja, das war's jedenfalls zum Thema Unendlichkeit.«

»Ich hab Kopfschmerzen«, jammerte Max. »Mehr Wein, bitte!«

»Unendlichkeit«, bemerkte Sam, »klingt mir irgendwie verdächtig nach Gott.«

»Ihnen vielleicht. Mir klingt das nur nach einem Konzept.«

»Das Sie nie beweisen können, es sei denn, Sie finden eines Tages ein Ende ... Dass Sie keine endgültigen Aussagen machen können, heißt ja nicht, dass es sie nicht gäbe – es heißt nur, dass Sie sie noch nicht gefunden haben.«

»Und worauf genau wollen Sie damit hinaus?«

»Ich will darauf hinaus, dass die Tatsache, dass Sie Gott noch nicht gefunden haben, nicht bedeuten muss, dass es ihn nicht gibt.«

Dr. Wang schlug mit einem Löffel an sein Weinglas. »Ich glaube, die Runde geht an Sam.«

»Nein«, protestierte ich, »die Runde ist noch nicht zu Ende.« Ich wandte mich Sam wieder zu. »Was macht es praktisch schon für einen Unterschied, ob man an einen Gott glaubt oder nicht?

Ich glaube *nicht* an ihn, Sie *glauben* an ihn, aber am Ende müssen wir doch beide sterben. Also was soll das Ganze?«

»Das berührt dann schon die Frage nach dem *Wesen* Gottes. Wenn Sie natürlich nach einem Gott suchen, der Sie ewig auf der Erde leben lässt, finden Sie diesen Gott nicht, weil es ihn schlicht nicht gibt.«

»Und außerdem«, meldete sich Ellen wieder, »denke ich, dass es um mehr geht als darum, wie man hier seine Zeit irgendwie rumkriegt, bis man stirbt.«

»Darauf trinke ich«, rief Max und hob sein Glas. »Auf all das Schöne dazwischen. Gute Musik, gute Freunde ...«

»Gute Gespräche«, warf Sam ein und prostete mir mit seinem Wasserglas zu.

Ich musste gegen die Versuchung ankämpfen, erneut die Augen zu verdrehen. Sam hatte in meinen Augen längst den Bogen überspannt. Ich war enttäuscht. Eigentlich war er ja nicht unattraktiv. Seine Tiefe – nein, sein sorgloser Umgang mit dieser Tiefe ... Nein, das auch nicht. Vielleicht gefiel mir einfach nur sein Kinn.

Hör sofort auf!, schalt ich mich. *Er ist ein blöder, arroganter Wichtigtuer und für solche Typen hast du schließlich noch nie etwas übrig gehabt.*

»Will noch jemand Kaffee?«, rief Stephanie in diesem Moment. »Das ist die letzte Chance, bevor die Reden anfangen.«

Ich nickte dem Erstsemesterstudenten zu, der sich neben ihrem Ellbogen aufgebaut hatte. Ich würde garantiert noch einen Schub Koffein brauchen, um diesen Abend zu überstehen. Ich griff gerade nach der Tasse, als Sam seine Hand plötzlich über meine legte. Ich starrte darauf, aber das schien nicht den Effekt zu haben, den mein Starren für gewöhnlich bei den Typen hat, die allen Ernstes versuchen, bei mir handgreiflich zu werden.

»Was *ist* denn?«, fragte ich genervt.

»Hören Sie sich nur noch das eine Argument an und danach höre ich sofort auf.«

»Geben Sie mir Ihre Unterschrift drauf?«, fragte ich.

Er griff in die Innenseite seines Jacketts und förderte einen Stift zutage.

»Ich meinte das mehr metaphorisch«, sagte ich.

Aber er schrieb bereits seinen Namen auf eine Papierserviette. Mir fiel auf, dass die Haut auf seiner Hand ganz weich aussah und irgendwie olivfarben. Obwohl mir das ja wirklich egal sein konnte.

Er schob die Serviette zu mir hinüber und ich warf einen gelangweilten Blick darauf. Irgendwie schaffte er es, dass nicht nur seine Augen, sondern sogar seine Augenbrauen erwartungsvoll dreinblickten.

»Na gut«, gab ich nach. »Also, welches Argument wollen Sie noch loswerden?«

»Eigentlich ist es gar kein Argument – mehr eine Art Wette. Und sie stammt nicht einmal von mir, sondern von Pascal.«

Dr. Wang schnippte mit den Fingern. »Die Wette des Pascal!«

»Sie haben davon gehört?«, fragte Sam.

»Ja, aber helfen Sie meinem Gedächtnis wieder auf die Sprünge«, sagte Dr. Wang und lächelte zu mir herüber.

Sam lehnte sich in seinem Stuhl zurück und verschränkte die Hände hinter dem Kopf. Meine Mutter wäre, wenn sie an unserem Tisch gesessen hätte, angewidert gewesen: *Der hat seine Manieren wohl in einer Billardkneipe gelernt.*

»Die Wette geht so«, begann Sam. Er konzentrierte sich auf den Kronleuchter schräg über seinem Kopf, als bekäme er von dort Regieanweisungen, und doch sahen seine Augen weit darüber hinaus. Ich fand das ein bisschen theatralisch, aber ich hörte ihm zu – genau wie alle anderen an unserem Tisch. Sogar Max sah ganz verzaubert aus.

»Am äußersten Ende dessen, was wir Unendlichkeit nennen«, fuhr Sam fort, »wird eine Münze geworfen. Sie kommt mit Kopf oder Zahl zum Liegen. Wie sie landet, zeigt Ihnen, ob es Gott gibt – Kopf – oder ob es ihn nicht gibt – Zahl. Sie müssen auf eines von beiden setzen. Wir alle müssen das. Wir müssen uns entscheiden, auf was wir setzen.«

»Ich habe meine Entscheidung schon getroffen«, sagte ich leichthin.

»Aufgrund von was denn?«

»Aufgrund meiner Vernunft.«

Sam wühlte in seiner Hosentasche herum und beförderte eine Zehn-Cent-Münze hervor, die er auf seinem Daumennagel balancierte. »Kann Ihre Vernunft mir sagen, wie die Münze aufkommen wird, wenn ich sie jetzt in die Luft werfe?«

Ich schüttelte den Kopf.

»Und genauso kann unsere Vernunft über diese metaphorische Münze keine Aussage machen. Wir haben doch schon gesehen, dass die Vernunft weder das eine noch das andere beweisen kann. Die Wette geht also so: Wenn Sie darauf setzen, dass es Gott gibt, und Ihr Leben so leben, als gäbe es ihn, verlieren Sie überhaupt nichts, wenn die Münze doch die Zahl zeigt. Und wenn sie Kopf zeigt und es Gott wirklich gibt, haben Sie alles gewonnen.«

Die Augen, die ich während des ganzen Essens über im Blick behalten hatte, glänzten regelrecht, als wären sie von irgendeiner tiefen Leidenschaft mitgerissen worden. Ich griff nach der Kaffeesahne und rührte in meiner Tasse herum.

»Jetzt erinnere ich mich auch wieder«, fiel Stephanie Wang ein. »Ich habe davon gelesen – es ist diese Wette, um die man nicht herumkommt.«

»Wenn man auf Kopf setzt, ist man jedenfalls auf der sicheren Seite«, wiederholte Sam.

»Soll mir recht sein«, sagte ich gleichgültig. Ich nickte hinüber zum Podium, wo ein Mitarbeiter sich am Mikrofon zu schaffen machte. »Es scheint loszugehen.«

Alle anderen begannen ihre Stühle zurechtzurücken und es sich auf ihren Sitzen bequem zu machen. Doch Sam sah einfach nur mich an. Ich wartete auf die Frage, ob wir die Diskussion vielleicht ein andermal bei einer Tasse Kaffee fortsetzen sollten, aber sie kam nicht. Ich musste den Wettkampf, wer wem länger in die Augen schauen konnte, diesmal abbrechen, um mich auf das konzentrieren zu können, was sich vorne abzuspielen begann.

Die einführenden Worte zu Elizabeth McGavock und dem, was sie geleistet hatte, gingen gerade zu Ende.

»Wir werden Dr. McGavock nun selbst das Wort erteilen. Ich bin überzeugt, dass Ihnen allen dann klar werden wird, warum nicht nur die Tatsache, dass sie fünfundzwanzig Jahre an der Klinik in Stanford gearbeitet hat, heute gewürdigt wird, sondern auch die Qualität der Arbeit, die sie in dieser Zeit geleistet hat. Begrüßen Sie bitte mit mir Dr. Elizabeth McGavock!«

Applaus brach los, als meine Mutter sich von ihrem Sitz erhob. In den wenigen Momenten, die sie brauchte, um von ihrem Platz zum Podium zu kommen, schloss ich eine private Wette ab, von der ich todsicher war, dass ich sie gewinnen würde. Ich hätte meine Dissertation darauf verwettet: Dr. Elizabeth McGavock war betrunken.

KAPITEL 2

Ich saß mit offenem Mund da und starrte nach vorne wie eine absolute Vollidiotin.

Der Mensch aus der Verwaltung, der sie gerade vorgestellt hatte, streckte seine Hand aus, um meine Mutter zu begrüßen. Sie blickte gute drei Sekunden darauf, bevor sie danach griff und ihm gestattete, ihren Arm kräftig durchzuschütteln. Sie starrte ihm ins Gesicht, als wäre es ihr für den Moment komplett entfallen, mit wem sie es eigentlich zu tun hatte.

Er nahm sie am Ellbogen und führte sie zum Mikrofon, während der Applaus abebbte. Als sie ihre Hände um die Seiten des Rednerpults krallte, huschte ein leeres Lächeln über ihr Gesicht.

»Hallo«, sagte sie.

Hallo?, wollte ich sie anschreien. *Hallo? Du bist ja stockbesoffen!*

Das Problem war nur, dass meine Mutter Alkohol nie auch nur anrührte. Niemals.

Ich brachte meinen Mund in die Nähe von Max' Ohr. »Seit wann trinkt sie eigentlich?«, fragte ich mit zusammengebissenen Zähnen.

Er sah mich an, als wäre ich gerade von einem fernen Planeten in den Festsaal katapultiert worden. »Wovon redest du?«

Ich deutete mit dem Kopf nach vorne. Mom umklammerte das Rednerpult nicht mehr, als müsste sie sich daran festhalten, und schaute nun klar in die Runde der Gäste.

»Ich kann kaum glauben, dass ich heute für fünfundzwanzig Jahre Dienst geehrt werde«, begann sie. »Schwierig finde ich daran nicht, dass es fünfundzwanzig Jahre waren. Sind es nicht mehr gewesen?«

Durch die Zuschauerreihen ging ein leichtes Lachen. Max blickte süffisant lächelnd zu mir herüber.

»Nein, überraschend finde ich, dass ich *geehrt* werde«, fuhr

Mom fort. »Nach all dem, was ich meinen Leuten in dieser Zeit zugemutet habe, bin ich ganz überrascht, dass sie nicht längst den Vorruhefand – *Vorruhestand* – für mich beantragt haben.« Sie machte eine Pause, zwang sich zu einem Lächeln und sah zum vordersten Tisch herüber. »Oder habt ihr das vielleicht doch?«

Sie lachten anerkennend. Max begann zu applaudieren und steckte die anderen damit an. Ich konnte meine Augen nicht von meiner Mutter abwenden. *Vorruhefand?* Nein, in ihrer unmittelbaren Vergangenheit musste es irgendeine Begegnung mit Alkohol gegeben haben. Ich reckte den Hals, um auf der Suche nach einem Weinglas einen Blick auf ihren Platz am Ehrentisch zu werfen.

»Für uns alle ist das eine spannende Reise gewesen«, sagte meine Mutter gerade. »Aber darüber, was die anderen erlebt haben, kann ich natürlich nicht reden. Ich möchte Sie alle heute Abend an dem keilhaben – *teilhaben* – lassen, wie ich selbst meine Zeit am Stanford Hospital erlebt habe.«

Ich versuchte, Max' Aufmerksamkeit zu erregen, indem ich ihn anstarrte, aber er saß von mir abgewandt und machte keine Anstalten zu reagieren. Aber ich wusste, dass er das Gleiche hörte wie ich. Sein eben noch stolzer Gesichtsausdruck war eingefroren, als hätte er gerade Bekanntschaft mit einer Betäubungspistole gemacht.

Gegenüber von mir räusperte sich Ellen Van Dyke und mir wurde bewusst, dass auf dem Podium eine lange Pause eingetreten war – eine schier endlose Pause, wenn man bedenkt, dass da vorne eigentlich gerade eine Rede gehalten werden sollte. Meine Mutter starrte mit einem leeren Grinsen in die Zuschauerreihen. Bei jeder anderen Person hätte ich mir gedacht, dass sie wohl den Faden verloren hätte und gedanklich in ihrem Nähkästchen wühlte. Max lehnte sich zu mir herüber und nahm meine Hand.

»Ach ja«, sagte Mom schließlich. »Meine Reise. Ja, die ist mir wohl entfallen.«

Und sie warf den Kopf zurück und lachte ein irgendwie feuchtes Lachen, das mehr einem Schnaufen glich und seinen Ursprung in ihrer Nase zu haben schien. Sie riss in einer heftigen Bewegung eine Hand vom Rednerpult und traf das Wasserglas, das vor ihr stand. Sie sah zu, wie es umfiel, und auf ihrem Gesicht zeichnete sich die gleiche Bestürzung ab wie auf den Gesichtern der Wangs und Max'. In der Totenstille, die nun folgte, hörte man das Wasser leise vom Rand des Rednerpults auf den Boden tropfen.

Meine Mutter starrte kurz darauf, doch dann schien die Person, die sie wirklich war, ganz plötzlich wieder von ihr Besitz zu nehmen – fast als wäre sie kurz draußen gewesen, um sich die Nase zu pudern, während Elizabeth McGavocks Körper das Publikum bei Laune hielt.

»Genau deshalb habe ich eine so aufwendige Ausbildung durchlaufen«, bemerkte sie. »Mit dem Kellnern hat es nämlich nie geklappt.«

Das Publikum tobte – wobei, fürchte ich, wohl mehr Erleichterung als Fröhlichkeit im Spiel war – und ich stieß Max unsanft in die Rippen.

»Ich sag's ja, sie ist sturzbesoffen«, stieß ich zwischen zusammengebissenen Zähnen hervor.

»Sie ist ein bisschen gestresst«, versuchte mich Max zu beruhigen. »Mehr nicht. Es geht doch schon wieder, siehst du. Es ist nur der Stress.«

Ich verschränkte die Arme vor der Brust und versuchte, mich auf die »Reise« zu konzentrieren, die meine Mutter uns schon vor fünf Minuten versprochen hatte. Max irrte sich gewaltig. Die einzige Erklärung, die noch lächerlicher war als die, dass meine Mutter *betrunken* sein könnte, war die, dass sie *gestresst* war. So etwas gab es einfach nicht. Die Frau hatte Dutzende medizinische Techniker unter sich, die jeweils zehn verschiedene Apparate bedienten, in denen dreißig Blutproben gleichzeitig abliefen – und bei alldem verwischte sich meistens nicht einmal ihr Make-up. Das Wort *Stress* hatte ich aus ihrem Mund noch nie gehört.

Sie schaffte es, ihren Vortrag ohne weitere Anschläge auf das Wasserglas und ohne offensichtliche Gedächtnisstörungen zu Ende zu bringen. Aber mir fiel auf, dass sie ungewöhnlich undeutlich sprach, und ich sah mich unauffällig im Raum um, um herauszufinden, ob die anderen es auch bemerkten. Das unruhige Herumrutschen auf den Stühlen und die vor Konzentration verzerrten Gesichter der Zuhörer ließen kaum Zweifel aufkommen, dass es ihnen auch nicht entgangen war.

Sie hatte ihr abschließendes »Ich danke Ihnen« kaum ausgesprochen, als sich das Publikum geschlossen erhob und ihr Beifall klatschte. Als ich mich den anderen anschloss, kam mir der Verdacht, dass sie einfach nur um jeden Preis vermeiden wollten, dass sie noch etwas sagte. Ich hoffte, dass ich im Stehen eine bessere Möglichkeit hätte, nach Moms Weinglas Ausschau zu halten, aber da stand mir Sam Bakalis im Weg. Ganz nebenbei fiel mir auf, dass er um einiges größer war, als ich vermutet hatte.

Als alle Formalitäten beendet waren und meine Mutter für ihre Verdienste eine Tafel mit besonderer Gravur in Empfang genommen hatte, winkte ich den Wangs und den anderen nur kurz zu und sagte Max, dass ich ihn unbedingt draußen sprechen wollte.

Er brauchte geschlagene zehn Minuten, um aus dem Saal zu kommen. Ich nutzte die Zeit, um mir so oft mit den Fingern durch die Haare zu fahren, dass meine Mutter wenigstens einen Grund gehabt hätte, sich zu betrinken. Ich wusste, dass ich mich ein bisschen neurotisch verhielt, aber so ging es mir immer, wenn mich irgendetwas aus dem Gleichgewicht brachte. Was noch schlimmer war: Es war meine Mutter, die das verursacht hatte. Sie konnte an mir herumkritisieren, mich tadeln, mich komplett abweisen oder mein Leben zu bestimmen versuchen – aber jedenfalls wusste ich dann immer, woran ich war. Diese Frau, die sich durch ihre Rede an die Kollegen regelrecht hindurchgeschlabbert hatte, war mir dagegen völlig unbekannt.

Ich harkte mir gerade zum zweiundvierzigsten Mal durch die Haare, als ich Max' Bärengestalt endlich an der Tür erblickte. Ich winkte ihm zu, aber er brauchte weitere zwei Minuten, um sich bis zu mir durchzuschlagen, weil er zwischendurch immer wieder für Begrüßungen, wildes Händeschütteln, kräftige Umarmungen und kurze Gespräche über Paderewski anhalten musste. Als ich endlich meine Fingernägel in sein Samtjackett krallen konnte, war ich schon so fertig, dass ich am liebsten geschrien hätte. Ich zog ihn in einen Seitengang.

»Also, Max, was ist hier eigentlich los?«, brüllte ich ihn fast an.

»Wovon redest du überhaupt?«

»Du weißt ganz genau, wovon ich rede«, schimpfte ich. »Mom hat sich da vorne benommen, als hätte sie gekokst.«

»Ich weiß nicht ...«

»Sie hat kein einziges Wort deutlich ausgesprochen. Sie hat vergessen, was sie sagen wollte. Sie hat regelrecht gegrunzt, anstatt zu lachen. Tu jetzt nicht so, als hättest du das nicht bemerkt. Du hast meiner Hand ja glatt die Blutzufuhr abgeschnitten.«

»Ist ja gut, beruhig dich doch.« Max hakte mich unter und versuchte, mir beschwichtigend die Finger zu streicheln.

Ich riss mich los. »Du hast es doch gesehen!«

Er zuckte die Achseln. »Sie war eben nicht so gut drauf.«

Ich bohrte meine Augen in seine und pflanzte mich, die Hände auf der Hüfte, vor ihm auf. Er sank in sich zusammen wie ein Hundewelpe, den man gerade ausgeschimpft hat.

»Irgendwas stimmte eben nicht. Sie war abgelenkt«, murmelte er. »Ich hab dir doch gesagt, es ist der Stress.«

»Seit wann bringen sie denn Kleinigkeiten wie ihren Job und die Tatsache, dass ungezählte Menschenleben von ihr abhängen, durcheinander?«, sagte ich sarkastisch. »Das braucht sie doch zum Glücklichsein.«

»Vielleicht braucht sie es ja nicht mehr so sehr.«

Ich merkte, dass Max am liebsten wieder meine Hände nehmen wollte. Aber ich hielt sie fest auf meine Hüften gepresst.

»Wann hast du sie denn zum letzten Mal gesehen?«, fragte er. »Ich meine, wirklich gesehen – dich mit ihr hingesetzt und mit ihr gesprochen?«

Ich merkte, wie sich mein Kiefer verkrampfte. »Ist bestimmt schon ein halbes Jahr her. Aber das hat an ihr gelegen, nicht an mir. Sie hat mich nie zurückgerufen. Sie antwortet mir kaum auf meine Mails. Und wenn ich sie dann doch tatsächlich mal am Handy erwische, muss sie immer sofort wieder weg.«

»Siehst du?« Max hatte gleich wieder seine beruhigendste Stimme parat. »Sie ist einfach zu beschäftigt. Wer so viel zu tun hat wie sie, muss ja irgendwann zusammenbrechen.«

»Willst du damit sagen, dass *meine Mutter* kurz vor dem Zusammenbruch steht?«

»Ich will damit sagen, dass du vielleicht ein bisschen voreilige Schlüsse ziehst. Deine Mutter hat eine Menge um die Ohren, das ist alles. Aber wenn ich dir einen bescheidenen Tipp geben darf – obwohl ich mir nie anmaßen würde, dir etwas vorzuschreiben ...«

»Schieß los«, sagte ich tonlos.

Er griff wieder nach meinen Händen, schaffte es diesmal, sie von meinen Hüften zu lösen, und nahm sie in seine Hände. »Versuch weiter, dich mit ihr zu treffen und möglichst viel Zeit mit ihr zu verbringen. Bring sie dazu, mit dir Mittag essen zu gehen. Gönnt euch ein bisschen Antipasti ...«

»Jetzt hab ich fast den Eindruck, *du* stehst kurz vor dem Zusammenbruch«, sagte ich. »Kennst du irgendjemanden, der meine Mutter je zu irgendetwas *bringen* kann?«

»Versprich mir, dass du es wenigstens versuchst«, bat er mich.

Es war klar, dass er nicht lockerlassen würde, bis ich es versprach, und so nickte ich. Max machte sich auf die Suche nach meiner Mutter und ich beschloss meinerseits zu verschwinden.

Am nächsten Morgen rief ich von meinem Büro in der mathematischen Fakultät aus meine Mutter an. Ich bekam sie sogar ans Telefon – indem ich meine Stimme verstellte und Alma, ihrer Sekretärin, erzählte, dass ich von der Bank sei. In Geldangelegenheiten war Mom immer sehr gewissenhaft; deshalb wusste ich, dass sie den Anruf entgegennehmen würde.

»Ich bin's, Jill«, sagte ich.

Am anderen Ende der Leitung entstand eine kurze Pause. Nach

dem Auftritt am vorigen Abend fragte ich mich unwillkürlich, ob sie vielleicht vergessen hatte, wer in aller Welt Jill war.

»Alma hat gesagt, es sei jemand von der Bank«, nörgelte Mom.

»Alma kriegt vielleicht nicht mehr alles richtig mit«, sagte ich leichthin. »Ist es nicht sowieso an der Zeit, dass sie in den Ruhestand geht?«

»Du hast bestimmt nicht angerufen, um dich mit mir über Almas berufliche Zukunft zu unterhalten. War noch irgendetwas?«

Ich antwortete nicht gleich. Jedes ihrer Wörter saß so treffend wie immer; sie schaffte es jedes Mal, sie so gezielt zu verwenden, dass mich jedes einzelne wie eine Nadel stach. Aber sie klang undeutlich, so wie ich es von der Rede her in Erinnerung hatte. Du liebe Güte, hatte sie sich schon ein paar Bloody Marys hinter die Binde gekippt, um den Kater vom vorigen Abend auszugleichen? Max hatte offensichtlich noch viel weniger Ahnung, als ich befürchtet hatte. Wie hatte ihm das hier nur entgehen können?

»Jill, ich habe für deine Schielchen keine Zeit. Warum rufst du mich nicht einfach surück, wenn du etwas Wichtiches zu besprechen hass?«

Ich brauchte einen Moment, um für mich zu übersetzen, was sie gesagt hatte. »Nein, nein. Ich wollte mich mit dir zum Essen verabreden.«

»Ich bin heute schon ausgebucht.«

»Wie wär's mit morgen?«

»Ich fahre auf eine Konferenz. Ich werde bis Montag weg sein.«

»Also Montag«, sagte ich. »Mittags?«

»Ich brauche mindestens einen Tag, um die Sachen abzuarbeiten, die sich auf meinem Schreibtisch schapeln – stapeln –, während ich weg bin …«

»Also Dienstag«, bestimmte ich. »Dienstag nächste Woche.«

Es entstand wieder eine Pause. Ich fragte mich, ob sie einfach auflegen würde.

»Worum geht es eigentlich, Jill?«, fragte sie schließlich. »Du bist doch normalerweise nicht so verschessen darauf, etwas mit mir zu unternehmen.«

Für gewöhnlich sagte ich, wenn unser Gespräch an diesem Punkt angekommen war: »Stimmt, das bin ich jetzt wirklich nicht mehr. Ruf mich einfach zurück, wenn du mal Zeit hast, ja?« Aber »surück« statt »zurück«? »Verschessen« statt »versessen«? Ich musste unbedingt mit ihr essen gehen – und am besten nahm ich gleich ein paar Vertreter der *Anonymen Alkoholiker* mit.

»Ich muss einfach mit dir reden«, sagte ich.

»Brauchst du Geld?«, kam die Frage.

»Nein«, sagte ich. Mein Nackenhaar begann sich zu sträuben. Sie war noch nicht zu betrunken, um mich in emotionale Alarmbereitschaft zu versetzen.

»Du wirst mit deiner Dischertation nicht rechtzeitig fertig und jetzt willst du, dass ich mich für eine Verlängerung deines Schipendiums einsetze.«

»Nein«, wiederholte ich. »Es geht nicht um mich, Mom. Es geht um dich.«

»Was ist denn mit mir?«

»Ich erzähl's dir nächste Woche, wenn wir uns treffen. Also nächsten Dienstag um zwölf, ich warte auf dich im *Callendar*.«

Diesmal war ich es, die das Gespräch ohne ein weiteres Wort beendete. »Du bist mir echt was schuldig, Max«, murmelte ich.

»Oh, tut mir leid«, kam in diesem Moment ein heiseres Stimmchen von der Tür her.

Ich sah auf und bemerkte ein großes dünnes Mädchen, dessen graue Augen entschuldigend zu mir herüberblickten. Es war Tabitha Lane, eine Erstsemesterin aus meinem Mathekurs. Sie sieht aus, wie ich mir eine pubertierende Giraffe vorstelle. Ich hatte total vergessen, dass sie heute Morgen vorbeikommen wollte.

»Was tut Ihnen leid?«, fragte ich. »Kommen Sie rein.«

»Ich dachte, Sie reden grad mit jemandem«, sagte sie. »Ich kann ja auch später wiederkommen, wenn Ihnen das jetzt nicht passt.«

»Es passt schon«, sagte ich. Ich wandte mich um und räumte die Sitzfläche des großen Holzstuhls frei, der neben meinem Schreibtisch stand. Dann begann ich nach dem Streichholzbriefchen zu suchen, das ich immer unter das eine Stuhlbein klemme, damit meine Besucher nicht mitsamt dem Stuhl herumwackeln und mich zum Wahnsinn treiben. Die meisten Möbel in den Büros der Doktoranden sehen aus, als seien sie geradewegs vom zentralen Speicher der Universität geholt worden – zumindest, was die Doktoranden in der Mathematik betrifft. Ich redete weiter, während ich unter dem Schreibtisch nach meinem Streichholzbriefchen Ausschau hielt. »Wir hatten doch eine Verabredung. Ich habe nur telefoniert.«

»Ich dachte, vielleicht reden Sie ja gerade mit dem Typen, der hier mit im Büro sitzt.«

»Alan Jacoboni?«, fragte ich. »Der taucht nie vor Mittag auf, der Faulpelz. Wenn ich bedenke, was die Leute hier für Studiengebühren zahlen, sollte man doch meinen, sie geben einem einen Stuhl, den man nicht …«

Ich hielt mitten im Satz inne, weil mir plötzlich das Geräusch, das Rollen auf einem Boden machen, an die Ohren drang. Tabitha kam auf Rollschuhen in mein Zimmer.

»Was soll das denn?«, fragte ich irritiert.

»Oh, tut mir leid!« Sie wurde unter den zahlreichen Sommersprossen, die über ihre Nase und Wangen verteilt waren wie achtlos hingeworfene Konfetti, ganz blass. »Soll ich sie ausziehen? Machen sie zu viel Krach? Ich kann sie auch ausziehen …«

»Nein«, sagte ich und starrte immer noch auf die Schuhe. »Sie können sie schon hier drin tragen. Aber warum denn bloß?«

»Man kommt damit auf dem Campus so viel schneller voran«, erklärte Tabitha. »Ich bin ständig zu allen Veranstaltungen zu spät gekommen und das finden sie hier nicht so toll und dann hab ich dieses Mädchen aus meinem Wohnheim gesehen, wie sie sich so was anschnallte, und ich frag sie, was machst du denn da, und sie sagt, die sind einfach total gut, und da hab ich meine Mutter gefragt, ob sie mir meine schicken kann, und das hat natürlich – ach, ich weiß nicht mehr, bestimmt drei Wochen gedauert, weil die Post immer total lange braucht und …«

»Na wunderbar. Wenn Ihnen das hilft«, sagte ich. *Kein Wun-*

der, dass sie so heiser klingt, dachte ich. *Ihre Stimmbänder müssen ja völlig überstrapaziert sein.* »Eine Sache interessiert mich aber dann doch. Wie machen Sie das denn mit den Stufen?«

Tabitha neigte den Kopf, sodass ihr kurzes, rötliches, nicht besonders akkurat geschnittenes Haar auf ihrer Wange zu liegen kam. Es wäre ihr bestimmt in die Augen gefallen, wenn sie es nicht mit zwei Spangen zurückgesteckt hätte, mit denen sie noch mehr aussah wie ein kleines Mädchen aus der Bonbonwerbung. Auf ihrer Stirn sprießten ein paar winzige Pickel. Ganz offensichtlich hatte sie keinen Versuch unternommen, sie abzudecken.

»Ich kann natürlich nicht runterfahren«, sagte sie, »also laufe ich rückwärts. Ich weiß auch nicht, warum, aber ich hab's einfach mal versucht und es ging total gut, aber ich trag auch diese Knieschützer, damit ...«

»Großartig«, unterbrach ich sie. »Setzen Sie sich doch.«

Ich deutete auf den Stuhl und sie rollte in einem irren Tempo darauf zu, sank mitsamt ihrem Rucksack auf der Sitzfläche nieder und streckte ihre berollschuhten Füße so weit von sich, dass sie in der Mitte des Raums zu stehen kamen. Tabitha Lane hatte tatsächlich die längsten Beine, die ich je bei einem Mädchen gesehen hatte, und die kurze Hose, die sie trug, unterstrich sie nur noch. Nur an dem rosafarbenen Sonnentop, das um ihre Taille herumflatterte, war zu erkennen, dass die Beine bei ihr nicht geradewegs aus dem Hals wuchsen.

Ich nahm auf meinem Schreibtischstuhl Platz und sah sie an. Ich hoffte, dass sie einfach sagen würde, weshalb sie hergekommen war, aber sie betrachtete mich bloß ihrerseits stirnrunzelnd.

»Also«, unterbrach ich die Stille schließlich. »Wie kann ich Ihnen helfen?«

»Ich komme nicht zurecht«, sagte sie. Dann schossen ihre Arme ohne erkennbaren Grund in die Höhe und sanken sogleich wieder in ihren Schoß zurück.

»Mit Mathe?«, fragte ich.

»Genau«, sagte sie.

»Aha«, sagte ich. Ich wandte mich zu meinem Rechner und

rief die Liste der Namen aus meinem Mathekurs auf. *Lane, Tabitha*. Oh ja, sie brauchte wirklich Hilfe. Sie war durch die erste Klausur gerasselt und obwohl sie alle Hausaufgaben pünktlich abgab, war offensichtlich, dass sie völlig ahnungslos war.

»Womit genau kommen Sie denn nicht zurecht?«, fragte ich nach.

»Mit allem, also mit nichts, also ...«

»Na gut«, sagte ich. »Gehen wir das mal der Reihe nach durch. Fangen wir mit meinen Erklärungen im Seminar an. Finden Sie sie verwirrend?«

Tabithas Augen wurden noch größer, falls das überhaupt möglich war. »Oh nein!«, rief sie aus. »Sie können total gut erklären! Ich verstehe immer alles. Nur wenn ich dann in mein Zimmer im Wohnheim zurückgehe, um die Übungen zu machen, ist alles, na ja, halt irgendwie total wie weggeblasen. Und außerdem kann ich im Wohnheim auch nicht arbeiten. Da ist es die ganze Zeit so laut. Na ja, Sie wissen schon, nicht wahr. Also geh ich in die Bibliothek und dann seh ich mich um und seh diese ganzen Leute da sitzen, die total fit sind, und sie sehen so aus, als wüssten sie ganz genau, worum es geht, und ich nicht und dann fang ich an zu denken, ich schaff das bestimmt nicht und das ist so demütigend und dann – kann ich die Übungen einfach nicht machen.«

An dieser Stelle musste sie glücklicherweise selbst eine Pause machen, um Atem zu schöpfen. Ich nutzte die Gelegenheit, den einzig mitfühlenden Satz anzubringen, der mir für dieses hoffnungslos überforderte Kindchen einfiel.

»Trösten Sie sich, Mathe ist einfach nicht jedermanns Sache. Sie kommen in Ihrem Hauptfach bestimmt viel besser zurecht.«

Sie blinzelte mich verwirrt an: »Aber Mathe *ist* mein Hauptfach.«

Ich verkniff mir die Frage, was für masochistische Anwandlungen sie zur Wahl dieses Fachs getrieben hatten. Stattdessen seufzte ich einmal tief, nahm mein Smartphone zur Hand und öffnete meinen Kalender.

»Sie sollten zweimal die Woche für Nachhilfestunden herkommen«, sagte ich. »Wann geht das denn bei Ihnen?«

Sie löste sich aus dem Geflecht von Stricken, das sie bisher an ihren Rucksack gefesselt hatte, und begann, in den Tiefen dieses Rucksacks nach ihrem Smartphone zu kramen. Ich unterdrückte ein Stöhnen. Als ich mich für mein heiß begehrtes Stipendium beworben hatte, hatte mir niemand gesagt, dass ich mich zwei Stunden wöchentlich mit einer Achtzehnjährigen würde herumschlagen müssen, die über keinerlei Selbstwertgefühl, dafür aber über umso mehr rednerische Ausdauer verfügte.

Ich erzählte Alan Jacoboni von Tabitha, als er an diesem Nachmittag über eine Tasse starken Kaffee gebeugt versuchte aufzuwachen. Warum ich mich von diesem Menschen immer wieder in ein Gespräch verwickeln ließ, blieb mir jedes Mal von Neuem unerklärlich. Ich hätte eigentlich nichts dagegen gehabt, friedlich in der totalen Stille unseres Büros zu sitzen und tatsächlich mit meiner Arbeit vorwärtszukommen. Schließlich hatte ich in diesem Jahr ein eigenes Seminar zu halten *und* wurde von der Fakultät unter Druck gesetzt, für die anderen Doktoranden ein Kolloquium zu organisieren, *und* sollte mich drei Stunden jede Woche zur Sprechstunde bereithalten *und* musste meine Dissertation fertig kriegen *und* hätte sie am besten schon fertig, um mich damit bewerben zu können. Jacoboni dagegen schien nie etwas anderes zu tun zu haben, als mit einem antrainierten Südstaatenakzent, der mir irgendwie künstlich vorkam, lange Gespräche zu führen. Wobei mir nicht ganz einleuchtete, warum sich jemand ausgerechnet einen solchen Dialekt antrainieren sollte.

»Wie schafft es so ein Kindchen denn überhaupt nach Stanford?«, wunderte er sich.

»Abschlusszeugnis von der Highschool. Gute Testergebnisse beim Auswahlverfahren.« Ich zuckte die Achseln.

»Und sie packt's nicht?«

»Bis jetzt ist sie noch im Rennen.«

»Viel Erfolg, Sweetheart.«

Jacoboni grinste ohne besonderen Grund, wie er es am Ende fast jedes seiner Sätze tat, und dann legte er die Füße auf den Tisch. Er trug wieder Bermudashorts und Sandalen, die angesichts seiner spindeldürren Füße schauderhaft aussahen. Es war die Macho-Pose, die er sich schon früh angewöhnt hatte, als ihm bewusst wurde, dass er unter allen männlichen Wesen in der mathematischen Fakultät das attraktivste Exemplar darstellte. Die Typen in unserer Abteilung sind für gewöhnlich blasse Streber mit blutunterlaufenen Augen und so lässt schon die Tatsache, dass er gut drauf ist und ein bisschen was aus sich macht, ihn mehr auffallen, als seinem Ego guttut.

Ich fand ihn eigentlich nicht besonders gut aussehend. Er hielt sein lockiges, unaufregend braunes Haar kurz, damit es ihm nicht den Kopf überwucherte, und wenn er nicht bald aufhörte, sich von Bier und Chips zu ernähren, würde er eines Tages den Kampf mit dem sprichwörtlichen Bierbauch aufnehmen müssen. Jetzt war Jacoboni achtundzwanzig und es war an der Zeit, dass er erwachsen wurde. Zugegeben, wenn er eine ordentliche Hose und ein vernünftiges Hemd und richtige Schuhe anhatte, sah er ganz passabel aus, aber für gewöhnlich taperte er in kurzer Hose und T-Shirt über den Campus, wenn er nicht gerade unterrichtete. Was wohl lässig wirken sollte, sah bei ihm einfach nur nachlässig aus.

Er lehnte sich immer noch in seinem Stuhl zurück, die Hände hinter dem Kopf verschränkt, und fixierte mich mit seinen Augen, als hätte er mich in den letzten vier Jahren nicht fast jeden Tag gesehen.

»Was ist denn?«, fragte ich kühl.

»Sweetheart, an Tagen wie diesen denkst du doch bestimmt auch, dass du lieber richtig Kohle scheffeln als dich mit solchen armseligen kleinen Würstchen abgeben würdest.«

»Ich bin zwar auch nicht scharf auf die ›armseligen kleinen Würstchen‹«, sagte ich, »aber wenn ich richtig Geld machen wollte, hätte ich wohl besser keine akademische Laufbahn eingeschlagen.«

»Ach komm schon. Geld wollen wir doch alle. Ich krieg schon Depressionen, wenn einer meiner alten Kumpels mir wieder eine Nachricht schickt, dass er gerade für eine Woche nach Bali fliegt, und die entsprechenden Bilder postet. Er hat gerade mal vier Jahre Wirtschaft studiert und jetzt schon ein sechsstelliges Jahreseinkommen. Ich hab doppelt so viel Zeit in meine Ausbildung gesteckt und lebe immer noch am Rand des Existenzminimums.« Er hob einen Fuß hoch, damit ich das Loch in der Sohle seiner Sandale bewundern konnte.

»Hübsch«, sagte ich.

»Behaupte bloß nicht, dass dir das nichts ausmacht«, protestierte Jacoboni.

»Es macht mir wirklich nichts aus.« Ich steckte mir einen Bleistift hinters Ohr, griff demonstrativ nach einem Aktenordner und begann darin zu blättern. Er bekam offensichtlich nicht mit, dass das in meiner Sprache bedeutete, dass unser Gespräch damit beendet war.

»Mir aber! Aber nicht mehr lange. Sobald ich hier fertig bin, suche ich mir eine Stelle in der freien Wirtschaft. Und dann flieg ich für ein Wochen*ende* nach Bali – in meinem Privatflugzeug. Yeah!«

Es lag auf der Hand, dass das Gespräch für ihn noch nicht beendet war, also wandte ich mich ihm mit einem kleinen Seufzer wieder zu und starrte ihn mit meinem Röntgenblick an, um ihn aus dem Konzept zu bringen. »Wenn du sowieso in die freie Wirtschaft willst, warum bist du dann überhaupt hierhergekommen? Wir haben hier doch weniger angewandte Mathematik als an jeder anderen Uni.«

»Weil es *Stanford* ist, Sweety. Ich muss nur sagen, wo ich studiert habe, und schon fällt jedem Personaler das Gebiss aus dem Mund.«

»Oh«, sagte ich. Das mit dem Röntgenblick funktionierte offensichtlich auch nicht. Ich wandte mich wieder meinem Aktenordner zu.

»Ich finde es ganz nett, einer der beiden Exzentriker hier zu sein«, fuhr er fort, ohne mich zu beachten. »Du und ich, Sweetheart.«

»Wie bitte?«, fragte ich.

»Wir zwei passen doch gar nicht hierher. Wir bleiben immer schön gelassen und gehen geradewegs auf unser Ziel zu.«

Ich war dankbar, als genau in diesem Moment Peter und Rashad auftauchten und Jacoboni aufgeregt erzählten, dass sie ihm »unbedingt etwas zeigen« mussten – vermutlich die neueste Bekanntmachung am Anschlagbrett der Doktoranden.

»Komme sofort«, sagte Jacoboni. »Hab gerade sowieso nichts Besseres zu tun.«

Er winkte mir zum Abschied zu. Als er gegangen war, simulierte ich einen Brechanfall in den Mülleimer unseres Büros. Einfach nur, um mich besser zu fühlen.

Ich sah dem Mittagessen am Dienstag mit sehr gemischten Gefühlen entgegen. Mom steckte noch in ihrem Laborkittel, als sie um 12.15 Uhr ins *Callendar* segelte. Zur Abwechslung trug sie heute kein Make-up. Dieser Anblick war für mich so ungewohnt, dass ich zweimal hinschauen musste, ob es sich tatsächlich um meine Mutter handelte, die auf mich zustürmte.

»Was ist denn?«, pflaumte sie mich an, als sie hinter den Tisch glitt. »Du schaust mich an, als hätte ich dich zwei Stunden warten lassen. So viel zu spät bin ich nun wirklich nicht.«

Ich riss mich aus meiner Erstarrung. »Nein, ist doch in Ordnung.«

»Ich verstehe ohnehin nicht, warum du mich unbedingt hier treffen wolltest, wenn man auf dem Unigelände doch auch gut essen kann«, beschwerte sie sich.

Mom baute ihre Speisekarte vor sich auf, was mir die Gelegenheit gab, meine Gesichtszüge wieder im Normalmodus zu arrangieren. Nicht nur, dass sie noch ungepflegter aussah als das letzte

Mal, als ich sie gesehen hatte – auch ihre Aussprache war jetzt, wo sie direkt mit mir sprach, noch undeutlicher als zuvor am Handy. Meine Theorie vom Alkoholproblem erhärtete sich und in diesem Moment hätte mich nicht einmal Max beschwichtigen können.

Das Problem war nur: Wenn es *mir* schon auffiel, konnte es den Menschen, die täglich mit ihr zu tun hatten, doch unmöglich entgehen – ihren Kollegen, ihren Mitarbeitern, ihren Vorgesetzten. Ich starrte in meine eigene Speisekarte, ohne die Wörter wirklich wahrzunehmen. Falls man mir als ihrer pflichtbewussten Tochter die undankbare Aufgabe zugedacht hatte, sie auf ihr Problem anzusprechen, hatten wir beide in der Tat ein fettes Problem. Ich malte mir in Gedanken die Szene aus, die sich heute hier abspielen würde, wenn ich einfach ruhig sagte: »Mom, ich glaube, du solltest dich so langsam mit deinem Alkoholproblem auseinandersetzen.« Sie würde mich eiskalt abservieren und mit Worten so fertigmachen, dass die Mitarbeiter vom *Callendar* nachher meine Einzelteile würden zusammenfegen müssen. Was hatte ich mir bloß dabei gedacht, sie hierher zu bestellen?

Eigentlich hatte ich, das fiel mir jetzt auf, gar nicht viel gedacht. Ich war völlig unvorbereitet. Ich geriet wieder einmal völlig aus dem Gleichgewicht.

»Was kann ich den Damen bringen?«, fragte eine lebhafte kleine Kellnerin, die plötzlich neben uns aufgetaucht war.

»Die Hühnchenpastete, als Beilage Maisbrot, einen Salatteller«, kommandierte Mom und schlug mit einer heftigen Bewegung die Speisekarte zu.

Die Kellnerin und ich warfen uns kurz erstaunte Blicke zu, dann bestellte ich hastig eine französische Zwiebelsuppe. Kaum war die Mitarbeiterin außer Reichweite, da hatte meine Mutter ihr Glas Wasser schon ausgetrunken und griff nach meinem.

»Sie kommt bestimmt gleich mit einer Wasserkanne zurück«, protestierte ich.

Meine Mutter trank unbeeindruckt auch mein Glas in einem Zug leer und setzte es ab. »Also, Jill, worum geht es denn eibentlich?«

Ich beugte mich vor, nicht nur, weil sie mich dann besser hören würde, sondern auch, weil ich durch unauffälliges Schnüffeln herausfinden wollte, ob sie eine Fahne hatte. Ich erschnüffelte keine Spur von Alkohol, dafür roch sie, als hätte sie in Eau de Toilette gebadet.

»Willst du nicht warten, bis dein Salat da ist?«, fragte ich.

»Welcher Salat?«

»Du hast einen Salatteller bestellt.«

»Habe ich nicht.«

»Oh«, sagte ich irritiert. »Ich dachte, du hättest einen bestellt.«

»Da hast du falsch gedacht. Also, worüber wolltest du mit mir reden? Sobald ich mit dem Essen fertig bin, muss ich zurück ins Labor.«

Mein Magen krampfte sich zusammen. Unsere Rollen schienen auf einmal vertauscht zu sein. Bisher war es immer meine Mutter gewesen, die *mich* zu einer Mittagessensprüfung vorgeladen oder ein Kreuzverhörabendessen anberaumt hatte. Ich fuhr mir mit den Fingern durchs Haar und wartete auf das unvermeidliche »Hör sofort damit auf, Jill«. Aber es kam nicht.

»Ich wollte einfach mal wieder etwas mit dir unternehmen«, log ich. »Ich möchte doch wissen, was bei dir gerade ansteht.«

»Warum denn?«

»Warum? Weil du meine Mutter bist und weil ich mit dir seit einem halben Jahr kein vernünftiges Gespräch geführt habe.«

»Ich hatte eben zu tun. Und wie du schiehst – siehst –, geht es mir gut.«

Wir kamen nicht weiter, bis das Essen gebracht wurde. Der Art und Weise nach zu urteilen, wie sie ihr Essen bestellt hatte, erwartete ich, dass sie es gierig hinunterschlingen würde wie ein halb verhungerter Hund. Stattdessen stocherte sie lustlos mit der Gabel am Rand ihres Tellers herum und ließ sie dann ganz liegen. Mir fiel plötzlich ein, dass ich sie sowieso noch nie Hühnchenpastete hatte essen sehen.

»Willst du noch was bestellen?«, fragte ich.

»Seit wann lässt du denn an mir deine Mutterinschinkte – Mutterinstinkte – aus?«

Und seit wann redest du, als hättest du den Mund voll Risotto?, hätte ich am liebsten gekontert. Immerhin brachte ich genug Mut auf, um herauszubringen: »Stimmt irgendetwas nicht? Ich meine, ist bei dir alles in Ordnung?«

Das war ein Fehler. Meine Mutter schob den Teller zur Seite, damit sie ihre Ellbogen auf dem Tisch abstützen und ihre Hände direkt vor meinem Gesicht übereinanderlegen konnte. Ihre kleinen blauen Augen schauten mich direkt und klar an. Ich nahm sofort innerlich die Habachtstellung ein, die mir jahrelang antrainiert worden war; Tausende Male war ich genötigt worden, meine Mutter gefälligst anzusehen, wenn sie mit mir sprach.

»Bei mir ist alles völlig in Ordnung«, sagte Mom. »Ich erfreue mich bester Gesundheit und erfülle alle meine Aufgaben mit großer Sorgfalt. Ich schlage vor, dass du besser gleich zum Punkt kommst, anstatt dich den halben Nachmittag in merkwürdigen Andeutungen zu ergehen.«

Ich war aufrichtig erleichtert, dass ich wieder meine Mutter vor mir hatte, wie ich sie kannte: leidenschaftslos, eiskalt und bissig wie eh und je. Bis sie plötzlich ihre Handtasche an sich riss und hinter dem Tisch hervorstürmte.

»Ich muss los«, sagte sie.

Dann schenkte sie mir zum Abschied dieses leere Lächeln, das auch während ihrer Rede in ihrem Gesicht geklebt hatte, und schoss in einem bemerkenswerten Tempo aus dem Raum, wobei sie auf dem Weg zur Tür die Kellnerin fast umwarf. Ich starrte ihr noch nach, als meine französische Zwiebelsuppe schon längst kalt war.

KAPITEL 3

Drei Tage später ging mir auf, wie sehr ich mich in Gedanken mit meiner Mutter beschäftigte. Vor meinem geistigen Auge lief meine letzte Begegnung mit ihr ständig wie ein Film ab. Als ich an diesem Abend meine Runden auf der Stanforder Schleife drehte, fiel mir plötzlich auf, dass ich schon seit drei Tagen nicht mehr darauf geachtet hatte, wie lange ich eigentlich lief; ich hatte weder meine Herzfrequenz kontrolliert noch darauf geachtet, vor dem Laufen genug zu trinken. Sobald ich auf den ersten Hügel zulief, konnte ich an nichts anderes mehr denken als an die Erinnerung daran, wie Mom von einem Moment auf den anderen eine komplett andere Persönlichkeit zu sein schien: eine verwahrloste Alkoholikerin, dann eine professionelle Wissenschaftlerin, dann wieder eine paranoide Verwirrte.

Mein Leben war zu diesem Zeitpunkt recht geordnet; ich schaffte es, alles schön in Schubladen zu packen und diese Schubladen voneinander getrennt zu halten. Meine abendliche Runde auf der »Schleife« gehörte zu der Schublade »fit bleiben«. Ich hatte schon in der Highschool begonnen zu laufen, als meine Mutter mich davon in Kenntnis setzte, dass ich von nun an Sport treiben würde, um nicht einzurosten. Die nicht zu vernachlässigende Tatsache, dass ich schon mehrere Leistungsklassen besuchte, in diversen Arbeitskreisen für Hochbegabte mitarbeitete und dreimal wöchentlich Klavierstunden nahm, ließ kaum eine andere Sportart zu als Laufen. Ich probierte es in jenem Herbst sechs Wochen lang aus und blieb dabei; es war genug, um meine Mutter davon zu überzeugen, dass ich nicht vor lauter Trägheit Schimmel ansetzen würde.

Was ich meiner Mutter gegenüber nie zugab, war, dass mir das Laufen tatsächlich Spaß machte. Es war nicht der Wettkampf, sondern die Vorstellung, dass ich allein in der Gegend herumlaufen konnte und mich mit niemandem auseinandersetzen musste. Wo auch immer ich seit der Highschool gewesen war – in Princeton für mein Grundstudium, an einem kleineren College in Trenton für eine Lehrtätigkeit –, hatte ich immer eine Strecke gefunden, auf der ich den Arbeitstag ausklingen lassen konnte. In Stanford war es die sogenannte Schleife.

Die Stanforder Schleife liegt an der Meerseite der Halbinsel, auf der sich das Universitätsgelände befindet, und besteht aus einem langen, gewundenen Pfad durch diverse Hügel, der mich körperlich an meine Grenzen bringt. Vom höchsten Punkt aus kann man weit über die Bucht von San Francisco blicken und bei klarer Sicht sieht man sogar die Stadt selbst. Allerdings liegt San Francisco meistens im Nebel, wie in Watte gepackt.

Mir persönlich lag mehr an der Einsamkeit der Schleife als an der großartigen Aussicht. Im Gegensatz zu den meisten anderen Menschen, die hierherkamen, ärgerte ich mich nicht über die neueste Verordnung der Universität, die vorschrieb, dass man auf dem Hauptpfad bleiben musste. Wenn man die ungezählten kleinen Wege einschlagen würde, die sich zwischen den Bäumen schlängelten – so wurde gewarnt –, würde man das biologische Gleichgewicht des Geländes dauerhaft stören. Mir war das egal. Mir ging es nur darum, dass ich hier stundenlang laufen konnte, ohne mit irgendjemandem ein Wort wechseln zu müssen. Dass ich an anderen Joggern vorbeiziehen konnte, die genau wie ich auch allein sein wollten und denen wie mir sogar ein unverbindliches Nicken schon zu viel war. Dass ich mich ganz auf meine Sport-Schublade konzentrieren konnte.

Zumindest war mir das bisher immer gelungen, bis das Verhalten meiner Mutter sich in mein Hirn gebrannt hatte. In den anderen Schubladen klappte das Verdrängen besser. Wenn ich an meiner Dissertation arbeitete, ein Seminar hielt, mich mit Tabitha herumplagte oder Jacobonis Geschwafel ertrug, war ich einfach zu konzentriert, um mich gedanklich zusätzlich auch noch mit meiner Mutter zu befassen. Aber mit meiner Konzentration war es schlagartig vorbei, wenn ich den ersten Hügel hochlief.

Pass bloß auf, warnte ich mich an diesem Abend, *du kannst einfach nicht zulassen, dass dich diese Sache jetzt total durcheinanderbringt. Mom ist erwachsen und kann auf sich selbst aufpassen. Wenn sie nicht wahrhaben will, dass sie ein Problem hat, kannst du daran sowieso nichts ändern. Also konzentrier dich aufs Laufen und hör auf, dich hier unnötig fertigzumachen.*

Der erste Hügel war mein größter Feind. Er stieg in einem Dreißig-Grad-Winkel rund dreihundert Meter an und ich war stolz, dass ich ihn meistens schaffte, ohne auch nur mit der Wimper zu zucken. Ich richtete meine Augen für gewöhnlich starr auf die Kuppe und lief geradewegs darauf zu. Wenn ich dann oben angekommen war, beglückwünschte ich mich, dass meine Beine immer noch nach mehr schrien. An diesem Abend jedoch hatte ich kaum Anlauf genommen, als mir meine Mutter in den Sinn kam, wie sie vom Tisch aufsprang und nach draußen stürmte – und ich hatte plötzlich kaum noch Kraft weiterzulaufen. Nur mein Trotz hielt mich bei der Stange.

Als ich endlich oben auf dem Hügel angekommen war, schnaufte ich wie eine Dampflok – ich hatte einfach nicht genügend Konzentration aufbringen können, um auf meine Atmung zu achten. Ich bekam tatsächlich Seitenstechen, was mir seit meinem ersten Jahr am College nicht mehr passiert war, also verlangsamte ich meinen Schritt zu einem schnellen Gehen und stemmte die Hände verärgert in die Hüften. Ich war gerade dabei, mich in meinen Abscheu über mich selbst hineinzusteigern, als plötzlich schräg vor mir jemand über den niedrigen Zaun sprang, der uns auf dem Hauptpfad halten sollte, und mich so erschreckte, dass ich fast aus meinen Turnschuhen gekippt wäre.

Der Jemand bemerkte mich nicht. Er setzte auf langen Beinen seinen Weg einfach in einem leichtfüßigen Galopp fort, als wäre er nicht gerade aus der verbotenen Zone gekommen. Das war mir nur recht, denn auch aus der Entfernung konnte ich sehen, dass es Sokrates selbst war – Sam *Wie-heißt-er-doch-gleich* von der Jubiläumsfeier meiner Mutter. Da wäre es mir ja noch lieber gewesen, wenn wir Alan Jacoboni über den Weg gelaufen wäre!

Ich wartete, bis er zu weit weg war, als dass ich ihn noch hätte einholen können. Das gab mir Zeit und Muße zu der Feststellung, dass er bemerkenswerte Beine hatte. Gute Muskeln. Weit ausladende Schritte, die von Zuversicht und Selbstvertrauen sprachen. Glatte Haut in einer Farbe, die irgendwo zwischen Gold und Olivgrün lag ...

Ich drehte mich auf dem Absatz um und lief den Weg zurück, den ich gekommen war. Wenn ich mit meinen Gedanken nichts Besseres anzufangen wusste, als mich wegen meiner Mutter fertigzumachen und über die Beine eines religiösen Fanatikers zu fantasieren, ließ ich das Laufen für diesmal wohl besser sein.

Am nächsten Tag wünschte ich mir fast, ich hätte wirklich an nichts Wichtigeres zu denken. Als ich morgens im Büro meinen Rechner gestartet hatte, sprang mir aus meinem Posteingang eine Mail entgegen mit dem alarmierenden Betreff *Dringend*. Sie kam von Nigel Frost. Professor Dr. Nigel Frost, der Betreuer meiner Doktorarbeit. Der Mann, der meine Zukunft in Händen hielt.

Ich hielt die Luft an, als ich die Mail öffnete. *Jill,* stand darin, *ich muss dringend mit Ihnen reden. N.F.*

Als ich nach oben zu seinem Büro stiefelte, kam mir Deborah Kent entgegen. Ihre Augen funkelten wie üblich wütend durch ihre Kontaktlinsen hindurch. Deb scheint zu jedem beliebigen Zeitpunkt, an dem man sie trifft, unter einer enormen Anspannung zu stehen. Man könnte meinen, die Zukunft der gesamten Universität läge in ihren verantwortungsbewussten Händen.

»Dich wollte ich gerade suchen«, sagte sie. »Hast du schon vergessen, dass wir beide in ein paar Wochen dieses Tee- und Kaffee-Ding zu organisieren haben?«

»Wenn's nicht grad heute ist, mache ich mir deswegen noch keine Gedanken«, gab ich zurück.

»Weil du so gut strukturiert bist. Die meisten Leute haben keine Hirne, die wie Terminkalender funktionieren, klar?«

Sie warf ihre krause, schokoladenbraune Mähne zurück und zückte ihr Smartphone, um ihren eigenen Kalender zu öffnen. Ich versuchte mich an ihr vorbeizudrücken, aber sie streckte allen Ernstes die Hand aus, um mich aufzuhalten.

»Das ist das Treffen vor dem Vortrag über Elementarwellen oder so. Was es genau war, habe ich vergessen; ich hab sowieso bei neunzig Prozent dieser Veranstaltungen keine Ahnung, worum es eigentlich geht.«

So übertrieben war das gar nicht. Gastredner hielten mit einiger Regelmäßigkeit Vorträge an unserer Fakultät. Davor gab es »Tee und Kaffee« – außerdem ein paar Plätzchen aus der Dose, einen oder zwei Laib frisches Brot, ein bisschen Obst und ein paar Stücke Käse. Die Doktoranden wechselten sich mit den Vorbereitungen dafür ab. Die Redner sprachen für gewöhnlich über Themen, die so spezialisiert waren, dass man selbst schon ein Experte auf ihrem speziellen Teilgebiet sein musste, um überhaupt einigermaßen mitzukommen. Aber das war schließlich allen klar. Ich verstand nie so recht, warum Deb immer so tat, als müsste sie sich deswegen wie ein schwachsinniger Analphabet fühlen.

»Ich kauf halt ein paar Kekse«, sagte ich achselzuckend. »Wir haben hier nicht die Jubiläumsfeier der Uni zu organisieren. Mach dir deswegen keinen Stress.«

»Ist ja gut. Du schaffst es immer, mich zu beruhigen. Dir scheint ja gar nichts etwas auszumachen. Wie machst du das bloß?«

Ich zuckte wieder die Achseln und nahm ein paar weitere Stufen.

»Wo gehst du eigentlich hin?«, fragte sie. »Ich dachte, du hast heute Morgen ein Seminar.«

»Ich hab was mit Professor Frost zu besprechen.«

»Und das am frühen Morgen? Hoffe, du hast schon mindestens drei Tassen Kaffee intus.«

Eigentlich trinke ich überhaupt keinen Kaffee – höchstens bei so entspannten, harmonischen Veranstaltungen wie der Jubiläumsfeier meiner Mutter. Auch in dieser Beziehung fand mich Jacoboni ziemlich exzentrisch; ich musste mich nicht jeden Morgen mit einer Dosis Koffein dopen. Und für ein Schwätzchen mit Nigel brauchte ich das erst recht nicht. Wir kamen großartig miteinander aus. Ich tat die Arbeit, er nickte sie ab und wir standen beide gut da. Ich konnte mir nicht vorstellen, dass drei Becher Cappuccino unser Verhältnis noch hätten verbessern können.

Die Tür zu seinem Büro war offen. Professor Frost stand gerade an dem Whiteboard, das an einer Wand hing, und klopfte gedankenverloren mit einem Stift gegen seine Zähne. Normalerweise saß er hinter seinem Schreibtisch, wenn ich zu ihm kam, und so war ich auch diesmal, als ich ihn in voller Größe erblickte, wieder überrascht. Kein Wunder, dass die meisten Studenten ihn ziemlich Furcht einflößend fanden. Höflich ausgedrückt, hätte man ihn als »kräftig gebaut« bezeichnet. Aber er trug seinen Bauch mit Würde. Immerhin hatte er, als die Vierziger hinter ihm lagen, genug Geschmack bewiesen, auf eine größere Kleidergröße umzusteigen. So wurden seine Hemdknöpfe nicht weggesprengt und sein Bauch hing auch nicht über den Gürtel.

Ich klopfte leise an die Tür. »Professor Frost?«

Er wandte sich um und musterte mich flüchtig über den Rand seiner halben Brille hinweg. Dann nickte er mir kurz zu. Mir war schon in meinem ersten Studienjahr aufgefallen, dass der graue Halbmond, der von seinem Haupthaar übrig geblieben war, in Farbe und Struktur genau seinem Schnurrbart glich.

»Kommen Sie rein«, sagte er und ließ die Brille in der Brusttasche seines Hemdes verschwinden. Er ging gemächlich wie immer zu seinem Schreibtisch hinüber, was die Fronten klar absteckte: Dies wurde ein Betreuer-Doktorand-Gespräch. Ich hätte darauf wetten mögen, dass er mir ein weiteres Seminar aufs Auge drücken wollte.

»Ich habe Ihre Mail gelesen«, erklärte ich. »Wollten Sie über das ...«

»Setzen Sie sich erst einmal«, unterbrach er mich. »Ich habe hier was für Sie.«

Die Lesebrille wanderte zurück auf seine Nase und auf der Suche nach irgendetwas ließ er seinen Blick über die tadellos aufgeräumte Platte seines Schreibtischs gleiten. Jacoboni hätte sich in puncto Ordnung von ihm eine Scheibe abschneiden können. Oh, vielleicht hatte Nigel ja auch vor, mir einen neuen Bürokollegen vorzustellen.

»Schauen Sie sich das mal an.« Er förderte ein Exemplar von *K-Theorie* zutage, einer der ungefähr dreihundert Zeitschriften, die jeden Monat für fanatische Mathematiker herausgebracht werden. »Seite zwölf«, sagte er. »Ich hab's Ihnen angestrichen.«

»Noch was zum Hintergrund meines Themas?«, fragte ich. »Ich dachte, ich hätte mir da genug angelesen.« Genug angelesen – haha. Ich hatte in meinem dritten Jahr nichts anderes getan, als mich in Hintergrundartikel zu verbeißen, bis meine Augen so blutunterlaufen waren, als hätte ich wochenlang nicht geschlafen.

»Lesen Sie erst mal«, sagte er.

Professor Frost wirkte wie immer unbeteiligt, als er sich jetzt in seinem Stuhl zurücklehnte und die Beine übereinanderschlug. Er war nicht leicht zu durchschauen – auch das trug wahrscheinlich dazu bei, dass seine Studenten einen Heidenrespekt vor ihm hatten. Tabitha würde vermutlich einen Herzinfarkt bekommen, sobald sie den Fuß in eines seiner Seminare setzte.

Ich schlug die Zeitschrift an der Stelle auf, die er mit einem seiner allgegenwärtigen Post-it-Zettel markiert hatte, und warf einen Blick auf die Überschrift. Tabitha und alles andere versanken augenblicklich in der Versenkung meines Hirns, als ich sah, worum es ging: »Spektren der Algebraischen K-Theorie und die Topologische K-Theorie«.

Das konnte doch nicht wahr sein! Ich ließ meine Augen über den Artikel gleiten. Mein Verdacht erhärtete sich.

Ich sah zu Nigel hinüber. Er sah mich an, seine Brille nun in der rechten Hand und sein Gesicht ausdruckslos.

»Der hat meine Hypothese bewiesen«, sagte ich tonlos. »Das ist meine Doktorarbeit.«

»Mehr oder weniger.«

»Hoffentlich weniger?«

»Ich fürchte, eher mehr.«

Ich starrte auf diese widerwärtige Seite herunter und hoffte, dass meine Lippen nicht unkontrolliert zu zucken begannen. Man hatte mich reingelegt. Irgendein Depp von der Universität in Washington hatte über das gleiche Thema geforscht wie ich und war vor mir zu einem Ergebnis gekommen, das sich publizieren ließ.

Meine Mutter hatte mir immer verboten zu fluchen; sie fand, dass das eine unerlaubte Abkürzung war. Eigentlich sollte man als zivilisierter Mensch doch in der Lage sein, in jeder Situation beherrscht die richtigen Worte zu finden. Wie unpraktisch! Ich hätte die Zeitschrift am liebsten in der Luft in kleine Schnipsel zerrissen. Immerhin pfefferte ich sie auf Nigels Schreibtisch zurück, wo sie vorwurfsvoll auf einem geordneten Stapel Zeitschriften liegen blieb.

»Und was heißt das jetzt?«, fragte ich. »Muss ich von vorne anfangen? Ein ganz neues Thema finden?«

»Nicht direkt«, sagte Professor Frost.

»Nicht *direkt?* Wenn ich aus irgendeinem untergeordneten Punkt ein neues Thema gestalten will, brauche ich mindestens eine weitere Woche – und die Zeit habe ich einfach nicht mehr. Was soll *nicht direkt* denn heißen?«

Nigel sah mich weiter einfach nur an, bis mir bewusst wurde, dass ich in meiner Erregung aufgesprungen war und meine Finger in seine Schreibtischplatte gekrallt hatte. Ich ließ mich auf meinen Stuhl zurücksinken.

»Es heißt, dass Sie das nutzen können, was Sie schon haben«, erklärte er. »Sie müssen nur noch einen Schritt weitergehen als er.«

»Weitergehen, an einen Unterpunkt zurückgehen – das kommt doch alles aufs Gleiche heraus. Es kostet mich Zeit, die ich nicht habe. Ich stehe so kurz vor dem Abschluss. Wie viele von den Leuten, die meine Dissertation zu beurteilen haben, kennen diesen Artikel denn?«

»Das will ich überhört haben«, sagte Nigel streng und sah mich über den Rand seiner Brille hinweg an, die es sich inzwischen wieder auf seiner Nase gemütlich gemacht hatte.

»Ja, natürlich. Ich habe es ja auch gar nicht gesagt. Ich hab nur ... laut gedacht.«

»Denken Sie so etwas erst gar nicht. In unserer Fakultät geht es anständig zu.«

»Ich weiß. Ich will ja meinen eigenen Doktortitel auch gar nicht für die Ergebnisse eines anderen kriegen. Ich würde nachts kein Auge mehr zutun. Wobei ich zum Schlafen dann ja wohl in der nächsten Zeit sowieso nicht kommen werde. Na gut, was soll ich also machen? Noch über das hinausgehen, was er herausgefunden hat?«

»Denken Sie noch ein, zwei Tage darüber nach ...«

»Ich habe aber keine ein, zwei Tage ...« Ich merkte, wie ich die Beherrschung verlor, und versuchte, mir meine Aufregung nicht anmerken zu lassen. »Und ich muss auch nicht darüber nachdenken. Wenn man eine Dissertation beginnt, muss man mit dieser Möglichkeit schließlich immer rechnen. Ich werde Ihnen bis, sagen wir mal ... bis Freitag ein neues Konzept zukommen lassen. Dann muss ich eben an meinen Wochenenden umso härter arbeiten, um es aufzuholen. Diesen Herrn von der Universität in Washington übertrumpfe ich doch glatt. Sonst noch was?«

Nigel nahm seine Brille wieder ab – dieses Hin und Her machte mich wahnsinnig! – und ließ sie in seine Hemdtasche gleiten. Er rückte *K-Theorie* ordentlich auf dem Zeitschriftenstapel am Rand seiner Schreibtischplatte zurecht. Schließlich lehnte er sich wieder in seinen Stuhl zurück und schlug die Beine übereinander.

Kommen Sie schon, Nigel, dachte ich. *Wenn ich hier nicht bald rauskomme und mir die Haare raufen kann, falle ich über Sie her und zerzause, was von* Ihren *noch übrig ist.*

»Ich möchte Ihr Konzept nicht vor Montag auf dem Tisch haben. Sie müssen sich einfach Zeit nehmen, um in Ruhe zu überlegen, wie Sie jetzt vorgehen wollen. Und vielleicht sollten Sie das auch mit mir ein bisschen absprechen, falls es ein bisschen eng ...«

»Ich komme schon zurecht«, versicherte ich ihm. »Ich rechne eigentlich nicht damit, dass ich Probleme kriege. Ich kenne mich schließlich mit der K-Theorie inzwischen gut genug aus, um abschätzen zu können, was da auf mich zukommt.«

Sogar meine Mutter wäre von diesem Schlusswort vermutlich sehr angetan gewesen.

Wovon sie vermutlich sehr viel weniger angetan wäre, war die Tatsache, dass es nun doch sehr danach aussah, als würde ich meine Dissertation nicht zum vorgesehenen Termin beenden können. Darüber dachte ich nach, als ich endlich Nigels strengem Blick über die Brillengläser hinweg entkommen war. Der Gedanke, sie um Geld bitten zu müssen, war so ziemlich der unerfreulichste, den ich mir vorstellen konnte.

Als Jacoboni an diesem Nachmittag in unserem Büro auftauchte, hatten meine neurotischen Finger mein Haar so weit verwuschelt, dass er mich nur kurz ansah und dann fragte: »Hat er dir dieses Seminar doch noch aufs Auge gedrückt?«

Zum Glück klingelte in diesem Moment mein Handy und ersparte mir – und ihm – eine sarkastische Antwort.

»Jill!« Es war Max am anderen Ende der Leitung. »Ich bin's, Onkel Max.«

»Hallo«, sagte ich. »Was ist denn los?«

Vielleicht fiel ihm auf, dass ich ziemlich kurz angebunden war, aber er ging nicht weiter darauf ein.

»Hast du dich seit unserem letzten Gespräch schon mit deiner Mutter getroffen? Wobei ich dir keinen Druck machen will – das würde ich nie wagen ...«

»Ja, wir waren zusammen essen.«

Ich zog mich mit dem Handy auf den Gang zurück. Jacoboni schien in den letzten paar Sekunden eine ganz unerwartete Leidenschaft für seinen Computer entwickelt zu haben – ein klarer Hinweis, dass er neugierig jedes meiner Worte verfolgte. Auf dem Gang sah es aus wie auf der Autobahn; die Erstsemester schienen alle Tabithas Beispiel gefolgt zu sein. Sie fuhren auf Rollschuhen oder Inlinern durch unser Gebäude. Dazwischen standen fünf Doktoranden, die man nie irgendwo anders als auf dem Gang antraf; vielleicht gehörten sie zum Inventar. Ich ging mit meinem

Handy zu einem Ausgang, der auf einen Innenhof führte, und setzte mich an den Rand eines großen runden Blumentopfes, der von einem mir unbekannten Grünzeug überwuchert war.

»Bist du noch da?«, hörte ich Max am anderen Ende der Leitung. »Jill?«

»Ja. Hör mal, Max, wir haben zusammen zu Mittag gegessen. Und ich weiß, dass du Mom verehrst wie die Königin von Saba, aber ich bin mir hundertprozentig sicher, dass mit ihr etwas nicht stimmt.« Ich gab ihm eine Kurzfassung unseres Treffens und hörte ihn am anderen Ende aufstöhnen bei jeder Wendung, die meine Geschichte nahm.

»So verhält sich niemand, der nicht ernsthaft an der Flasche hängt«, schloss ich.

»Hast du an ihrem Atem irgendwelche Spuren von Alkohol bemerkt?«, wollte Max wissen.

»Nein, aber bei der Menge Parfum, die sie sich übergegossen hatte, wäre das auch schwer gewesen. Seit wann badet sie im Parfum und vergisst darüber andere Nebensächlichkeiten – zum Beispiel, ihr Haar zu kämmen?«

»Sie ist dem Stress wirklich nicht mehr gewachsen. Ich hab's ja geahnt – ich hab das schon so lange kommen sehen – aber sie hört einfach nicht auf mich.« Max schniefte verletzt. Als Nächstes würde er sich die Nase putzen; es konnte sich nur noch um Sekunden handeln. Ich merkte, wie ich mich vor Anspannung versteifte; schon jetzt bildeten sich am Handy kleine Schweißperlen.

»Und was soll *ich* da machen, Max?«, fragte ich. »Ich hab dir doch erzählt, wie das bei uns ablief. Ich habe nur eine leise Andeutung gemacht, dass sie – ach, was weiß ich – Kopfschmerzen hätte und sie ist mir glatt ins Gesicht gesprungen. Legst du vielleicht Wert auf ihre Wutausbrüche?«

»Ich möchte die wunderbare Freundschaft nicht aufs Spiel setzen, die deine Mutter und mich verbindet. Dir verzeiht sie sicher. Mich setzt sie glatt mit dem Sperrmüll vor die Tür.«

»Ach, jetzt hör aber auf, Max. Ihr seid seit fünfundzwanzig Jahren gut befreundet. Und wenn sie mit ihrer Säbelzunge auf dich losgeht, bleibst du einfach ruhig und wartest, bis sie sich müde gesäbelt hat. Wenn sie dagegen auf mich losgeht, sage ich unter Garantie wieder Dinge, die mir nachher leidtun, und wir entfernen uns noch weiter voneinander. Deswegen fang ich mit so etwas erst gar nicht an. Nie im Leben.«

»Wovon redest du denn eigentlich – dass ihr euch voneinander entfernen würdet? Ihre ganze Welt dreht sich um dich!«

»Dann leben wir offensichtlich in ziemlich verschiedenen Welten. Sie ist mir seit einem halben Jahr aus dem Weg gegangen. Und es gab Zeiten, da bin ich schon zusammengezuckt, wenn sie mich nur anrief. Heutzutage würde ich wahrscheinlich vor Überraschung glatt in Ohnmacht fallen. Weißt du, ich hab wirklich getan, was ich konnte, und ich bin nicht besonders weit gekommen. Nach unserem kleinen Zusammenstoß im *Callendar* hat sie vermutlich auf absehbare Zeit keine Treffen mehr mit mir vor.«

»Sie hat gesagt, sie trifft sich nächste Woche mit dir zum Essen.«

»*Was?*«

»Sie hat gesagt, dass sie dich nächste Woche wieder an einem Mittag zum Essen trifft. Ihr hättet das so abgesprochen.«

»Und warum weiß ich davon gar nichts? Ich sag's ja, sie ist von ihren ganzen Alkoholorgien schon nicht mehr zurechnungsfähig.«

»Das kann nicht sein.«

»Und wie erklärst du dir dann ...«

»Ich habe sie gestern Abend endlich einmal wieder überreden können, dass ich bei ihr vorbeikommen und ihr etwas kochen konnte. Ich wollte ihre Lieblingsgerichte kochen. Polenta mit Gorgonzola, mein besonderes *Stracotto al Barolo* – das ist in Rotweinsoße gedünstetes Rindfleisch ...«

»Hör auf, um die Speisenfolge geht es doch hier nicht. Was ist denn passiert?«

»Ich habe zu ihr gesagt: ›Geh hoch und mach es dir in der Badewanne gemütlich und ich bereite hier in der Zwischenzeit alles vor.‹ Und als sie dann oben war – und Jill, das ist mir jetzt wirklich peinlich –, habe ich mir alle Schränke, alle Schubladen und Regale, selbst den Vorratsraum vorgenommen. Ich habe keinen einzigen Tropfen Alkohol gefunden. Überhaupt nichts. Nicht einmal einen Korken im Müll.«

»Du hast ihren Mülleimer durchwühlt?«, fragte ich ungläubig. »Ich hoffe nur, dass du dabei nicht dein Samtjackett getragen hast.«

»Nein, aber ein Seidenhemd. Ich hoffe, die kriegen in der Reinigung den Kaffeesatz raus.«

»Kaffeesatz? Seit wann trinkt sie denn Kaffee?«

»Tut sie ja nicht. Der steckte noch vom letzten Mal, als ich da war, in der Kanne. Ich hatte ihn gerade in den Müll geworfen, als ich darin rumgewühlt habe. Vielleicht stimmt ja auch bei mir was nicht?«

»Wann warst du denn das letzte Mal dort?«, wollte ich wissen.

Max überlegte. »Vor zwei Wochen.«

Ich wechselte das Handy in die andere Hand und wischte mir meine schweißfeuchten Finger an der Hose ab. »Und was denkst du nun?«

»Gar nichts. Ich denke gar nichts. Ich möchte am liebsten überhaupt nicht darüber nachdenken. Aber du könntest zu ihr gehen, Jill. Versuch rauszufinden, was los ist.«

»Was soll ich denn machen? Ihre geheimen Müllvorräte aufspüren? Du hast dir doch schon alles angesehen. Sie scheint also offensichtlich nicht zu Hause zu trinken.«

»Nein, das ist es nicht.«

»Was denn dann?«

Sein üblicherweise warmer Tenor machte einem fast schrillen Schreien Platz.

»Ich hab sie ein bisschen nach ihrer Arbeit gefragt«, erzählte Max. »Und da sagt sie zu mir – du wirst das kaum glauben, Jill – ich hab es ja selbst kaum glauben können ...«

»Versuch's einfach mal.«

»Sie sagt: ›Ich habe gerade durch das ... das ... na, dieses Ding geschaut, dieses Instrument, mit dem man alles vergrößert sieht.‹«

»Das Mikroskop?«

»Genau. Eben. Das habe ich dann auch zu ihr gesagt. Ihr fiel das Wort nicht mehr ein – und es war an diesem Abend nicht das einzige.«

»Aber betrunken war sie nicht«, stellte ich fest. »Da bist du dir ganz sicher.«

»Weißt du, was ich glaube? Ich sag's dir. Ich glaube, sie hat Depressionen.«

»Das sagen die Leute immer, wenn jemand etwas hat, was sie nicht zuordnen können«, sagte ich skeptisch.

»Nein, Depressionen wirken sich auf das Denken aus und auf die Konzentrationsfähigkeit. Ich kenne Musiker, denen es so schlimm geht – es ist wirklich furchtbar –, dass sie nicht einmal mehr ihr Instrument stimmen können.«

»Aber sie ist keine überempfindliche Künstlerin – sorry, ich will damit niemandem zu nahe treten – und sie würde nie zulassen, dass es mit ihr so weit kommt. Hast du noch nie ihren Vortrag über Antidepressiva und Selbsthilfegruppen gehört? Damit hätte sie glatt Kurt Cobain zum Nachdenken gebracht.«

»Dann beweis mir, dass ich mich irre«, seufzte Max. »Besuch sie und mach dir selbst ein Bild. Vielleicht mache ich ja wirklich aus einer Mücke einen Elefanten. Ich wäre dir so überaus dankbar. Ich koche dir, was du willst. Willst du *lo schinco?* Das hat dir doch immer so geschmeckt!«

»Du musst mich nicht bestechen«, sagte ich resigniert. »Ich geh ja schon. Wann, sagtest du, wollte sie sich mit mir treffen?«

»Das hat sie nicht genau gesagt. Sie hat nur von nächster Woche gesprochen.«

»Also gut, vielleicht schaue ich einfach am Samstag mal bei ihr vorbei. Glaubst du, sie ist dann zu Hause?«

»Da bin ich ganz sicher. Am Wochenende ist sie immer zu Hause. Sie steckt den Kopf überhaupt nicht aus der Tür, wenn ich sie nicht buchstäblich raustrage.«

»Kann ich mir richtig bildlich vorstellen«, meinte ich sarkastisch.

»Rufst du mich an, wenn du bei ihr warst?«, bat er.

»Na gut.«

»Du kannst mich jederzeit anrufen. Du hast doch meine Nummer?«

»Ja, Max.« *Und wenn ich sie nicht hätte, müsste ich einfach nur aufs Display schauen ...* Aber ich sagte nichts. Es war mehr als offensichtlich, dass Max völlig am Ende war.

»Bitte lass mich nicht unnötig warten. Ich werde vermutlich kein Auge zutun, bis ich weiß, was los ist.«

Beruhig dich bloß, Max, dachte ich, als ich auflegte. *Und ich dachte immer,* ich *würde mich unnötig fertigmachen. Dir würde ein bisschen Entspannung auch nicht schaden.*

Ich überstand den Rest der Woche, indem ich alles schön säuberlich voneinander getrennt in meinen Schubladen hielt. Tagsüber bereitete ich mich auf meine Lehrveranstaltungen vor und zog meine Seminare durch, hielt meine Sprechstunden ab und gab Tabitha Nachhilfeunterricht. Abends drehte ich meine Runden auf der Stanforder Schleife – wobei mir Sokrates zum Glück nicht mehr über den Weg lief – und blieb die halbe Nacht auf, um über meiner Doktorarbeit zu grübeln. Wenn ich dann vor Müdigkeit nicht mehr konnte, schlief ich einfach auf dem Sofa, wobei mich mein Laptop vorwurfsvoll vom Wohnzimmertisch aus anblinkte. Auf diese Weise konnte ich erst gar keine Tiefschlafphasen erreichen, die meinen Gedankengang unterbrochen hätten.

Am Samstagmorgen konnte ich kaum noch klar aus den Augen sehen, aber ich hatte immerhin mein neues Konzept fertig. Ich fuhr zum Büro, um es sicher in einer Schublade zu verstauen. Am Montag würde ich es Nigel geben. Es war so einladend still im Gebäude, dass ich der Versuchung, mit einer Tasse Earl Grey hinter meinen Schreibtisch zu sinken und etwas nachzuarbeiten, nur schwer widerstehen konnte. Keine Tabitha. Kein Jacoboni. Kein Peter, kein Rashad, keine Deb und auch kein

Schwarm Erstsemester. Wenn es einen Himmel gab, musste er so ähnlich sein.

Aber Max würde dafür sorgen, dass *ich* nie wieder ein Auge zutun würde, wenn ich meiner Mutter jetzt nicht den versprochenen Besuch abstattete. Ich hoffte, dass ich einem verbalen Bombenanschlag entgehen würde; schließlich hatte sie Max gegenüber behauptet, wir seien verabredet. Das heißt – wenn Max mir die Wahrheit gesagt hatte. Inzwischen fragte ich mich, ob Max nicht alles tun würde, um sicherzustellen, dass meine Mutter ihm erhalten blieb – alles natürlich, außer seine Nudelmaschine oder seinen Taktstock zu verkaufen.

Ich merkte sofort, dass Max mich nicht angelogen und offensichtlich auch nicht das kleinste bisschen übertrieben hatte, als ich meinen Miata, den ich Max abgekauft hatte, in Moms Einfahrt parkte. Er hatte sogar das Bemerkenswerteste ausgelassen. Der Oleander war an der Hauswand hochgewuchert, sodass das Erdgeschoss schon komplett zugewachsen war. Der erste Stock würde es auch bald sein. Der Rasen war vermutlich seit Juli nicht mehr gemäht worden – und inzwischen war schon Oktober! In der Mitte des Rasens lag eine durchgeweichte Sonntagszeitung.

Na ja, da hat ihr Gartenservice wohl gekündigt. Was macht das schon?, versuchte ich mich zu beruhigen. Ich hob die Zeitung auf und ließ sie in den Mülleimer fallen, der noch an der Einfahrt stand. Gartenhilfe oder nicht – bei Elizabeth McGavock stand der Mülleimer für gewöhnlich schon wieder ordnungsgemäß hinter der Garage, wenn das Müllauto noch nicht einmal um die nächste Straßenecke gebogen war.

Ich klopfte an die Haustür, ein Zugeständnis meinerseits. Als ich vier Jahre zuvor aus Palo Alto zurück nach San Francisco gezogen war und zum ersten Mal meine Mutter besuchen wollte, hatte ich die Tür geöffnet und gerufen: »Bin wieder da, Mom!« Ihre ersten Worte waren gewesen: »Wenn du das nächste Mal kommst, warte bitte, bis ich dir die Tür aufmache.«

Mir war damals schon der Verdacht gekommen, dass sie mich nur deshalb genötigt hatte, meine Lehrtätigkeit in Trenton aufzugeben und mich um die Doktorandenstelle in Stanford zu bewerben, weil sie fand, dass das meiner Karriere förderlich sein würde – und nicht, weil sie Sehnsucht nach mir hatte und mich gerne wieder in der Nähe haben wollte. Sie hatte nicht den leisesten Einwand erhoben, als ich ihr erklärt hatte, dass ich lieber in das Doktorandenwohnheim als zurück zu ihr ziehen würde. Aber trotzdem hatte sie in meinen ersten Jahren in Stanford fast jeden meiner Schritte überwacht und ausgiebig kommentiert – weil sie wissen wollte, wie ich mit meiner Arbeit vorwärtskam, wer meine Freunde waren und wie ich meine Zeit verbrachte. Das hatte sie schon immer getan. Sie hatte mir immer versichert, dass sie mir helfen wollte, eine starke, unabhängige, intelligente, gebildete und kulturell aufgeschlossene Frau zu werden. Weiter hatte sie keine Ambitionen. Als sie vor einem halben Jahr plötzlich den Kontakt zu mir abgebrochen hatte, war ich eher erleichtert gewesen, aus ihrem Zugriffsbereich entkommen zu sein.

Nun ging die Tür auf und Mom begrüßte mich – in einem Bademantel, der halb offen stand. Er bedeckte das schwarze Höschen und den weißen BH darunter nur höchst unzulänglich, aber mein Anblick schien sie weder zu überraschen noch dazu zu bewegen, den Mantel fester zuzuziehen. Sie lächelte mich nur unbestimmt an und sagte: »Ach, du bist's. Hallo. Komm rein.«

»Hab ich dich geweckt?«, fragte ich.

»Sei nicht albern. Ich stehe doch auf, sobald es morgens hell wird. Das weißt du doch.«

Ich weiß auch, dass du dem Mitarbeiter vom Gartenservice mit einer Pinzette und einem Vergrößerungsglas hinterhergelaufen bist. Aber das war wohl mal.

»Ich musste heute Morgen kurz ins Büro und da dachte ich, ich schaue mal vorbei«, sagte ich. »Vielleicht hast du den Tee schon aufgesetzt.«

»Nein, jetzt wo du mich fragst ... habe ich nicht.«

»Oh«, sagte ich. »Macht's dir was aus, wenn ich mir einen mache?«

»Bediene dich.«

»Willst du auch einen?«

»Einen was?«

»Tee.«

Als ich hinter meiner Mutter her in Richtung Küche stapfte, fragte ich mich, ob sie vielleicht mehr Begeisterung an den Tag gelegt hätte, wenn ich ihr einen Gin Tonic angeboten hätte. Ich sah mich um und verrenkte mir den Hals bei dem Versuch, einen Blick ins Wohnzimmer zu erhaschen. Soweit ich sehen konnte, befand sich alles im Zustand fast zwanghafter Ordnung und Sauberkeit, die Moms ganzes Leben kennzeichneten. Die Drucke von Hans Hofmann und Willem de Kooning hingen noch an den Wänden. Ich sah auch ihren Steinway-Flügel – den einzigen ausgefallenen Einrichtungsgegenstand, den sie sich je angeschafft hatte. Alles Übrige war streng und minimalistisch. Sie hatte immer betont, dass sie klaren Linien den Vorzug gab; sie wollte keinen Schnickschnack und keinen unnötigen Firlefanz.

Und daran hatte sich offensichtlich nichts geändert. Dachte ich zumindest, bis ich in ihrer Küche im Spülbecken schmutziges Geschirr bemerkte – einen ganzen Berg davon, etwa in der Größe des Matterhorns. Ich tat so, als bemerkte ich ihn nicht, und öffnete einen der Einbauschränke, um mir eine Tasse herauszunehmen. Aber ich fand keine mehr. Also musste ich notgedrungen im Geschirrberg nach einer Tasse wühlen, die sich wiederverwerten ließ.

»Hast du hier gestern eine Party geschmissen?«, fragte ich.

»Nein. Wieso?«

»Ach, ich dachte bloß so. Es war schließlich Freitag – und du hast doch gerne Gäste ...« *Und außerdem hast du hier so viel Geschirr herumstehen, dass es für den ganzen Stadtteil gereicht hätte.*

Ich fand die Packung mit der englischen Teemischung und tat so, als könnte ich mich nicht entscheiden, welchen Beutel ich nun nehmen sollte. Inzwischen arbeitete mein Gehirn fieberhaft, wie ich mit ihr ins Gespräch kommen konnte. Ich war einfach nicht besonders raffiniert.

»Na ... Max hat erzählt, dass er diese Woche zum Abendessen hier war«, sagte ich schließlich.

»Ja, und er hat ununterkrochen geredet.«

»Ununterbrochen«, verbesserte ich automatisch.

»Das sagte ich bereits.«

»Wollte nur ganz sicher sein, dass ich dich richtig gehört hatte«, beschwichtigte ich sie. »Was hat er denn erzählt?«

»Irgendwelche Konservatoriumsangelegenheiten – er weiß nur zu gut, dass mich Universitätspolitik überhaupt nicht interessiert. Mir ist nicht ganz klar, warum er mir überhaupt erschälen musste, dass der Vorsitzende – nein, fass das nicht an!«

Ich hatte meine Hand mit der Teetasse inklusive Beutel schon in Richtung Mikrowelle ausgestreckt und hielt erstaunt mitten in der Bewegung inne.

»Warum denn nicht? Ist die Mikrowelle kaputt?«

»Ich ertrage einfach das Geräusch nicht, das sie macht.«

»Welches Geräusch? Ist irgendetwas an dem Gerät nicht in Ordnung?«

»Es piept. Ich sagte schon, ich kann das ... ich kann das ...«

»... nicht ertragen«, sagte ich.

»Du musst meine Sätze nicht zu Ende sprechen«, sagte sie scharf. »Ich bin durchaus in der Lage, meine eigenen Sätze ...«

An dieser Stelle wurde sie vom Klingeln des Telefons unterbrochen. Sie fuhr erschrocken auf, als wäre das Ding explodiert. Dann riss sie den Hörer an sich und sagte: »Was *ist* denn?«

Ich setzte die Tasse mit dem immer noch kalten Wasser, auf dem ein einsamer Teebeutel trieb, auf der Küchentheke ab und wendete alle Konzentration darauf, den Mund geschlossen zu halten. Meine Mutter war zwar nie für ihre Höflichkeit am Telefon bekannt gewesen, aber so regelrecht unverschämt zu sein, entsprach ihr auch überhaupt nicht. Was in aller Welt war hier eigentlich los? Sie ertrug das Piepen der Mikrowelle nicht? Sie zuckte zusammen, wenn das Telefon klingelte?

Ich hielt inne und lauschte. Abgesehen von den kurzen Sätzen, die Mom ins Telefon schnauzte, war kein Laut zu hören. Normalerweise würde sie an einem Samstagmorgen eine Musiksendung anschalten, aber ein Blick auf das Radio zeigte, dass der Stecker einsam vom Regal herunterbaumelte. Wenn sie mit dem, was gerade gesendet wurde, nichts anfangen konnte, schob sie für gewöhnlich eine ihrer altmodischen CDs mit klassischer Musik ein (dass man sogar Klassik heutzutage aus dem Internet streamen konnte, hatte sich noch nicht bei meiner Mutter durchgesetzt). Das einzig auch nur einigermaßen Ungewöhnliche, das ich sie je hatte tun sehen, war, dass sie mitten im Raum stand und ein Orchester dirigierte, dessen Klänge nur aus der Soundanlage kamen. Aber heute herrschte totale Stille. Ich konnte nicht einmal die Uhr im Flur ticken hören.

Ich werde ja schon total paranoid, schalt ich mich. *Max hat mich angesteckt mit seiner Hysterie.*

Ich zwang mich, in den Flur zurückzugehen und nach der alten eichenen Standuhr zu schauen, nach der sich im Haus McGavock immer alles gerichtet hatte. Das Pendel hing bewegungslos hinter der Glasscheibe. Es sah Mom überhaupt nicht ähnlich, es einfach auslaufen zu lassen. Inzwischen hatte ich den starken Verdacht, dass sie die Uhr absichtlich ausgestellt hatte.

Als ich in die Küche zurückkam, hörte ich gerade noch, wie sie in den Hörer fauchte: »Für so einen Unschinn habe ich keine Zeit. Lassen Sie mich in Zukunft in Ruhe.« Dann riss sie das Telefon aus der Wandhalterung und schleuderte es in den Mülleimer.

»Ich brauche einen Tee«, verkündete sie. »Mach mir doch einen mit, wo du gerade dabei bist, ja?«

»Klar«, sagte ich. »Ich setz den Wasserkocher auf.«

Als ich den Wasserhahn aufdrehte, bemerkte ich, dass meine Hände zitterten.

Ich verbrachte auch den Rest des Tages im Haus meiner Mutter. Sie ging wieder schlafen, nachdem sie zweimal kurz an ihrem Tee genippt hatte. Ich verkniff mir meinen Kommentar, dass es erst zehn Uhr am Morgen war. Ich räumte das Geschirr in die Spülmaschine (insgesamt drei Durchgänge, bis alles wieder sauber war), machte aus den wenigen Überresten im Kühlschrank, die nicht verschimmelt oder verschrumpelt waren, ein paar belegte Brote und begann meine eigene Suche nach allem, was auch nur im Entferntesten auf Alkohol- oder vielleicht sogar Drogenmissbrauch hindeutete. Es schien meiner Mutter nicht aufzufallen, dass es eigentlich recht ungewöhnlich war, dass ich so lange bei ihr blieb. Allerdings begann ich mich zu fragen, ob sie meine Anwesenheit überhaupt bemerkte.

Aber ich dachte den ganzen Tag an nichts anderes als an sie. Und wie hätte es auch anders sein können?

Am Nachmittag fragte sie mich unvermittelt, wie spät es eigentlich war, obwohl sie eine Armbanduhr trug und sich in der Küche allein drei Uhren befanden.

Am Abend monologisierte sie über Uniangelegenheiten – nachdem sie am Morgen behauptet hatte, dass sie dieses Thema todlangweilig fand. Sie redete eine Dreiviertelstunde lang ununterbrochen, ohne mich dabei auch nur anzusehen.

Am nächsten Morgen rief ich an, um ihr zu erzählen, dass ich am Mittag kommen würde, damit wir zusammen essen gehen konnten. Als ich bei ihr ankam, hatte sie schon gegessen und hielt auf dem Wohnzimmersofa ein Nickerchen. Ich legte eine CD mit Bach-Fugen auf, was sie erschrocken hochfahren ließ: »Mach das aus! Ich ertrage diesen Lärm nicht!«

Und dann gab es wieder Zeiten, in denen sie mir vorkam wie immer. Sie erzählte mir von einem neuen Mitarbeiter in ihrem Labor, der seiner Arbeit nicht mit der Leidenschaft nachkam, die sie eigentlich erwartet hätte. Ich war erleichtert, als ich sie beim Sortieren ihrer CD-Sammlung beobachtete. Sie war immer so unglaublich ordentlich gewesen und hatte ihr Leben in allen Punkten selbst in der Hand gehabt. Mitten in einen ihrer eigenen wirren Monologe hinein sagte sie plötzlich: »Ich bin sehr zufrieden mit dem, was ich bisher erreicht habe, und wenn irgendjemand ein Problem mit mir hat, tut er mir leid, denn ich habe nicht vor, mich zu ändern.« In diesem Augenblick wagte ich fast zu hoffen, dass unsere Befürchtungen, mit ihr stimme etwas nicht, sich als total unbegründet erweisen würden. Wir hatten uns bestimmt grundlos in etwas hineingesteigert.

Und dann stand Mom abrupt auf, ging zum Kühlschrank hinüber und starrte mit leerem Blick hinein. Oder sie ging wortlos in ihr Zimmer, um ihr viertes Nickerchen für diesen Tag zu halten. *Wer ist diese merkwürdige Fremde und was hat sie bloß mit meiner Mutter angestellt?*

Was mir am meisten auffiel, war, dass sie an dem ganzen Wochenende nicht ein einziges Mal auf mich zu sprechen kam. Sie machte nicht einmal den Versuch, sich in meine Privatangelegenheiten zu mischen oder meine Entscheidungen in Bezug auf alles Mögliche zu hinterfragen.

Es war Zeit herauszufinden, was hier eigentlich los war.

KAPITEL 4

In der Nacht auf Montag schlief ich wenig. Ich suchte im Internet – nein, ich durchwühlte das Internet – verzweifelt nach Hinweisen, was mit Mom los sein könnte. Ich befürchtete, dass mir keine Haare mehr blieben, wenn ich bis zum Morgen vergeblich weitersuchte.

Ich fing mit Alzheimer an. Schon beim bloßen Gedanken daran sträubte sich alles in mir, aber was sonst würde die Veränderungen, die mit meiner Mutter vorgingen, auch nur annähernd erklären? Aber ich brauchte nicht mehr als eine Website, um zu merken, dass ich auf der falschen Spur war.

Bei Alzheimer kommt es zu Gedächtnisverlusten. Mom entfielen zwar Wörter und sie schien zeitweise etwas geistesabwesend, aber vergesslich war sie mir eigentlich nicht vorgekommen. Was sie tat, entsprach einer gewissen Logik – dass sie die Mikrowelle nicht benutzte, weil sie sich von dem Lärm gestört fühlte, oder sich lästige Anrufer unnötig unhöflich vom Hals zu halten versuchte. Und Alzheimerkranke sprachen, wenn die Website das richtig darstellte, weder undeutlich noch erschienen sie in der Unterwäsche an der Haustür und präsentierten sich so der Nachbarschaft. Aber genau da hakte es bei Mom: Ihre Sprache verschwamm und sie verhielt sich merkwürdig – und sie konnte manche Dinge offensichtlich nicht mehr richtig einordnen.

Ich geb's ja nicht gerne zu, überlegte ich, *aber vielleicht hat Max ja doch recht. Vielleicht ist es wirklich ein besonders merkwürdiger Fall von Depression.*

Ich verspürte bei dem Gedanken ein kleines Stückchen Erleichterung – wenn meine Mutter erst einmal eine Diagnose hatte, könnte sie sofort mit einer medizinischen Behandlung beginnen –, aber obwohl ich mir noch vier Stunden Schlaf gönnte und dann versuchte, mich angesichts des bevorstehenden Treffens mit

Nigel voll auf meine Dissertationsschublade zu konzentrieren, konnte ich meine Mutter nicht ganz aus meinen Gedanken bannen. Tief in meinem Innern ahnte ich, dass mit ihr etwas Grundsätzlicheres nicht stimmte.

Was ich am auffälligsten fand, war die Kluft, die sich zwischen uns auftat. Es hatte mich schon immer verletzt, dass meine Mutter mir emotional nicht nahestand. Und wir waren nie besonders herzlich miteinander umgegangen – es wäre auch nicht aufrichtig gewesen. Wir waren alles andere als gute Freundinnen, worauf ich auch gar keinen Wert gelegt hätte. Aber wenn wir schon miteinander zu tun hatten, hatte sie mir ihre volle Aufmerksamkeit gewidmet. Für gewöhnlich war sie rechthaberisch und streitsüchtig gewesen, aber immerhin hatte sie mich wahrgenommen. Es hatte zwischen uns eine wie auch immer geartete Verbindung gegeben – auch wenn sie mich manchmal zur Verzweiflung getrieben hatte.

Im Moment dagegen verband uns überhaupt nichts. Als ich an diesem Morgen von meinem Doktorandenwohnheim zum Fakultätsgebäude marschierte, schaffte ich es nicht, mich auf Nigel und meine neue Konzeption zu konzentrieren. Das einzige Bild in meinem Hirn war der Gesichtsausdruck meiner Mutter, als ich sie am Abend zuvor verlassen hatte. Ich hatte gerade die Spülmaschine eingeräumt und ging zu ihr, um mich zu verabschieden. Sie saß in ihrem Arbeitszimmer und las, doch als sie von ihrem Buch zu mir aufsah, hätte ich fast erschrocken nach Luft geschnappt. Eine Sekunde lang sah es so aus, als wäre die lebhafte Intelligenz, die ihrem Gesicht immer eine enorme Ausdrucksfähigkeit verliehen hatte, einer totalen Leere gewichen.

Sie hatte sich schnell wieder gefangen, aber der Eindruck hatte sich festgesetzt. Das konnte ich nun wirklich nicht brauchen; von Nigels Gesichtsausdruck, wenn er über meine Dissertation sprach, hing für mich im Moment viel mehr ab.

Er war noch nicht in seinem Büro, als ich hinkam, also steckte ich mein Konzept in seinen Briefkasten und versuchte, mich ganz auf meine Seminarschublade zu konzentrieren. Was sich als unmögliches Unterfangen herausstellte. Tabitha tauchte auf, als ich kaum fünf Minuten an meinem Schreibtisch saß. Ihre rot geränderten Augen gaben Anlass zu der Annahme, dass sie geheult hatte. Was ihrer Sprechgeschwindigkeit offensichtlich keinen Abbruch tat.

»Hi, Jill«, sagte sie. Mittlerweile waren wir in einer unserer unzähligen Nachhilfestunden zum Du übergegangen, auch wenn ich das bei Studenten normalerweise nicht tat. Aber Tabitha war einfach – na ja, irgendwie speziell für mich. Eine spezielle Herausforderung. »Ich weiß, dass wir nicht verabredet sind, und wenn du jetzt etwas anderes zu tun hast, kann ich auch gerne später wiederkommen, aber ich dachte, ich versuche dich lieber gleich am Morgen zu erwischen, bevor du total viel zu tun hast, weil ich wirklich mit dir reden muss.«

»Klar«, sagte ich und warf nur einen kurzen, demonstrativen Blick auf den dicken Stapel unkorrigierter Klausuren neben mir. »Worum geht's denn?«

»Ich bin einfach ...« Die dürren Ärmchen schossen hilflos in die Höhe, als versuchte das arme Kind zu fliegen. Ich deutete auf einen Stuhl.

»Die Nachhilfe hilft dir wohl nicht?«, fragte ich, als sie durchs Zimmer rollte.

»Oh nein. Also, ich meine, doch. Du hast mir so geholfen und mich so unterstützt und ich glaube, ich komme mit den Übungen jetzt auch besser zurecht, aber ich dachte mir, wenn ich einfach mal mit dir über diese andere Sache reden kann, kann ich mich vielleicht ein bisschen besser konzentrieren, weil ich wirklich total durcheinander bin.«

»Das sehe ich«, sagte ich trocken.

Ich wühlte in einer Schublade nach einer Packung Taschentücher, nach der sie dankbar griff. Sie fischte ein Taschentuch heraus und putzte sich geräuschvoll die Nase.

Soll ich jetzt auch noch Therapeutin spielen?, fragte ich mich. *Haben die an dieser Uni eigentlich keine Profis mit einem ordentlichen Psychologiestudium für so was?*

»Hast du getan, was ich vorgeschlagen habe«, fragte ich, »und dir in der Bibliothek einen Einzelarbeitsraum zuweisen lassen?«

Tabitha nickte und drückte sich das Taschentuch immer noch an die Nase.

»War das nichts für dich?«

»Doch, doch, es hat schon geholfen. Ich sag ja, du hast mir so viele gute Tipps gegeben. Aber das ist ja gar nicht mein Problem. Ich hab *solches* Heimweh!«

Ich stöhnte innerlich auf. Wenn ich innerhalb der nächsten drei Minuten zwanzigmal auf die Uhr sah, ging ihr vielleicht auf, dass ich heute Morgen keine Lust hatte, Babysitter zu spielen. Aber ich hielt mich zurück und nickte. Meine Mutter hatte das immer aktives Zuhören genannt.

»Ich wusste ja, dass ich ein bisschen Heimweh kriegen würde. Du weißt schon – dass ich meine Eltern vermisse und meinen Bruder und meinen Hund und alle meine Freunde und ein paar von meinen Lehrern ...«

»Mhm ...«

»... aber ich dachte, ich finde bestimmt neue Freunde und dann geht es irgendwann. Und jetzt ist sozusagen schon Oktober.«

»Stimmt.«

»Aber die sind hier alle ganz anders als ich. Ich will ja gar nicht, dass alle sind wie ich, aber die haben nichts als Partys im Kopf und wie sie einen Freund finden und wer die besten Noten hat und ich bin einfach so ... so ...«

Wenn mich meine Erinnerung nicht täuschte, ging man tatsächlich wegen der Partys, der Freunde und der guten Noten aufs College – weswegen denn sonst? Aber ich nickte weiter. Wenn ich jetzt etwas einwarf, wurde das arme Mädchen wahrscheinlich glatt hysterisch.

»Na ja, also letztes Wochenende bin ich ganz alleine in meinem Zimmer geblieben und habe ganz alleine gegessen und gelernt und alle anderen waren draußen und haben – ja, ich weiß auch nicht, was die alle so gemacht haben – aber jedenfalls habe ich gestern in der Kirche darüber gebetet und dann hab ich angefangen zu weinen und konnte einfach nicht mehr aufhören. Und ich hab bis eben nicht aufgehört, eigentlich. Ich hab letzte Nacht im Flur geschlafen, damit meine Mitbewohnerin mich nicht hören konnte.«

»Hast du keinen Ansprechpartner im Wohnheim?«

»Das ist ein Mann. Ich glaube nicht, dass der mich verstehen würde.«

Da stimmte ich ihr zu. Kein Mann würde sich so etwas anhören – er würde dem Kindchen sagen, es sollte endlich mal erwachsen werden und ein bisschen Spaß haben. Aber mir stand so etwas natürlich nicht zu. Unsereins soll ja »immer für die Studenten da sein«.

»Ich hab mir einfach gedacht, wenn ich das mal jemandem erzählen kann, geht's mir vielleicht besser, verstehst du?«

»Und – geht's dir besser?«, fragte ich hoffnungsvoll.

»Na ja, irgendwie schon. Ich weiß auch nicht. Vielleicht hätte ich einfach nicht auf so eine große Uni gehen sollen. Ich hätte ja auch zu Hause bleiben und dort auf das College gehen können.«

»Nein, an so einem kleinen College habe ich mal unterrichtet. Die sind wie Schulen, nur mit mehr Aschenbechern. Sieh es doch einmal von der Seite – das alles ist eine gewaltige Umstellung für dich ...«

»War das für dich eine große Umstellung, als du aufs College kamst?«

»Nun, ich war ...«

»Wo warst du eigentlich?«

»In Princeton.«

Tabithas Augen wurden groß wie Untertassen. »Boah. Du musst ja ganz schön nervös gewesen sein.«

»Auch nicht mehr als irgendjemand, der hier zu studieren anfängt. Man steht auch hier immer unter Druck. Aber du bist doch ziemlich klug – du wirst das schon schaffen.«

»Meint du das wirklich? Du denkst nicht, dass ich am besten jetzt aufgebe und meinen Eltern eine Menge Geld spare?«

Das Wort *aufgeben* hatte es in meinem Wortschatz nie gegeben. Ich schnitt eine Grimasse.

»Aufgeben kommt überhaupt nicht infrage«, ermahnte ich Tabitha. »Du musst dein Leben nur ein bisschen ... sortieren.«

»Wie meinst du denn das? So in verschiedene Stapel?«

»Genau, wie in verschiedene Stapel. Du legst dir einen Stapel für den Unterricht an, einen für Freundschaften, einen für was-weiß-ich ...«

»Einen für Gott.«

»Na ja, alles, was dir so einfällt. Und dann überlegst du dir, welcher Stapel dir am wichtigsten ist, und nimmst dir diese wichtigen Dinge vor. Und dann erst machst du dir Gedanken über die anderen. Wenn du jetzt gerade mit deinem Lehrstoff-Stapel zu kämpfen hast, konzentrierst du dich darauf und denkst erst gar nicht an den Freundschaften-Stapel. Und glaub mir, da ist sowieso nicht alles Gold, was glänzt.«

Sie sah mich wehmütig an. »Ich wette, du hast eine Menge Freunde. Du bist … na ja, du bist irgendwie so toll!«

»Mein bester Freund ist mein Laptop«, sagte ich. »Ich konzentriere mich darauf, meinen Doktortitel zu kriegen ... und den werde ich nicht kriegen, wenn ich jetzt nicht bald zu arbeiten anfange.«

Tabitha sank ein bisschen in sich zusammen, aber ich hatte einfach nicht die Zeit, sie noch einmal aufzubauen. Die zehn Minuten, die ich mit ihr verbracht hatte, waren zehn Minuten zu viel. Und außerdem hatte ich auch keine guten Ratschläge mehr in petto.

»Tut mir leid«, sagte sie und flatterte mit erhobenen Armen von ihrem Stuhl. »Ich wollte dich nicht von der Arbeit abhalten, aber trotzdem danke, du hast mir wirklich geholfen. Ich glaube, ich schaff es jetzt sogar durch den Tag, ohne dass ich in einem Seminar zu heulen anfange.«

Sie streckte mir die Packung Taschentücher entgegen, aber ich winkte ab.

»Behalte sie ruhig«, sagte ich. Wenn sie in *meinem* Seminar anfing zu heulen, sollte sie wenigstens gerüstet sein.

Ich gab in meinem Matheseminar Klausuren zurück und

schlug mich deswegen für den Rest des Tages mit Studenten herum, die sich beschweren, bessere Noten aushandeln oder – wenn alle Beschwerden und Verhandlungsversuche auf taube Ohren stießen – Termine für Nachhilfestunden ausmachen wollten.

»Jetzt flippen die Erstsemester wieder rum«, kommentierte Jacoboni, kaum dass einer meiner Besucher außer Hörweite war. »Sie waren alle die Jahrgangsbesten in ihrer Schule und jetzt kommen sie hierher und kriegen schon die Oberkrise, wenn sie mal – ach, was weiß ich – ein *Buch* lesen müssen.«

»Mehr als drei Stunden können sie bei mir jedenfalls nicht die Krise kriegen«, sagte ich, »weil ich auch noch anderes zu tun habe.«

»Was denn so?« Jacoboni tat erstaunt und sah aus, als sei er auf ein längeres Schwätzchen aus.

In diesem Moment hätte ich mein Smartphone am liebsten geküsst: Es klingelte. Es war mir sogar egal, dass es Max war.

»Wie ging es Liz?«, fragte er, nachdem wir die üblichen Hallos hinter uns gebracht hatten. »Als du mich nicht angerufen hast ...«

»Es war spannend«, sagte ich.

»Hat sie mit dir geredet? Hast du herausgefunden, was ...«

»Nein, ich habe nicht die leiseste Ahnung.«

Ich hörte ihn am anderen Ende der Leitung schwer aufseufzen. »Was sollen wir denn machen, Jill? Ich drehe noch völlig durch. Ich liege nachts wach und ...«

»Immer mit der Ruhe, Max«, beschwichtigte ich ihn. »Mir fällt schon noch was ein.«

Als ich auflegte, sah Jacoboni auffällig unauffällig zu mir herüber. »Ah ja. Max.«

»Ja, Jacoboni. Max. Er ist zwar der Freund meiner Mutter, aber ab und zu treffen wir uns heimlich und feiern fröhliche Privatorgien. Wir planen gerade für Ende November einen Abstecher in die Karibik. Sonst noch Fragen?«

Sollte er tatsächlich noch etwas auf dem Herzen gehabt haben, so gab ich ihm jedenfalls keine Chance mehr, es loszuwerden. Ich ließ ihn allein im Büro zurück und machte mich auf die Suche nach Nigel Frost.

Professor Frost war für den Rest des Tages verplant und so war mein Kopf voll mit Kleinigkeiten aus meinen anderen Schubladen, als ich an diesem Abend die Schleife in Angriff nahm. Es war eiskalt und viel windiger als gewöhnlich, sodass ich mir einen Jogginganzug über meine normalen Klamotten zog. Als ich zum ersten Hügel kam, hielt ich kurz an, um ihn wieder auszuziehen. Je mehr ich nachdachte, desto schneller rannte ich und meine Atmung geriet völlig außer Kontrolle.

Ich wurstelte gerade an den Gummibändern unter meinen Füßen herum, als ich jemanden reden hörte. Warum konnten sich die Leute beim Jogging eigentlich nicht einfach Airpods in die Ohren schieben, Musik hören und den Mund halten? Es gab schließlich auch Menschen wie mich, die sich hier aufs Laufen zu konzentrieren versuchten.

»Du bist Jill, nicht?«

Ich sah abrupt auf und musste auf einem Bein hüpfen, um nicht die Balance zu verlieren, während ich mein anderes Bein aus dem Hosenbein zu befreien versuchte. Mein Arm schoss aus Gleichgewichtsgründen noch vorne und meine Hand landete fast an Sam *Wie-heißt-er-doch-gleich*s Unterkiefer.

»Kennen wir uns?«, fragte ich angriffslustig zurück.

Er grinste. »Ich scheine ja mächtig Eindruck gemacht zu haben. Sam Bakalis. Brauchst du Hilfe?«

»Nein«, sagte ich, obwohl sich mein Fuß mittlerweile hoffnungslos im Gummiband verheddert hatte. Ich riss daran und stürzte nach vorne, wobei meine Nase um ein Haar Bekanntschaft mit dem Waldboden gemacht hätte. Sam griff nach meinem Ellbogen.

»Komisch, dass du das sagst«, bemerkte er. »Ich hätte wetten mögen, dass du fast gefallen wärst.«

Er ließ meinen Arm schon wieder los, bevor ich ihn weiter wütend anstarren konnte.

»Danke«, sagte ich und begann mir meinen Jogginganzug um die Taille zu binden.

»Und was machen die Vektorbündel?«

Ich konnte meine Überraschung nicht verbergen. »Du hast dir das tatsächlich gemerkt?« Wenn er mich so frech duzte, konnte ich das schließlich auch.

»Du warst ziemlich überzeugend.«

Na toll. So etwas hatte mir noch nie jemand gesagt.

»Den Vektorbündeln geht es glänzend«, sagte ich

»Und willst du mich nicht auch nach Pascal fragen«, sagte er, »wo wir doch schon so nett miteinander plaudern?«

»Nach wem?«

Sam grinste wieder. »Offenbar war ich weniger überzeugend.«

Nein, Kumpel, hätte ich am liebsten gesagt. *Du warst geradezu enttäuschend. Wenn ich mich recht erinnere, hast du versucht, mich bei Kaffee und Schwarzwälder Kirschtorte zu bekehren.*

»Na ja«, meinte er abschließend. »War nett, dir über den Weg zu laufen. Lauf noch schön.«

Er rückte seine Brille auf der Nase zurecht, hüpfte unbekümmert neben dem Schild *Bitte auf dem Hauptweg bleiben* über den Zaun und lief auf einem der verbotenen Wege weiter. Für einen Mann Mitte dreißig wirkte er ungewöhnlich schlaksig – aber er sah so aus, als fühle er sich in seinem Körper wohl.

Ich ohrfeigte mich fast selber. Es war wirklich an der Zeit, dass ich mir meine Schubladen wieder vornahm.

Die einzige Schublade, die sich offensichtlich widerspruchslos öffnen ließ, war die mit meiner Mutter. Als ich vom Laufen kam, war ich so frustriert, weil sie mir einfach nicht aus dem Kopf ging, dass ich sie anrief und mich mit ihr für den nächsten Tag zum Mittagessen verabredete. Es war einfach an der Zeit, sie mit dem zu konfrontieren, was Max und ich beobachtet hatten – ob sie deswegen nun in die Luft ging oder nicht. Ich musste den Kopf endlich wieder frei bekommen für meine eigenen Angelegenheiten. Weil mir wieder einfiel, wie sie das letzte Mal zu spät gekommen war, schlug ich ihr vor, sie im Labor abzuholen.

»Du kannst hierherkommen«, war ihre Antwort, »aber wir nehmen meinen Wagen. Wenn du mich in diesem Ding mitnimmst, das du als dein Auto bezeichnest, brauche ich hinterher immer einen Chiropraktiker.«

Du bist ja nur einmal mit mir gefahren, dachte ich grimmig. Aber es war ein schönes Gefühl, zur Abwechslung einmal wütend auf sie zu sein und nicht irritiert wie die letzten Male. Es war mir irgendwie vertrauter.

ʚ

Als ich am nächsten Morgen um zehn vor zwölf aus meinem Büro kam, stieß ich im Flur auf Nigel.

»Haben Sie einen Moment Zeit, Jill?«, fragte er. Er war der einzige Mensch in meinem Bekanntenkreis, der sich noch gewählter ausdrückte als meine Mutter – bis vor Kurzem.

»Klar«, sagte ich. »Ich bin mit meiner Mutter zum Essen verabredet, aber dann komme ich da eben ein paar Minuten zu spät.«

»Nein, Sie sollten Ihre Mutter unter keinen Umständen warten lassen«, wehrte er ab. »Kommen Sie einfach heute Nachmittag bei mir vorbei.«

Er wandte sich um und ging gemächlichen Schrittes den Gang hinunter – eine bemerkenswerte Leistung angesichts der wild durcheinanderwuselnden Erstsemester, die gerade aus Deb Kents Tutorium kamen. Ich hätte mir am liebsten auch einen Weg durch die Masse gebahnt, ihn noch eingeholt und ihn gefragt, was er von meinem neuen Konzept hielt. Aber solange die Geschichte mit meiner Mutter nicht geklärt war, konnte ich mich darauf sowieso nicht konzentrieren.

Ich werde einfach dafür sorgen, dass sie professionelle Hilfe bekommt, überlegte ich, als ich viel zu schnell zum Krankenhaus fuhr. *Ob sie sie dann annimmt, muss sie selbst wissen.*

In dem Gang, der zum Hämatologie-Labor führte, herrschte wie immer ein hektisches Kommen und Gehen. Ich hatte noch nie gesehen, dass einer der Leute im weißen Kittel irgendwohin *schlenderte* – es schien immer, als befürchteten sie alle die schlimmsten Katastrophen, wenn sie einmal nicht von einem Ort zum anderen *rannten*. An diesem Tag hatte ich keinen Blick dafür; ich setzte mich gedanklich mit der Möglichkeit auseinander, dass ich von nun an das Leben meiner Mutter so kontrollieren würde, wie sie immer meines kontrolliert hatte. Aber in dem Moment, in dem ich an ihrer Tür ankam, wurde mir klar, dass meine Sorge unberechtigt war. Die Tür war nur angelehnt. Ganz offenbar besorgte hier schon jemand anderes die Kontrolle.

»Liz, ich glaube, Sie hören mir überhaupt nicht zu«, hörte ich Ted Lyons, den Leiter der Hämatologie, sagen. »Es geht hier nicht um ein Versehen von rgendeinem der Labortechniker. Hier steht Ihre Unterschrift unter der Empfehlung.«

»Und sie lag angesichts der Testergebnisse völlig nahe.« Es war die Stimme meiner Mutter.

Sie schien völlig unbeeindruckt. Dabei wäre selbst ich angesichts des scharfen Tonfalls, den Ted angeschlagen hatte, am Boden zerstört gewesen. Jedes seiner Worte schlug auf sie ein, als wäre sie ein Sandsack. Ich lehnte mich an den Türrahmen und wartete darauf, dass sie zurückschoss. Ich hatte schon viel zu oft beobachtet, wie sie die kleinste Schwäche in der Argumentation ihres Gegenübers entdeckte und gnadenlos so weit aufplusterte, dass seine anfängliche Kritik geradezu lächerlich wirkte. Ich warf einen Blick auf meine Uhr. In weniger als fünf Minuten würde Ted, der Ärmste, wie ein geprügelter Hund aus ihrem Büro schlurfen.

»Der erste Rötelntest der Patientin ist negativ ausgefallen«, erläuterte Ted, »und deswegen ist sie nicht geimpft worden.«

»Das haben Sie bereits vier Mal gesagt«, sagte meine Mutter.

»Aber ein weiterer Test ist positiv ausgefallen!«

»Wie oft wollen Sie mir das denn noch erzählen?«

Ted boxte weiter verbal auf sie ein und seine Stimme wurde mit jedem Satz lauter: »Als Sie das gesehen haben, muss Ihnen doch klar gewesen sein, was das für den Fetus bedeutete. Schon allein die Gefahr einer Hirnschädigung ...«

»Ich habe den Test noch einmal durchführen lassen. Und er ist wieder positiv ausgefallen. So viel steht defiti ... detini ...«

»Definitiv fest«, vervollständigte ich den Satz flüsternd für sie.

»Überhaupt nichts steht definitiv fest!«, schimpfte Ted. »Es entspricht überhaupt nicht Ihrer üblichen Vorgehensweise, dass Sie sich nicht mit den Kollegen von der Abteilung für ansteckende Krankheiten in Verbindung gesetzt haben. Oder zumindest in Erwägung gezogen haben, dass mit dem Testergebnis etwas nicht stimmt. Sie haben eine Empfehlung ausgesprochen, die auf einer sehr kleinen Wahrscheinlichkeit beruhte.«

»Ich wollte das Unausweichliche nicht noch weiter hinauszögern.«

»Das Unausweichliche? Dieses Paar stand vor einer schwerwiegenden Entscheidung. Und nur, weil die Abteilung für ansteckende Krankheiten auf einige Ungereimtheiten gestoßen ist – Ungereimtheiten, die *Ihnen* hätten auffallen müssen –, ist das Testergebnis noch einem anderen Labor vorgelegt worden.«

»Das weiß ich. Und es hat sich gezeigt, dass der Test doch negativ ausfiel. Wie schön für das Paar.«

»Warum hat erst ein anderes Labor unseren Fehler entdecken müssen, Liz? Ihr Vorgehen war verantwortungslos. Was, wenn dieses Paar beschlossen hätte, die Schwangerschaft abzubrechen? Die beiden hätten sich dabei auf Ihre Empfehlung gestützt. Wir wären für den Tod eines vollkommen gesunden Babys verantwortlich gewesen.«

Aha, dachte ich. *Damit kriegt sie dich. Sie wird dir deine sentimentale Wortwahl vorwerfen. Tod eines Babys ... oder so.*

Ich wartete auf ihren Gegenangriff. Aber er kam nicht. Im Büro war es still geworden.

»Dies ist nicht der erste schwerwiegende Fehler, der in den letzten beiden Monaten in Ihrem Verantwortungsbereich vorgekommen ist, Liz«, sagte Ted schließlich müde. »Ich möchte nur wissen: Ist es der *letzte?*«

»Das müssen Sie schon selbst beurteilen«, sagte meine Mutter. »Ich gehe jetzt jedenfalls etwas essen.«

Sie stieß die Tür so plötzlich auf, dass mir nicht einmal die Zeit blieb, einen Schritt zurückzutreten. Sie sah überhaupt nicht aus, als wäre sie gerade aus einem Streitgespräch als die Unterlegene hervorgegangen – was ihr vermutlich in den fünfundzwanzig Jahren noch nicht passiert war. Sie wirkte eher verwirrt, mich dort stehen zu sehen.

»Ach«, sagte Mom. »Ja natürlich. Wir wollten ja zusammen essen gehen.«

Sie marschierte steifen Schrittes den Gang entlang und ihre zierliche Gestalt verlor sich sofort zwischen all den weißen Kitteln. Ich erreichte sie gerade noch, als sie sich in die Schlange in der Kantine einreihen wollte. Ich sah die ungezählten Kittel und Schürzen vor mir und schüttelte den Kopf.

»Komm – wir suchen uns was anderes«, sagte ich. »Hier ist viel zu viel Betrieb.« Und es gab viel zu wenig Privatsphäre. Was ich ihr zu sagen hatte, würde sie vermutlich nicht im Kreis ihrer Kollegen hören wollen.

Ich musste mich anstrengen, um mit ihr Schritt zu halten, als sie sich auf dem Absatz umdrehte und auf die Eingangstür zustürmte. Ihr weißer Kittel flatterte hinter ihr her. Täuschte ich mich oder sah meine Mutter wirklich jedes Mal, wenn ich sie sah, ein wenig verwahrloster aus? Sie trug eine schwarze Hose und die braunen Mokassins, in die sie normalerweise nur schlüpfte, wenn sie morgens die Zeitung ins Haus holte.

Ihr Auto sah auch nicht viel gepflegter aus. Es war ein beigefarbener 85er-Mercedes, den sie einem der Ärzte abgekauft hatte, als er in den Ruhestand ging. Er hatte sie irgendwie an meinen Großvater erinnert oder so ähnlich; das war der einzige Anflug von Sentimentalität, den ich an ihr je wahrgenommen hatte – der Mercedes und die wöchentliche Putz- und Pflegeaktion, die sie ihm angedeihen ließ. Im Augenblick sah das arme Ding weder geputzt noch gepflegt aus. Ich musste ein Paar Schuhe und einige leere Burger-King-Becher entsorgen, bevor auf dem Beifahrersitz genug Platz war.

Seit wann trinkst du denn Sprite und Cola?, hätte ich am liebsten gefragt. Aber ich verbiss mir meine Bemerkungen. Ich konzentrierte mich besser auf die wirklich wichtige Schublade – damit würde ich es schwer genug haben. Ich würde von Glück reden können, wenn sie mich nicht aus dem Auto schubste, sobald ich das Thema auch nur anschnitt.

Ich versuchte zum zigsten Mal, mir innerlich zurechtzulegen, was ich sagen wollte, aber es hatte alles keinen Zweck. Das Gespräch zwischen Ted und meiner Mutter, dessen Zeuge ich geworden war, hatte alles in ein anderes Licht gerückt. Offenbar fiel auch anderen Menschen auf, dass mit ihr etwas nicht stimmte – Menschen, die über ihren weiteren beruflichen Werdegang zu entscheiden hatten.

»Du, Mom«, begann ich schließlich, »ich habe eben gehört, was du mit Ted besprochen hast. Die Tür stand offen und ich habe euch belauscht, um ganz ehrlich zu sein.«

Sie warf mir einen flüchtigen Blick zu, setzte den Mercedes zurück und fuhr auf die Hauptstraße. Sie steckte keine der CDs, die in der Mittelkonsole aufbewahrt wurden, in den Player, wie sie es sonst immer getan hatte.

»Und du willst damit *was* sagen?«

»Ich will damit sagen, dass es nicht so aussieht, als liefe bei dir im Moment alles gut.«

»Alles läuft einwandfrei. Wovon redest du denn überhaupt?«

Ich betrachtete sie genauer. Ihr eckiges Gesicht sah ungerührt aus wie eh und je.

»Ted scheint aber nicht zu finden, dass alles ›einwandfrei‹ läuft«, widersprach ich. »Er klang eher so, als hättest du einigen Leuten ernsthaften Schaden zufügen können – mal ganz abgesehen davon, dass sie das Krankenhaus vielleicht verklagt hätten.«

»Ted Lyons ist immer so ... so ... – wie nennt man dieses Ding noch, das mit den Schauspielern ...«

»Theatralisch?«, soufflierte ich.

»Er malt sich immer gleich das schlimmste Impresario aus.«

Sie meinte wohl Szenario, aber meine Verbesserungsvorschläge blieben mir im Hals stecken. Ich hatte genug damit zu tun, sie nicht ungläubig anzustarren.

»Diese Blutuntersuchungen sind zu 99,9 Prozent zuverlässig«, erklärte Mom weiter, »aber manche von ihnen sind so sensationell ... nein ... so ... du weißt schon, sie finden nicht viel heraus ... sie sind so ... na ja, so sind sie jedenfalls und sie merken schon, wenn ein Testergebnis zu Unrecht positiv ausgefallen ist.«

Sie presste die Lippen aufeinander, als hätte sie nun genug erklärt. Ich wusste nicht mehr weiter.

»Na ja, was beweist das jetzt?«, fragte ich schließlich.

Meine Mutter sah mich abschätzig von der Seite her an, was mich nicht weiter überraschte. Problematischer fand ich, dass sie sich so verkrampft am Lenkrad festhielt, dass ihre Fingerknöchel weiß hervortraten. Wahrscheinlich war es doch besser, die Diskussion noch zu verschieben, bis wir im Restaurant waren.

»Wohin fahren wir eigentlich?«, erkundigte ich mich. »Im *Callendar* hat es dir doch nicht geschmeckt.«

»Es war doch alles in Ordnung. Ich habe einen zweiten Test angeordnet ...«

Im *Callendar?* Nein, sie sprach wohl wieder von dieser Laborgeschichte.

»Der erste war nur eine ... äh ... du weißt schon, eine von diesen Untersuchungen, die man immer macht.«

»Eine normale Vorsorgeuntersuchung?«

»Vorsorgeuntersuchung. Der zweite Test war dafür da, das Ergebnis zu bewältigen.«

Sie neigte den Kopf leicht zur Seite. *Sie weiß genau, dass das nicht das richtige Wort ist*, dachte ich. Ich überlegte immer noch, ob ich ihr schnell mit einem kurzen »du meinst wohl *bestätigen*« aushelfen sollte, als sie schon fortfuhr.

»Der zweite Test war nicht so sensibel, aber dafür weniger genau. Bei dem ersten Test ging es darum, hineinzugehen ... herunterzusehen ... herauszukommen ... ach, ist ja auch egal. Er sollte alle Fälle zeigen, aber nicht alle, die er zeigte, haben dieses ... diese Krankheit ... diese ...«

Ihre Stirn legte sich in verwirrte Falten und sie schlug leicht mit der Faust auf das Lenkrad ein. Dann musste sie plötzlich auf die Bremse treten, um nicht auf den BMW vor uns aufzufahren.

Ich sah, wie die Fahrerin uns einen irritierten Blick im Rückspiegel zuwarf.

»Der zweite Test soll die falschen positiven Ergebnisse finden. Ich vermute mal, das hat er nicht.« Mom zuckte mit den Schultern, aber sie umklammerte das Lenkrad immer noch mit einem Würgegriff, als könnte es jeden Moment zum Leben erwachen.

»Du vermutest?«, fragte ich ungläubig. »Ich kann mich nicht erinnern, dass du dich je auf Vermutungen gestützt hast!«

»Hast du Medizin studiert, Jill?«, fragte sie.

»Hör doch damit auf, Mom. Du bist doch immer so stolz gewesen, dass du ...«

»Ted macht so einen Wirbel um die Kondolenz ... Konsolidierung ... wie um alles in der Welt hieß das denn noch?«

Ich sollte nicht mehr die Gelegenheit bekommen, ihr mit Vokabeln auszuhelfen. Ich hatte nicht einmal mehr Zeit zu schreien: »Halt! Mom!« Ich sah nur noch das Stoppschild, das sie glatt übersah, und hörte das grässliche Quietschen von Bremsen und das Schlittergeräusch, das Reifen auf dem Asphalt machen. Ein blauer Jeep bohrte sich auf der Seite, auf der meine Mutter saß, in die Flanke des Mercedes. Ich konnte noch kurz zu ihr hinübersehen. In ihren Augen lag ein Ausdruck totaler Verwirrung – und dann krachten wir in das Stoppschild und kamen abrupt zum Stehen.

KAPITEL 5

Die nächsten Minuten waren ein surreales Durcheinander: Die Frau aus dem BMW spähte durch die Fenster unseres Wagens zu uns hinein und brüllte unverständliches Zeug in ein Smartphone, der Fahrer des blauen Jeeps rief die ganze Zeit: »Haben Sie das Stoppschild nicht gesehen? Haben Sie das Stoppschild nicht gesehen?« Und als der Krankenwagen eintraf, trugen die Sanitäter mit ihren sinnlosen Fragen das Ihrige zur Groteske bei.

Das Einzige, woran ich mich mit aller Klarheit erinnere – nachdem sie mich völlig überflüssigerweise in einem Krankenwagen verstaut und mir eine noch überflüssigere Halskrause verpasst hatten –, war, dass meine Mutter nicht eine ihrer Fragen beantwortete. Sie lag einfach dort auf dem Fahrersitz, bevor sie auf eine Trage verfrachtet wurde, und blinzelte die Sanis, die sie nach ihrem Namen und Geburtsdatum fragten, verstört an.

Ich wandte meinen Blick hinüber zu dem Sanitäter in meinem Krankenwagen, von dem ich nur die Hälfte sehen konnte. Mit dieser blöden Halskrause konnte ich einfach nicht mehr tun, als an die Decke zu starren. Soweit ich das abschätzen konnte, hatte ich eine Beule am Kopf und eine Schnittwunde am rechten Unterarm. Warum sie mich damit gleich zum Krankenhaus karren wollten, war mir schleierhaft.

»Glauben Sie, meine Mutter hat einen Schock?«, fragte ich.

»Kann man schlecht sagen.«

»Kann man schlecht sagen? Sie rücken mit drei Sanis und zwei Krankenwagen an und mit einer technischen Ausstattung, die Tausende Dollar wert ist, und Sie können so etwas Einfaches wie einen Schock nicht diagnostizieren? Hat sie flach geatmet, waren ihre Pupillen erweitert? So was lernt man doch im Erste-Hilfe-Kurs!«

»Jetzt beruhigen Sie sich mal«, lachte der Sanitäter. »Gucken

Sie, wie Ihr Blutdruck steigt! Ihre Mutter ist in guten Händen. Im Krankenhaus können sie Ihnen bestimmt mehr sagen.«

Ich starrte die Decke so düster an, wie ich nur konnte, was auch nichts nützte. »Kein Wunder, dass Sie Leute wie mich hier festschnallen – dann können wir Ihnen schon keine verpassen, wenn Sie so dämliche Bemerkungen machen. Meine Mutter hätte normalerweise *Ihnen* erzählt, was für Verletzungen sie hat. Also, denken Sie nun, dass das ein Schock war oder ein Hirnschaden?«

»Hirnschaden? Das lässt sich nicht so einfach abschätzen.«

»Ach, vergessen Sie's«, sagte ich. »Vergessen Sie's einfach.«

»Sie dürfen sich jetzt nicht aufregen. Sie sind in einen schweren Unfall verwickelt gewesen ...«

»Ach nein! Das haben Sie gemerkt?«

»Sie ist ein bisschen gereizt«, sagte der Sanitäter zu seinem Kollegen, als sie mich vor der Notaufnahme aus dem Krankenwagen luden.

Meine Laune besserte sich in der Notaufnahme nicht im Geringsten, als nicht weniger als sechzehn Leute um meine Trage herumstanden. Ich sagte ihnen in aller Deutlichkeit, dass ich die ganze Zeit bei klarem Bewusstsein gewesen war und dass ich auch ins Krankenhaus hätte *laufen* können, wenn man mich nicht festgeschnallt hätte wie eine Schwerverbrecherin.

»Ich will bloß meine Mutter sehen und jemanden finden, der mir sagen kann, was sie hat. Ich will nicht genäht werden – ich will auch nicht geröntgt werden – und nein, eine Computertomografie brauche ich auch nicht! Ich will nur wissen, wie es meiner Mutter geht!«

Ich ließ mich nicht beruhigen, obwohl über meinem Kopf diverse Menschen mit den Augen zu rollen begannen. Dann betrat zum Glück Ted Lyons die Szene. Inzwischen hatten die vielen fleißigen Helferlein herausgefunden, dass ich ein subdurales Hämatom am Kopf hatte – mit anderen Worten, einen blauen Fleck – und einen Riss am Unterarm, der genäht werden musste.

»Wir holen jemanden, der das machen kann«, sagte eine Schwester zu Ted – nicht zu mir.

»Ich will nicht genäht werden«, stieß ich zwischen zusammengebissenen Zähnen hervor. »Ich will zu meiner Mutter! Und wenn Sie mich nicht lassen, sorge ich dafür, dass Sie alle Ärger kriegen!«

»Liz wird gerade für eine OP vorbereitet«, sagte Ted. Er legte mir eine sommersprossige Hand auf die Schulter und schob mich sanft, aber bestimmt zu meiner Trage zurück.

An Ted Lyons gab es keinen Quadratzentimeter, auf dem sich keine Sommersprossen tummelten. Man konnte sie, weil sein rotes Haar immer dünner wurde, sogar auf seiner Kopfhaut entdecken. Obwohl er kahler wurde, hatte er sich sein jungenhaftes Grinsen bewahrt, mit dem er jetzt auf mich hinunterblickte.

»Diese McGavock-Frauen sind doch alle gleich«, sagte er. »Wenn Sie friedlich sind, sage ich Ihnen, wie es Ihrer Mutter geht.«

»Könnten Sie mir bei der Gelegenheit auch dieses Ding vom Hals nehmen, bevor ich darunter wegschmelze?«

»Bestimmt nicht, denn ich will keinen Ärger mit der Krankenschwester riskieren. Die nehmen Ihnen das bestimmt bald ab. Regen Sie sich deswegen nicht auf.« Ted zog einen Metallhocker mit Rollen zu sich heran und setzte sich neben mich. »Ihre Mutter hat einen offenen Oberschenkelhalsbruch und die Muskulatur drum herum hat sich auch verschoben. Sie hat viel Blut verloren und natürlich gibt es ein gewisses Infektionsrisiko. Normalerweise heilen solche Wunden recht schnell; heutzutage wird darauf geachtet, dass diese Patienten möglichst schnell wieder auf den Beinen sind. Längere Bettruhe birgt ja auch immer bestimmte Risiken in sich und die sollen dadurch vermieden werden.«

»Das heißt, in dieser OP richten sie nur ihr Bein?«

Er nickte: »Sie flicken das mit Klammern und Nägeln zusammen.«

»Autsch!«

»Liz wird genug Medikamente gegen die Schmerzen bekommen und vielleicht geben sie ihr auch was zur Beruhigung. Daran ist nichts Ungewöhnliches. Aber innere Organe scheinen nicht verletzt zu sein und eine Kopfverletzung hat man auch nicht finden können. Die Sanitäter haben angegeben, dass sie auf Ansprache nicht reagiert hat, aber offensichtlich war sie einfach nur benommen.«

Ted steckte die Hände in die Taschen seines Kittels und starrte auf die Wand über mir.

»Was ist denn?«, fragte ich.

»Der Polizeibeamte hat gesagt, dass Liz den Unfall verursacht hat, weil sie ein Stoppschild nicht beachtet hat.«

Ich versuchte zu nicken und runzelte die Stirn, als mein Kinn mit der Halskrause kollidierte.

»Jill, Sie müssen sich dazu nicht äußern, wenn Ihnen das unangenehm ist«, sagte Ted. »Aber kam Ihre Mutter Ihnen irgendwie aufgebracht vor, als sie ins Auto stieg? Zu aufgebracht, meine ich, um sich aufs Fahren konzentrieren zu können?«

»Sie meinen, ob sie sich über Ihre Diskussion über diesen Rötelntest aufgeregt hat?«

»Sie haben das gehört?«

»Ja. Und nein – sie schien deswegen nicht aufgebracht zu sein. Ich war aufgebrachter als sie, weil sie deswegen eben *nicht* aufgebracht war. Das klingt jetzt wohl ein bisschen wirr.«

»Aber ich verstehe, was Sie meinen. Mir ging es genauso.«

Er starrte wieder an die Wand und die Sommersprossen um seine Augen und seinen Mund herum zogen sich zu originellen Mustern zusammen. »Kann ich offen mit Ihnen sprechen?«, fragte er schließlich. »Wenn es Ihnen unangenehm ist, werde ich nicht ...«

»Nun schießen Sie schon los!«, drängte ich. »Sagen Sie mir *endlich*, was mit meiner Mutter nicht stimmt!«

Er kniff die Lippen zusammen. »Ihnen ist es also auch aufgefallen – die Wortfindungsstörungen, das undeutliche Reden, die Fehlurteile ...«

»Erst vor Kurzem«, erklärte ich. »Aber das lag daran, dass sie mir im letzten halben Jahr sehr aus dem Weg gegangen ist. Sie haben offenbar sehr viel mehr mitbekommen als ich.«

»Diese Geschichte mit der schwangeren Patientin und dem Rötelntest – Liz weiß, dass man eine Diagnose nicht an einem einzigen Test festmachen kann. Man braucht mehrere Anhaltspunkte. Und das Problem ist, dass Ähnliches in den letzten Monaten häufiger vorgekommen ist.«

»Ja, das habe ich mir schon gedacht.«

»Vor ungefähr einem Monat sind die Blutproben von zwei Patienten im Labor vertauscht worden. Das kommt bei der Technik, die wir haben, einmal alle zehntausend Jahre vor und es war auch nicht der Fehler Ihrer Mutter, sondern der des Labortechnikers. Jedenfalls gingen die Ergebnisse zurück ans Labor und der Arzt des betreffenden Patienten, bei dem der Test eine bestimmte Krankheit anzeigte, rief Liz an. Ihm kam es ein bisschen spanisch vor, dass die Testergebnisse mit den Krankheitsmerkmalen, die er an dem Patienten bemerkte, so gar nicht übereinstimmten.« Ted schüttelte den Kopf. »Liz hat sich das gar nicht erst angesehen. Sie sagte diesem Arzt einfach, dass die Tests nicht lügen und zu 99,9 Prozent akkurat wären. Sie legte dem Arzt nahe, sofort mit der Behandlung zu beginnen. Den Labortechnikern hat sie von der ganzen Geschichte nichts erzählt und sie haben die Blutproben entsorgt, wie es üblich ist. Der Arzt dagegen hat noch eine Blutprobe abgegeben und dann hat er mich angerufen, weil das Ergebnis diesmal, wie zu erwarten, negativ war. Was natürlich auch bedeutet, dass irgendwo da draußen ein Patient herumspringt, der sich aufgrund seiner Testergebnisse für gesund hält. Das hätte nicht passieren dürfen, Jill. Das nicht und auch ein halbes Dutzend anderer Vorkommnisse, die ich Ihnen hier aufzählen könnte.«

Ich schloss die Augen und versuchte, eine Schublade für das zu öffnen, was er mir da erzählte. Es ging nicht. Ich hatte für Verrücktheit keine Schublade vorgesehen.

»Ein Freund von ihr meint, es wäre eine Depression«, schlug ich vor.

»Wäre schon möglich. Depressionen können sich ganz unterschiedlich auswirken.« Ted hob eine Augenbraue in meine Richtung. »Aber Sie glauben das nicht.«

»Ich weiß nicht. Das alles ist so ... verrückt. Ich habe kein wissenschaftlicheres Wort dafür.«

»Ich auch nicht«, seufzte Ted. »Aber vielleicht sollte sich mal jemand die Mühe machen, eins zu finden.«

Ich sah scharf zu ihm auf. »Was wollen Sie damit sagen?«

»Könnten Sie Ihre Mutter zu überzeugen versuchen, dass sie sich psychiatrisch untersuchen lassen sollte, wo sie schon einmal hier ist?«

»Klar. Und bei der Gelegenheit erschieße ich mich gleich selbst.«

Ted grinste. »Ich weiß, dass sie ganz schön stur sein kann.«

»Sie wissen überhaupt nicht, was das Wort ›stur‹ überhaupt heißt, bis Sie die Reaktion meiner Mutter gesehen haben, wenn ich ihr vorschlage, sich psychiatrisch behandeln zu lassen. Ich hatte sie heute eigentlich bitten wollen, einmal mit einem Therapeuten zu sprechen – und da habe ich mir vor Angst schon fast in die Hose gemacht. Sie rufen dann besser ein paar von diesen Sanis dazu, wenn ich ihr mit diesem Vorschlag komme.«

»Wäre es Ihnen lieber, wenn ich das übernehme?«, fragte Ted.

»Ja«, sagte ich.

»Auch wenn es dann gleich offiziell wäre?«

»Was wohl heißen soll, dass Sie das in ihren Unterlagen vermerken würden?«

Er nickte.

»Wenn Sie mir das vor einem Monat vorgeschlagen hätten, hätte ich gedacht, *Sie* brauchen einen Psychiater, nicht meine Mutter.«

Ted Lyons stand auf. »Hören Sie, wenn Sie das mit mir weiter besprechen wollen, bevor Sie mit Ihrer Mutter reden, wissen Sie ja, wie Sie mich erreichen können. Rufen Sie einfach an – notfalls sagen Sie meiner Assistentin Bescheid; ich werde ihr einschärfen, dass sie mich jederzeit anpiepsen soll, wenn Sie sich melden. Aber vielleicht ist es sowieso gut, erst einmal abzuwarten, was der Arzt meint, der sich jetzt um ihr Bein kümmert. Wir sollten sicherstellen, dass sie das gut verkraftet.«

Der Gedanke, dass Liz McGavock irgendetwas *nicht* verkraften könnte, schien mir absurd. Als Ted ging, fragte ich mich, wie skurril diese ganze Geschichte wohl noch werden würde.

Ich musste noch eine Dreiviertelstunde warten, bis eine junge Ärztin, die aussah wie ein Mädchen, das eigentlich schnellstens wieder zu seiner Pfadfindergruppe zurückhopsen sollte, erschien und die Wunde an meinem Arm nähte. Dann durfte ich endlich gehen. Als ich beim Wartezimmer neben dem Operationssaal ankam, stieß ich auf Max, der in seiner Aufregung regelrechte Loipen in den Teppich lief.

Als er mich sah, sprang er in zwei Riesenschritten auf mich zu, als wäre ich ein verloren geglaubtes Kind.

»Du siehst ja furchtbar aus!«, begrüßte er mich. »Du bist weiß wie die Wand! Solltest du überhaupt hier herumlaufen? Weisen sie dich denn nicht ein?«

»Sie weisen bestimmt *dich* ein, wenn du dich jetzt nicht beruhigst.«

»Wo kann ich es dir bequem machen? Auf dem Lehnstuhl? Oder auf dem Sofa? Ja, das ist eine gute Idee. Leg dich ein bisschen aufs Sofa.«

Ich setzte mich auf ein Kunstledersofa und Max zog seinen knöchellangen Regenmantel aus, rollte ihn zu einem Bündel zusammen und steckte es mir hinter den Kopf.

»Du brauchst was zu essen. Was die einem hier anbieten, kann man ja glatt vergessen. Vielleicht kann ich dir wenigstens ein Süppchen kochen – ob das wohl geht?«

»Max, mir geht es gut. Hör auf damit. Setz dich einfach hin. Du machst mich noch wahnsinnig!«

Ich wies mit der Hand auf den Sitz neben mir und er sank erschöpft darauf nieder.

»Haben sie dir schon irgendetwas gesagt, wie es Mom geht?«, fragte ich.

»Sie kommt unters Messer«, sagte Max. Er rieb sich das Gesicht und sah mich mit rot geränderten Augen an. »Sie haben Bescheid gegeben, dass sie jetzt mit der OP beginnen würden. Wenn ihr bloß nichts passiert!«

»Ihr ist schon was passiert«, erinnerte ich ihn.

»Vielleicht kann sie nie wieder laufen.«

Ich starrte ihn an. »Haben sie das gesagt?«

»Nein. Aber du kennst mich ja. Ich male mir immer gleich das Schlimmste aus.«

Ich seufzte. »Ich glaube, du musst dir gar nichts ausmalen. Es kann sein, dass das Schlimmste schon passiert ist.«

Ich erzählte ihm von meinem Gespräch mit Ted Lyons. Wenn irgendjemand ein Recht hatte, davon zu erfahren, dann Max. Aus Gründen, die sich mir nie so recht erschlossen hatten, hatte er immer treu wie ein Bernhardiner zu meiner Mutter gehalten.

Ich konnte mich noch erinnern, wie Mom ihn bei irgendeiner Abendveranstaltung an der Uni kennengelernt hatte. Ich war damals erst ungefähr sechs gewesen und so waren mir die Details entfallen. Aber ich erinnerte mich gut, dass ich von ihm hingerissen war – vielleicht weil er eine Zeit lang Abend für Abend bei uns auftauchte und mir für jeden Blumenstrauß oder jede Pralinenschachtel, die er meiner Mutter schenkte, ein Buch oder ein Puzzle mitbrachte. Und dann war eine längere Zeit vergangen, in der wir ihn nicht zu Gesicht bekommen hatten. Ich hatte sie gefragt, warum »Onkel Max«, wie er sich mir vorgestellt hatte, nicht mehr zu uns kam.

Meine Mutter hatte mir eine ihrer üblichen sachlichen Erklärungen gegeben. »Er wollte gerne mein Lebensgefährte sein«, war ihre Antwort gewesen. »Und ich möchte keinen Lebensgefährten, genauso wenig einen Ehemann – und Lebensgefährten pflegen sich zu Ehemännern zu entwickeln. Ich habe mit einem Mann genug Ärger gehabt und lege keinen Wert auf eine Wiederholung.«

Mir war schon damals klar, dass sie von meinem Vater sprach, den ich nicht mehr gesehen hatte, seit ich achtzehn Monate alt war und an den ich mich folglich auch nicht mehr erinnerte. Obwohl ich erst sechs Jahre alt war, wusste ich bereits, dass mein Vater ein wohlhabender Theaterdarsteller gewesen war, der eine andere Frau meiner Mutter vorgezogen hatte. Also hatten sie sich scheiden lassen; wir waren nach Virginia gezogen und hatten alles hinter uns gelassen, was uns an ihn hätte erinnern können. Ich brauchte ohnehin keinen Vater, hatte sie mir versichert. Sie würde mich auch allein gut großziehen. Im Alter von sechs Jahren hatte ich ihr noch weniger zu widersprechen gewagt als heute.

Aber ein paar Monate nach diesem Gespräch war Onkel Max wieder aufgetaucht. Er brachte keine Blumen mehr mit, keine Süßigkeiten und kein Spielzeug. Stattdessen schleppte er Lebensmittel an, aus denen er mindestens einmal pro Woche in unserer Küche wunderbare Mahlzeiten zauberte. Und wann immer es einen Anlass gab, zu dem der eine oder andere eine Begleitung brauchte, gingen Mom und Max zusammen hin. Wir konnten immer auf Max zählen – an Ostern und an Weihnachten, bei Geburtstagen und Grillpartys. Als ich älter wurde, vermutete ich, dass Max sich mit einer Freundschaft ohne wirkliche Verbindlichkeit abgefunden hatte.

Als ich ihm nun von Teds Vorschlag erzählte, schlich sich ein unruhiges Flackern in seine sanften braunen Augen.

»Sie wird schrecklich verletzt sein, wenn sie das mitbekommt – ich meine, dass wir denken, sie steht kurz vor dem Zusammenbruch.«

»Wir glauben ja auch gar nicht, dass sie ›kurz vor dem Zusammenbruch‹ steht«, versicherte ich ihm. »Wir wollen sie schließlich nicht in die Psychiatrie einweisen lassen. Was ist denn, Max?«

Er war plötzlich schuldbewusst in sich zusammengesunken – als hätte ich den Bernhardiner mit einer von Liz' Schlappen im Maul erwischt.

Ich rückte ihm auf die Pelle. »Du weißt etwas und willst es nicht sagen. Heraus damit!«

»Nein, nein. Ich bin nur so traurig. Wie konnte es nur so weit kommen?«

»Hör auf mit dem Theater und sag mir, was du weißt! Ich sehe dir doch an, dass du etwas verschweigst.«

Als er den Kopf schüttelte, griff ich mit beiden Händen nach seinen Jackenaufschlägen.

»Das ist nicht der richtige Moment, dir darum Sorgen zu machen, wie meine Mutter dastehen könnte!«, sagte ich. »Bei der Frau ist etwas nicht in Ordnung. Ich muss wissen, was es zu wissen gibt, wenn ich ihr vorschlagen soll, dass sie sich besser einmal mit einem Psychologen zusammensetzt, bevor ihr Leben noch mehr aus den Fugen gerät. Also sag mir endlich, was los ist!«

Von der anderen Seite des Raums her kam ein leises Räuspern. Eine Praktikantin in einem rosa Jäckchen saß an der Rezeption und sah erstaunt zu uns herüber. Die anderen Besucher in unserem Wartezimmer, die auf Neuigkeiten von ihren Liebsten warteten, linsten neugierig über den Rand ihrer Zeitschriften hinweg oder starrten krampfhaft auf ihre Smartphones. Ich senkte die Stimme.

»Du machst es für niemanden leichter, wenn du irgendetwas für dich behältst.«

Max betrachtete müde seine Handflächen, die unter den Neonröhren schweißnass glänzten.

»Ich habe das letzte halbe Jahr über bemerkt, dass sie sich verändert hat«, gestand er. »Es hat mit Kleinigkeiten angefangen. Einzelne Wörter fielen ihr plötzlich nicht mehr ein ...«

»Einzelne Wörter? Was für welche denn zum Beispiel?«

»Mein Name zum Beispiel. Oder deiner.«

»Und weiter?«

»Dann hatte sie plötzlich kein Interesse mehr für Musik. Sie wollte nicht mehr in die Oper, ins Konzert – all die Dinge, die sie immer so geliebt hat.«

»Du redest glatt, als wäre sie schon tot«, sagte ich. »Hör mal, es tut mir leid, dass ich dich so angepflaumt habe, aber verbreite jetzt hier nicht deine *Es-wird-nichts-mehr-so-sein-wie-es-mal-war*-Stimmung. Ich will nur die Fakten wissen, damit ich überlegen kann, wie ich am besten vorgehe. Mehr nicht.«

Er griff mit seinen feuchten Händen nach meinen trockenen und drückte sie fest. »Du bist deiner Mutter so ähnlich – du stehst immer wie ein Fels in der Brandung. Ich habe deine Mutter noch nie – in all den Jahren nicht – eine Träne vergießen sehen.«

Er begann in Erinnerungen zu schwelgen und mir war klar,

dass ich weiter nichts Brauchbares aus ihm herausbekommen würde. Ich hörte ihm mit halbem Ohr zu, während ich eine neue Schublade in meinem Hirn anlegte: die *Was-machen-wir-nur-mit-Mom*-Schublade.

Wir bekamen Mom erst später am Abend zu sehen. Sie war aus der Narkose aufgewacht – oder zumindest behaupteten das die Krankenschwestern – und lag nun in einem Einzelzimmer. Sie öffnete zwar die Augen, aber sie sprach nicht ein einziges Wort mit uns. Ich zerrte eine Ärztin mit Gewalt aus dem Zimmer auf den Flur.

»Warum sagt sie denn nichts?«, fragte ich.

»Das lässt sich schwer sagen.«

»Was ist denn bloß mit euch Medizinern los?« Ich kreischte fast. »Sagen Sie mir doch einfach ein paar Sachen zur Auswahl.«

Die Ärztin, die garantiert noch nicht einmal so alt war wie ich, richtete sich würdevoll zu ihrer vollen Größe auf und sagte steif: »Es gibt keine Anhaltspunkte dafür, dass das Hirn Ihrer Mutter bei dem Unfall geschädigt worden ist, und sie reagiert ansonsten auch völlig normal. Also rührt die Aphasie nicht von der Vollnarkose her.«

»Und was heißt das?«

»Sie redet nicht, weil sie nicht reden will«, sagte die Ärztin. »Das vermute ich jedenfalls.«

»Danke«, sagte ich. Ich wartete, bis sie den Flur ein Stück hinuntergelaufen war, ging dann wieder zu Mom hinein und schloss die Tür hinter mir.

»Mom, wenn du nicht mit uns reden willst, haben wir keine andere Wahl, als dich von einem Psychiater untersuchen zu lassen«, sagte ich. »Das ist wahrscheinlich sowieso eine gute Idee. Was meinst du?«

Sie sagte nichts. Aber sie griff auch nicht nach der Bettpfanne, um sie nach mir zu werfen, also interpretierte ich ihr Schweigen als Zustimmung. Ich machte mich auf die Suche nach einem anderen Arzt und bat ihn, eine solche Untersuchung in die Wege zu leiten. Dann fuhr ich zurück zu meinem kleinen Apartment im Doktorandenwohnheim und brach zusammen.

Ich wachte morgens gegen drei Uhr auf und stellte fest, dass ich immer noch mein blutverschmiertes Top und den Rock vom Tag zuvor anhatte. Ich war furchtbar angespannt, was mir eigentlich fremd war. Jedes Mal, wenn ich mitbekam, dass einer meiner Doktorandenkollegen Beruhigungstabletten schluckte, hatte ich mir bisher meinen Kommentar verbissen: »Wenn du dein Leben einfach mal auf die Reihe kriegst, musst du dir hier nicht wegen jeder Kleinigkeit irgendwelche Pillen einwerfen.«

Aber in diesem Moment hätte ich gegen ein paar Beruhigungstropfen selbst auch nichts einzuwenden gehabt.

Es gab nur einen Weg, mit der Nervosität fertigzuwerden – und der war, natürlich, etwas zu tun. Ich versuchte ein paar Klausuren zu korrigieren, aber als ich mich dabei ertappte, wie ich planlos einen Stapel Blätter von einer Seite auf die andere schob, gab ich auf. Ich überlegte, ob ich mich an meine Doktorarbeit setzen sollte, aber das war sinnlos, bevor ich nicht mit Nigel gesprochen hatte. Mir fiel ein, dass ich niemanden in der Fakultät angerufen hatte, um zu erzählen, dass ich einen Unfall hatte. Tabitha war vermutlich zusammengeklappt, als ich nicht zu ihrer Nachhilfestunde erschienen war. Ich hoffte nur, dass Jacoboni nicht da gewesen war und sie weiter fertiggemacht hatte – dann wäre sie wohl jetzt auf dem Weg zurück zu ihren Eltern.

So ging das nicht. Ich schaltete meinen Rechner ein und öffnete den Browser.

»Wie nennt man das noch, wenn man nicht mehr alle Tassen im Schrank hat?«, murmelte ich, als der Cursor der Suchmaschine mich fragend anblinkte. »Bekloppt, meschugge, total daneben – nein, das bringt alles nichts. Ich muss das wissenschaftlicher angehen. Demenz!«

Ich tippte *Demenz* in das »Suche«-Feld und löschte es sofort wieder.

Was mache ich hier eigentlich? Sie ist noch nicht einmal untersucht worden und ich habe sie innerlich schon abgeschrieben. Vielleicht ist sie ja wirklich nur ein bisschen stur. Vielleicht steckt sie in einer Midlife-Crisis. Oder in den Wechseljahren.

Nein, die hatte meine Mutter schon hinter sich. Und so, wie sie das geschildert hatte, gab es so etwas wie Wechseljahre auch gar nicht. Man – besser: frau – bekam einfach ihre Tage nicht mehr, umso besser. Diese Frauen mit Hitzewellen und Hormonpillchen kamen einfach nicht darüber hinweg, dass sie aus dem gebärfähigen Alter hinauswuchsen. Als gäbe es nichts anderes, worauf man sich konzentrieren könnte.

Ich musste an all das denken, als ich nun doch wieder *Demenz* tippte. Ich zögerte, bevor ich auf *Jetzt suchen* klickte, und hoffte, dass mir das Internet ein paar beruhigende Infos präsentierte, die meine Sorgen bestimmt augenblicklich zerstreuen würden. Meine Suchmaschine brachte viel mehr Erscheinungsformen von Demenz zusammen, als ich erwartet hatte – und sie klangen alle ausgesprochen unerfreulich.

Ich hatte richtiggelegen mit meiner Einschätzung, dass Mom keine Symptome von Alzheimer aufwies, und die Diagnose Depressionen war mir von Anfang an ein wenig abwegig erschienen. Aber es könnte ein Hirntumor sein oder eine der Formen von Demenz, die sich besonders auf die Sprache auswirken. Nur eine dieser Unterformen erwähnte allerdings auch einen Mangel an Urteilsvermögen: die *Picksche Krankheit* oder *Frontotemporale Demenz.*

»Wer denkt sich denn so was aus?«, fragte ich meinen Bildschirm.

Ungerührt listete er eine Reihe von Symptomen auf, die glatt meinen Tagebuchaufzeichnungen über meine Begegnungen mit meiner Mutter hätten entstammen können – wenn ich denn je ein Tagebuch geführt hätte. Aber was mir wirklich den letzten Knock-out verpasste, war die Aufzählung der Symptome, die das fortgeschrittene Stadium der Krankheit kennzeichneten. Sie standen dort hintereinander wie auf einer Einkaufsliste:

totaler Verlust der Motorik
totaler Verlust der Sprache
totale Zerrüttung des Geistes

Weder eine Heilung noch eine spezifische medikamentöse Therapie sind derzeit möglich, informierte die Website schlicht. Der Prozess ließ sich nicht einmal verlangsamen; die Krankheit dauerte zwischen zwei und weit über zehn Jahre.

Es war an der Zeit, dass ich meinen Rechner zuklappte und mir einen starken Tee braute. Das konnte doch nicht sein. Ich hatte schlimmstenfalls mit einem Tumor gerechnet – den man dann möglicherweise hätte operieren können – und bestenfalls mit einer schweren Midlife-Crisis, die Mom, so wie ich sie kannte, innerhalb von drei Sitzungen mit einem Psychologen überwunden hätte. Oder zwei.

Bis ich all das durchdacht hatte, war die Sonne längst aufgegangen und es wurde Zeit für mich, zur Arbeit zu gehen. Ich spritzte mir kaltes Wasser ins Gesicht und zog mir etwas an, das mir kaum schicker vorkam als der Klamottenmix, mit dem meine Mutter am Tag zuvor im Labor gewesen war.

Die Frau verfolgt mich ja regelrecht, dachte ich, als ich über den Campus hastete. *Es wird Zeit, eine Lösung zu finden.*

Das letzte Stück legte ich in einem Sprint zurück. Als ich am Fakultätsgebäude ankam, musste ich mich regelrecht zwingen, langsamer zu gehen und mich zusammenzureißen. Nur weil meine Mutter durchdrehte, musste ich das ja nicht auch noch. Es war an der Zeit, die *Was-soll-ich-mit-Mom-machen*-Schublade zu schließen und mir stattdessen die *Wie-geht's-mit-meiner-Doktorarbeit-weiter*-Schublade vorzunehmen. Ich würde bei Nigel gar nicht gut dastehen, wenn ich aussah, als hätte ich die Nacht durchgemacht – obwohl es ja stimmte.

Ich kramte in meiner Tasche nach einer Haarspange, nutzte die Eingangstür als eine Art Spiegel und klipste mein Haar so am Hinterkopf fest, dass es einigermaßen ordentlich aussah. Gegen die Ringe unter meinen Augen konnte ich jetzt auch nichts mehr machen. Zum ersten Mal in meinem Leben wünschte ich mir tatsächlich, ich hätte mehr Koffein intus.

Ich schloss die Augen, atmete ein paar Mal tief durch und stieß die Flügeltür auf. Das da drinnen war meine Welt: kühl, sauber und ordentlich.

Der Einzige, der störte, war Jacoboni, der mitten im Korridor stand und sich bequem an die Tür zum Sekretariat lehnte.

»Meine Güte, McGavock«, sagte er. »Und ich dachte *gestern* schon, du siehst schlecht aus!«

Ich sah ihn mürrisch an und warf einen Blick auf meine Uhr. »Was machst du denn um diese Zeit schon hier? Bin ich so spät dran?«

»Nein, ich wurde zu einem Frühstück entführt. Wer isst denn zu so einer unchristlichen Zeit?«

»Welche unchristli–?«, fragte ich. Und hob dann sofort eine Hand. »Ist ja auch egal. Ich will's gar nicht wissen.«

»Na ja, es waren eigentlich Peter und Rashad, aber ...«

»Jill! Ich habe Sie schon gesucht.«

Das war Professor Frost, der gerade aus einem der Seminarräume jenseits des Sekretariats kam. Ich brauchte ein paar Sekunden, um ihn richtig in Raum und Zeit einzuordnen. Mein Hirn kam mir vor wie eine Schallplatte, die verlangsamt abgespielt wird.

»Tut mir leid«, sagte ich. »Meine Mutter und ich hatten gestern auf dem Weg zum Mittagessen einen Unfall ...«

Zum meinem Erstaunen streckte Nigel eine Hand aus und umfasste damit meinen Arm. »Kommen Sie mit hier rein. Wir müssen das ja nicht im Flur besprechen.« Er lotste mich zum Seminarraum und behielt dabei Jacoboni im Blick. »Könnten Sie bitte darauf achten, dass es hier nicht so laut zugeht? Ich lasse da drinnen gerade eine Klausur schreiben.«

Sobald wir die Tür hinter uns geschlossen hatten, befreite ich mich unauffällig aus Nigels Griff. Er ließ den Blick durch den Raum gleiten, in dem zehn Studenten über ihren Klausuren schwitzten. Nigel deutete zu dem breiten Fenstersims hinüber, von dem aus man einen wunderschönen Blick über den Campus hatte. Ich hockte mich brav hin und versuchte, wenigstens beherrscht auszusehen. Zum Glück hatte ich mein Haar gerade noch hochgesteckt, sonst wäre ich mir garantiert mit den Fingern hindurchgefahren.

»Haben Sie schon einen Blick in mein neues Konzept werfen können?«, erkundigte ich mich flüsternd.

Nigel betrachtete mich eingehend.

Das bedeutet vermutlich nichts Gutes, dachte ich.

»Ist es sehr schlimm?«, fragte ich. »Ich war eigentlich ganz zuversichtlich, dass ...«

»Sind Sie verletzt?«

»Wieso? Ich habe heute Morgen noch nicht meine Mails gecheckt. Haben Sie mir eine Nachricht geschrieben? Wenn das Konzept totaler Unsinn ist, verkrafte ich das schon.«

»Ich rede von dem Unfall.« Nigels für gewöhnlich stoisches Gesicht legte sich in besorgte Falten. Machten eigentlich alle Menschen mittleren Alters in meinem Umfeld plötzlich Persönlichkeitsveränderungen durch?

»Mir geht's gut«, versicherte ich. »Ein paar Stiche und eine Beule am Kopf. Ich kann mir durchaus wieder meine Arbeit vornehmen.«

»Und Ihrer Mutter?«

Sie hat mit dem hier nichts zu tun!, hätte ich am liebsten gequietscht. Nur meine Ehrfurcht vor allem, was mit Mathematik zu tun hatte, hielt mich einigermaßen ruhig. Ich erzählte Nigel von den Verletzungen, die meine Mutter erlitten hatte, wobei ich den Teil mit der psychiatrischen Untersuchung wohlweislich ausließ. Stanford war natürlich eine Mammutuniversität, aber Klatsch und Tratsch verbreiteten sich trotzdem mit einer unglaublichen Geschwindigkeit.

»Es ist nichts Lebensbedrohliches«, wiederholte ich.

»Aber bestimmt genug, um Sie abzulenken.« Nigel schüttelte sachte den Kopf. »Wir müssen das nicht heute besprechen. Gönnen Sie sich ein paar Tage Zeit, um wieder zu Kräften zu kommen und für Ihre Mutter da zu sein; das wird Ihnen bestimmt nicht schaden.«

Wenn wir jetzt nicht bald über meine Arbeit reden, dachte ich, *platze ich noch. Und das schadet mir bestimmt.*

»Professor Frost«, sagte ich betont ruhig, »ich lasse nicht zu, dass mein Privatleben meine wissenschaftliche Laufbahn beeinflusst. Was ich wissen muss, um wieder voll einzusteigen, möchte ich gerne *jetzt* wissen. Bin ich mit meinem zweiten Vorschlag nicht weit genug gegangen? Muss ich befürchten, dass mir wieder jemand zuvorkommt?«

Ich hatte Nigel ganz offensichtlich etwas aus der Fassung gebracht, denn er klopfte seine Hemdtaschen nach seiner Brille ab, die ich längst auf dem Pult entdeckt hatte. Sollte er doch. Es ging hier schließlich nicht um *sein* Leben.

»Meine Anmerkungen sind oben in meinem Büro«, sagte er, als er die Suche nach der Brille aufgegeben hatte.

»Soll ich sie holen?«, schlug ich vor.

»Nein«, sagte er. »Ich möchte heute nicht ins Detail gehen. Ich sag Ihnen nur so viel: Ich denke, Sie sind in Ihrer neuen Konzeption weiter gegangen als unbedingt nötig. Es ist möglich, dass Sie die Arbeit in der kurzen Zeit, die Ihnen noch verbleibt, so nicht fertigstellen können. Vor allem nicht, wenn Ihre Mutter im Krankenhaus liegt.«

Offenbar bemerkte er, dass ich die Zähne zusammenbiss, und so fuhr er fort: »Der Tag hat nur vierundzwanzig Stunden. Egal, wie Sie sich die einteilen – es bleiben immer vierundzwanzig. Und wenn Sie den Schlaf abziehen, nur sechzehn.«

Wenn ich acht Stunden Schlaf bräuchte, würde ich mich fragen, ob mich eine Tsetsefliege gestochen hat, dachte ich.

»Sie scheinen da anderer Meinung zu sein«, bemerkte Nigel.

Ganz offensichtlich konnte er mir meine Gedanken inzwischen schon ziemlich gut vom Gesicht ablesen. Dabei war ich eigentlich nicht so leicht zu durchschauen.

»Wir besprechen das alles ausführlicher«, versprach er mir. »Aber im Moment denke ich, Sie widmen sich Ihrer ...« – er hielt inne, damit mir die Betonung bloß nicht entging – »... *wissenschaftlichen Laufbahn* ohne jeden Druck.«

Dass er meine Worte auf diese Weise aufgriff, nahm ich ihm übel. Ich sagte kalt: »Haben Sie etwas dagegen, wenn ich an meiner Doktorarbeit weitermache, obwohl wir noch nicht weiter darüber gesprochen haben? Die Stoßrichtung bleibt ja die gleiche, auch wenn ich über das hinausgehe, was ich eigentlich vorhatte.«

Er klopfte wieder zerstreut seine Hemdtaschen ab. »Das zu entscheiden, liegt nicht an mir und offen gestanden, würde ich Ihnen eher davon abraten. Aber Sie haben von meiner Seite aus keinerlei negative Konsequenzen zu befürchten, wenn Sie so vorgehen. Es ist Ihre Sache, wie Sie die verschiedenen Bereiche Ihres Lebens zusammenbringen.«

»Danke«, sagte ich.

Als ich aus dem Raum tapste, spürte ich, dass er mir nachsah. Professor Frost war meiner Ansicht nach schon viel zu weit gegangen im »Zusammenbringen« meiner Lebensbereiche, die ich lieber getrennt halten wollte. Mein Privatleben ging ihn nichts an. Dass er diese unsichtbare Grenze überschritten hatte, fand ich noch unverzeihlicher als Jacobonis abschätzigen Blick vorher. Letzterer, so entschied ich, als ich mein Postfach leerte, würde nicht das kleinste Detail über den Unfall erfahren. Überhaupt gar keins.

Ich ging den Gang entlang zur Treppe. Aus dem Pausenraum drang der Geruch von Kaffee, der schon zu lange auf der Warmhalteplatte stand, und ich beschleunigte meinen Schritt. Die Versuchung, mich unter die Koffeinsüchtigen einzureihen, wurde von Minute zu Minute stärker. Ich ging meine Post im Gehen durch und hielt am Fuß der Treppe, gerade vor dem großen Hörsaal, plötzlich inne. Zwischen der feierlichen Mitteilung, dass ich Anspruch auf eine *American Express Goldkarte* hatte, und der verzweifelten Bitte eines noch verzweifelteren Erstsemesters, ihm einen Nachschreibetermin für die letzte Klausur zu gewähren, fand sich eine kleine rosafarbene Notiz in der Handschrift unserer Fachschaftssekretärin. Ich wurde gebeten, einen gewissen Dr. Fenwick im Standford Hospital zurückzurufen. *Betreff: Ihre Mutter.*

Ich legte den Rest der Strecke langsamer zurück und sah mir die Notiz genauer an. Es konnte kein Notfall sein, sonst hätten sie mich auf dem Handy angerufen. Ich hatte der zweiten unverschämten jungen Ärztin meine Nummer gegeben. Aber natürlich konnte sie sie auch verloren haben.

Als ich in mein Büro kam und meine Tasche durchwühlte, stellte ich fest, dass ich mein Smartphone in meiner Wohnung vergessen hatte. Ich ging also zum Treppenhaus zurück und stieg zum Aufenthaltsraum der Doktoranden in den zweiten Stock hinauf. Es war das einzige Telefon, von dem aus wir telefonieren konnten, aber weil alle ohnehin ihre Handys hatten, war es immer frei.

Ich klebte den rosa Zettel ans Fenster und wartete eine halbe Ewigkeit, dass Dr. Fenwick den Hörer abnahm. Wer in aller Welt war das überhaupt? Ich hatte am Tag zuvor mit so vielen Ärzten gesprochen, dass ich mich nur mit Mühe noch an meinen eigenen Namen erinnern konnte. Ich hörte auf, mit den Fingern gegen das Fenster zu trommeln, und versuchte mich zusammenzureißen. Es war dieser ständige Wechsel vom Privat- zum Arbeitsleben und wieder zurück, der mich so fertigmachte. Ich würde daran scheitern, wenn ich es nicht schaffte, meine Welten wieder schön säuberlich voneinander zu trennen.

»Dr. Fenwick hier«, meldete sich endlich eine klangvolle tiefe Stimme am anderen Ende der Leitung.

»Hier ist Jill McGavock. Ich sollte Sie zurückrufen«, sagte ich, »wegen Liz McGavock, meiner Mutter.«

»Ich kenne Ihre Mutter gut. Wir haben vor Jahren an der Uni in San Francisco zusammen an einem Projekt gearbeitet.«

Ich riss mir ungeduldig die Spange aus dem Haar und schüttelte es aus. Hoffentlich war er mit dem unnützen Geplänkel bald fertig und kam zur Sache.

»Wir haben gestern Abend noch ein Gespräch mit einem Psychiater veranlassen können«, erklärte Dr. Fenwick. »Der zuständige Arzt in Bereitschaft war Dr. ...«

»Was hat er gesagt?«

»Er hat Ihre Mutter immerhin dazu gebracht, mit ihm ein paar Worte zu wechseln – nur wenige, aber immerhin genug, um zu dem Schluss zu kommen, dass hier kein psychiatrisches Problem vorliegt.«

»Also sind es keine Depressionen, es ist nicht der Stress, keine Schizophrenie und auch keine Midlife-Crisis.«

»Genau. Solche Dinge kann man natürlich nicht mit einer Blutprobe herausfinden, aber alles spricht dagegen, eine Diagnose in diese Richtung zu stellen.«

»Also ist sie nicht verrückt geworden. Was kommt jetzt?«

»Als ihr behandelnder Arzt würde ich gerne noch einen Neurologen hinzuziehen, damit er einige Tests macht.«

»Um *was* herauszufinden?«

»Da gäbe es eine ganze Reihe von Möglichkeiten ...«

»Zum Beispiel?«

»Ich möchte Ihnen keine Angst einjagen.«

»Ich lasse mir auch keine Angst einjagen. Wonach werden Sie suchen?«

»Wir versuchen zuerst auszuschließen, dass sie einen Tumor hat. Als Nächstes suchen wir nach Hinweisen auf Hirnkrankheiten. Die lassen sich nie mit hundertprozentiger Sicherheit bestimmen, aber wir würden die Symptome Ihrer Mutter mit verschiedenen Krankheitsbildern abgleichen.«

»Die Konstellation der Befunde«, bemerkte ich fachkundig. Dr. Neunmalklug durfte ruhig wissen, dass er es hier nicht mit einer Vollidiotin zu tun hatte.

»Stimmt genau.« Ich hörte ein leises Glucksen am anderen Ende der Leitung. »Sie sind Ihrer Mutter wirklich sehr ähnlich. Aber keine Medizinerin, oder?«

»Nein. Also, um das noch einmal zusammenzufassen: Sie suchen nach einem Tumor – Hirnkrankheiten – Demenz?«

»Wir werden all diese Dinge im Hinterkopf behalten, aber wir sollten keine voreiligen Schlüsse ziehen.«

Voreilig? Kumpel, die Schlüsse stehen doch schon fix und fertig herum und springen uns glatt ins Gesicht!

»Wie bald können Sie diese Tests durchführen?«, wollte ich wissen.

»Wo Liz schon einmal hier ist und weil sie hier arbeitet, können wir das bestimmt ein bisschen beschleunigen. Sagen wir mal, übermorgen haben wir die Ergebnisse.«

Achtundvierzig Stunden. Ob ich wohl so lange durchhielt?

Natürlich hielt ich so lange durch. Und warum auch nicht? Wie in aller Welt kam ich nur auf solche dämlichen Fragen?

»Gut«, sagte ich. »Soll ich Sie anrufen oder …«

»Ich finde Sie schon, wenn Sie im Krankenhaus sind. Sie werden ja bestimmt einige Zeit bei Ihrer Mutter verbringen.«

»Wie lange soll sie überhaupt im Krankenhaus bleiben?«

»Mindestens vier, fünf Tage – aber das hängt natürlich auch davon ab, was wir in der Neurologie herausfinden.«

Als ich den Hörer wieder in die Gabel hängte, beschlich mich ein Gefühl, das selbst meine Mutter mit all ihrer Bevormundung nie in mir hervorgerufen hatte: Ich hatte mein Leben irgendwie nicht mehr allein in der Hand.

KAPITEL 6

Die nächsten achtundvierzig Stunden zogen sich hin wie eine billige Stretchjeans. Meine Zeit war völlig ausgefüllt. Ich hetzte vom Krankenhaus zum Fakultätsgebäude und wieder zurück zum Krankenhaus, hielt mich in meiner Wohnung nur zum Schlafen und Umziehen auf – eigentlich hätte die Zeit wie im Flug vergehen müssen. Aber auch ein paar Stunden, das lernte ich in diesen Tagen, können einem sehr lange vorkommen, wenn nichts mehr ist, wie es einmal war. Und das war es wirklich nicht.

Tagsüber fiel es mir nicht allzu schwer, mich auf meine Seminare, die Nachhilfe und die Extraarbeit an meiner Dissertation zu konzentrieren. Wenn ich nicht während meiner Sprechzeit im Büro sein musste, setzte ich mich mit meinem Laptop in eine Ecke des Computerraums, damit ich mich nicht mit Jacoboni herumschlagen musste. Meine Treffen mit Tabitha waren anstrengend; ihre Schnelligkeit, Differenzialquotienten zu bilden, schien in direkt antiproportionalem Verhältnis zu der Zeit zu stehen, die ich eigentlich zur Verfügung hatte. Ich hatte doch schon genug zu tun.

Die Abende waren entschieden schwerer zu bewältigen. Ich verbrachte sie in einem regelrechten Dschungel von Blumensträußen im Krankenzimmer meiner Mutter. Wenn sie wach war, saß ich neben ihrem Bett, gegenüber von Max, und wir versuchten beide, sie zum Sprechen zu bewegen. Solche Szenen hätte ich mir vorher nie träumen lassen. Max tat so, als würde sie tatsächlich reagieren, und schien sich damit zufriedenzugeben. Es machte mich wahnsinnig. Ich hatte für Small Talk noch nie etwas übrig gehabt.

Wenn sie schlief, stiefelte ich im Raum auf und ab, während Max ununterbrochen redete.

»Wenn's doch bloß kein Tumor ist«, sagte er. »Es kann doch

kein Tumor sein. Sie hat nicht über Schmerzen geklagt. Andererseits – glaubst du, sie würde mir überhaupt sagen, wenn sie Schmerzen hätte? Bestimmt nicht. Als sie sich damals beim Skifahren den Arm gebrochen hat, hat sie schließlich auch nichts gesagt. O nein. Sie ist eine Märtyrerin. Vielleicht hat sie die ganze Zeit Todesqualen ausgestanden und bloß nichts gesagt.«

»Sie ist keine Märtyrerin, Max«, widersprach ich. »Sie ist alles Mögliche – aber das nicht.«

An diesen zwei Abenden hatten wir diese Diskussion ungefähr ein Dutzend Mal. Wir begannen gerade mit der dreizehnten Wiederholung, als zwei Männer in weißen Kitteln hereinkamen. Sie sahen doktormäßig ernst aus. Ich sah auf das Namensschild des einen: *Dr. Carl J. Fenwick*. Das andere Schild konnte ich gar nicht erst sehen, weil der Mann, der in dem dazugehörigen Kittel steckte, bestimmt über zwei Meter groß war. Er musste mit den Türrahmen sehr aufpassen.

»Jill«, sagte Dr. Fenwick mit seiner tiefen Stimme und streckte eine kräftige Hand nach mir aus. »Als ich Sie das letzte Mal gesehen habe, waren Sie ungefähr fünf.«

Ich nickte und sah fragend zu Dr. Deckenkratzer auf.

»Das ist Dr. McDonald«, erklärte Fenwick. »Er ist der Chefarzt in der Neurologie. Für Ihre Mutter war mir das Beste gerade gut genug.«

»Jill McGavock«, stellte ich mich vor. »Haben Sie die Testergebnisse schon?«

»Warum gehen wir nicht alle in den Konferenzraum am Ende des Flurs und unterhalten uns dort weiter?«, schlug Dr. McDonald vor.

Er hatte irgendwie eine gemütliche Art zu reden, die ihn eher wie den Besitzer eines Tante-Emma-Lädchens wirken ließ und nicht wie einen Doktor. Er schien überhaupt nicht nach Stanford zu passen.

Es machte mich fast verrückt, noch weitere fünf Minuten warten zu müssen, während wir alle den Gang hinuntermarschierten, hin zu einem verglasten Raum mit dicken Sofas und Schummerbeleuchtung, die in dieser Konstellation wohl beruhigend wirken sollten. Alle setzten sich. Ich blieb stehen und lehnte mich gegen die Wand, obwohl Dr. McDonald mir auch dann noch von seinem Sofaplatz gerade in die Augen schauen konnte. Dr. Fenwick schaute zu Max hinüber.

»Das ist Dr. Ironto«, stellte ich ihn vor. »Er ist ein enger Freund der Familie.«

Max stürzte geradewegs auf die beiden zu und umklammerte ihre Hände mit seinen, als hätten sie Mom schon geheilt und wären gerade dabei, ihre Entlassung vorzubereiten.

»Vielen Dank, Doktor«, sagte er zu jedem von ihnen. »Sie können sich überhaupt nicht vorstellen, wie viel es uns bedeutet, dass Sie sich die Zeit für uns nehmen.«

Denkst du, die machen das aus Nächstenliebe, Max?, hätte ich ihn am liebsten sarkastisch gefragt.

Schließlich kauerte er sich auf eine Stuhlkante und rang die Hände. Ich verschränkte die Arme vor der Brust und fragte: »Was haben Sie herausgefunden?«

Dr. McDonald neigte den Kopf ein wenig zur Seite. »Also, in solchen Fällen stehen uns nicht allzu viele Tests zur Diagnose zur Verfügung. Wenn wir es mit Formen von Demenz zu tun haben ...«

»Moment mal«, unterbrach ich. »Einen Tumor haben Sie wohl ausschließen können?«

»Das stimmt. Es gab keine Anzeichen einer Gewebeschädigung.«

»Gott sei Dank«, sagte Max erleichtert.

Ich war meinerseits nicht so sicher, ob an dieser Stelle schon Dank angebracht war – an wen auch immer.

»Fahren Sie fort«, drängte ich.

»Die Computertomografie deutet in der Tat auf einen gewissen Schwund des vorderen Schläfenlappens hin. Macht es Ihnen etwas aus, wenn ich Sie ein bisschen nach den Symptomen befrage, die Sie bei Ihrer Mutter beobachtet haben?«

»Sie wollen Symptome?«, fragte ich. »Damit kann ich Ihnen dienen.«

Ich zählte an meinen Fingern ab, was mir in der letzten Zeit an Mom aufgefallen war. Es war so viel, dass mir bald die Finger ausgingen. Als ich fertig war, steuerte Max bedrückt seinen Teil bei. Man hätte meinen können, er verriete ein Geheimnis, das ihm unter dem Siegel strengster Verschwiegenheit anvertraut worden war. Er konnte Dr. McDonald nicht einmal in die Augen sehen und musste zweimal innehalten, um sich die Nase zu putzen.

Die ganze Zeit über nickte Dr. McDonald mitfühlend. Dr. Fenwick betrachtete ausgiebig seine Handflächen, als wären sie frisch unterschriebene Todesurteile. Ich sah von einem Arzt zum anderen, bis mir regelrecht schlecht war.

Als Max schließlich fertig war und sich abschließend zum dritten Mal geräuschvoll die Nase putzte, fuhr Dr. McDonald seinen Hals aus wie einen Baukran, sodass er mir direkt ins Gesicht sehen konnte.

»Also gut«, begann er. »Sie müssen wissen, dass wir uns in Fällen wie diesen mit der Diagnose nie zu hundert Prozent sicher sein können.«

»Wie sicher können Sie denn ungefähr sein? Achtzig Prozent? Fünfundzwanzig Prozent? Zwei Prozent?«

»Ungefähr neunzig«, sagte er. »Wir haben die Testergebnisse und Ihre Beobachtungen und unsere Beobachtungen. Wenn wir all das zusammennehmen, gehe ich mit neunzigprozentiger Wahrscheinlichkeit davon aus, dass Ihre Mutter die sogenannte Picksche Krankheit hat. Das ist eine relativ seltene Form von Demenz ...«

»Ich weiß schon, was das ist«, sagte ich. Ich ratterte die Symptome und Prognosen herunter, auf die ich im Internet gestoßen war, und klang dabei vermutlich mehr wie eine Medizinerin als er. Er nickte einfach weiter.

»Da wissen Sie schon eine ganze Menge«, bemerkte er.

»Ich versuche immer, auf alles vorbereitet zu sein. Aber ich weiß im Moment nicht, worauf ich mich einstellen muss. Wie lange wird es vermutlich dauern, bis sie gar nichts mehr kann?«

»Nun, nach allem, was Sie mir erzählt haben«, antwortete Dr.

McDonald, »treten die Symptome schon seit sieben oder acht Monaten auf. Und vielleicht hat sie schon einige Monate vorher selbst gemerkt, dass irgendetwas nicht stimmt.«

»Sie meinen …«, sagte ich. »Sie meinen also, dass sie merkt, was mit ihr vorgeht?«

»Wir können das nicht mit völliger Sicherheit sagen ...«

»Aber Ihre Meinung würde mich trotzdem interessieren.«

»Die Picksche Krankheit ist nicht Alzheimer, wo die Patienten nicht mitbekommen, was passiert. Die Patienten merken, was mit ihnen los ist, bis die Demenz schon sehr weit fortgeschritten ist. Danach können wir es nicht mehr feststellen. Wenn die Patienten früh genug zu uns kommen, können sie ja noch selbst berichten, was sie an sich beobachten. Sie sagen uns, dass sie nicht mehr unter die Leute gehen wollen, weil ihnen die richtigen Wörter nicht immer einfallen.« Dr. McDonald schlug ein endlos langes Bein über das andere Knie. »Manche scheinen zu merken, dass ihr Verhalten ungewöhnlich ist, aber sie wollen es einfach niemandem gegenüber zugeben. Verstehen Sie, was ich meine?«

Ich ging nicht auf seine Frage ein. »Ist sie schon so weit, dass sie nicht mehr reden *kann*?«

»Das lässt sich schwer sagen.«

»Wissen Sie eigentlich, wie mir diese Antwort auf die Nerven geht? Ich werde Ihnen schon keinen Ärger machen, wenn Sie nicht hundertprozentig richtigliegen. Sagen Sie mir doch einfach, was Sie denken! Das ist meine Mutter – ich muss das doch wissen!«

Dr. McDonald zuckte nicht einmal zusammen, aber Max versuchte nach meinen Händen zu greifen. Ich zog sie weg.

»Ich sage Ihnen, was ich denke«, sagte Dr. McDonald bedächtig, »wenn Ihnen klar ist, dass es nicht mehr und nicht weniger ist als das ... was ich denke.«

»Nun sagen Sie es doch bitte endlich«, sagte ich.

»Ich glaube, dass Ihre Mutter beschlossen hat, nicht mehr zu reden, weil sie nicht mehr vollständig kontrollieren kann, was sie sagt. Ich kenne sie nicht persönlich, aber Dr. Fenwick hier hat mir erzählt, dass sie eine sehr starke, stolze Frau ist.«

»Und wie lange wird es dauern, bis sie wirklich nicht mehr sprechen *kann?*«, wollte ich wissen. »Geben Sie mir wenigstens ein paar Anhaltspunkte.«

»Wenn ich bedenke, wie lange sie schon Symptome zeigt«, überlegte Dr. McDonald, »sollte sie sofort aus dem Labor ausscheiden. Und sie wird nicht mehr allein leben können, wenn sie aus dem Krankenhaus kommt.«

»Was soll das heißen?«

»Sie wird rund um die Uhr betreut werden müssen.«

»Sie machen wohl Witze!« Ich sah Dr. Fenwick an. »Sie kennen meine Mutter, Dr. Fenwick. Können Sie sich vorstellen, wie sie darauf reagieren wird?«

Dr. Fenwick sah mich gequält an. »Es hängt jetzt nichts mehr an ihr, Jill. Es hängt alles an Ihnen.«

»Gibt es noch jemanden in Ihrer Familie, der einspringen kann?«, erkundigte sich Dr. McDonald.

»Nein«, sagte ich müde. »Ihre Eltern sind beide tot. Ihr Bruder ist in Vietnam umgekommen. Ich werde schon allein fertig. Ich muss nur wissen, welche Möglichkeiten ich habe.«

»Nun, meine Sekretärin könnte Ihnen einen guten Sozialdienst vermitteln«, schlug Dr. McDonald vor. »Und dann gibt es natürlich Betreuungs- und Pflegedienste, Selbsthilfegruppen – was auch immer Sie brauchen. Sie finden sicher im Internet einiges an Adressen, aber bestimmt kann Ihnen der Sozialdienst auch weiterhelfen.« Er kramte eine Visitenkarte aus seiner Tasche hervor. »Rufen Sie einfach in meinem Büro an, wenn Sie Hilfe benötigen.«

»Sie haben ein paar Tage Zeit, sich das zu überlegen«, versicherte mir Dr. Fenwick. »Wir werden sie auf jeden Fall noch die nächsten zweiundsiebzig Stunden hierbehalten.«

»Eine Frage noch«, sagte ich. »Wie ist das passiert? Woher kommt diese Demenz?«

Dr. McDonald hielt schützend eine Hand hoch. »Springen Sie

mir nicht ins Gesicht, wenn ich das jetzt sage«, sagte er. »Aber wir wissen es einfach nicht.«

»Forscht da denn jemand drüber? Gibt es irgendwelche Untersuchungen von Leuten, die das wissen wollen?«

»Oh ja, natürlich. Es gibt eine Unmenge von Ärzten, die sich damit auseinandersetzen. Aber verstehen Sie, diese Form von Demenz kommt so selten vor, dass wir noch viel weniger darüber wissen als über Alzheimer.«

Dr. Fenwick sah wieder von seinen Handflächen auf. »Jill, meine Kollegen tun, was sie können. Sie müssen sich jetzt überlegen, was Sie mit Ihrer Mutter machen.«

Ist ja gut, dass wenigstens du weißt, was ich jetzt tun muss, dachte ich benommen. *Denn ich habe nicht den leisesten Schimmer.*

Meine Gedanken konnten für diese Situation einfach keine passende Schublade finden. Sie irrten in meinem Kopf herum und stießen gegeneinander wie kleine Autoscooter.

Dr. Fenwick erhob sich. »Sie können mich jederzeit anrufen. Ich behandele Ihre Mutter auch gerne weiter, wenn Sie das wünschen.«

»Ja, sicher«, sagte ich.

Auch Dr. McDonald stand auf und sah von seiner außeratmosphärischen Höhe auf mich herunter.

»Sie werden sicher noch eine Menge Fragen haben«, sagte er. »Wenn Sie einen weiteren Termin ausmachen und diese Dinge mit mir weiter durchgehen wollen, dann melden Sie sich bitte.«

»Wir sind Ihnen wirklich dankbar«, sagte Max. Ich spürte, wie er sich in diesem Meer aus unerfreulichen Neuigkeiten an irgendetwas zu klammern versuchte, für das er zwar nicht dankbar sein, aber sich wenigstens bedanken konnte.

Dr. Fenwick war schon draußen und Dr. McDonald folgte ihm dicht auf den Fersen. Plötzlich hielt er noch einmal an und drehte sich zu uns um.

»Das alles muss ziemlich viel für Sie sein«, sagte er mitfühlend. »Aber eine Sache, die mir Angehörige von demenzkranken Patienten immer wieder gesagt haben, wollte ich Ihnen doch noch mitgeben. Sie haben gesagt, dass man das alles nur verkraftet, weil man weiß, dass der Körper und der Verstand zwar verfallen, aber der Geist immer da ist.«

Dazu fiel mir nun wirklich nichts ein.

»Danke sehr«, wiederholte Max.

Dr. McDonald ging. Max sank auf seinen Stuhl zurück. Ich ging nach draußen in den Gang und lehnte mich an die Wand. Ich konnte den beiden Ärzten noch auf ihrem Weg zum Fahrstuhl hinterherschauen.

Der Geist?, hätte ich ihnen am liebsten sarkastisch nachgerufen. *Das war jetzt aber wirklich wissenschaftlich! Vielen Dank!*

Und dann stapfte ich zum Schwesternzimmer hinüber.

»Wo kann ich denn hier einen Kaffee bekommen?«, fragte ich.

Die nächsten zweiundsiebzig Stunden glichen die Zeitlupe der vergangenen achtundvierzig mehr als aus. Sie liefen an mir regelrecht vorüber, aber ich schob den Druck in meinen Venen und meinen galoppierenden Herzschlag auf die Unmengen an Koffein, die ich in mich hineinzuschütten begonnen hatte.

Am nächsten Morgen rief ich die Sozialarbeiterin an, die Dr. McDonalds Sekretärin mir empfohlen hatte. Freda Webster-Claire bestand darauf, dass wir uns persönlich trafen und nicht nur telefonisch besprachen, was es zu besprechen gab. Sie bestand auch darauf, dass wir uns in Moms Haus trafen, weil sie nach ihrer Entlassung aus dem Krankenhaus dorthin gehen würde.

»Wir schauen uns das besser zusammen an und überlegen dann, ob das wirklich die beste Lösung ist«, sagte sie.

»Es gibt keine andere Lösung«, beharrte ich. »Sie geht nach Hause. Ich brauche nur noch die Adresse eines anständigen Pflegedienstes.«

»Wir besprechen das alles, wenn wir uns sehen«, sagte sie nur.

Ich fragte mich, ob sie mein wütendes Zähneknirschen durch die Leitung wohl mitbekam.

Wir einigten uns auf zwei Uhr am selben Nachmittag. Das ließ mir fünf Stunden Zeit, wenigstens mein wissenschaftliches Leben wieder in geregelte Bahnen zu lenken. Fünf Stunden ununterbrochener Arbeit kamen mir sehr lange vor.

Ich hatte in der Nacht zuvor ohnehin nicht geschlafen und so hatte ich die frühen Morgenstunden dazu genutzt, ein paar Dinge fertigzustellen und weitere Klausuren zu korrigieren. Der große Unterschied zwischen Doktoranden, die ein Seminar leiten, und Professoren, die das Gleiche tun, besteht darin, dass Letztere ihre wissenschaftlichen Mitarbeiter die Korrekturen machen lassen. Ich dagegen musste mir jede einzelne verpatzte Differenzialgleichung selbst vornehmen. Immerhin war ich erleichtert zu sehen, dass Tabitha Fortschritte machte – sie stand jetzt ungefähr auf Drei minus.

Ich gab die Klausuren am Ende der Stunde zurück und wollte mich so schnell wie möglich davonstehlen, um mich noch auf das Treffen mit Nigel vorzubereiten. Ich war fest entschlossen, mich heute nicht von ihm abwimmeln zu lassen. Die Studenten waren so mit ihren Ergebnissen beschäftigt, dass keinem von ihnen – und besonders nicht Tabitha – auffiel, dass ich über Tische und Bänke sprang, um schnell zur Tür zu gelangen. Tabitha war an ihrem Tisch zusammengesunken und wischte sich Tränen von ihrer Oberlippe. Sie sah ihre Klausur an, als wäre sie in kyrillischer Schrift verfasst.

Sie weint?, wunderte ich mich. *Wegen Differenzialrechnung weint man doch nicht.*

Ich beschloss, ihr wenigstens einen Rest Würde zu lassen, und tat so, als sähe ich sie nicht, als ich mir meinen Weg zur Tür bahnte. Aber ein unüberhörbares Schnaufen machte es unmöglich, sie zu ignorieren. Ich sah gerade in dem Moment zu ihr hin, als sie ihre Augen von den Aufgaben riss und mir einen flehenden Blick zuwarf.

Ich stöhnte innerlich auf und sagte leise, damit die anderen es nicht mitbekamen: »Willst du kurz mit mir in mein Büro kommen?«

Sie war schon aufgesprungen, bevor ich die Frage überhaupt zu Ende formuliert hatte, und dann schleppte sie sich hinter mir durch den Flur wie ein ungeliebter Cockerspaniel auf Rollschuhen.

Ich gebe ihr fünf Minuten, schwor ich mir. *Mehr habe ich einfach nicht übrig.*

Die übliche Sippe Studenten hing im Gang herum, aber sie schienen alle nicht zu bemerken, dass Tabitha inzwischen laut genug schniefte, um Jacoboni drüben im Doktorandenwohnheim aufzuwecken. Aber für den Fall, dass sie trotzdem eine empirische Analyse von Tabithas Verhalten vorhatten, schloss ich sicherheitshalber die Tür meines Büros hinter uns. Tabitha wartete diesmal nicht einmal, bis ich ihr einen Stuhl freigeräumt hatte – sie ließ sich einfach auf einen Stapel Schnellhefter fallen, vergrub das Gesicht in ihren Händen und weinte jämmerlich. Das Einzige, was mir für solche Fälle einfiel, war, nach Taschentüchern zu suchen, aber seit ich Tabitha betreute, waren alle meine Vorräte erschöpft.

Sie schaffte es irgendwann, sich genug zusammenzureißen, um aus ihrem Rucksack eins hervorzukramen, das nur halb benutzt war. Sie schnaubte sich geräuschvoll die Nase, was mich an Max erinnerte. Am besten kaufte ich Papiertaschentücher demnächst nur noch in der Großpackung.

»Hör mal«, beschwor ich sie, als ich dachte, sie hätte sich so weit gefangen. »Du darfst das nicht einfach als Drei minus ansehen. Es ist doch schon eine Verbesserung zu vorher und genauso musst du das auch betrachten. Durch die erste Klausur bist du doch durchgefallen, nicht wahr?«

Sie nickte kläglich, wobei ihr Haar wieder über die Wangen fiel und in einzelnen Strähnen an ihren Tränen kleben blieb.

»Wir haben doch noch drei Klausuren und die schlechteste musst du sowieso nicht zählen lassen. Wenn du weiter zur Nachhilfe kommst, kann ich dir zumindest eine Zwei versprechen. Das ist natürlich noch keine Eins, aber ...«

»Warum ist es nur so schwer?«

»Da könnte ich dir eine ganze Reihe Gründe anführen«, begann ich, »aber die willst du wahrscheinlich gar nicht alle hören. Nur so viel: Es ist Mathematik auf einem viel höheren Niveau, als du das von der Schule her gewöhnt bist. Das hier ist eine Universität. Und noch dazu Stanford, eine der besten Universitäten der Welt.«

»Das meine ich ja gar nicht«, schluchzte sie. »Das hier ist ... es ist schließlich das, was Gott gesagt hat, was ich machen soll. Ich hab ihm gesagt, dass ich seinem Willen für mein Leben folgen würde, egal, wohin mich das führt, und hier hat er mich hingebracht. Aber warum ist das trotzdem so schwer? Ich meine, warum hilft er mir denn nicht?«

»Das solltest du besser nicht mich fragen.«

Aber sie machte einfach weiter, als hätte sie mich gar nicht gehört. »Ich hab immer gedacht, wenn ich tue, was Gott will ... wenn ich seinem Willen gegenüber gehorsam bin ... würde er mich bestimmt nicht scheitern lassen.«

»Tabitha, wenn du irgendwie eine religiöse Krise hast, solltest du vielleicht besser mit deinem Priester reden.«

»Pastor.«

»Wie auch immer man die nennt. Ich denke wirklich nicht, dass ich dir dabei helfen kann. Wenn du etwas über das Kommunikativgesetz, die pq-Formel und alle möglichen Ableitungsregeln wissen willst, bist du bei mir richtig. Aber wenn es um Gott geht ...«

»Woher hast *du* denn gewusst, dass du Mathematikerin werden sollst?«

»Weil ich Mathe gut konnte und weil ich etwas machen wollte, was ich gut konnte und was mir logisch erschien. Und außerdem wollte ich nicht in die Fußstapfen meiner Mutter treten und Ärztin werden.«

Tabitha riss ihre riesigen grauen Augen erstaunt auf und starrte mich an, als hätte ich etwas ungeheuer Faszinierendes gesagt. Und ich war selbst auch erstaunt. Wie kam ich denn dazu, hier über mich und mein Leben zu reden? Ich sah auf die Uhr. Von ihren fünf Minuten hatte sie schon sieben aufgebraucht.

»Tabitha«, begann ich erneut. »Wenn du schon im ersten Semester mit Mathe Probleme hast, solltest du vielleicht besser das Hauptfach wechseln. Wer weiß, vielleicht hast du Gott ja falsch verstanden.«

»Nein, ganz bestimmt nicht. Meine Eltern waren sich so sicher!«

»Deine Eltern?«, fragte ich erstaunt. »Deine Eltern haben über dein Hauptfach entschieden?«

»Na ja, irgendwie ... also, ja, eigentlich ... ein bisschen. Ich meine, wir haben uns zu dritt hingesetzt und sind meine Noten und meine Zulassungstests durchgegangen, um herauszufinden, wohin Gott mich führt. Sie dachten, Gott will, dass ich Mathe oder so etwas mache, sonst hätte er bestimmt nicht zugelassen, dass ich in Stanford aufgenommen werde.«

Ich starrte sie verwirrt an. »Tatsächlich? Ich wusste gar nicht, dass Gott in der Zulassungsversammlung sitzt.«

Sie starrte zurück, als würde ihr gerade erst bewusst, dass ich ihren Glauben nicht teilte. Man hätte meinen können, ich hätte ihr gerade eine Ohrfeige verpasst.

»Okay. Ich fürchte, wir kommen hier ein wenig vom Thema ab«, sagte ich schnell. »Ich weiß einfach nicht, warum das für dich hier so schwer ist. Ich kann dir nicht sagen, warum sich nicht alles so entwickelt, wie deine Eltern und du euch das so ausgemalt habt. Ich kann dir nur mit Mathe helfen. Aber wie auch immer du für gewöhnlich Entscheidungen triffst – überleg einfach noch einmal, ob du nicht noch eine andere Richtung ... in eine andere Richtung geleitet wirst? Oder wie auch immer du das nennst.«

Ich hielt inne, bevor ich sie noch weiter beleidigen konnte. Das arme Kind sah aus, als bräuchte es eine Therapie, weil ihm gerade erst aufgegangen war, dass nicht jeder, an den es sich Hilfe suchend wandte, Bibelverse zitierte.

»Du bist doch morgen wieder hier, nicht wahr?«, sagte ich, stand auf und hielt ihr die Tür auf.

Sie nickte.

»Schau dir deinen Test noch einmal an, schreib auf, was du nicht verstehst, und wir fangen morgen gleich damit an.«

Sie betrachtete mich noch einmal eingehend, als sie zur Tür rollte. Dann sah sie über ihre Schulter zurück und bemerkte: »Ich vermute mal, du betest nicht, oder?«

»Ich tue *was* nicht?« Die Worte waren schon aus meinem Mund, bevor ich sie einfangen, herunterschlucken oder wenigstens etwas freundlicher verpacken konnte.

»Beten. Ich muss doch herausfinden, was Gottes Plan mit alldem ist. Weil du doch so sicher bist, dass du genau das tust, was du tun sollst, dachte ich, wenn du betest ...«

Sie verlor den Faden. Ich fühlte mich genau so, wie Tabitha aussah: den Mund offen, die Augen weit aufgerissen. Es war eine dieser sehr seltenen Gelegenheiten in meinem Leben, in denen mir einfach keine Antwort einfiel.

Sie wartete einfach. Weil es auf der Hand lag, dass sie mein Büro nicht verlassen würde, bis ich ihre Frage beantwortet hatte, sagte ich schließlich: »Nein, ich bete nie. Aber ich könnte ein paarmal fest an dich denken, wenn dir das hilft.«

»Oh«, sagte sie. »Ich glaube, dann werde ich für *dich* beten.«

Als sie endlich weg war, schüttelte ich den Kopf für niemand Bestimmtes. *Kein Wunder, dass du mit der Infinitesimalrechnung nicht zurechtkommst, Süße*, dachte ich. *Du bist irgendwie ein kleines bisschen blöd.*

Mehr Gedanken konnte ich an Tabithas religiöse Krise wirklich nicht verschwenden. Ich nahm die angewärmten Schnellhefter vom Besucherstuhl und breitete sie auf meinem Schreibtisch aus. Ich wollte mich unbedingt an diesem Nachmittag mit Nigel treffen, aber bei der Gelegenheit wollte ich ihm schon die weitere Arbeit, die ich in meine Dissertation investiert hatte, vorstellen. Er sollte ruhig sehen, dass die Sache mit meiner Mutter mich nicht davon abhielt, weiterzukommen und konzentriert zu arbeiten. Und eigentlich, so überlegte ich, als ich mir die Arbeit der letzten Tage von zwischen vier und acht Uhr morgens noch einmal vornahm, musste ich ja weder ihm noch sonst irgendjemandem in der Fakultät erzählen, dass Mom die Picksche Krankheit hatte. Je besser ich es schaffte, all das aus meinem richtigen Leben rauszuhalten, desto besser.

Und außerdem war ich mir auch noch nicht sicher, ob ich es überhaupt glauben sollte.

Gegen Mittag war ich gerade auf dem Weg zum Hinterausgang, um mir irgendwas zum Mittagessen zu holen, als Deb mir vom anderen Ende des Flurs etwas zurief. Ich versuchte, so zu tun, als hörte ich sie nicht, aber Jacoboni steckte seinen Kopf aus Peters Büro heraus und sagte: »Hey, Jill! Deb ruft nach dir.«

»Ach, tatsächlich«, sagte ich.

»Hier drinnen versuchen ein paar Leute, was zu arbeiten, Deb«, mahnte Jacoboni. »Kannst du vielleicht ein bisschen leiser brüllen?«

Deb rollte wütend mit den Augen und kam weiter auf mich zu. Ein fließendes, irgendwie indisch aussehendes Gewand flatterte hinter ihr her.

»Oh, Deb, Süße«, lästerte Jacoboni, der sich inzwischen lässig in den Türrahmen lehnte, »versuchen wir heute zur Abwechslung einmal funktional *und* dekorativ zu sein?«

»Jill, sag, dass du gerade sowieso auf dem Weg nach draußen warst, um drei große Kekspackungen zu kaufen. Ich bin dir ja sooo dankbar!«

»Warum sollte ich denn ...« Plötzlich fiel es mir wieder ein. »Ist heute dieses blöde Gastredner-Ding?«

»Also, Jill! Ich muss doch sehr bitten«, sagte Jacoboni in gespielter Entrüstung. »Deine Äußerung bezieht sich doch wohl nicht auf die unvergleichliche Gelegenheit, die brillantesten Denker persönlich kennenzulernen, die Stanford auftreiben kann?«

»Du hast das doch wohl nicht vergessen?«, sagte Deb. Sie warf sich ihre Haare mit einer heftigen Kopfbewegung aus der Stirn. »Ich hab mich extra mit dir zusammengetan, weil du nie etwas vergisst. Du hast doch ein Computerhirn.«

»Krieg mal nicht gleich einen Herzinfarkt«, sagte ich. Ich griff in meine Jackentasche und förderte einen Stapel zusammengerollter Ein-Dollar-Scheine zutage. »Ich hab's einfach vergessen. Tut mir leid ... es ist bloß ... hier, nimm mein Geld und zahl meinen Teil. Ich übernehme das nächste Mal die ganze Rennerei.«

»Hilfst du mir denn wenigstens, alles aufzubauen?«, fragte Deb.

»Wie viel Uhr?«

»Das Seminar ist um halb fünf, Kaffee und Tee um halb vier – wir sollten um drei anfangen mit dem Aufbauen.« Sie warf einen Blick auf Jacoboni. »Wenn wir früher anfangen, haben die Geier den Tisch schon leer gefressen, bevor der Redner überhaupt da ist.«

Jacoboni zuckte in gespielter Unschuld die Achseln. »Ich weiß gar nicht, wovon du redest.«

»Du kannst doch um drei da sein?«, fragte Deb hoffnungsvoll.

Ich überschlug ein paar Fakten in meinem Kopf. Um zwei sollte ich Freda Webster-Claire-Smith-Barney oder wie auch immer sie hieß treffen. Wenn sie länger als eine Dreiviertelstunde brauchte, um herauszufinden, dass ich wirklich nur den Namen eines guten Pflegedienstes haben wollte, würde ich mich sowieso nach einer anderen Sozialarbeiterin umsehen.

»Ich komme«, versprach ich.

Ich verzichtete auf mein Mittagessen und ging zum ersten Stock hoch, braute mir eine Tasse Kaffee zusammen – der inzwischen stark genug war, dass ein Löffel drin stehen blieb – und ging wieder nach unten, um meine Hefter zu holen und Nigel zu suchen. Gerade in diesem Moment kam er aus dem Sekretariat; endlich ging einmal etwas so, wie ich mir das wünschte.

»Professor Frost!«, sagte ich. »Das trifft sich ja gut. Ich wollte gerade sowieso zu Ihnen. Haben Sie einen Moment Zeit, mit mir über meine Dissertation zu reden?«

»Aber sicher«, sagte er. »Sie können gleich mit in mein Büro kommen, wenn Ihnen das passt.«

Ich überlegte kurz, ob ich nicht doch noch schnell meine Hefter holen sollte, entschloss mich dann aber dagegen. Ein Spatz in der Hand und so weiter ...

Nigel ging mir voran, er nahm die Stufen zum zweiten Stock in aller Seelenruhe und machte mich damit fast wahnsinnig. Ich musste mich zwingen, ihn nicht am Arm zu greifen und mit Gewalt vorwärtszustoßen.

»Wie geht's denn Ihrer Mutter?«, erkundigte er sich.

»Wie?«

»Ihre Mutter. Ist sie auf dem Weg der Besserung?«

»Ach so. Sie kommt in ...«, ich sah auf mein Handy, »achtundvierzig Stunden heim.«

»Dann scheint es ihr ja wieder gut zu gehen.«

»Hmmm.«

Auf der mir endlos erscheinenden restlichen Strecke zu seinem Büro sprach Nigel nicht weiter. Abgesehen von meinem Anflug von Ärger vor ein paar Tagen war dies das erste Mal, dass ich mich in seiner Gegenwart etwas unwohl fühlte. Es war von Anfang unseres Betreuungsverhältnisses an deutlich gewesen, dass er mich nicht einschüchtern würde und dass ich bei ihm nicht so tun musste, als hätte ich die Weisheit mit Löffeln gefressen. Als ich gegen Ende meines dritten Jahres eine Zwischenprüfung ablegen musste, als ich im letzten und in diesem Jahr viel Hintergrundforschungen betrieb, hatten wir zusammengearbeitet wie eine gut geölte Maschine. Nun kam ich mir vor wie ein quietschendes Rad.

Aber mir blieb keine andere Wahl. Wenn ich die Sache mit meiner Doktorarbeit nicht jetzt in den Griff bekam, würde ich die Sache mit Freda auch nicht regeln können. Und wenn ich die Sache mit Freda nicht regeln konnte, würde Mom allein nach Hause zurückkehren. Und wer konnte zum gegenwärtigen Zeitpunkt schon sagen, was das bedeutete?

Wir waren schon in Professor Frosts Büro, als mir plötzlich zu Bewusstsein kam, dass er wieder sprach. Seine Brille hielt er schon in der Hand.

»Ihr neues Konzept ist in Ordnung«, sagte er gerade, »aber wie ich schon vor ein paar Tagen gesagt habe – wenn ich eine kritische Anfrage habe, dann die, ob Sie nicht möglicherweise zu weit gehen.«

Ich war viel zu angespannt, um mich hinzusetzen, und blieb deshalb vor dem Schreibtisch stehen.

»Können Sie das ein bisschen weiter ausführen?«, bat ich.

Er rückte seine Brille auf der Nasenspitze zurecht und nahm sie dann gleich wieder ab. Mit seiner üblichen Gemächlichkeit, die mich immer rasend machte, machte er es sich in seinem Stuhl gemütlich und schlug ein Bein akkurat über das andere.

»Ich möchte nicht riskieren, dass mir wieder jemand zuvorkommt«, erklärte ich. »Ich möchte doch nur ...«

»Sind Ihnen noch nie Zweifel gekommen, dass Sie sich hier vielleicht ein bisschen übernehmen?«, fragte Nigel.

»Nein«, sagte ich. »Zweifel sind mir noch nie gekommen. Wenn ich schon vorhabe, die Gedanken eines anderen noch ein Stück weiterzudenken, will ich auch etwas vorlegen, das als eigenständige Forschung durchgeht.«

»Aber vielleicht müssen Sie, um etwas Eigenständiges vorzulegen, gar nicht so weit denken, wie Sie das in Ihrem Konzept vorschlagen.«

»Vielleicht ist das für meinen Prüfungsausschuss genug«, widersprach ich. »Aber nicht für mich.«

»Ihnen ist natürlich bewusst«, sagte er bedächtig, »dass ich hier zu entscheiden habe, wann Sie weit genug gedacht haben.«

Das war mir in der Tat bislang nicht bewusst gewesen. Es war nie ein Thema für uns gewesen und ich sah nicht ein, warum es plötzlich eins sein sollte.

»Vielleicht merke ich ja plötzlich«, fuhr er fort, »dass Sie eine Hypothese *widerlegt* haben – das an sich wäre ja auch schon interessant. Und selbst wenn Sie einige neue Beispiele einführen, die noch niemand veröffentlicht hat ...«

»Ich bin sicher, dass ich das schaffe«, beharrte ich. »Ich würde nur gerne wissen, ob Sie grundsätzlich Zweifel an meinem Können haben.«

»An Ihrem Können nicht, nein«, sagte er.

»Dann würde ich gerne weitermachen«, sagte ich.

Nigel schien etwas ungehalten, als er mir meinen Hefter herüberreichte. Ich fand es plötzlich unerträglich, dass etwas zwischen uns stand, und so lächelte ich ihn wenigstens versöhnlich an.

»Nur damit Sie merken, dass Sie sich keine Sorgen zu machen brauchen ...«, sagte ich, »ich schicke Ihnen das, was ich schon erarbeitet habe, per Mail.«

Er sah mich von jenseits seiner Brillengläser an. Es war nicht der ermutigende Blick, den ich mir erhofft hatte. Wie man den Blick beschreiben sollte, war mir auch nicht klar – und ich gab keine Ruhe.

»Sie denken, dass ich mir zu viel vorgenommen habe«, sagte ich. »Aber ich sehe das anders. Ich bekomme ständig mit, wie die anderen Doktoranden immer neu überlegen, was sie eigentlich erreichen wollen. Ich tue das nie. Ich weiß, was ich will, und wenn ich mich härter rannehme als die anderen, dann ist das genau aus diesem Grund: weil ich weiß, wo ich hinwill.«

Nigel nahm sich bedächtig die Brille von der Nase und verstaute sie in seiner Hemdtasche. Zu meiner Überraschung lächelte er mich ein wenig schief an.

»Meine Liebe«, sagte er, »wenn Sie immer wissen, wo sie hinwollen, haben Sie mir etwas voraus.«

Zum zweiten Mal an diesem Tag fehlten mir die Worte.

KAPITEL 7

Freda Webster-Claire – die Frau, die mir eine Pflegerin für Mom organisieren sollte – traf in Moms Haus ein, als ich gerade die letzten Teller und Tassen in die Spülmaschine räumte. Sie hatte genügend Haare, dass man damit siebenunddreißig Leute hätte abdecken können, und sie dienten ihr offenbar als Satzzeichen. Sie flitzte mit ausgestreckter Hand die Stufen zur Haustür herauf und ihr Haar wirkte wie ein Ausrufezeichen.

»Sie müssen Jill sein!«, rief sie. »Freda Webster-Claire!«

»Kommen Sie rein«, sagte ich.

»Großartig!«

Ich führte sie durch den Flur ins Wohnzimmer, wo ich auf einem Tisch schon einen Block und mehrere Stifte zurechtgelegt hatte, um erst gar keine Zweifel aufkommen zu lassen, dass ich gleich zum Geschäftlichen kommen wollte. Freda war zu beschäftigt mit aufgeregten Kommentaren über die Inneneinrichtung, um es überhaupt zu bemerken. Sobald wir saßen, streckte sie die Hand über den Tisch und drückte meine.

»Das muss für Sie ja alles unglaublich hart sein«, sagte sie. »Wie geht es Ihnen denn damit – ich meine, wenn Sie ganz ehrlich sind?«

»Es geht mir gut.« Ich zog meine Hand zurück und griff nach dem Block. »Sollen wir mit meinen Fragen anfangen oder mit Ihren?«

Freda lächelte unbeirrt weiter – vermutlich tat sie nie etwas anderes als lächeln –, dann faltete sie die Hände ordentlich über dem Schoß und nickte, wobei es sich mir nicht ganz erschloss, wem oder was ihr Nicken galt.

»Warum erzählen Sie mir nicht einfach zu Beginn, was Ihnen so auf dem Herzen liegt?«, schlug sie vor. »Vermutlich geht es Ihnen danach besser.«

Ich hätte ihr am liebsten gesagt, dass sie mich gefälligst nicht behandeln sollte, als sei *ich* die Patientin. Stattdessen präsentierte ich ihr eine Liste mit meinen Fragen: Welche Aufgaben übernahm eine Pflegerin? Wie viel würde sie kosten? Wie musste ich sie unterbringen? Freda wartete, bis ich alle meine Fragen vorgelesen hatte, bevor sie einwandte: »Sind Sie überhaupt sicher, dass das die beste Möglichkeit ist, eine Pflegerin hierherzuholen? Vielleicht ist Ihre Mutti ja in einem Heim für Betreutes Wohnen besser aufgehoben.«

»Sie meinen ein Pflegeheim?«

»Nein«, sagte sie geduldig, »Betreutes Wohnen ist nicht dasselbe wie ein Pflegeheim. Ein Pflegeheim würden wir erst empfehlen, wenn Ihre Mutti gebadet, angezogen, gefüttert oder so etwas werden müsste. Wenn ich das recht verstehe, tut sie alle diese Dinge noch selbst. Im Betreuten Wohnen könnte sie das auch weiter tun; es würde sich dann nur jemand darum kümmern, dass Ihre Mutti regelmäßig etwas zu essen bekommt und so weiter.«

»Meine *Mutter*«, betonte ich, »ist hier am besten aufgehoben. Dr. McDonald schien eine Pflegerin für nötig zu halten.« Ich tippte auf den Block mit meinen Fragen. »Mehr möchte ich überhaupt nicht wissen.«

Fredas Lächeln wurde weich und sie tätschelte meinen Arm. »Das ist großartig! Dann konzentrieren wir uns eben darauf.« Sie sah in ihren Aufzeichnungen nach. »Die Krankenversicherung wird achtzig Prozent der Kosten für die Pflegerin übernehmen und dann hat Ihre Mutti noch eine Zusatzversicherung, die für den Rest aufkommt. Sie hat sich wirklich gut um das alles gekümmert, das ist großartig.« Sie neigte den Kopf zur Seite, wodurch ihre Haare sich zu einem Komma formierten. »Wissen Sie, ich glaube, es ist noch schwieriger, wenn intelligente, strukturierte Menschen an Demenz erkranken.«

Ich sah auf meine Uhr. »Und was macht so eine Pflegerin?«

Freda ging eine ganze Reihe von Alltagstätigkeiten durch; die Pflegerin würde Medikamente verabreichen und unter anderem darauf achten, dass »Mutti« regelmäßig badete und auch sonst nicht verwahrloste.

»Sie wird Ihnen täglich Bericht erstatten, welche Veränderungen in Ihrer Mutti vorgehen«, erklärte Freda.

»Täglich?«, wunderte ich mich.

»Ja. Entweder wenn Sie von der Arbeit kommen oder nach dem Abendessen, wenn Ihre Mutter bettfertig ist – was Ihnen am besten passt.«

»Das kann ich ja dann noch mit der Pflegerin ausmachen«, sagte ich. »Sie bekommt meine Handynummer.«

»Das ist eine großartige Idee!«, sagte Freda begeistert. »Dann kann sie Sie sofort erreichen, wenn etwas nicht stimmt. Was arbeiten Sie eigentlich, Jill?«

»Ich arbeite an meiner Doktorarbeit.«

»Das ist großartig!«, jubelte Freda. »Und es trifft sich so gut! Dann können Sie ja viel Zeit mit Ihrer Mutti verbringen! Viele Leute müssen den ganzen Tag arbeiten und wenn so etwas passiert, bringt das ihr ganzes Leben durcheinander.«

»Aber sicher«, sagte ich trocken. »Gut. Von meiner Seite aus war's das dann.«

»Gut, dann bin ich jetzt dran«, sagte sie und ihr Haar fiel wieder in Ausrufezeichenposition zurück. »Ich hätte da noch einige Sachen. Mir ist es immer wichtig, dass meine Familien wissen, was auf sie zukommt, und nicht von den Ereignissen überrollt werden. Sie werden merken, dass ich mich für meine Familien sehr engagiere. Ihre Mutti und Sie sehe ich bereits als ...«

Ich unterbrach sie, bevor sie sagen konnte: »... meine Familie an«. Wenn sie in meiner Gegenwart noch einmal das Wort Familie aussprach, würde ich möglicherweise ein, zwei Kommata aus ihrer Frisur reißen.

»Großartig«, sagte ich nun meinerseits. »Was für Sachen sind das denn?«

Es waren mehr als nur ein *paar*. Freda brauchte rund dreißig Minuten, um sie alle aufzuzählen. Ich würde mich in Moms Finanzsituation einarbeiten müssen, damit ich einspringen konnte, wenn sie diese Dinge nicht mehr allein geregelt bekam. Sie konnte mir einen »großartigen« Finanzberater empfehlen, der mir dabei helfen würde. Ich würde vermutlich Moms vorzeitige Pensionierung in die Wege leiten müssen, aber zum Glück gab es im Krankenhaus extra eine Rentenberaterin, die mir dabei zur Seite stehen konnte. Und dann musste ich mir natürlich überlegen, wie ich mit Freunden und Bekannten umgehen sollte, die die Veränderungen, die mit »Mutti« vorgingen, nur schwer verkrafteten. Freda selbst wollte mir dabei gerne zur Seite stehen, aber ich konnte mir natürlich auch selbst einen Therapeuten suchen – es stand mir frei zu tun, womit ich mich am wohlsten fühlte.

Am wohlsten fühlte? Wenn ich all die Menschen, die sie mir empfahl, anrief, würde ich am Ende völlig fertig sein. Aber ich nahm brav alle Visitenkarten entgegen, die sie mir in die Hand drückte – darunter auch die von der Pflegerin, die sie mir empfahl – und nickte gehorsam zu allem, was sie sagte. Ich hoffte, dass ich sie damit schneller loswürde.

Aber nachdem sie ihre Tasche geschlossen hatte und so aussah, als würde sie nun endlich gehen, lehnte Freda sich noch einmal zu mir herüber und legte mir die Hand aufs Knie.

»Ich will Ihnen nur das noch sagen«, sagte sie. »Sie machen mir einen sehr unabhängigen und tüchtigen Eindruck und das finde ich großartig.«

Du findest ja auch alles großartig, dachte ich nur.

»Aber es wird eine Zeit kommen, wo Sie den Eindruck haben, dass Ihnen das alles viel zu viel wird«, fuhr sie fort. »Bitte versprechen Sie mir, dass Sie dann nicht zu stolz sind, bei uns anzurufen. Sie müssen ja nicht mit mir sprechen, aber irgendjemand wird für Sie da sein.«

Betonung liegt auf »irgendjemand«, aber bestimmt nicht du.

Freda sah mir direkt in die Augen, wie sie das mit Sicherheit gelernt hatte: fest, aber freundlich. »Versprechen Sie mir das.«

Ich hielt ihrem Blick stand und sagte: »Vielen Dank für Ihre Hilfe. Ich werde diese Miss ...« – ich sah auf die oberste Visitenkarte in meinem Stapel – »... Miss Rose anrufen und mit ihr alles Weitere besprechen.« Ich schüttelte Freda nachdrücklich die Hand und konnte es mir nicht verkneifen, ihr zum Abschied zu sagen, dass sie eine »großartige Hilfe« gewesen war.

»Oh«, sagte Freda etwas irritiert, als sie aufstand. »Jetzt habe ich mich noch gar nicht richtig umsehen können. Haben wir dafür noch Zeit?«

»Nein, nicht wirklich«, sagte ich. »Was gibt es da schon zu sehen? Meine Mutter hat in diesem Haus fünfundzwanzig Jahre gelebt. Es ist ja nicht so, dass sie sich hier nicht auskennt.«

Ich hätte mir auf die Zunge beißen können. Fredas Augen begannen zu leuchten, als wäre sie gerade auf eine Goldader gestoßen. Sie hatte mich bei einer Fehlvorstellung ertappt und hatte nun die großartige Möglichkeit, meine Ansicht richtigzustellen.

»Aber verstehen Sie denn nicht?«, triumphierte sie. »Ihre Mutti kennt sich hier wirklich nicht mehr aus!« Sie ging resolut in den Flur und sah sich um. Sie konnte von dort aus die Tür zu Moms Arbeitszimmer sehen und steuerte geradewegs darauf zu. Ich trottete hinter ihr her. Inzwischen spuckte ich fast Feuer.

»Hier hat sie offensichtlich ihre geschäftlichen Angelegenheiten und so weiter erledigt«, bemerkte Freda. »Und ich könnte mir vorstellen, dass es hier früher superordentlich aussah.«

Ich musste ihr recht geben. Ich war länger schon nicht mehr hier gewesen und im Augenblick sah Moms Arbeitszimmer wirklich alles andere als aufgeräumt aus. Eine Schublade des eichenen Aktenschranks stand weit offen, sodass man einen Blick auf ihr unordentliches Innenleben werfen konnte. Ein Scheckheft lag inmitten eines wirren Haufens Papiere verkehrt herum auf dem Tisch, ein Stapel ungeöffneter Briefe hatte sich über das Ablagefach auf den Boden ergossen.

»Je unordentlicher es ist, desto verwirrter wird Ihre Mutti werden«, erklärte mir Freda. »Also räumen Sie hier am besten auf, bevor sie kommt. Sonst denkt sie, dass sie da weitermachen sollte, wo sie vor dem Unfall aufgehört hat. All diese Dinge werden sie an alles Mögliche erinnern, was sie jetzt eigentlich nicht mehr machen kann.« Sie umklammerte meinen Oberarm. »Wir könnten jemanden herschicken, der Ihnen hilft, hier Ordnung zu schaffen ...«

»Ich komme schon zurecht«, wehrte ich mich.

»Wie ist es mit den anderen Zimmern? Wo ist denn ihr Schlafzimmer?«

»Ich habe schon verstanden«, stieß ich zwischen zusammengebissenen Zähnen hervor.

»Großartig. Tun Sie das, womit Sie sich am wohlsten fühlen.« Endlich wandte Freda sich zur Tür, aber offenbar fiel ihr Blick noch auf die beiden Fotos auf dem Regal, denn sie hielt inne. Es waren die einzigen beiden Fotos, die Mom überhaupt eingerahmt hatte. Eins zeigte uns beide an dem Tag, als ich mein Abschlusszeugnis in Princeton erhalten hatte. Wir sahen genauso aus wie auf diesen Bildern von Familienfeiern, auf denen alle Beteiligten das Gesicht verziehen, als hätten sie Bauchschmerzen. Das andere zeigte Mom und *ihren* Vater an dem Tag, als sie ihrerseits das College abgeschlossen hatte – nach nur drei Jahren, wie sie mir mindestens ein halbes Dutzend Mal erzählt hatte. Sie schüttelten sich auf dem Foto die Hände. Mein Großvater schaute völlig ausdruckslos in die Kamera, aber Mom sah zu ihm auf, als platzte sie geradezu vor Stolz – als hätte *er* gerade mit *summa cum laude* bestanden. Ich wusste, dass dieses Foto zu ihren wertvollsten Besitztümern zählte. Von ihrem Abschluss in Vanderbilt, wo sie ihr Medizinstudium gemacht hatte, gab es kein Foto. Da war ihr Vater schon gestorben und es hatte niemanden mehr gegeben, den sie stolz machen konnte als nur sich selbst.

»Ich weiß, dass das schwer ist«, kam Fredas Kommentar von meinem Ellbogen her. »Und ich versuche erst gar nicht, so zu tun, als würden Sie sich je daran gewöhnen, dass sie nicht mehr dieselbe Person ist ...«

»Umso besser«, sagte ich. »Danke noch mal, dass Sie gekommen sind.«

Sie ließ die Schultern ein kleines bisschen hängen und warf der Treppe zum Obergeschoss noch einen sehnsüchtigen Blick zu, bevor sie klein beigab und das Haus verließ.

Tut mir leid, wenn du dich damit nicht wohlfühlst, dachte ich sarkastisch, als ich die Tür hinter ihr schloss. *Vielleicht kann ich dir einen Therapeuten vermitteln, der dir hilft, das alles zu verarbeiten.*

Ich sah auf meine Armbanduhr. Es war zehn vor drei. Ich hatte gerade noch genug Zeit, zur Fakultät zurückzuhetzen und Deb mit dem Tee und Kaffee zu helfen. Ich hatte meine Tasche schon unter dem Arm und schaltete gerade im Arbeitszimmer das Licht aus, als das Telefon auf Moms Schreibtisch so leise klingelte, dass ich es fast überhört hätte. Ganz offensichtlich hatte sie dieses hier auf minimale Lautstärke geschaltet, anstatt den Stecker gleich aus der Wand zu reißen. Ich überlegte ernsthaft, nicht ranzugehen, aber dann hatte ich wieder Fredas Erläuterungen über all die Dinge, für die ich nun verantwortlich war, im Ohr. Ich hob also den Hörer ab.

»Dürfte ich bitte mit Elizabeth McGavock sprechen?«, fragte eine müde Frauenstimme am anderen Ende der Leitung.

»Sie ist nicht hier«, sagte ich. »Kann ich ihr etwas ausrichten?«

»Ich bin von ihrem Stromanbieter. Mit wem spreche ich, bitte?«

»Wenn Sie mir eines Ihrer Sonderangebote vorstellen wollen, kann ich Ihnen gleich sagen, dass wir daran kein Interesse haben«, sagte ich.

»Nein, ich rufe wegen ihrer letzten Abrechnungen an«, sagte die Frau. »Wann kann ich Mrs McGavock denn am besten erreichen?«

Ich hatte auf einmal ein flaues Gefühl im Magen. Mitarbeiterinnen von Stromanbietern riefen für gewöhnlich nicht an, um für die tadellose Zahlungsmoral zu danken, die man jahrelang an den Tag gelegt hatte. Ich umklammerte etwas verkrampft den Hörer.

»Ich bin Jill McGavock«, erklärte ich, »die Tochter. Ich kümmere mich um die finanziellen Angelegenheiten meiner Mutter, seit sie ... solange sie ... worum geht es denn?«

Die Mitarbeiterin setzte mich davon in Kenntnis, dass meine Mutter seit zwei Monaten weder Strom noch Heizung bezahlt hatte. Letzte Woche hatte sie versprochen, einen Scheck zu schicken, und das hatte sie auch – doch leider hatte sie als Empfängerin sich selbst angegeben und nicht die Firma. Sie wollten nun Strom und Heizung abstellen.

»Tun Sie das bloß nicht«, bat ich. »Ich bringe Ihnen einen Scheck vorbei. Bis wann muss er denn da sein?«

»Heute um fünf.«

»Wie viel schuldet sie Ihnen denn?«

»Vierhundertsechsundfünfzig Dollar und siebzehn Cent«, sagte die Frau.

Ich verbiss mir mein *Sie machen wohl Witze?* und versprach stattdessen, den Scheck innerhalb der nächsten Stunde vorbeizubringen.

Mir war nur noch nicht klar, wie ich das anstellen sollte. Moms Scheckbuch lag zwar auf dem Tisch, aber ich hatte keinen blassen Schimmer, wie viel Geld sie überhaupt auf dem Konto hatte. Sie hatte seit August offensichtlich nicht mehr über Einnahmen und Ausgaben Buch geführt. Unter den Briefen, die sich so großzügig über den Raum verteilten, fand ich einige Kontoauszüge, aber ich schreckte vor dem Gedanken zurück, Schecks auszustellen, bevor ich nicht ein bisschen mehr Überblick gewonnen hatte. Und außerdem – wie sollte ich es mit der Unterschrift halten? Ich würde mir eine Vollmacht besorgen müssen. Natürlich konnte ich zu Mom ins Krankenhaus gehen und sie bitten, ihre Unterschrift unter einen Scheck zu setzen. Aber dann würde sie merken, dass ich in ihren Unterlagen gewühlt hatte, und schon beim Gedanken an ihre Reaktion wurde mir ganz anders.

Ich suchte in meiner Tasche nach meinem eigenen Scheckheft. Ich hatte noch ungefähr eintausendzweihundert Dollar auf meinem Konto, aber damit musste ich eigentlich bis Ende Januar auskommen. Auf der anderen Seite konnte ich mir den Blick auf Fredas Gesicht lebhaft vorstellen, wenn sie mitbekam, dass ich meine Mutter in ein Haus ohne Strom und Heizung holte. Also griff ich seufzend nach einem Stift. Mom würde mir meine Auslagen ja später zurückzahlen können.

Bis ich all das erledigt hatte, war es Viertel nach vier. Tee und Kaffee waren wahrscheinlich schon vorbei und ich war nicht in der Stimmung, Deb gegenüberzutreten. Also suchte ich nach der Nummer von Moms Anwalt. Um diese Sache mit der Vollmacht sollte ich mich am besten so schnell wie möglich kümmern. Seine Sekretärin versprach mir, dass er mich, sobald er konnte, zurückrufen würde. In der Zwischenzeit nahm ich die anderen Briefe in Angriff. Ich stöhnte mit jedem neuen Umschlag, den ich öffnete, innerlich auf.

Nicht nur bei ihrem Stromanbieter hatte Mom offene Rechnungen. Auch die Telefongesellschaft drohte damit, den Anschluss lahmzulegen. Fernsehen und Internet würden wohl in den nächsten Tagen gekappt, informierte mich ein Schreiben des entsprechenden Anbieters. Die Servicemitarbeiter von American Express waren »beunruhigt« über ihre Zahlungsrückstände, nachdem Mom all die Jahre so eine zuverlässige Kundin gewesen war. Es lief darauf hinaus, dass sie gebeten wurde, keine weiteren Zahlungen mit ihrer Goldkarte vorzunehmen, bevor sie nicht den ausstehenden Betrag – über fünftausend Dollar – vollständig überwiesen hatte.

Ich wühlte hektisch in den Briefen herum und suchte nach Mitteilungen ihrer Versicherungsgesellschaft, aber ich fand keine. Im Aktenschrank stieß ich schließlich auf einige beruhigende Dokumente, die bewiesen, dass das Geld für ihre Versicherungen direkt vom Gehalt abgezweigt wurde. Was mich wieder daran erinnerte, dass ich mich auch noch um ihre Pensionierung kümmern musste.

Ich rief Ted Lyons an und verabredete mit ihm, dass Moms Schreibtisch im Labor am nächsten Tag geräumt würde. Dann kehrte ich wieder zu dem Stapel Briefe zurück, nur um festzustellen, dass auf *allen* Schecks, die meine Mutter in der Woche zuvor ausgestellt hatte, um ihre Zahlungsrückstände auszugleichen, sie selbst als Empfängerin eingetragen war. Alle Schecks waren, mit diversen etwas kryptischen Begleitschreiben versehen, zurückgeschickt worden. Ich seufzte, nahm mir wieder mein Scheckheft vor und schrieb die Summen für alle aus – außer für American Express sowie den Anbieter für Fernsehen und Internet. Sollte Krankenschwester Rose doch ohne Fernseher oder Netflix auskommen.

Als der Anwalt mich endlich zurückrief, war es schon fast sieben. Er war so mitfühlend, dass mir fast schlecht wurde – wer war nicht mitfühlend unter den Umständen? –, und versprach, mir die Papiere wegen der Vollmacht bis zum nächsten Nachmittag fertig zu machen.

Ich suchte im Kühlschrank nach etwas Essbarem. Nachdem ich alle Reste, die ich noch vorfand, gezwungenermaßen weggeworfen hatte, beschloss ich, mir auf dem Weg zu Mom ein Sandwich in der Krankenhauskantine zu holen. Max war natürlich schon da, als ich bei Mom ankam, und lief im Zimmer herum wie ein Bär im Käfig. Als ich zur Tür hereinkam, nahm er mich in den Arm und begann hemmungslos zu schluchzen.

Also bitte, Max, hätte ich am liebsten gesagt. *Können wir uns nicht wie Erwachsene benehmen?*

Aber ich konnte mich ihm genauso wenig entwinden, wie ich ihm in die Augen hätte spucken können. Ich ließ ihn mich umarmen, bis er sich wieder gefangen hatte, und dann löste ich mich sanft aus seiner Umklammerung. Er ging in eine Ecke, um sich geräuschvoll die Nase zu putzen. Erst jetzt bemerkte ich, dass Mom in einem Rollstuhl saß, das kranke Bein von sich gestreckt wie eine Kanone, die jeden Moment losgehen konnte. Man hatte sie am Fenster abgestellt und sie starrte nach draußen.

Sie kam mir so klein vor. Wenn ich meine Mutter eine Weile nicht gesehen hatte, war ich jedes Mal aufs Neue überrascht, dass sie so viel kleiner war als ich. Eine der wenigen Bemerkungen, die sie je über meinen Vater gemacht hatte, war der Hinweis gewesen, dass ich meine Größe wohl den Genen väterlicherseits zu verdanken hatte. Mom war gerade einmal 1,60 Meter groß und schmal gebaut. Als sie jetzt in einem Krankenhaushemd dasaß, das sie regelrecht verschluckte, und einen Gips trug, der dreimal so dick war wie ihr Bein, sah sie noch winziger aus als je zuvor. Sie hatte immer Zuversicht, Wachheit und Intelligenz ausgestrahlt, doch das alles war wie verflogen.

Ich blieb auf dem Weg zum Fenster verwirrt stehen. Was sollte das denn heißen? Wenn ihr Geist weg war – war das, was sie als Person gewesen war, dann gleich mit verschwunden? Würde sie überhaupt noch eine Person sein?

Noch während ich sie betrachtete, wurden Moms Augenlider schwer und ihr Kopf rollte zur Seite, als sie eindöste.

»Sie geben ihr immer noch Schmerzmittel, Gott sei Dank«, sagte Max. »Ich denke immer, gut, die Wirkung der Medikamente wird verfliegen und dann haben wir die alte Liz zurück. Ich kann an gar nichts anderes mehr denken.«

Ich nickte zur Tür hin und ging ihm in den Korridor voran.

»Was ist denn?«, fragte er. »Du darfst nichts vor mir geheim halten, Jill. Ich weiß ja, dass ich streng genommen nicht zur Familie gehöre, aber ...«

»Ich halte überhaupt nichts vor dir geheim, Max«, schnauzte ich ihn an. »Du musst mich nur mal zu Wort kommen lassen.«

Ich hatte zu wenig geschlafen und zu viel Kaffee getrunken und das rächte sich jetzt. Max war verletzt.

Ich seufzte. »Tut mir leid. Ich hatte einen furchtbaren Tag. Ich hätte das nicht an dir auslassen dürfen.«

»Jill, hör auf, dich zu entschuldigen. Das kommt überhaupt nicht infrage.« Er nahm meine Hände zwischen seine. Dass er so liebevoll war, machte alles nur noch schlimmer, und ich zog die Hände weg.

»Ich habe heute mit der Sozialarbeiterin geredet«, sagte ich.

»Hast du einen guten Pflegedienst bekommen? Ich habe die ganze Zeit überlegt, wie ich das sagen soll, aber ... wenn Geld ein Problem ist, sagst du mir das doch? Wir wollen doch wirklich das Beste für sie.«

»Die Versicherung zahlt das schon alles. Die Pflegerin heißt Irgendwas Rose – ich hab's vergessen. Aber Max, die Sozialarbeiterin hat gesagt, dass wir Mom vielleicht besser in einer Einrichtung für Betreutes Wohnen unterbringen. Das ist so ähnlich wie ein Pflegeheim, nur dass ...«

»Nein!« Max schüttelte vehement den Kopf und fasste mich an den Schultern. »Bitte mach das nicht, Jill! Das würde sie einfach schrecklich finden. Du weißt, dass sie das schrecklich finden würde!«

»Ich weiß doch gar nicht mehr, was sie schrecklich finden würde«, sagte ich. »Darum geht es ja. Seit dem Unfall kommt es mir so vor, als sei ihre ganze Persönlichkeit verloren gegangen. Was, wenn da in ihr drin gar keine Person mehr ist?«

»Was willst du damit sagen? Wie kannst du so etwas nur fragen?«

»Weil ihr Verstand alles war«, erklärte ich. »Ohne ihn gibt es Mom doch gar nicht.«

Max fuhr sich mit der Hand über das Gesicht. »Ich habe darüber nachdenken müssen ... ich tu ja im Moment nicht viel außer denken ... über das, was der Arzt gesagt hat, dieser Neurologe.«

»Dr. McDonald? Was hat er denn gesagt?«

»Er hat gemeint, dass es uns vielleicht tröstet, dass ihr Geist immer noch da ist.«

»Welcher Geist?«, fragte ich. »Ich habe keine Ahnung, was das sein soll. Und wenn er da ist, sehe ich jedenfalls nichts davon.«

»Ich muss das gar nicht sehen«, sagte Max trotzig. »Ich weiß, dass es etwas gibt, was einen Menschen zur Person macht – eine Seele.«

»Eine Seele«, wiederholte ich sarkastisch.

»Das ist das, was erst geht, wenn man stirbt. Solange Liz lebt, ist ihre Seele da. Wir können sie doch nicht in eine Anstalt stecken. Das geht einfach nicht!«

»Es ist keine Anstalt«, sagte ich, »und überhaupt kommt mir das alles ein bisschen zu religiös vor. Du bist doch überhaupt nicht religiös!«

»Ich geh nicht zur Messe. Wenn ich zur Beichte ginge, würde ich da wohl ein paar Tage zubringen. Aber ich weiß es einfach, Jill.«

»Beweis es mir.«

»Das kann ich nicht.«

»Na bitte.«

Max starrte mich an. Alle Sanftheit war aus seinen Augen verschwunden und die kleinen Fältchen um sie herum kamen mir auf einmal richtig hart vor.

»*Na bitte*?«, schimpfte er. »Wir reden hier über deine Mutter – und du sagst *na bitte*? Das ist doch keine mathematische Gleichung! Und kein wissenschaftliches Experiment!«

Ich hielt ihm abwehrend die Hände entgegen und er senkte die Stimme zu einem heiseren Flüstern. »Ist dir eigentlich schon aufgefallen, dass du durch all diesen furchtbaren Schlamassel hindurch – die ersten Anzeichen, dass etwas nicht stimmt, dann der Unfall, dann die Berichte der Ärzte über diese schlimme Demenz – noch nicht eine einzige Träne vergossen hast? Nicht eine einzige, Jill. Das scheint dir alles überhaupt nichts auszumachen – höchstens, wenn es dich in deiner Arbeit zurückwirft!«

»Der Apfel fällt wohl nicht weit vom Stamm«, verteidigte ich mich.

Max schüttelte heftig seinen großen Kopf, wobei ihm sein Haar über die Augenbrauen fiel. »Nein, da irrst du dich. Deine Mutter ist eine sehr leidenschaftliche Frau. Sie weiß, was das Leben wert ist. Sie setzt alles daran, es zu erhalten und zu bewahren. Und sie genießt es, sie lebt gern. Ich schwöre dir, ich sehe das immer noch in ihr.«

»Max, du hast in Mom immer eine ganze Menge Sachen gesehen, die sonst keiner gesehen hat.«

»Umso mehr solltest du auf mich hören. Triff keine voreiligen Entscheidungen. Geh doch einfach davon aus, dass sie eine Seele hat, die wir bis zu ihrem Tod zu beschützen haben.«

Ich lehnte mich an die Wand und schloss die Augen, die brannten, als hätte jemand zwei glühende Kohlen unter den Lidern deponiert. Ich spürte Max' Finger unter meinem Kinn und öffnete die Augen wieder, als er mein Gesicht näher an seines heran hob.

»Und wenn du's nicht glaubst«, sagte er, »dann geh der Sache wenigstens nach und beweise mir das Gegenteil. Du bist doch Wissenschaftlerin und hast gelernt zu denken. Du bist es deiner Mutter schuldig. Und ich glaube, dir selbst auch.«

Aus seinen Augen brachen Tränen hervor. Ich wusste, dass er hoffte, dass ich auch zu weinen anfing, aber meine Augen brannten einfach nur.

»Ich glaube, so was kann man nicht wissenschaftlich angehen, Max«, sagte ich müde.

»Aber ein paar Nachforschungen kann man schon anstellen. Erinnerst du dich noch an diesen jungen Professor, der an dem Jubiläum deiner Mutter mit an unserem Tisch saß? Diesen Philosophieprofessor? Sah nett aus ...«

»Ja«, sagte ich genervt. »Sam Irgendwas. Und was hat der damit zu tun?«

»Geh zu ihm und rede mit ihm. Frag ihn mal, was er so über die Seele zu sagen hat. Rede mit ihm über Philosophie.«

»Der drängt mir gleich eine Predigt auf und das kann ich im Moment nun wirklich nicht brauchen«, protestierte ich.

»Dann machst du ihm das eben von vornherein klar. Nur das eine Mal, Jill. Ich bitte dich, dass du *einmal* zu ihm gehst und ihn fragst, was die Denker so über die Seele sagen.«

»Das kann ich mir doch genauso gut anlesen. Ich besorg mir ein paar Bücher, okay?«

»Nein, keine Bücher. Die helfen doch nicht in einer Situation wie dieser. Du musst schon hingehen. Er ist ein guter Mensch – das habe ich gespürt. Er ist auch ein leidenschaftlicher Mensch. Und du solltest mit jemandem reden, der leidenschaftlich ist.«

»Ich denke darüber nach, okay?«

Ich drehte mich auf dem Absatz um, um ins Zimmer zurückzugehen. *Werde ich mit Professor Sokrates von der philosophischen Fakultät reden? Nein. Na bitte, aber immerhin hab ich darüber nachgedacht wie versprochen.*

Ich stieß die Tür auf, aber dann blieb ich abrupt im Türrahmen stehen.

Mom wischte sich hektisch die Tränen aus dem Gesicht. Sie

drehte sich im Rollstuhl, sodass ich nur noch ihren Rücken sehen konnte, und ich beobachtete, wie ihre Schultern sich dreimal regelmäßig hoben und senkten. Ich rührte mich nicht. Als sie mir das Gesicht wieder zuwandte, war es leer und ausdruckslos. Ich suchte nach Worten.

»Noch einen Tag, Mom«, sagte ich, »dann lassen sie dich gehen.«

Sie nickte und hielt ihr Kinn auf die gewohnte Art hoch.

»Dann kannst du nach Hause gehen«, fügte ich hinzu.

Hinter mir hörte ich Max seufzen.

KAPITEL 8

Ich packte in den nächsten Tag so viele Aktivitäten, dass er schon am Morgen aus den Nähten zu platzen schien. Zum Glück hatte ich heute keine Lehrveranstaltungen und konnte am Vormittag einiges nacharbeiten, was im Durcheinander der letzten Tage liegen geblieben war – und ich ging dazu in den Computerraum, damit Deb mich nicht fand. Aber natürlich war sie der erste Mensch, der mir über den Weg lief, als ich wieder auf den Gang trat, und sie funkelte mich schon wütend an.

»Was das gestern betrifft …«, begann ich.

»Du hättest mir doch nur zu sagen brauchen, dass deine Mutter im Krankenhaus liegt. Ich hätte das doch alles verstanden«, sagte sie.

Ich starrte sie verwirrt an. »Was weißt du denn von meiner Mutter?«

»Ich hab's beim Tee mitbekommen. Und falls dir übrigens jemand erzählt, dass ich mich bitter über dich beschwert habe – das stimmt, aber das war, bevor ich das mit dem Unfall gehört habe, den deine Mutter hatte. Und du ja auch – warum hast du denn niemandem davon erzählt?«

»Es war ja keine große Sache«, sagte ich. »Ich verspreche dir, dass ich den Tee und Kaffee das nächste Mal ganz allein mache. Du kannst mir das dann komplett überlassen.«

»Meinetwegen, aber wenn dir dann gerade zufällig die Bude abbrennt, gib mir bitte Bescheid, ja? Ich hab mich wirklich schlecht gefühlt, als ich da lauthals über dich geschimpft habe, dass du mich total im Stich gelassen hast – und dann sagt jemand: ›Hast du nicht mitgekriegt, dass ihre Mutter im Krankenhaus liegt?‹ Ich weiß wirklich nicht, wie du das schaffst. Ich würde mich beurlauben lassen und gleich selbst in die Psychiatrie einweisen, wenn so etwas passierte. Hier ist doch so schon immer alles so stressig – wenn da nur noch eine Kleinigkeit zusätzlich passiert, dreh ich total durch.«

»Das eine hat mit dem anderen nichts zu tun.«

»Oh.« Deb blinzelte noch ein paar Hundert Mal. »Ach so, bevor ich's vergesse – Professor Frost war auf der Suche nach dir.«

»Danke, Deb«, sagte ich und ließ sie einfach stehen.

Also gut, Jill, sagte ich mir, als ich zu Nigels Büro ging. *Bis jetzt hast du es ja noch nicht so gut geschafft, die Sache mit Mom aus deinem Arbeitsleben herauszuhalten. Aber von jetzt an hältst du das alles wieder schön säuberlich getrennt; so etwas darf einfach nicht wieder vorkommen. Erklär das Nigel – versprich ihm, dass du nicht noch ein Seminar versäumen wirst.*

Aber Nigel wollte mit mir gar nicht über Kaffee und Tee reden. Sobald ich meinen Kopf zu seiner Bürotür hineinsteckte, reichte er mir einige Blätter herüber. Es waren die Ausführungen, die ich ihm am Tag zuvor gemailt hatte.

»Ich weiß ja, dass Sie eigentlich nicht wollten, dass ich daran arbeite, bevor Sie das Konzept nicht komplett abgesegnet haben«, sagte ich. »Aber ich hatte einfach den Eindruck ...«

Ich verstummte, weil Nigel den Kopf schüttelte.

»Mir war schon klar, dass Sie weitermachen würden«, sagte er. »Darum geht es gar nicht. Es geht darum, dass Sie im zweiten Schritt dieses Abschnitts hier einen Fehler gemacht haben.«

»Einen Fehler? Was für einen Fehler?«

»Einen ganz simplen. Ich hab ihn markiert.«

Ich nahm den Ausdruck entgegen und blätterte durch die Seiten. Einer von Nigels allgegenwärtigen Post-it-Etiketten markierte die betreffende Stelle.

»Das heißt, dass ich alles, was ich danach geschrieben habe, überarbeiten muss«, seufzte ich.

»Ja, ich fürchte schon.« Nigel nahm seine Brille ab und strich sich über den Schnurrbart. Ich hatte noch nie zuvor beobachtet, dass er in irgendeiner Weise Anzeichen von Nervosität zeigte. Das machte mich *meinerseits* ganz kribbelig. Ich musste mich sehr beherrschen, mir nicht mit den Fingern durch mein ohnehin schon zerzaustes Haar zu fahren.

»Jill«, sagte er behutsam. »Ich beobachte mit Sorge, wie viel Arbeit Sie immer noch zu tun versuchen, obwohl Sie durch die Situation mit Ihrer Mutter mit Sicherheit sehr unter Druck stehen.«

Ich sah ihn prüfend an. Wusste er schon von Moms Krankheit? Falls irgendwelcher Klatsch und Tratsch bereits an seine Ohren gedrungen war, ließ er es sich jedenfalls nicht anmerken. Aber andererseits tat er das ja nie. Schon die Tatsache, dass er eine eigentlich unnötige Handbewegung aufgewendet hatte, um sich über seinen Schnurrbart zu streichen, fand ich beunruhigend.

»Manchmal kann es einem schon so vorkommen, als interessierte uns hier nur, was sich in mathematischen Gleichungen ausdrücken lässt«, sagte er. »Aber auch wenn das den Anschein hat – wir sind Menschen und wir erwarten von unseren Studenten auch keine übermenschlichen Anstrengungen.«

»Aber Sie erwarten schon, dass wir in unseren Berechnungen keine dummen kleinen Fehler machen.«

»Sie hätten diese dummen kleinen Fehler nicht gemacht, wenn Sie nicht unter einer solchen Anspannung stehen würden.«

Ich merkte, wie sich mein Kiefer verkrampfte. »Was wollen Sie damit sagen?«

»Ich will damit vorschlagen, dass Sie nicht zu hart mit sich sind. Unfälle und Krankenhausaufenthalte kommen nun einmal vor und wir können hier damit durchaus umgehen.«

»Vielen Dank, dass Sie sich so um mich sorgen, Professor Frost«, sagte ich. »Aber ich bin immerhin schon ein ganzes Stück älter als die meisten Doktoranden hier. Ich lasse einfach nicht zu, dass mich irgendetwas aus der Bahn wirft. Ich komme schon zurecht.«

Nigel öffnete den Mund, als wollte er noch etwas sagen, aber dann schloss er ihn unverrichteter Dinge wieder und nickte nur. Ich ging, aber auf meinem langen Weg nach unten hatte ich die ganze Zeit das Gefühl, dass ich den Schlussakkord meines inneren Klavierstücks nicht harmonisch aufgelöst hatte.

Zum Glück hatte ich den Rest des Tages noch so viel zu tun, dass es mir ganz gut gelang, Nigel aus meinen Gedanken zu verbannen. Ich holte die Vollmacht bei Moms Anwalt ab, überwies Geld von Moms Konto auf ihr Scheckkonto und bezahlte ihre Rechnungen bei American Express und beim Fernsehanbieter. Ich musste unbedingt daran denken, ihr bei der nächsten Gelegenheit die Scheckkarte wegzunehmen und zu vernichten. Als Nächstes versuchte ich mich mit Schwester Rose – deren Nachname sich bei genauer Begutachtung als unaussprechbar erwies – in Verbindung zu setzen, aber sie war gerade nicht da. Ich hinterließ eine Nachricht auf ihrer Mailbox und bat sie einfach, am nächsten Tag um eins am Haus meiner Mutter zu sein, wenn ich sie nach Hause bringen würde. Die Ansage ihrer Mailbox erwähnte irgendetwas davon, dass man »Frieden finden« sollte, was mich etwas verunsicherte, aber ich hatte noch so viel vor, dass ich darüber nicht weiter nachdenken konnte.

Ich griff mir mehrere große Kisten und machte mich auf den Weg zum Krankenhaus. Ich hatte keine Ahnung, wie viele persönliche Sachen es aus Moms Büro wegzuräumen galt. Es stellte sich heraus, dass ich die Kisten am besten zu einem Wall gegen die Unmengen von Menschen hätte aufbauen sollen, die bei mir hereinschauten, als ich gerade Bücher zusammenpackte und Schubladen ausräumte. Im Hämatologielabor arbeiten mehr als hundert Kollegen und es kam mir so vor, als tauchte jeder einzelne davon zu irgendeinem Zeitpunkt an diesem Nachmittag bei mir auf, um nachzufragen, wie es Mom ging. Zumindest taten sie alle so, als ginge es ihnen darum. Ich ging davon aus, dass die meisten von ihnen einfach nur neugierig waren oder mir erzählen wollten, dass sie ihre Krankheit schon vor Monaten diagnostiziert hatten.

Ihre Kommentare waren alle ähnlich: »Jill, mir tut das so leid. Wann haben Sie es denn gemerkt? Sie haben das bestimmt auch lange zu verdrängen versucht – wie wir alle hier. Ich habe natürlich damals nichts gesagt, aber ich habe schon vor etwa einem halben Jahr gemerkt, dass etwas nicht stimmte.«

Was »nicht stimmte«, reichte von Momenten, in denen Mom völlig geistesabwesend mitten im Labor gestanden hatte, bis hin zu lauten Heiterkeitsausbrüchen, wenn Testergebnisse kamen, die sie irgendwie komisch zu finden schien.

Die Gespräche mit Moms Mitarbeitern endeten meistens damit, dass ich sie nicht besonders sensibel abwürgte: »Nett, dass Sie vorbeigeschaut haben.« Ihre Worte, wenn sie dann endlich gingen, waren meistens etwas in der Art von: »Sie war so eine ausgezeichnete Ärztin. Ich bin so dankbar, dass ich mit ihr arbeiten durfte.« Ich hörte es so oft, dass ich am liebsten geschrien hätte: »Sie ist noch nicht tot!«

Aber wahrscheinlich war sie das für ihre Mitarbeiter sogar. Es schien, als hätte Elizabeth McGavock in dem Moment zu existieren aufgehört, in dem sie dem Stanford Hospital nichts mehr nützte. Der Gedanke tat mir plötzlich weh, doch dann schalt ich mich gleich selbst für meine Sentimentalität. Hatte ich nicht zu Max genau das Gleiche gesagt? Ich musste wieder an unser Gespräch vom Abend zuvor denken, an die Frage, ob es eine Seele gab, und an Sam Sokrates aus der philosophischen Fakultät. Und auch das Bild, wie meine Mutter ihre Tränen vor mir zu verbergen versuchte, stand mir plötzlich wieder in aller Deutlichkeit vor Augen. Ich hatte sie noch nie zuvor weinen sehen.

Ich verstaute das letzte Buch in einer Kiste, stand auf und wischte meine staubigen Hände an meiner Jeans ab. Es war schon fast fünf, wirklich höchste Zeit, hier fertig zu werden. Das Telefon stand in Reichweite. Und gleich daneben lag das Telefonverzeichnis der Universität.

»Ich weiß ja nicht einmal mehr seinen Nachnamen«, sagte ich in die Stille hinein. *Du liebe Güte. Jetzt fange ich schon an, Selbstgespräche zu führen.*

Ich schlug das Verzeichnis auf und suchte nach der philosophischen Fakultät. Ohne mir erst noch zu überlegen, was ich eigentlich sagen wollte, wählte ich die Nummer des Fachschaftssekretariats.

»Philosophische Fakultät. Hier ist Petra«, sagte jemand.

»Äh, hallo«, sagte ich. »Ähm, ich versuche gerade einen Professor bei Ihnen ausfindig zu machen. Das heißt, er hat eigentlich noch keine volle Professur und er heißt mit Vornamen Sam ...«

Das musste ja furchtbar lahm klingen, aber Petra hörte großzügig über mein Gestammel hinweg. »Sie meinen Dr. Bakalis. Soll ich Sie verbinden?«

»Äh, nein!«, sagte ich einen Deut zu laut.

»Na gut«, antwortete sie geduldig. »Soll ich ihm also etwas ausrichten?«

Das war einfach alles zu grotesk. »Ach, wissen Sie was«, sagte ich, »vielleicht stellen Sie mich doch am besten einfach durch.«

»Selbstverständlich. Was soll ich ihm sagen, wer ihn sprechen möchte?«

»Jill. Jill McGavock. Sagen Sie ihm, es geht um die K-Theorie.«

»Selbstverständlich«, sagte sie.

Vielleicht würde mir das wenigstens ein peinliches Nachfragen ersparen. *Wer waren Sie noch mal? Wo, sagten Sie, hatten wir uns getroffen?*

»Jill! Was für eine nette Überraschung!«

Das war Sams Stimme. Ich erinnerte mich wieder an den leichten Akzent, der darauf hinwies, dass er aus dem Mittleren Westen stammte.

»Hallo«, sagte ich. »Ich wollte fragen, ob wir uns mal unterhalten könnten.«

Am anderen Ende der Leitung entstand eine Pause, die mir ein klitzekleines bisschen zu lang vorkam. Wahrscheinlich konnte ich ihm nicht übel nehmen, dass er etwas überrumpelt war.

Sam überspielte die Peinlichkeit, indem er sich durch seinen nächsten Satz hindurchkicherte. »In Ordnung. Sollen wir einen Kaffee trinken gehen? Irgendwo auf dem Gelände?«

»Dein Büro tut's auch«, sagte ich. »Und ich brauche keinen Kaffee. Ich will nur reden.«

»Macht's dir was aus, wenn ich trotzdem einen trinke, während wir reden?«

»Nein.«

»Oder wenn ich ein Sandwich esse?«

»Nein.« Ich starrte das Telefon irritiert an. »Wann passt es dir denn morgen?«

»Morgen bin ich schon total ausgebucht. Geht's bei dir heute irgendwann?«

Ich sah auf meine Armbanduhr. »So etwa in einer Stunde?« Ich ahnte schon, dass ich es mir wieder anders überlegen würde, wenn ich zu viel Zeit verstreichen ließ.

»Wunderbar«, sagte er. »Ich werde versuchen, mein Sandwich bis dahin fertig zu haben.«

Vielleicht sollte ich mir das mit dem Gespräch wirklich noch einmal überlegen. Ich dachte immer noch darüber nach, als ich den Hörer auflegte und die erste der Kisten hochhob, um sie nach draußen zum Auto zu schaffen. Ich war gerade erst zwei Schritte zur Tür heraus, als mir schlagartig zwei Dinge klar wurden: Erstens würde ich dieses Ding nie bis zum Parkplatz schleppen können, ohne dass irgendetwas rausfiel oder sonst etwas passierte. Und zweitens würden, selbst wenn ich das irgendwie schaffte, niemals alle vier großen Kisten Platz in meinem Miata finden. Wo hatte ich heute bloß mein Gehirn vergessen?

Ich stellte die Kiste ab und drehte mich wieder zur Bürotür um, als vom anderen Ende des Gangs ein Mann zu mir herüberrief: »Dr. McGavock ist nicht da. Kann ich helfen?«

Er hatte eine Stimme wie Schmirgelpapier und, wie ich feststellte, als ich mich zu ihm umwandte, auch ein dazu passendes Gesicht. Er sah ein bisschen finster aus; seine wohl ehemals dicken, jetzt aber etwas ausgedünnten Augenbrauen hingen ihm regelrecht über die Augen. Sein Kinn hatte scharfe Kanten, die noch bedrohlicher aussahen, als er mir jetzt seinen Unterkiefer entgegenstreckte. Er trug ein Flanellhemd mit Karomuster, Jeans und einen breiten Gürtel, an dem allerlei Werkzeuge hingen. Es fehlte nur noch ein gelber Helm.

»Nein, ich komme schon zurecht«, sagte ich, als ich die Tür wieder aufschloss. Es ging ihn ja auch wirklich nichts an, was ich hier machte.

»Bringen Sie was da rein oder holen Sie was raus?«, wollte er wissen.

Ich wollte gerade wiederholen, dass ich alles unter Kontrolle hatte, als mir das Namensschild des Krankenhauses auffiel; es lugte unter einem der Hosenträger hervor, die den Gürtel an Ort und Stelle hielten. *Burl Vokey,* stand darauf, *Leiter des Wartungspersonals.* Oh, vielleicht ging es ihn ja *doch* etwas an, was ich hier machte.

»Ich bin die Tochter von Dr. McGavock«, erklärte ich ihm. »Sie kommt nicht mehr ins Labor zurück und deshalb habe ich ihre persönlichen Sachen aus dem Büro geholt.«

Der finstere Blick verschwand aus seinem Gesicht und machte dem ersten Ausdruck aufrichtiger Sorge Platz, den ich an diesem Nachmittag zu sehen bekam. Die feinen Linien um seine Augen herum, die wie winzige Spinnweben aussahen, schienen sich zu vertiefen und seine Augen wirkten plötzlich noch blauer als vorher.

»Sie kommt nicht zurück?«, fragte er.

»Nein. Sie wird vorzeitig pensioniert.«

»So schlimm? Ich hab gehört, sie hat sich bloß ein Bein gebrochen oder so.«

Offensichtlich war die Gerüchteküche noch nicht bis zum Wartungspersonal übergekocht. Schade eigentlich. Der Mann vor mir war der Erste, der aussah, als wäre er wirklich bestürzt – obwohl ich keine Ahnung hatte warum. Es war kaum vorstellbar, dass meine Mutter sich mit einem der Hausmeister angefreundet hatte.

Während ich darüber nachdachte, bemerkte ich, dass er mich die ganze Zeit fragend ansah, als hätte er ein Recht auf eine weitere Erklärung.

»Sie ist krank«, hörte ich mich sagen. »Es hat nichts mit dem Unfall zu tun.«

Burl Vokey nickte bedächtig. »Dachte ich mir schon. War in den letzten Monaten ein bisschen komisch. Hatte aber gehofft, das geht wieder vorbei.«

»Sie kennen meine Mutter?«, fragte ich.

Ich hatte den Eindruck, dass eine seiner Augenbrauen zuckte, aber ganz sicher war ich mir nicht.

»Nicht, dass ich mir das nicht vorstellen könnte«, stotterte ich. »Sie hat nur nie von Ihnen gesprochen ...«

Platsch!, sagte das Fettnäpfchen. Ich brach mitten im Satz ab.

»Ihre Mutter ist eine ganz besondere Frau«, sagte Burl ruhig. »Sie hat immer viele Überstunden gemacht, deswegen war sie meistens noch im Büro, wenn meine Schicht anfing. Ich leite die Nachtschicht hier.«

Er verschränkte die Arme vor der Tonne, die seinen Körper darstellte, und stand regungslos da. Mir fiel plötzlich auf, dass er etwas sehr Würdevolles an sich hatte. Vielleicht war es das silbergraue Haar, das er glatt zurückgebürstet und offensichtlich mit irgendeinem altmodischen Haarzeug fixiert hatte. Aber vielleicht war es auch seine bedächtige Art – er bewegte sich bewusst und ohne jede Hast. Er kam mir vor wie eine Handwerker-Ausgabe von Nigel Frost.

»Wir haben hier und da mal ein Tässchen Kaffee zusammen getrunken«, fuhr er fort. »Aber in den letzten Monaten war sie manchmal gar nicht richtig beim Thema. Ich dachte, das legt sich bestimmt wieder, vielleicht hat sie einfach nur zu hart gearbeitet.«

Ich schüttelte den Kopf. »Nein, es legt sich nicht wieder. Es wird immer schlimmer werden, bis ... na ja ...«

»Verstehe«, sagte er und produzierte in der hinteren Ecke seiner Mundhöhle ein leises Schnalzen. »Kann man ja fast nicht glauben. Ganz besondere Frau. Bestellen Sie ihr ganz herzliche Grüße von mir, ja?«

»Klar«, sagte ich überrascht. »Ich bin mir nicht sicher, wie viel sie tatsächlich versteht, aber ich richte es ihr aus.«

»Oh, sie wird sich bestimmt an mich erinnern. Es kann ja nicht alles so schnell weg sein.« Er machte diesen Schnalzlaut wieder. »Eine ganz besondere Frau«, sagte er wieder.

Burl rieb sich kurz mit der Hand übers Gesicht, wobei einige seiner Augenbrauenbüschel durcheinandergerieten. Dann nickte er mir zu, rückte seine Hosenträger zurecht und wandte sich zum Weggehen. Ich stand immer noch da und starrte idiotisch in die Luft, als er sich noch einmal zu mir umdrehte und sagte: »Ich habe für Ihre Mutter hier und da mal was repariert. Wenn sie da mal wieder Hilfe braucht, sagen Sie ihr, dass sie auf mich zurückkommen kann.«

»Klar«, sagte ich wieder.

Wir nickten uns noch einmal zu. Dann drehte er sich wieder um und mein Blick fiel auf die große Kiste zu meinen Füßen.

»Äh, Mister ...« Wie peinlich. Ich hatte den Namen auf dem Namensschild glatt wieder vergessen. Er hielt trotzdem an.

»Ich habe vier Kisten voll mit Sachen von meiner Mutter«, erklärte ich. »Könnten Sie aufpassen, dass nichts wegkommt, bis ich jemanden finde, der sie abholt?«

»Wird gemacht«, sagte er, nickte mir nun wirklich zum letzten Mal zu und ging langsam und bedächtig davon.

Das war ja mal was, dachte ich. *Was für überraschende Seiten werde ich an meiner Mutter wohl noch entdecken?*

Natürlich hatte ich keine Zeit, weiter darüber nachzudenken. Ich musste ja zurück zur Uni und mich in ernsthaften Gesprächen mit Sokrates ergehen.

Warum machte ich das bloß? Vielleicht sollte ich mir die Zeit nehmen, *darüber* nachzudenken. Und das tat ich auch auf meinem Weg zurück zum Campus, zwischen den Myriaden von Gebäuden mit den vielen Säulen hindurch, die den größten Teil der Bebauung darstellen. Die Gebäude sahen aus wie die frühen spanischen Missionen der Ostküste, mit Bogen, die an Klostergebäude erinnerten, und einfachen rechteckigen Fensteröffnungen. Die Fakultät für Mathematik – Nummer 380 im Gesamtplan – gehörte dazu, aber weil ich mich nie besonders weit davon entfernte, kannte ich es nur als Sloan Hall. Wenn ich doch einmal ein bisschen herumkam, war ich jedes Mal neu überrascht von dem Labyrinth an schönen und auch architektonisch interessanten Gebäuden auf dem Campus. Dass sie so sinnvoll angeordnet und von hochgewachsenen Palmen umgeben waren, schadete auch nicht.

Das Gebäude der Philosophischen Fakultät trug die Nummer 100 und lag im Hauptbereich des Unigeländes. Draußen gab es einen Wasserspender mit einem herrlichen Mosaik, den die Abschlussklasse von 1927 gestiftet hatte. Ich hielt davor an und trank ein paar Schlucke, wobei ich mich wieder fragte, was ich hier eigentlich machte.

Okay, das wird alles so ablaufen, wie ich mir das vorstelle, beruhigte ich mich. *Wir reden hier über Philosophie, nicht Theologie – und ich tue das auch nur, um Max ruhigzustellen.*

Und natürlich hatten Moms Tränen auch nichts damit zu tun. Ich bahnte mir meinen Weg durch die Schwingtür und ging hin zu dem Hinweisschild, auf dem alle Namen und Räume vermerkt waren.

Wie hieß dieser Typ noch einmal? Bacharach? Nein. Vitalis? Warum nur konnte ich mir seinen Namen nicht merken?

Gleich neben dem Schild hing ein großes gerahmtes Gruppenfoto, unter dem zum Glück die Namen standen. Ich ließ suchend meine Blicke darüber wandern: dunkles, lockiges Haar, ein bisschen verwuschelt, eine Brille mit Metallgestell, dichte Augenbrauen, olivfarbene Haut, ein starkes Kinn ...

Du liebe Güte, Jill!, schalt ich mich. *Woher weißt du das denn alles? Man könnte fast meinen, du hättest dir den Typen ziemlich gut angeguckt.*

Das musste ich – unbewusst natürlich – tatsächlich getan haben, denn ich erkannte das Gesicht sofort, als mein Blick darauf landete. Es ragte über die Gruppe hinaus und die dazugehörigen Arme waren lässig um die beiden Kollegen zur Linken und Rechten gelegt. Er grinste – nicht lächelte, *grinste*! Wie konnte man grinsen, wenn man inmitten von lauter Doktoren der Philosophie stand und höchst offiziell fotografiert wurde?

Das hier wird der kürzeste Dialog der Philosophiegeschichte werden, dachte ich düster.

Ich fand den Namen, der zu dem Gesicht gehörte. *Bakalis*. Jetzt erinnerte ich mich auch wieder. Erster Stock.

Ich merkte mir die Zimmernummer und nahm die Treppe in

Angriff. Noch bevor ich oben angekommen war, hatte ich realisiert, dass es hier anders zuging als in der Sloan Hall. Hier war es laut. Abgesehen von Erstsemestern, die am Ende jeder Stunde auf ihren Rollschuhen aus den Seminarräumen quollen, war in der Fakultät für Mathematik eigentlich kein ständiger Lärm. Und wenn ich genauer darüber nachdachte, standen eigentlich sogar die ewig gleichen Studenten, die sich immer im Gang herumtrieben, oft stundenlang vor irgendeiner Anschlagtafel, ohne ein Wort zu sagen. Sie waren natürlich Extremfälle, aber auch die anderen von uns waren nicht wie die Menschen hier. Aus jedem Raum, an dem ich vorbeikam, drang Geplapper. Sogar die Türen waren »laut«, zugepflastert mit Bekanntmachungen und Karikaturen. Eine sah ich mir genauer an, aber im Untertitel kam das Wort *Epistemologie* vor und ich überlegte, dass ich sie wohl nicht besonders witzig finden würde.

Die Tür zu Dr. Bakalis' Raum stand offen, aber ich konnte ihn auf den ersten Blick nirgends entdecken. Das gab mir Gelegenheit, sein Büro einer flüchtigen Inspektion zu unterziehen.

Ich brauchte dazu sieben Sekunden. Es war kleiner als der Raum, den ich mir mit Jacoboni teilte. Vielleicht kam mir das aber auch nur so vor, weil drei Wände komplett mit Bücherregalen vollstanden und selbst an der vierten Wand mehrere Stapel Akten und Bücher lehnten. Ein Schreibtisch stand direkt vor einem kleinen Fenster. Darüber baumelte der größte Drachen von der Decke, den ich je gesehen hatte – ein riesiger Apparat in Primärfarben. Dass er direkt über einer Plato-Büste hing, die gefährlich nahe am Schreibtischrand balancierte, ließ mich hämisch grinsen.

Du steckst wohl gerade in einer Identitätskrise, Doktor, dachte ich.

»Hallo«, dröhnte jemand schräg hinter mir. Jemand mit vollem Mund. Ich drehte mich um und erblickte Sam Bakalis, der mit einer Hand ein riesiges Baguettebrötchen umklammerte und fröhlich daran herumkaute. In der anderen Hand hielt er eine Kaffeetasse.

»Willst du wirklich nichts abhaben?«, fragte er und gestikulierte mit dem Brötchen vor meinen Augen herum.

»Wirklich nicht«, versicherte ich. »Ich habe eben schon ein bisschen stilvoller gegessen.« Er sollte ruhig wissen, dass ich ihn nicht witzig fand. Dann sparten wir Zeit.

Er schmunzelte und kaute weiter, während er mir einen Platz anbot. Dann setzte er sich selbst in eine andere Ecke, anstatt sich hinter seinem Schreibtisch zu verschanzen. Ich würde ihm wohl doch noch deutlicher vermitteln müssen, dass ich das hier rein akademisch zu halten gedachte.

Sam setzte das Brötchen auf dem Tisch ab und tätschelte mit seinen langen, schlanken Fingern seine Kaffeetasse. Wo waren mir seine Finger eigentlich zum ersten Mal aufgefallen – war das auch schon bei dem Jubiläumsessen gewesen?

Ich riss mich zusammen und sagte: »Ich will dich wirklich nicht lange aufhalten. Ich hatte nur ein paar Fragen, die eher philosophischer Natur sind, und Max ... also, ich meine, Dr. Ironto ...«

»Ich erinnere mich gut an ihn. Wunderbarer Mensch.«

»Ja klar. Er hat jedenfalls vorgeschlagen, dass ich dich mal frage.«

»Dann frag mal los«, sagte er. Wenn er enttäuscht war, ließ er es sich jedenfalls nicht anmerken. Hinter seinen Brillengläsern funkelten seine braunen Augen unbeirrt munter weiter.

»Gut. Also, äh ...«

Das fing ja toll an. Was stimmte denn bloß nicht mit mir? Ich raufte mir einmal kräftig durch die Haare. »Also gut, ich habe eine Entscheidung zu treffen, eine ethische Entscheidung, und ich brauche dafür möglicherweise einen philosophischen Bezugsrahmen.«

Er sah sich im Zimmer um. »Vielleicht finde ich unter meinem Gerümpel noch einen.«

Sehr witzig. Ich sah ihn unbeirrt weiter an. »Meine Frage ist die: Gibt es handfeste Beweise, dass Menschen eine Seele besitzen – irgendetwas, was über ihr Denken, über den Verstand, wie auch immer man das nennen will, hinausgeht? Nur einmal angenommen, der Verstand fällt komplett aus – gehen die ›großen Denker‹ davon aus, dass es da trotzdem noch etwas gibt?«

Das klang alles so lächerlich, dass ich überlegte, ob ich meine eigene Frage nicht schon so gut wie beantwortet hatte. Wenn ich es nicht einmal beschreiben konnte, wie konnte es dann erst da sein? Sams Augen sah man allerdings an, dass er das, was ich sagte, in sich aufnahm. Immerhin hatte er den Anstand, mir kein verschwörerisches Grinsen zuzuwerfen. Ich hätte ihm glatt eine runtergehauen.

»Ach so, bevor du das beantwortest«, fügte ich hinzu, »möchte ich noch einmal darauf hinweisen, dass ich im Gegensatz zu dir nicht religiös bin. Ich will hier nicht die Bergpredigt hören und ich habe auch nicht vor, mich bekehren zu lassen. Ich möchte das hier rein philosophisch halten.«

Er nickte. »Stimmt. Du hast ja mit deinem Mitgliedsausweis vom ›Club weltlich denkender Intelligenzler‹ herumgewedelt.«

»Dass du den überhaupt gesehen hast über dein Transparent ›Ich bin ein überzeugter Christ‹ hinweg!«, konterte ich.

»Ja, nicht? Ein Wunder, dass sie nicht aneinandergeraten sind.«

»Wenn ich mich recht erinnere, sind sie das.«

Ich sah ihn weiter unbeirrt an. Sam starrte einfach zurück.

»Okay, nur um sicherzugehen, dass ich dich richtig verstanden habe«, sagte er schließlich. »Du willst über die Existenz der Seele reden, aber nicht über Gott.«

»Genau.«

»Dann muss ich doch noch einmal nachfragen: Was genau verstehst du denn unter Gott?«

»Ich meine das, was du ja ganz offensichtlich für Gott hältst. Irgendeine allgewaltige Macht, die über meinem Leben steht. Ich habe mein Leben selbst in der Hand.«

»Und warum bist du dann hier?«

»Wie?«

Sam setzte seine Kaffeetasse neben dem halb gegessenen Brötchen auf dem Schreibtisch ab und spielte mit seinen Fingern. Einen Moment lang sah es so aus, als wollte er mit ihnen wie mit einer Pistole auf mich zeigen, aber dann legte er sie einfach unter sein Kinn.

Das soll bestimmt eine philosophische Geste sein, dachte ich.

»Wenn du dein Leben komplett in der Hand hältst, warum hast du dann ein Problem mit dieser Entscheidung?«

»Wer sagt denn, dass ich ein Problem habe?«

»Du siehst jedenfalls aus, als hättest du eins.«

»Das ist nicht wahr!« Ich hatte die Lehnen des Stuhls umklammert und lockerte meinen Griff nun demonstrativ, wobei ich ihn kühl ansah. »Hatte ich schon erwähnt, dass ich das hier nicht nur rein intellektuell, sondern auch unpersönlich angehen wollte?«

»Nein«, sagte er. »Das muss mir wohl entgangen sein. Hör mal, ich wollte dich nicht beleidigen. Ich wollte nur herausfinden, worum es hier eigentlich geht. Hast du viel Erfahrung mit philosophischen Debatten?«

»Nein«, sagte ich kühl. *Hast du viele Differenzialquotienten berechnet?*

»Es kommt immer darauf an, dass man Begriffe möglichst klar definiert. Eigentlich geht es in der Philosophie nur darum: dass man Sachverhalte immer präziser ausdrückt, sodass man weiter, tiefer, klarer sieht.«

»Und alles, was ich wissen will, ist, ob diese weiten, tiefen, klaren Denker glauben, dass es eine Seele gibt. Ja oder nein?«

Er sah mich fast länger an, als ich zurückschauen konnte. »Tut mir leid. Das ist keine Frage, die man mit Ja oder Nein beantworten könnte. Ich frage mich wirklich, ob ich dir weiterhelfen kann.«

»Soll mir recht sein.« Ich erhob mich.

»Willst du nicht einmal wissen warum?«, wunderte er sich. Seine Augen glühten jetzt regelrecht. Ich war noch nie einem Menschen begegnet, dessen Augen über so viele Ausdrucksmöglichkeiten verfügten. »Da enttäuschst du mich aber.«

»Na gut«, sagte ich. »Warum?«

Er verlagerte sein Gewicht, sodass er sich besser zu mir herüberlehnen konnte. Ich tat ihm nicht den Gefallen, vor ihm zurückzuweichen.

»Ich kann nicht über die Seele reden, ohne Gott ins Spiel zu bringen – und damit meine ich nicht einfach *irgendeinen* Gott, sondern die christliche Vorstellung davon, was Gott ist: Vater, Sohn, Heiliger Geist und alles, was so dazugehört.«

»Willst du damit sagen, dass du dich in deinen Seminaren über ›alles, was so dazugehört‹, auslässt? Hier an der Universität Stanford? Wo haben sie dich denn aufgegabelt?«

Ich merkte, dass Sam erstarrte. »Zunächst einmal ist das hier keines meiner Seminare. Du bist mit einer religiösen Frage zu mir gekommen und ich kann sie nur religiös beantworten. Und zweitens – hast du etwa vor, meine intellektuellen Fähigkeiten in Zweifel zu ziehen?«

Ich war mir nicht sicher, ob er das ernst meinte.

»Du hast recht«, sagte ich. »Du kannst mir nicht helfen. Gibt es in eurem Laden sonst vielleicht jemanden, mit dem ich reden kann – jemanden, der nicht frisch aus der Sonntagsschule kommt?«

So langsam durchschaute ich besser, was in ihm vorging. Seine Augen zogen sich zu schmalen Schlitzen zusammen – den Ausdruck kannte ich bisher nicht – und er begann, sich mit irgendwie eckigen Bewegungen im Raum umzusehen. Er fuhr sich mit einer Hand an den Nacken und rubbelte ein bisschen daran, als müsste er die Haare glätten, die ihm dort zu Berge standen.

»Wenn du lange genug suchst, findest du bestimmt auch jemanden, der dir sagt, was du hören willst«, sagte er. »Aber es wird nicht die Wahrheit sein.«

»Ich frage mich, ob ich im Moment nicht sowieso meine eigene Wahrheit finden muss«, gab ich zurück. Ich ließ mich zurück auf meinen Sitz fallen und tastete unter dem Stuhl nach meiner Tasche.

»Bislang hat mich die Erfahrung gelehrt, dass jemand, der Angst vor der Wahrheit hat, sie nie finden wird«, meinte er.

Nun war es an mir zu erstarren – was vermutlich einigermaßen lächerlich aussah, weil ich immer noch halb über der Armlehne hing. »Wenn ich Angst hätte vor der Wahrheit, wäre ich nicht hierhergekommen. Aber ich muss blöd gewesen sein zu denken, dass irgendein Jesus-Anhänger überhaupt verstehen würde, was ich will.«

»Von dieser Blödheit muss was auf mich abgefärbt haben. Ich habe nämlich einen Moment lang tatsächlich geglaubt, dass ich hinter diese Maske aus Neuheidentum gucken konnte, die du dir so stolz vors Gesicht hältst.«

»Nein, deine Blödheit besteht eher darin, dass du dich einen Intellektuellen schimpfst und gleichzeitig irgendwelchen religiösen Hokuspokus glaubst, der ins finsterste Mittelalter gehört und ...«

»Ich glaube, du gehst jetzt besser.«

Sam baute sich vor mir auf – oder vielmehr über mir. Seine Augen warfen mir zum Abschied einen Ausdruck zu, den ich auch noch nicht kannte: Sie loderten regelrecht. Wenn ich nicht selbst innerlich gelodert hätte, hätte ich an dieser Stelle wohl klein beigegeben.

Stattdessen stand ich meinerseits endgültig auf. Er wich keinen Zentimeter zurück und so kam ich mit meinem Gesicht ganz nahe an seins heran.

»Kein Problem«, sagte ich. »Ich wollte sowieso gerade gehen.«

Keiner von uns sagte ein Wort, als ich zur Tür stapfte. Das einzige Geräusch wurde von einem Stapel Schnellhefter verursacht, der durch meinen wütenden Aufbruch ins Rutschen gekommen war und nun auf den Boden fiel. Die Hefter verteilten sich im ganzen Raum.

Du kannst deinen ganzen Krempel gleich in Kisten verstauen, Dr. Sokrates, dachte ich auf meinem Weg zur Treppe wütend. *Du wirst dich hier sowieso nicht lange halten.*

KAPITEL 9

Zum Glück hatte ich gar keine Zeit, mich weiter über meine kleine Auseinandersetzung mit Dr. Sokrates zu ärgern. Andererseits wäre das wahrscheinlich insgesamt noch erfreulicher gewesen als all das, was in der nächsten Woche auf mich zukam.

Max und ich holten Mom am nächsten Tag nach Hause. Sie wanderte auf ihren Krücken durch die Räume, als müsste sie in jedem einzelnen neu überlegen, wofür man ihn eigentlich benutzen sollte. Nachdem sie ein paar Kistchen mit Knabberzeug aus den Regalen gezogen, in ihrer CD-Sammlung herumgekramt und einige Stifte aufgehoben hatte, gähnte sie und machte sich auf den Weg zur Treppe. Als Max und ich zu ihr hinübergingen, um ihr die Stufen hinaufzuhelfen, schlug sie mit den Krücken nach uns und bestand darauf, es allein zu probieren. Nach drei vergeblichen Versuchen war sie völlig frustriert, woraufhin Max sie einfach hochhob und nach oben in ihr Schlafzimmer trug. Sie deutete auf das Bett und er legte sie dort ab, was angesichts der riesigen Apparatur an ihrem Bein keine leichte Aufgabe war. Nachdem sie einmal dort lag, schlief sie gleich einige Stunden.

Eigentlich verschlief sie einen großen Teil des Tages – dieses Tages und auch jedes Tages danach –, was bedeutete, dass sie in den Nächten im Haus herumgeisterte, mit diesen grauenvollen Krücken alles Mögliche umstieß, überall das Licht anschaltete und mit schöner Regelmäßigkeit die Kühlschranktür offen stehen ließ. Ich musste es ja wissen, denn ich verbrachte die Nächte bei ihr.

Anders ging es nicht. Die Pflegerin war eine Katastrophe.

Sie machte schon bei ihrer Ankunft, als ich sie Mom als »Schwester Rose« vorstellen wollte, mit allem Nachdruck deutlich, dass sie eine »häusliche Gesundheitshelferin« und keine Schwester sei und im Übrigen auch mit ihrem zweiten Vornamen angeredet werden wolle, der Shakti-Shambhala lautete. Oder so ähnlich. Ich versuchte mich mehrmals an der richtigen Aussprache, dann gab ich es auf und redete von ihr nur noch als von Freda II.

Sie trug eine Art OP-Kittel mit Blumenmuster, aber das war auch das Einzige an ihr, was im Entferntesten an etwas Krankenpflegerisches erinnerte. Ihre Ohrringe bestanden grundsätzlich aus einer Kombination von Federn und Perlen und hingen ihr bis auf die Schultern. Mom starrte immer irritiert darauf, wenn Freda II sich über sie beugte. Und das war ständig. Sie umfasste unaufhörlich Moms Hände und sah ihr tief in die Augen. Und dann schloss sie selbst die Augen und gab ein komisches Stöhnen von sich. Wenn ich sie fragte, was in aller Welt sie da bitte schön tat, erklärte sie mir, sie kommuniziere mit meiner Mutter.

Ehrlich gesagt glaubte ich nicht, dass Mom noch besonders viel kommunizierte. Ihr Zustand hatte sich seit dem Unfall so massiv verschlechtert, dass es wirklich unheimlich war. Sie sprach kein einziges Wort und gab überhaupt nur dann Geräusche in irgendeiner Form von sich, wenn Freda II versuchte, ihr ihre Schmerzmittel zu verabreichen – dann kämpfte sie wie ein Tiger und knurrte wild. Für den armen Max war das einfach zu viel. Jedes Mal, wenn Freda II ankündigte, dass es nun »Zeit für die Arznei« wäre – und stöhnend, mit geschlossenen Augen und mit den Tabletten in der Hand dastand, bevor sie sie Mom irgendwie in den Hals zu stopfen versuchte –, ging Max aus dem Zimmer, manchmal sogar aus dem Haus. Oft machte er sich dann auf den Weg zum Supermarkt, um Mom mit irgendeiner besonderen Sorte Pasta zum Essen zu animieren.

Das Essen war eine andere Strapaze. Freda II kochte, Max kochte und manchmal versuchte sogar ich selbst mich in der Küche – aber Mom saß für gewöhnlich einfach nur da und starrte auf ihren Teller, bis einer von uns ihr die ersten Bissen reichte. Dann schien sie sich plötzlich zu erinnern, wozu Essen da war, und sie begann selbst alles wahllos in sich hineinzuschaufeln – nur um nach kurzer Zeit abrupt aufzustehen und auf ihren Krücken davonzuhumpeln. Sie wollte es dann wieder unbedingt allein nach oben in ihr Schlafzimmer schaffen, was schlimmer war als alles andere.

Und doch schaute mich Freda II jedes Mal, wenn Max wieder mit Mom auf den Armen in Richtung Obergeschoss verschwunden war, an und sagte: »Sie ist eine unglaubliche Person, nicht wahr? Man muss ihr nur in die Augen schauen und spürt sofort diese Intensität ...«

Als sie das zum dritten Mal sagte, machte ich mir die Mühe, selbst einmal tief in Moms Augen zu schauen. Ich sah nichts. Es war das beängstigendste Nichts, was ich mir überhaupt vorstellen konnte.

Ich war es nicht gewohnt, irgendetwas beängstigend zu finden, und so verschanzte ich mich hinter meiner Forschung, den Seminaren, Tabithas Nachhilfestunden ... Ich hielt die Trennung zwischen dem Albtraum, den mein Leben privat inzwischen darstellte, und dem einzigen Lebensinhalt, der mir überhaupt sinnvoll erschien – meiner Arbeit –, strikt aufrecht. Abends ging ich zum Haus meiner Mutter zurück, um die Nächte auf einer Liege vor ihrem Zimmer zu verbringen. Ich hatte damit gleich am ersten Tag angefangen. Freda II hatte mich irritiert angeschaut, als ich gehen wollte, nachdem Mom im Bett war. »Und wer bleibt bei Liz?«, hatte sie sich gewundert. »Ich gehe um acht!«

Dieses Detail musste mir bei meinem Gespräch mit Freda I irgendwie entfallen sein. Max bot an, sich mit mir abzuwechseln, aber ich stellte mir vor, wie er die ganze Nacht wach lag und sich Sorgen machte. Ich lehnte sein Angebot ab.

Am Ende der ersten Woche, als ich über meinem Abendessen fast einschlief, während Freda II oben versuchte, Mom ihren Schlafanzug anzuziehen, sagte Max: »Warum ziehst du nicht einfach hierher zu deiner Mutter?«

»Wieso? Das bin ich doch schon.«

»Mir ist dieses Mädchen da oben nicht geheuer«, sagte Max und nickte zur Decke hin. »Heute hat sie mich gefragt, ob es dich wohl stören würde, wenn sie oben Weihrauchstäbchen anzündet.«

»Kommt nicht infrage. Als Nächstes schleppt sie irgendwelche heilenden Edelsteine an.«

»Hast du die noch nicht gesehen? Sie hat sie übers Bett gehängt.«

»Das ist doch wohl nicht wahr!«

»Doch. Eben waren sie jedenfalls noch da.« Max zuckte die Schultern. »Wer weiß, vielleicht helfen sie ja. Wie sollen wir das wissen?«

»Vielleicht hilft es ja auch, wenn wir eine Picksche-Krankheit-Puppe basteln und kleine Nadeln reinstecken. Aber wir tun es trotzdem nicht.«

Max starrte in sein Wasserglas.

»Was ist denn?«, fragte ich.

»Nichts.«

»Dir geht doch irgendwas durch den Kopf. Raus damit.«

Inzwischen war ich so mürbe, dass ich allen möglichen Menschen gegenüber ausfallend wurde, selbst Max.

»Weißt du, was ich glaube?«, fragte Max mit belegter Stimme. »Ich glaube, dass Liz dich hier braucht, so viel es irgend geht. Wenn du durchs Zimmer gehst, schaut sie dir nach. Das macht sie sonst bei niemandem.«

»Das glaube ich nicht.«

»Weil du auf solche Dinge nicht achtest. Wenn du nur ein bisschen mehr da sein könntest, würde sie sich vermutlich doch noch an irgendetwas ... festhalten können.«

Seine Stimme brach. Ich lehnte die Stirn an meine Finger und stützte die Ellbogen auf den Tisch. *Max, fang jetzt bitte nicht auch noch an zu weinen*, dachte ich.

Ich wischte mir meine Verärgerung aus dem Gesicht, bevor ich aufsah. »Okay«, sagte ich. »Wenn du denkst, dass es etwas nützt, bringe ich ein paar von meinen Sachen hierher und versuche, so viel wie möglich hier zu sein. Aber ich muss mit meinen Forschungen weiterkommen, Max, sonst bekomme ich meinen Doktortitel nicht. Und ich muss unterrichten, sonst bekomme ich kein Geld.«

»Weiß ich ja, weiß ich ja. Und ich werde hier sein und dir helfen. Denkst du denn im Ernst, ich lasse dich mit alldem allein?«

Als Nächstes würde er mich wohl in den Arm nehmen wollen. Zum Glück klingelte es in diesem Moment an der Haustür. Ich sprang auf, als müsste ich Weitsprung trainieren. Als ich die Tür öffnete, sah ich nur einen silberfarbenen Haarschopf, der über zwei großen Kisten hervorlugte.

»Dachte mir, ich bring ihre Sachen einfach her«, sagte eine Schmirgelpapierstimme.

»Burl!«, rief ich, weil ich mich an seinen Nachnamen nicht mehr erinnern konnte. »Kommen Sie doch rein.«

Max, der immer noch mit seinem Taschentuch an der Hosentasche hantierte, kam zur Tür. Ich stellte die beiden Männer einander vor, dann hievten sie einträchtig die Kisten in Moms Arbeitszimmer. Ich hatte es seit ihrem zweiten Tag hier abgeschlossen, als sie hineingegangen war und die Schubladen auszuräumen begonnen hatte.

»Das war wirklich nett von Ihnen«, sagte ich zu Burl.

»Wie geht's ihr denn?«, fragte er.

Max seufzte schwer.

»Nicht so gut, hmm?«, meinte Burl mitfühlend.

»Nein, es geht ihr nicht so gut«, sagte ich.

»Kann ich kurz bei ihr vorbeischauen?«

Dieser Mann steckte wirklich voller Überraschungen. »Äh, na ja, normalerweise schon. Aber sie ist schon im Bett«, sagte ich. »Aber kommen Sie gerne ein andermal – vielleicht einmal tagsüber, wenn Sie nicht arbeiten. Sie schläft ziemlich viel, aber dazwischen geht das bestimmt einmal.«

»Kann ja einfach vorher anrufen«, sagte Burl.

Nachdem ich ihn nach draußen begleitet hatte, seufzte Max wieder schwer.

»Das war mal ein richtig menschlicher Mensch«, sagte Max. »Es war so nett von ihm vorbeizukommen.«

»Und weißt du was?«, sagte ich. »Er ist der Erste, der hergekommen ist, seit Mom aus dem Krankenhaus raus ist.«

Am nächsten Nachmittag wollte ich gleich nach meiner Nachhilfestunde mit Tabitha zu meiner Wohnung fahren und ein paar Sachen zusammenpacken, damit ich nicht ständig hin- und herfahren musste. Noch endgültiger einzuziehen, konnte ich mir im Moment wirklich nicht vorstellen.

Ich bin mit Mom ja noch nicht einmal ausgekommen, als sie noch völlig beieinander war, dachte ich, als ich die Treppen in der Sloan Hall hinaufging, um meine Post abzuholen und nachzusehen, ob jemand für mich angerufen hatte. *Wie soll ich denn jetzt erst mit ihr zurechtkommen, wenn sie nicht einmal mehr weiß, wofür Gabeln da sind – außer wenn man ihr eine in die Hand drückt?!*

»Jill?«

Das war Nigel. Ich hatte mich die ganze Woche nicht bei ihm blicken lassen und eigentlich war auch erst für den nächsten Tag wieder ein Treffen mit ihm angesetzt. Trotzdem fühlte ich mich wie ein Kindergartenkind, das man am verbotenen Schokoladenvorrat ertappt.

»Wir sind für morgen verabredet, nicht?«, sagte ich rasch. »Und ich komme diesmal wirklich zum Gastvortrag. Ach ja, und ich stecke Einladungen für das Seminar am 10. November in alle Postfächer und ... ich glaube, das war alles.«

»Wie geht es denn bei Ihnen zu Hause im Moment?«, fragte Nigel.

Der Mann gab aber auch nie auf!

»Es läuft alles bestens, wie zu erwarten war«, sagte ich. »Aber natürlich müssen wir uns hier und da umstellen.«

Er tätschelte mir den Arm und ging weiter. Und ich hatte wieder das dringende Bedürfnis, einen schrägen Akkord harmonisch aufzulösen.

Ich ging weiter zu meinem Postfach und fand ganz oben auf einem Stapel Briefe einen Zettel: *Sam Bakalis hat angerufen* stand darauf. *Bittet um Rückruf unter der Nummer* ... Die Nummer war auch angegeben, aber ich las sie erst gar nicht. Ich knüllte den

Zettel zu einem kleinen Ball zusammen und warf ihn auf dem Weg nach draußen in einen Mülleimer.

Mom hatte eine besonders schlimme Nacht. Sie schlief schon, als Freda II und Max gingen, und ich machte es mir mit einigen Hausaufgaben meiner Studenten in dem Lehnstuhl in ihrem Schlafzimmer gemütlich. Die Polynome, auf die ich mich mit so viel Mühe zu konzentrieren versuchte, verschwammen immer wieder vor meinen Augen. Und als ich endlich zum Korrigieren kam, sprang Mom plötzlich aus dem Bett, als hätte sie einen Albtraum gehabt – nur dass ihre Augen unverändert ausdruckslos waren. Ich wäre über ein bisschen Angst oder meinetwegen auch Verachtung wirklich erleichtert gewesen. Und ehrlich gesagt, inzwischen hätte ich bedenkenlos eine Woche meiner Forschungszeit dafür gegeben, dass sie einfach nur sagte: »Was tust du hier überhaupt, Jill? Denkst du, ich komme allein nicht zurecht?«

Aber sie schwang lediglich die Beine über die Bettkante und versuchte aufzustehen.

»Mom!«, rief ich und griff nach den Krücken. »Du brauchst die hier. Wo willst du denn hin?«

Als würde sie mir das erzählen!

Sie fegte die Krücken mit einer heftigen Handbewegung beiseite, ohne dabei eine Miene zu verziehen, und humpelte los in Richtung Tür. Nach zwei Schritten fiel sie um, wobei ich sie von hinten zu stützen versuchte. Ich schaffte es kaum, auch nur eine von uns halbwegs in der Vertikalen zu halten.

»Wenn du mir sagst, wo du hinwillst, helfe ich dir hinzukommen«, keuchte ich. »Wir müssen hier zusammenarbeiten, sonst geht das nicht.«

Sie drehte langsam den Kopf zu mir. Ihre Augen versuchten, in meine zu schauen, und ihre Lippen begannen sich zu bewegen. Ich wagte kaum zu atmen.

Und dann machte sie den Mund auf und – lachte. Es war nicht

Liz McGavocks tiefes, volles Lachen. Es war ein kindisches, überschäumendes Glucksen, das mir die Haare zu Berge stehen ließ.

»Was ist denn?«, fragte ich. »Was ist so komisch?«

Das seltsame Lachen verschwand so schnell, wie es gekommen war, und Mom streckte ihre Arme aus, sodass ich die Krücken darunterschieben konnte. Ich ging ihr nach bis zum Badezimmer und wartete vor der Tür. Immerhin schaffte sie es noch, allein auf die Toilette zu gehen. Bisher hatte noch niemand das Thema Windeln anzusprechen gewagt und ich hatte es meinerseits auch nicht vor. Was meine Mutter betraf, so konnte ich momentan sowieso nicht weiter denken als bis zur nächsten Stunde.

Ich brachte sie schließlich wieder ins Bett und machte das Licht aus, weil ich hoffte, dass sie dann wieder einschlafen würde. Aber wir wiederholten die ganze Prozedur noch vier Mal. Als ich sie zum fünften Mal ins Bett steckte, nahm ich mir fest vor, sie zu fragen, ob sie Durchfall hatte. Ich konnte mich nicht erinnern, dass meine Mutter und ich je über unsere Verdauung gesprochen hätten. Inzwischen war ich so erschöpft, dass ich mich fragte, ob sie wohl je meine Windeln gewechselt hatte, als ich ein Baby war. Vielleicht hatte sie auch einfach durchgesetzt, dass ich sie nie vollmachte.

Diesmal schien aber auch Mom erschöpft, sie schlief ein – oder zumindest sah es so aus. Ich kuschelte mich in den Lehnstuhl und war selbst innerhalb von Sekunden weggedämmert. Als ich erwachte, schien die Sonne schon durchs Fenster.

Ich richtete mich abrupt im Stuhl auf, wobei sich ein Stapel Hausaufgaben auf dem Fußboden verteilte. Mom war noch im Bett, aber aus ihrer Richtung kam ein schauriges Geräusch. Es klang, als ob sie röchelte.

Ich stieg über die Blätter auf dem Fußboden hinweg und beugte mich über sie. Sie röchelte tatsächlich und ihr Brustkorb hob und senkte sich so schwer, als sei das Atmen für sie unendlich mühsam.

»Davon hat niemand etwas gesagt«, murmelte ich. »Mom, wach auf. Ist bei dir alles in Ordnung?«

Ich rüttelte sie sanft an der Schulter, aber sie rührte sich nicht.

Das nächste Rütteln fiel heftiger aus und beim dritten hätten ihr eigentlich die Zähne klappern müssen. Ich packte sie an beiden Schultern und versuchte sie im Bett aufzusetzen. Dabei fiel etwas aus dem Bett und rollte auf den Boden.

Ich starrte entsetzt darauf. Es war ein Tablettendöschen – und es war leer.

Ich hatte schon mein Handy in der Hand, als ich nach dem Döschen griff. Ihre Schmerzmittel.

Als ich die Nummer des Notdienstes wählte, zitterte ich so, dass man die Erschütterung wahrscheinlich auf der Richterskala hätte ablesen können.

Freda II kam etwa zeitgleich mit dem Krankenwagen an. Ich rannte ihr quer über den Rasen entgegen.

»Wie viele Tabletten waren da noch drin?«, fragte ich und wedelte wütend mit dem Tablettendöschen vor ihrer Nase herum.

»Wir hatten nur etwa die Hälfte aufgebraucht«, sagte sie. »Seit ich ihr Ingwer und Kurkuma und dieses Ananasenzym gegeben habe, hat sie die Tabletten nicht mehr gebraucht.«

»Sie hat eine halbe Dose Schmerzmittel geschluckt!«, rief ich dem Sanitäter zu.

Er riss mir das Döschen aus der Hand und verschwand hinter seinem Kollegen im Haus. Ich folgte ihnen auf den Fersen.

»Wo haben Sie die denn aufbewahrt?«, schrie ich Freda II über meine Schulter hinweg an.

»Im Arzneischrank im Bad.«

»Wo sie ohne Probleme drankam.«

»Ich dachte nicht, dass sie *dranwollte*. Sie wissen doch, wie sie sich immer wehrt, wenn ich sie ihr zu geben versuche.«

»Sie weiß nicht mehr, was sie will!«, rief ich, als ich die Treppe hinaufrannte. »Geht das eigentlich nicht in Ihren Kopf?«

»Wissen Sie, mit Feindseligkeit kommen Sie bei mir gar nicht weit, Jill«, sagte Freda.

Ich hielt so abrupt an, dass sie gegen mich prallte.

»Und wenn meine Mutter eine Überdosis schluckt, kommen Sie bei *mir* nicht weit«, schimpfte ich. »Sie wedeln besser ein bisschen mit Ihren Edelsteinen herum und hoffen, dass sie nicht draufgeht.«

In den nächsten Stunden blieb ungewiss, ob meine Mutter durchkommen würde. Ich ging vor der Notaufnahme auf und ab, bis Dr. Fenwick schließlich herauskam und mir erläuterte, dass ihr Zustand sich nun stabilisiert hatte.

»Kann ich sie wieder nach Hause bringen?«, fragte ich.

»Sobald ich den Leuten von der Psychiatrie klargemacht habe, dass das kein Selbstmordversuch war. Ich glaube, einen vollen Tag sollten wir ihr hier schon geben.« Dr. Fenwick betrachtete mich. »Jill, ist es wirklich eine gute Idee, Liz zu Hause zu behalten? Wenn sie sich selbst in Gefahr bringt, bleibt Ihnen eigentlich kaum eine andere Wahl, als sie wegzugeben.«

Erzähl mir bloß nicht, dass ich keine andere Wahl habe, dachte ich. *Das ist das Schlimmste, was man mir sagen kann.*

»Wie kommen Sie denn jetzt nach Hause?«, fragte er.

Ich starrte verwirrt auf mein Handy, aber es dauerte einige Augenblicke, bis ich die Uhrzeit einordnen konnte.

»Sie wird jetzt eine Weile schlafen«, versicherte mir Dr. Fenwick. »Fahren Sie doch einfach nach Hause und ruhen Sie sich ein bisschen aus. Wissen Sie was, ich rufe Ihnen ein Taxi.«

»Nein, ich nehme den Bus zur Uni«, sagte ich. »Ich hab noch was zu tun.«

Ich verschwendete keinen Gedanken daran, dass ich nur einen Jogginganzug über meinen Schlafanzug gezogen und meine Füße in ein Paar Sandalen gequetscht hatte. Ich verabschiedete mich von Dr. Fenwick und rannte gerade schnell genug zur Haltestelle, um den Bus vor meinen Augen abfahren zu sehen.

Die Vorstellung, einfach dort herumzustehen und auf den nächsten Bus zu warten, erschien mir unerträglich, also begann ich zur nächsten Haltestelle zu joggen. Da es sich in Sandalen nicht besonders gut joggen ließ, verlangsamte ich meinen Schritt allerdings bald wieder frustriert und versuchte, Ordnung in meine Gedanken zu bringen.

Punkt 1: Mom geht es gut. Wir schließen die Medikamente ein-

fach alle weg. An die Tür zum Badezimmerschränkchen machen wir ein Vorhängeschloss. Mehr kann ich im Moment nicht tun. Punkt 2: Arbeit. Ich kann heute Morgen bestimmt noch ein paar Sachen erledigen und dann renne ich schnell heim und dusche, bevor um elf das Seminar anfängt. Nein, mein Zeug ist alles bei Mom. Okay, ich werde hinfahren müssen. Aber mit welchem Auto? Der Miata steht bei ihrem Haus ...

»Kann ich dich mitnehmen?«

Ich riss den Kopf nach oben und wollte gleich wütend ablehnen. Es war Sam Bakalis. Er lehnte sich aus dem Fenster eines Autos, das wie ein Jeep auszusehen versuchte.

»Bei dir alles in Ordnung?«, fragte er.

Ich wollte eigentlich sagen: *Sobald du außer Sichtweite bist*, aber ich hatte einfach keine Kraft dafür.

»Ist mir schon mal besser gegangen«, sagte ich. »Ich wollte eigentlich den Bus noch kriegen.«

»Komm, ich nehme dich mit. Das ist doch das Mindeste, was ich tun kann.«

Vielleicht war ich einfach zu benommen, vielleicht war es aber auch die Blase, die sich an meinem Fuß zu bilden begann. Jedenfalls nickte ich. Er stieß die Beifahrertür von innen auf und manövrierte einen Stapel Hefter auf den Rücksitz, damit ich mich setzen konnte.

»Ärger mit dem Auto?«, fragte er.

»Nein.«

Als Sam sich wieder in den Verkehrsfluss eingereiht hatte, glitt sein Blick vom Rückspiegel zu mir herüber. »Hör mal«, sagte er. »Ich weiß nicht, ob du meine Nachricht bekommen hast. Ich habe versucht, dich in deiner Fakultät anzurufen, weil ich nicht wusste, wie ich dich sonst erreichen konnte.«

»Hmm.«

»Ich wollte mich entschuldigen.«

Ich starrte ihn an. Er sah tatsächlich ein wenig zerknirscht aus – mit hängenden Schultern und Augen, die nicht ganz so lebhaft hinter der Brille blitzten wie sonst.

»Wofür denn?«, wunderte ich mich. »Du hast doch ein Recht auf deine Meinung.«

»Aber ich habe nicht das Recht, dich mit meiner Meinung zu beleidigen.«

»Ich war ja gar nicht beleidigt«, behauptete ich.

»Du machst das nicht so oft, was?«, sagte er und in seiner Stimme lag ein Lachen.

»Was?«

»Lügen.«

»Ich habe nicht ...«

Er grinste nur.

»Also gut. Ich *war* beleidigt«, gab ich zu.

»Ich auch.«

»Wieso? Was habe *ich* denn gemacht?«

Seine Augen funkelten wieder. »Eigentlich hast du mit alldem angefangen«, grinste er. »Aber ich habe schließlich mehr Größe und außerdem habe ich zuerst angerufen, um mich zu entschuldigen.«

Ich wollte ihn am liebsten lautstark in seine Schranken weisen. Wirklich! Ich war einfach nur so schrecklich müde. Ich wuschelte mir halbherzig durchs Haar und sank wieder in meinen Sitz zurück.

»Dir geht's wirklich nicht besonders gut, was?«

»Nein«, sagte ich. Ich zwang mir ein Lächeln ins Gesicht. »Es wird schon wieder gehen, wenn ich ein bisschen Ordnung in mein Leben gebracht habe, aber im Moment herrscht da ein ziemliches Durcheinander.«

Er sagte nichts, was ich ihm hoch anrechnete. Bis er mich irgendwann fragen musste, wo er mich eigentlich absetzen sollte.

»Ich muss zur Mathe-Fakultät«, sagte ich. »Sloan Hall.«

»Möchtest du nicht wenigstens noch eine Tasse Kaffee trinken, bevor du dein Leben in Ordnung bringst?«, fragte er.

Ich schüttelte den Kopf. Aus Gründen, die sich mir bis heute nicht wirklich erschließen, begann ich dann mit belegter Stimme zu reden. »Bei meiner Mutter haben sie kürzlich die

Picksche Krankheit diagnostiziert. Das ist eine seltene Form von Demenz. Ihr Verstand geht verloren und alles andere gleich mit. Heute irgendwann am frühen Morgen, als ich eigentlich auf sie hätte aufpassen müssen, hat sie sich eine Überdosis Beruhigungstabletten verpasst. Sie haben sie ins Krankenhaus geschafft und ihr den Magen ausgepumpt. Jetzt habe ich einen Riesenaufwand, sie da wieder wegzukriegen. Und in der Zwischenzeit muss ich mir überlegen, ob ich mir das wirklich antun will, sie weiter zu Hause zu versorgen. Du kannst mich an der Ecke hier absetzen …« *Weil ich mir wie die bekloppteste Mathematikerin der Gegenwart vorkomme. Was fällt mir überhaupt ein, dir das alles zu erzählen?*

Sam fuhr an den Straßenrand und wandte sich wieder zu mir um. In seinen Augen lag keine Spur von Mitleid. Er sah nur traurig aus.

»Das tut mir total leid«, sagte er. »Das muss dir alles furchtbar wehtun.«

»Wehtun würde ich das nicht nennen …«, begann ich.

Er hob abwehrend die Hand. »Jetzt verstehe ich auch, warum du mit diesen Fragen zu mir gekommen bist. Mir wird im Nachhinein vieles klar.« Er griff in die Innentasche seines Jacketts und zog eine altmodische Visitenkarte und einen Stift heraus.

»Ich würde dir gerne meine Privatnummer geben«, sagte er. »Wenn du unser Gespräch wieder aufnehmen willst, weißt du ja, wie du mich erreichen kannst. Jederzeit übrigens.«

Ich hatte keine Kraft, ihm seine Karte gleich ins Gesicht zu schleudern, und so nahm ich sie entgegen. »Danke«, sagte ich brav.

»Ruf mich einfach an, wenn du reden willst«, wiederholte er.

Mir fiel nichts Sinnvolles ein, was ich ihm darauf erwidern konnte, also bedankte ich mich noch einmal und stieg aus dem Auto. Sobald er außer Sichtweite war, zerknüllte ich die Karte zwischen meinen Fingern. Welchen Sinn sollte das schon haben? Wir hatten zwei Diskussionen versucht und sie hatten beide gleich geendet: mit einer Predigt.

Ich schaute mich nach einem Mülleimer um, aber ich sah keinen. Also stopfte ich die zerknautschte Karte in meine Tasche.

Der erste Mensch, der mir begegnete, als ich zu meinem Büro kam – wobei ich das Sekretariat schon von vornherein umgangen hatte und zum Hintereingang hereingekommen war –, war Tabitha. Vor diesem Mädchen gab es einfach kein Entrinnen. Sie lehnte an der Tür zu meinem Büro.

»Äh, hallo«, sagte ich möglichst beiläufig.

Ich sah sie kaum an und steckte gleich den Schlüssel ins Schloss. Aber sie starrte mich unbeirrt an.

»Hi«, gab sie zurück. »Ich weiß, dass wir keinen Termin verabredet haben, aber ich dachte, wenn ich dich früh genug erwische ...«

»Weißt du was?«, schlug ich vor. »Wir gehen deine Hausaufgaben heute im Seminar noch einmal durch, bevor du sie einreichst. Dann hast du nichts zu befürchten.«

»Deswegen bin ich gar nicht hier«, erklärte sie. Sie hielt den Kopf schräg, sodass ihr Haar wieder über die Wange fiel. »Ich wollte dir bloß Danke sagen für alles, was du für mich getan hast. Ich habe meinen Eltern von dir erzählt und meine Mommy hat mir das hier für dich geschickt.«

Ich war so in Gedanken versunken gewesen, dass mir entgangen war, dass sie etwas hinter dem Rücken versteckt hielt. Sie strahlte über das ganze Gesicht, als sie es mir entgegenhielt. Ich rechnete mit einem Strauß Gänseblümchen oder einem selbst gemalten Bild für meine Kühlschranktür. Aber es war eine Schachtel und was auch immer in ihr steckte, es duftete unwiderstehlich.

»Haferflocken-Cookies mit Rosinen«, erklärte Tabitha. »Die sind sooo genial! Du magst doch Rosinen, oder? Ich meine, manche Leute mögen ja keine, aber ich dachte, weil du doch aus Kalifornien kommst, macht es dir bestimmt nichts aus. Aber wenn du sie nicht magst, kannst du sie auch herauspicken und ...«

»Ich habe nichts dergleichen vor«, versicherte ich ihr. Zum Beweis schob ich mir einen halben Cookie in den Mund und schloss die Augen, als ich darauf herumkaute. Er war so saftig und lecker, dass ich wusste, dass ihre Mutter eine Menge Arbeit hineingesteckt haben musste. Ich hatte genug von Max' Kochkünsten mitbekommen, um zu wissen, wann etwas wirklich selbst gemacht war.

»Sind sie gut?«, fragte Tabitha und ihre großen Augen glänzten aufgeregt.

»Und wie«, sagte ich.

Ich griff nach dem nächsten und sie lächelte breit.

»Komm schon«, forderte ich sie auf. »Nimm dir auch einen. Ich esse nicht gerne allein.«

»Nein, die sind nur für dich.«

»Du isst jetzt einen. Ich bin deine Lehrerin und ich ordne das so an. Sonst gebe ich dir eine schlechte Note.«

Sie griff sich zögernd einen Cookie, folgte mir ins Büro und sank auf den Stuhl, auf den ich deutete. Ich ließ mich auf der Schreibtischkante nieder und kaute selig.

»Sag mal, Jill, darf ich dir eine Frage stellen?«, wollte Tabitha wissen. Sie knabberte bescheiden an ihrem Cookie, was in scharfem Kontrast zu meiner Verschling-Aktion stand.

»Klar«, sagte ich. »Dafür werde ich schließlich bezahlt.«

»Nein, es ist keine Frage wegen Mathe. Eher eine persönliche.«

»Oh«, sagte ich. »Du kannst sie stellen, aber ich kann nicht garantieren, dass ich sie beantworte.«

»Na ja ... Geht es dir gut?«

»Ja«, sagte ich schnell. »Vor allem im Moment, wo ich das dritte von diesen Dingern hier esse. Könntest du deine Mutter nicht überreden, hierherzuziehen?«

»Ich dachte bloß ... du siehst schrecklich müde aus.«

»Das machen die Klamotten«, sagte ich. »Ich hab noch nicht geduscht. Jetzt weißt du auch, warum man bei mir besser nicht unangekündigt hereinschneit.«

»Ich hab bloß die letzten Male, als ich bei dir war, gedacht ...«

»... dass ich ziemlich miese Laune hatte? Tut mir leid.«

»Nein, das ist es nicht.«

Meine Güte, es wird Zeit, das Ende dieser Therapiesitzung einzuläuten.

»Warum sagst du denn nicht einfach, was es ist?«, seufzte ich.

»Ich habe den Eindruck, dass du wegen irgendetwas ziemlich fertig bist – nur dass du nicht willst, dass jemand etwas davon mitbekommt. Ich glaube, den meisten hier ist es total egal, was ihre Lehrer durchmachen, solange sie nur ihre Noten kriegen, aber ich, na ja, ich bemerke so Sachen einfach, verstehst du?«

»Weißt du was, Tabitha?«, sagte ich und in meine Stimme schlich sich ein höhnischer Unterton. »Du solltest wirklich das Hauptfach wechseln. Ich wüsste auch, was zu dir passen würde. Wie wär's mit Philosophie?«

Der besorgte Ausdruck, der für gewöhnlich auf ihrem Gesicht lag, machte einem verwirrten Platz.

»Vergiss es«, sagte ich müde. »War ein schlechter Witz. Danke für die Cookies und danke, dass es dir wichtig ist, wie es mir geht. Aber bei mir ist alles in Ordnung. Ich bin ein bisschen im Stress, aber wenn ich erst einmal heiß geduscht habe, wird's mir schon viel besser gehen.«

Sie sah nicht so aus, als wolle sie das so einfach akzeptieren. Ich war mir nicht einmal mehr sicher, ob sie tatsächlich aufstehen und gehen würde, obwohl ich die Tür für sie aufhielt und sie praktisch aus dem Zimmer winkte. Endlich stand sie auf und rollte langsam auf die Tür zu. Aber im Türrahmen blieb sie noch einmal stehen und sah zu mir zurück.

»Ich werde trotzdem für dich beten«, erklärte sie. »Gott weiß, was du brauchst.«

Das scheint ja eine regelrechte Volkskrankheit zu sein, dachte ich, als sie weg war. *Bin ich hier eigentlich noch in Stanford oder hat sich das hier in eine Kirche verwandelt, als ich gerade mal nicht hingesehen habe?*

Meine Mutter wurde am nächsten Tag aus dem Krankenhaus entlassen. Zum Glück hatte ich an diesem Tag keine Lehrveranstaltungen, so konnte ich sie selbst nach Hause bringen. Freda II wartete schon auf uns. Ihre Ohrringe wippten aufgeregt auf und ab. Als sie Mom sicher im Gästezimmer im Erdgeschoss verstaut hatte, bat ich sie in die Küche. »Schauen Sie mal, äh …«, ich ließ ihren Namen einfach weg, »ich habe ein abschließbares Schränkchen für Moms Medikamente gekauft. Nur Sie und ich bekommen einen Schlüssel dazu und wir tragen sie einfach mit uns herum, wenn wir im Haus sind.«

»Das ist eine wahnsinnig tolle Idee«, begann sie, »aber …«

»Darf ich zu Ende reden? Ich denke auch, dass es absurd ist, sie weiter im Obergeschoss schlafen zu lassen, wenn es jedes Mal ein solcher Akt ist, sie hinauf- oder herunterzuschaffen. Ich schlage vor, dass Sie ihre Sachen ins Gästezimmer holen. Vielleicht wird sie sich am Anfang ein bisschen gegen Sie wehren …«

»Sie wird sich nicht gegen mich wehren, weil …«

Weil Sie die ganze Zeit irgendwelche Gesänge vor sich hinmurmeln. Weiß ich doch.

»Lassen Sie sie nicht aus den Augen, auch wenn sie tagsüber schläft. Ich war die ganze Zeit bei ihr im Zimmer, als sie diese Überdosis geschluckt hat, also können wir gar nicht vorsichtig genug sein.«

»Nein, *Sie* können gar nicht vorsichtig genug sein.«

Ich hielt endlich in meinem Wortschwall inne und spürte, wie sich meine Augen zu schmalen Schlitzen zusammenzogen. »*Wir* können nicht vorsichtig genug sein«, betonte ich noch einmal.

»Um mich geht es hier nicht mehr.«

»Was soll das heißen?«

Freda II schloss die Augen und atmete tief durch. Ich wusste, dass ich die Kontrolle über mich verlieren würde, wenn sie nun einen ihrer jenseitigen Stöhnlaute ausstieß. Aber sie öffnete die Augen wieder und sah mich so konzentriert an, dass in mir der Verdacht hochstieg, sie wollte mich hypnotisieren.

»Ich kann hier nicht mehr arbeiten, Jill«, sagte sie. »Ich werde versuchen, Ihnen das so schonend beizubringen wie möglich. Ich liebe Liz. Ich finde sie unglaublich; ich merke, dass wir verwandte Seelen sind, und ich glaube, ich hätte einen gewaltigen Einfluss auf ihre Heilung nehmen können. Aber Sie ...« Sie schloss die Augen wieder und schüttelte den Kopf. »Ihre und meine Energie sind einfach nicht miteinander vereinbar. Meine eigene Aura ist ganz durcheinandergeraten, seit ich hier bin. Ich glaube, Sie sind für mich Gift.«

»Aha«, sagte ich. »Das heißt, Sie reichen die Kündigung ein.«

»Nein, ich gehe auf der Stelle, bevor meine Psyche noch weiter vergiftet wird.«

»Sie gehen jetzt gleich?« Ich schrie fast. »Sie geben mir nicht einmal vierundzwanzig Stunden, um mir jemand Neues zu suchen?«

»Tut mir leid.« Freda II schlug sich mit der Hand an die Brust. »Ich spüre es hier drin. Ich werde keinen Frieden finden, wenn ich nicht sofort gehe.«

»Da haben Sie recht«, sagte ich. »Ich halte Sie nicht auf. Gehen Sie.«

»Ich schaue nur noch einmal bei Liz vorbei, um mich zu verabschieden.«

»Wie Sie wollen. Und vergessen Sie bei der Gelegenheit nicht, Ihre Edelsteine wieder einzusammeln.« Meine Stimme triefte vor Sarkasmus.

Ihre »Aura« war sichtlich zerzaust. »Sehen Sie, was ich meine? Sie haben keinen Respekt vor dem, was andere Menschen glauben. Ich möchte Ihnen Mut machen, dafür Heilung zu suchen.«

»Danke für den Tipp«, sagte ich.

Ich starrte sie an, bis sie aus der Küche ging. Dann sank ich in meinem Stuhl zurück und betrachtete die Zimmerdecke.

»Okay«, sagte ich zu ihr. »Und was mach ich jetzt? Was genau soll ich denn bitte schön jetzt machen?«

KAPITEL 10

Nachdem Freda II gegangen war, blieb mir nichts anderes übrig, als wieder bei den Sozialarbeitern anzurufen und eine neue Freda anzufordern. Es war nicht abzusehen, wie lange das dauern würde. Notgedrungen rief ich Deb an und bat sie, den anderen zu sagen, dass ich erst am späten Nachmittag da sein würde.

»Mach dir deswegen keinen Stress, Jill«, sagte Deb. »Jacoboni kommt auch nie vor Mittag und darüber hat sich noch nie jemand beschwert – warum sollte bei dir jemand ein Problem damit haben?«

Wenn ich jetzt schon mit Jacoboni in einen Topf geworfen werde, habe ich verloren, dachte ich.

Verloren war ein Wort, das mir in den nächsten Tagen noch oft in den Sinn kam. So lange dauerte es nämlich, bis ich Vorstellungsgespräche mit genügend Fredas geführt hatte. Ich wollte diesmal sichergehen, dass sie keine Überdosis Zen geschluckt hatten, und eine gewisse Resolutheit sollte sie auch an den Tag legen, um dem Sturkopf meiner Mutter Paroli bieten zu können.

Schließlich – während Max mich bei Mom vertrat, damit ich ein Seminar halten und meine Sprechstunden beziehungsweise die Nachhilfe mit Tabitha verlegen konnte, um Vorstellungsgespräche zu führen – fand ich eine Freda III, von der nicht zu erwarten war, dass sie das Haus mit Weihrauchstäbchen abfackeln würde. Sie war eine mütterliche Frau mittleren Alters, die meinen Arm bei jeder Gelegenheit tätschelte und mich »Herzchen« nannte, aber inzwischen gab es so viele Dinge, mit denen ich noch viel weniger klarkam als mit solchen Bezeichnungen, dass ich beschloss, sie trotzdem einzustellen.

So richtig verloren kam ich mir aber erst vor, als ich Mom versorgt wusste und mich regelmäßiger an der Uni blicken ließ. Ich hatte das Gefühl, mitten im dicksten Smog zu stecken, und natürlich setzte ich alles daran, dieses Gefühl loszuwerden.

Ich steckte doppelt so viel Mühe wie zuvor in meine Forschung und brachte so viel Zeit im Computerraum zu, dass Jacoboni ankündigte, er würde meine Hälfte unseres gemeinsamen Büros untervermieten. Ich konzentrierte mich mit aller Kraft auf einen Vortrag, den ich zu halten hatte, und machte so viel Werbung dafür, dass von den fünfzig Doktoranden fünfundvierzig kamen. Ich bereitete meine Seminare intensiv vor. Ich bot sogar ein Extraseminar für die Studierenden an, die den Stoff für die Novemberklausur noch einmal ausführlicher wiederholen wollten. Und ich gab Tabitha doppelt so viel Nachhilfe wie vorher. Aber nichts, was ich tat, konnte den Smog tatsächlich lichten.

Mitten im November, etwa drei Wochen nach dem Vorfall mit dem Tablettendöschen, fühlte ich mich wie ein Seil, das an allen Enden ausfranste. Freda III tätschelte mir wie üblich den Arm, als sie abends nach Hause ging.

»Sie kriegen heute bestimmt ein bisschen mehr Schlaf, Herzchen«, sagte sie. »Ihre Mutter schläft vermutlich durch. Sie war heute nämlich fast den ganzen Tag wach.«

»Ja?«, wunderte ich mich. »Wie haben Sie das denn hingekriegt? Haben Sie ihr ein Aufputschmittel untergejubelt?«

»Nein, sie hatte Besuch. Er ist ziemlich lange geblieben.«

»Wer war ›er‹ denn?«

»Burl irgendwas. Netter Mann, so in meinem Alter. Er hat erzählt, dass er bei ihr im Labor gearbeitet hat. Sie schien ihn wiederzuerkennen.«

»Tatsächlich?«

»Er hat die Hintertür auch noch repariert und die Steine draußen vor dem Teich wieder in Ordnung gebracht.« Freda III schüttelte verwundert den Kopf. »Und dann haben die zwei ewig im Wohnzimmer gesessen.«

»Ich hoffe, dass das wirklich bedeutet, dass sie heute durchschläft«, seufzte ich.

Sie tätschelte mir wieder den Arm. »Jetzt hat sie den Gips ja nicht mehr, da wird bestimmt alles einfacher.«

Ich nahm mir ihren Vorschlag zu Herzen und ging geradewegs zu der Liege, die ich in Moms Zimmer gestellt hatte, das sich mittlerweile tatsächlich im Gästezimmer im Erdgeschoss befand. Einmal wachte ich auf und mir fiel plötzlich ein, dass ich die Treppe gar nicht, wie sonst üblich, mit dem Gitter gesichert hatte. Aber dann sah ich, dass meine Mutter fest schlief, und so blieb ich liegen und schlief weiter.

Ich wurde von einem dumpfen Dröhnen geweckt. Wer warf denn, fragte ich mich träge, in der Nacht Wassermelonen die Treppe hinunter? Ich drehte mich auf die andere Seite und wollte weiterschlafen, als ich mit einem Schlag hellwach war. Ich fuhr hoch. Moms Bett war leer.

Das Treppenhaus dagegen nicht. Am Fuß der Treppe lag ein Haufen Bücher und auf den untersten Stufen waren auch noch welche verteilt, die es nicht bis ganz nach unten geschafft hatten. Von oben kam ein lautes Rascheln.

Bei meinem Versuch, die Treppe so schnell hochzusteigen wie möglich, warf ich weitere Bücher zur Seite, die mir im Weg lagen. Ich sah mich oben um. Die Tür zu Moms ehemaligem Schlafzimmer stand offen und das Licht war an. Und da war auch Mom. Sie lehnte den Oberkörper weit über den Fensterrahmen und hatte ein Knie schon hochgestemmt. Ich biss mir auf die Zunge, um sie nicht zu erschrecken. Als ich bei ihr ankam, sprang sie zurück, dann hielt sie sich die Hand vor den Mund und kicherte.

Ich packte sie an beiden Schultern und zog sie ganz ins Zimmer zurück. Feuchte Luft erfüllte das Zimmer, aber sie zitterte nicht einmal. Sie kicherte einfach nur.

»Was sollte das denn jetzt?«, schimpfte ich. »Wolltest du dir jetzt zur Abwechslung mal den Hals brechen? Was soll ich denn bloß machen? Dich festbinden?«

Einen kleinen Moment lang flackerten ihre Augen unruhig. Es war das erste Mal seit Wochen, dass sie irgendetwas zu empfinden schien – und es war Furcht. Mir war richtig elend zumute.

»Hör mal, Mom, ich habe das nicht wirklich vor, okay?«, sagte ich. »Verstehst du mich, Mom? Ich würde so was nicht machen. Du musst nur ... komm, wir gehen wieder ins Bett.«

Die Angst verschwand aus ihren Augen und sie kicherte wieder. Den ganzen Weg die Treppe hinunter lachte sie wie ein Kleinkind. Ich brachte sie zu Bett und deckte sie sorgfältig zu, als wäre sie tatsächlich eines.

»Jetzt schlaf schön«, sagte ich.

Sie nickte, dann schlug sie die Bettdecke zurück und versuchte wieder aufzustehen.

»Nein, Mom! Es ist Nacht. Siehst du – alles dunkel! Dann schläft man, sonst kommt man ganz aus dem Takt, erinnerst du dich?«

Sie sank wieder in die Kissen zurück und beobachtete mich. In ihren Augen lag keinerlei Ausdruck, aber sie hielt sie unbeirrt auf mich gerichtet.

»Also gut, noch einmal von vorne«, seufzte ich. »Eine von uns hier hat wirklich ein Schlafdefizit. Und das bin offensichtlich ich. Wenn ich nicht ein bisschen Schlaf bekomme, kann ich meine Doktorarbeit nicht fertig schreiben.«

Sie bewegte sich nicht und gab auch keinen Laut von sich. Aber sie beobachtete mich. Ihre Augen glitten von meinen Lippen zu meinen Augen und wieder zurück. Zumindest solange ich redete. Sobald ich aufhörte zu reden und wieder zu meiner Liege zurückzukehren versuchte, fuhr sie wieder hoch und versuchte aus dem Bett zu steigen.

Also blieb ich bei ihr sitzen und erzählte ihr irgendetwas bis vier Uhr in der Frühe, bis sie endlich wegdämmerte. Selbst dann erlaubte ich mir keinen Schlaf. Vielleicht kletterte sie das nächste Mal am Kamin hoch, sobald ich sie aus den Augen ließ. Aber wenn ich einfach sitzen blieb, würde ich entweder aus dem Bett und in ein Koma fallen oder grübelnd in meinem Smog ersticken.

Ich setzte mich bequemer neben sie und redete einfach weiter. Ich plauderte über die K-Theorie und Vektorbündel, über Koeffizientfunktionen und die Haferflocken-Cookies von Tabithas Mutter. Vermutlich schlief ich mitten in einem Satz ein.

Als ich gegen sieben aufwachte, drückte etwas Warmes an meine Seite. Ich öffnete mit Mühe die Augen, um nachzusehen, was es war. Neben mir schlief Mom. Ihr Kopf war zur Seite gerollt und kuschelte sich nun in meine Armbeuge.

Ich schloss die Augen und bewegte mich nicht. Ich konnte mich auch nicht bewegen. Ich war gelähmt vor Kummer.

Als Freda III ankam, zwang ich mich aufzustehen. Ich mied ihren Blick, als ich mich schnell fertig machte und zur Fakultät aufbrach. Ich war bis zu einer Cafeteria zwischen zwei der großen Bibliotheken gekommen, als mir klar wurde, dass ich heute nicht zur Uni gehen konnte. Ich konnte überhaupt nichts tun. Ich sank bei den Tischen draußen auf einen schmiedeeisernen Stuhl und starrte vor mich hin.

»Willst du 'nen Kaffee?«, fragte eine junge Frau von der Theke her.

Ich schüttelte den Kopf.

»Sieht aber so aus, als hätte sie einen nötig«, sagte sie zu ihrer Kollegin.

Ich brauchte keinen Kaffee. Ich brauchte keine Arbeit. Ich musste auch nicht mein Leben in Ordnung bringen. Was ich brauchte, waren nur ein paar Antworten – und wo sollte ich die nur hernehmen?

Das ist irgendwie komisch, überlegte ich müde. *Bisher dachte ich immer, die einzige Person, die mir helfen könnte, bin ich selbst. Vielleicht brauche ich ja wirklich einen Kaffee.*

Ich suchte in meiner Tasche nach Geld. Ein paar zerknitterte Dollar hatten sich unter einer Visitenkarte ganz auf dem Grund der Tasche versteckt. Ich nahm sie heraus und glättete sie auf der Tischplatte. *Dr. phil. Samuel Bakalis, Privatdozent, Philosophische Fakultät, Stanford University.* Die Telefonnummern waren zu klein gedruckt, als dass ich sie in meinem gegenwärtigen Zustand hätte lesen können. Ich drehte die Karte um und fand eine größere Nummer, die handschriftlich hinzugefügt worden war.

Ruf mich einfach an, wenn du reden willst, hatte er gesagt. Und irgendetwas in Richtung Entschuldigung und Hoffnung, dass wir unser Gespräch wieder aufnehmen würden.

Ich griff wieder in meine Tasche und beförderte mein Smartphone hervor.

»Ich nehme doch einen Kaffee«, rief ich in Richtung Tresen. »Einen Café Borgia.« Spätestens nach diesem Telefonat würde ich vermutlich wirklich einen Koffeinschub brauchen.

Immerhin klang Sams Stimme nicht eisig, als ich meinen Namen nannte, und er machte auch keine Witzchen darüber, dass wir wohl besser in voller Rüstung zu unserem nächsten Treffen kommen würden. Er klang, um ganz ehrlich zu sein, eher ruhig und freundlich, als hätte er meinen Anruf erwartet.

»Wir haben ein paar unschöne Fehlstarts hingelegt«, sagte er. »Es ist wahrscheinlich totaler Unsinn, mehrmals genau das Gleiche zu tun und dabei unterschiedliche Ergebnisse zu erwarten. Deswegen ist es wahrscheinlich nicht besonders schlau, wenn wir uns wieder hinsetzen und zu reden versuchen. Wir könnten uns doch auf der Schleife treffen – sagen wir um vier? Wir könnten uns beim Laufen unterhalten – und dann vielleicht noch irgendwo ein Glas Saft trinken gehen. Bis dahin sind wir dann wahrscheinlich sowieso zu abgekämpft zum Streiten.«

Ich will aber jetzt reden, hätte ich am liebsten in den Hörer geschrien. Aber das Mädel hinter dem Tresen winkte mir bereits zu, dass mein Borgia fertig sei. Außerdem fühlte ich mich auch schon wieder etwas mehr als Herrin der Lage, also sagte ich: »In Ordnung, aber nur unter zwei Bedingungen.«

»Die erste?«

»Wir bleiben auf dem Hauptweg.«

»Geht klar. Und die zweite?«

»Wir reden nicht über Gott.«

Ich hielt gespannt die Luft an. Zu meiner Überraschung zögerte er nicht einmal.

»In Ordnung«, stimmte er zu. »Treffen wir uns um vier bei der Security am Eingang.«

ʗ

An diesem Nachmittag achtete ich genau darauf, nicht zu früh da zu sein. Wenn Sam den Eindruck bekäme, dass ich unser Gespräch nicht abwarten konnte, würden wir nicht besonders weit kommen. Er war schon dort, als ich ankam. Er hatte die Arme lässig vor der Brust verschränkt und schäkerte mit der diensthabenden Angestellten von der Security. Sie lachten beide.

Oh, er spielt in Damengesellschaft gerne den Charmeur, lästerte ich in Gedanken. *Hoffentlich erwartet er von mir nicht die gleiche Reaktion.*

Gerade in diesem Moment sah Sam auf und bemerkte mich. »Hallo!«, rief er. »Jill, hast du gewusst, dass es hier angeblich eine Regel gibt, dass man den Hauptpfad nicht verlassen darf?«

Die Mitarbeiterin quietschte vergnügt. »Achten Sie drauf, dass er sich nicht danebenbenimmt, ja?«, sagte sie zu mir.

»Keine Sorge«, versicherte ich ihr. Ich nickte Sam zu: »Können wir?«

»Du willst das wohl zu einem Wettrennen ausbauen?«

»Du hast das schließlich so vorgeschlagen. Ich wollte ja bloß reden.«

»Na gut, also los dann.«

Sam lief los und ließ mich einfach stehen. *Diese Arroganz,* dachte ich. *Diese unglaubliche, unverschämte Arroganz!* Ich überlegte, ob ich nicht einfach zu meinem Auto zurückgehen und nach Hause fahren sollte. Aber jetzt war ich schon so weit gekommen und außerdem brauchte ich wirklich ein paar Antworten.

Ich holte ihn ein und achtete darauf, dass ich gut eineinhalb Schritte vor ihm war, bevor ich ihn aufzog: »Bist du überhaupt sicher, dass du gleichzeitig laufen und reden kannst?«

Er grinste: »Wer redet denn von Laufen? Erste Frage bitte.«

»Die erste Frage kennst du ja schon. Worin stimmen die Philosophen denn so überein – haben wir eine Seele oder nicht?«

Er dachte einige Schritte lang darüber nach. Mir fiel auf, dass er kein bisschen aus der Puste zu kommen schien, dabei hatten wir den halben Killer-Hügel schon hinter uns. Ich zwang mich selbst, ganz leicht zu atmen, obwohl mir eigentlich mehr danach war, wie eine Dampflok zu schnaufen.

»Ich halt mich an die Philosophen, weil das ja eine deiner Grundregeln ist«, begann er. »Also ist die Frage nicht: ›Hat deine Mutter eine Seele?‹, sondern: ›Hat deine Mutter die Art Seele, die über den Tod hinausreicht – oder in diesem Fall; die über eine schwierige Krankheit hinausreicht, die alles, was sie vorher ausgemacht hat, verfallen lässt?‹«

»Aha«, sagte ich. »Und warum das?«

»Wenn wir über die Seele reden, dann meinen wir damit eigentlich das, was die Griechen die Psyche genannt haben. Es ist das Prinzip des Lebens an sich und in der griechischen Tradition besaß folglich alles Lebendige eine Seele.«

»Das waren die Griechen«, sagte ich. »Wie steht es mit uns heute?«

»Heute sagen eine Menge Leute, dass nur Menschen eine Seele haben und vernunftgesteuerte Wesen sind, was für sie gleichbedeutend ist.«

Ich nickte nur, bis wir oben am Hügel angekommen waren. Um ganz ehrlich zu sein – mir war die Puste ausgegangen.

Sam sah zu mir herüber und bekannte: »Ich habe gelogen.«

»Wobei?«

»Als ich sagte, ich könnte gleichzeitig laufen und reden.« Er grinste. »Ich dachte, wir reden erst mal über irgendetwas Unverfängliches, die Situation an der Börse oder so. Aber du kommst ja ziemlich direkt zur Sache.«

»Stimmt«, sagte ich.

Er grinste wieder. »Na, dann sollten wir vielleicht besser gehen statt rennen.«

Wir gingen also in einem flotten Tempo weiter. Ich musste immer noch halb rennen, um mit seinen großen Schritten mithalten zu können.

»Wo waren wir?«

»Du hast gemeint, dass das, was uns vernunftmäßig ausmacht,

eigentlich mit der Lebenskraft gleichbedeutend ist«, rekapitulierte ich. »Und das klingt für mich sinnvoll – ich meine, das lässt sich ja beobachten und messen.«

»Tatsächlich?«, fragte Sam. »Wenn du ein Gehirn aufschneidest, findest du aber keine Gedanken, die du zählen oder genauer beschreiben könntest.«

»Aber im Gehirn laufen chemische Prozesse ab, die es einem Menschen ermöglichen, solche Gedanken zu *entwickeln*. Und wie es aussieht, sind die Fähigkeiten meiner Mutter, überhaupt Gedanken irgendwelcher Art zu denken, auf Dauer verloren gegangen.«

Ich wunderte mich selbst über die Bitterkeit in meiner Stimme. Dr. Sokrates entging sie auch nicht.

»So schnell würde ich nicht aufgeben«, sagte er. »Selbst wenn du schläfst oder bewusstlos bist, hast du doch auch immer noch einen rationalen Kern, eine Seele.«

»Ich schon, weil ich wieder denken kann, sobald mich jemand aufweckt.«

»Aber während du schläfst, ruht dieser Kern nur. Er ist untätig, wenn du es so willst, stillgelegt …«

»Ich verstehe schon. Worauf willst du hinaus?«

»Das Gleiche gilt für deine Mutter. Denn was für einen Schaden diese Krankheit auch immer angerichtet hat – die rationale Seele wird davon einfach nur an der Aktivität gehindert. Das heißt aber nicht, dass sie nicht mehr da wäre.«

»Aber es heißt auch nicht, dass sie noch da sein muss.«

»Und wer muss jetzt den Beweis antreten?«

»Meiner Ansicht nach du«, sagte ich.

»Dann stellen wir uns doch einfach einmal die entscheidende Frage«, erwiderte Sam. »Gibt es ein geistiges Prinzip, nach dem die Seele eine Krankheit überdauert, die alles vernichtet?«

»Gut. Jetzt haben wir eine Frage«, sagte ich. »Lieferst du die Antwort dazu auch noch?«

»Geht nicht«, sagte er. »Du lässt mich ja nicht.«

»Wie bitte?«

»Du hast darauf bestanden, dass wir nicht über Gott reden. Diese Frage – die Frage, die du anfangs gestellt hast – lässt sich aber nicht trennen von dem Glauben an Gott – oder dem Unglauben an Gott, je nach Standpunkt.«

»Dann nähern wir uns dem Ganzen doch mal vom Unglauben her.«

Sam verlangsamte seinen Schritt noch ein wenig. »Nimm Epiktet.« Er grinste. »Bitte.«

»Sehr witzig.«

»Er meinte, dass es zwar unsterbliche Götter gibt, dass wir Menschen aber nicht unsterblich sind.«

»Und deswegen überdauert auch keine Seele den Tod.«

»Genau. Also, die New-Age-Bewegung – du weißt, wovon ich rede?«

»Oh ja«, sagte ich trocken. »Ich weiß nur zu gut, wovon du redest.«

»Die New-Age-Bewegung geht davon aus, dass es eine geistige Energie gibt, die aber nicht unbedingt mit Gott gleichzusetzen ist. Andere sind Pantheisten und behaupten, dass *alles* Gott ist.«

»Kenn ich. Gott steckt in Edelsteinen, in Weihrauchstäbchen, Ohrringen ...«

»Ohrringen?«

»Nicht so wichtig. War ein Insider. Ich weiß nur, dass sie alles ›unglaublich‹ finden.«

»Und du findest im Moment alles ›grässlich‹.«

»Im Moment schon. Kommt mir ein bisschen realistischer vor.«

»Verbreiteter ist aber die Auffassung, dass es entweder *gar kein* geistiges Prinzip gibt, dass also alles reine Materie ist und es keinen Gott gibt – *oder* dass es ein solches geistiges Prinzip gibt und folglich auch einen Gott, der das Immaterielle in uns hineinlegt.«

Ich grinste mein schäbigstes Grinsen.

»Warum guckst du denn so?«, wollte er wissen.

»Weil du deine kleine Falle so unauffällig vor mir aufbaust.«

»Wenn ich dir hier eine Falle stelle, tue ich das jedenfalls nicht absichtlich – ich schwör's.« Sam hielt beide Hände in einer Geste in die Höhe, die wohl Unschuld symbolisieren sollte.

»Das glaube ich dir nicht«, widersprach ich. »Erst erzählst du mir dieses ganze Zeug, das so philosophisch klingt, und dann machst du einen Rückzieher und behauptest plötzlich, dass die Philosophie auch nicht mehr weiß als du.«

»Das ist kein Rückzieher«, beharrte Sam. »Mein Glaube geht viel weiter als die Philosophie. Ich glaube nicht einfach an *einen* Gott oder *irgendeine* Energie. Ich glaube an einen konkreten Gott – der in Jesus Christus Mensch geworden ist –, der tatsächlich in das Weltgeschehen eingreift.«

»Na großartig. Kannst du ihn dazu bringen, bei meiner Mutter auch mal ein bisschen einzugreifen?«

Er lächelte mich listig an. »Wir kommen wirklich voran.«

»Wie kommst du denn darauf?«

»Du hast mich grade gebeten, Gott um sein Eingreifen zu bitten. Also gibt es offensichtlich ein Fünkchen Glauben in dir.«

»Das war ein Witz!« Ich klang jetzt nicht mehr bitter, sondern nur noch wütend. Es war wahrscheinlich an der Zeit, dieses Gespräch zu beenden, aber ich tat es nicht. Wenn ich mich jetzt verabschiedete, würde Sam denken, dass er gewonnen hatte, und den Gedanken konnte ich plötzlich nicht ertragen.

Ich hielt mitten auf dem Weg an. Sam blieb neben mir stehen und keuchte immer noch. Ich musste mir eine Hand über die Augen halten, damit ich ihn gegen die Sonne überhaupt erkennen konnte.

»Ich würde dich gerne mal was fragen«, sagte ich, »und sei bitte nicht beleidigt. Aber wie kann ein gebildeter Mensch wie du an etwas glauben, das sich nur auf Mythen gründet?«

»Du meinst die Geschichten in der Bibel.«

»Stützt sich dein Glaube etwa nicht darauf?«

»Das schon. Aber ich habe ja nicht ein paar Bibelgeschichten gelesen und beschlossen, dass ich jetzt glaube. Ich habe das gelebt, was ich glaube, und deswegen erscheint es mir auch im Nachhinein sinnvoll zu glauben.«

»Und ich lebe das, was ich glaube, und es erscheint mir nach wie vor sinnvoll. Stecken wir da nicht in der Sackgasse?«

»Nein, denn im Moment schlägst du dich mit einer Frage herum, die dein Glaubenssystem nicht beantworten kann.«

»Und deines kann das?«

»Was mich betrifft, ja. Meine eigene Erfahrung, nachdem ich meinen Glauben nun eine Weile gelebt habe, gibt mir eine Antwort auf deine Frage. Deine Mutter hat eine Seele, die immer noch in ihr ist. Diese Antwort verdanke ich zugegebenermaßen nicht meiner philosophischen Bildung, sondern dem Leben direkt.«

Ich antwortete ihm nicht. Ich war plötzlich unendlich müde.

»Bei dir alles in Ordnung?«, fragte Sam.

»Nein«, sagte ich. »Nichts ist in Ordnung. Wenn ich konsequent zu Ende denke, was ich glaube, muss ich davon ausgehen, dass meine Mutter endgültig hinüber ist. Sie kann nicht mehr klar denken, sie kann nicht reden, sie kann nicht einmal mehr richtig essen – also ist sie nicht mehr da. Was sie einmal war, ist verschwunden.«

Er sagte nichts, was mir nur recht war. Ich redete ohnehin nicht wirklich mit ihm.

»Ich hatte gedacht, dass das meine Entscheidung einfacher machen würde«, fuhr ich fort. »Sobald ich wüsste, ob von ihr wirklich noch irgendetwas übrig wäre, würde ich ja auch wissen, ob es sich lohnt, sie zu Hause zu behalten und dabei selbst fast draufzugehen – oder ob ich sie, bis dann ihr Körper auch tot ist, in ein Pflegeheim zu Leuten geben soll, die was von ihrem Job verstehen.«

»Aber es *ist* nicht einfach, nicht einmal jetzt«, stellte Sam fest.

»Nein. Komisch, nicht? Ich weiß ja, dass ich mir nichts mehr vormachen sollte. Es ist alles völlig klar. Und so einfach. Aber ich ...«

»Völlig klar ist es nur aus deinen Glaubensüberzeugungen heraus.«

Ich hob abwehrend die Hand. »Das ist gegen die Regeln.«

»Es ist nicht gegen die Regeln, wenn ich dich bitte, nicht so schnell aufzugeben. Du hast doch noch gar keine anderen Standpunkte ausprobiert. Geh es doch mal an wie eine mathematische Hypothese. Du würdest die doch nicht für bewiesen halten, wenn du sie nur von einer Seite her betrachtet hast, oder?«

»Was für Seiten? Was für Standpunkte?«

Sam sah mir so lange ins Gesicht, dass ich den Verdacht hatte, er würde erst wegsehen, wenn er irgendetwas in meinem Blick entdeckt hätte.

»Was ist denn?«, fragte ich.

»Das wäre ziemlich viel verlangt«, sagte er. »Wenn du wirklich herausfinden willst, ob die Seele sterblich oder unsterblich ist, wird sich das auf dein ganzes Leben auswirken. Bist du sicher, dass du die Diskussion heute noch weiterführen willst?«

»Will ich ja gar nicht«, seufzte ich. »Aber ich hab kaum eine andere Wahl. Letzte Nacht hat meine Mutter versucht, aus dem Fenster im Obergeschoss zu klettern. Als Nächstes schaukelt sie wahrscheinlich am Kronleuchter. Ich muss sie entweder irgendwohin bringen, wo sie gut betreut wird, oder ich muss mein ganzes Leben in der Warteschleife halten, bis ... ach, wer weiß wie lange.«

»Darf ich dir einen Rat geben? Keinen philosophischen, keinen religiösen, einfach nur etwas, das mir auffällt?«

»Klar.« Ich zuckte mit den Schultern. »Immer her damit.«

»Du siehst alles in Schwarz-Weiß, aber dazwischen gibt es eine Menge graue Flecken.« Sam grinste schon wieder. »Es gibt eine Menge graue Gebiete, in die ich mich noch nie vorgewagt habe. Es gibt noch so vieles, worüber wir gemeinsam nachdenken können, was dir vielleicht weiterhilft. Aber bis dahin solltest du nichts überstürzen – weder in die eine noch in die andere Richtung. Mach einfach weiter wie bisher, bis du ein bisschen klarer siehst.«

Ich gab es ungern zu, aber was er sagte, klang vernünftig. Warum war ich selbst bloß noch nicht darauf gekommen? Wahrscheinlich hatten die Überdosis Kaffee und die Unterversorgung an Schlaf das Ihre dazu beigetragen, dass ich nicht mehr klar denken konnte. Ich war so müde und durcheinander, dass ich nicht einmal mehr eine Idee hatte, wie ich Sam vermitteln konnte, dass er nicht die ganze Diskussion haushoch gewonnen hatte.

»Ich denke drüber nach«, sagte ich.

»Gut«, freute er sich. »Und jetzt lass uns drüber nachdenken, wo wir was trinken können.«

»Muss nicht sein«, wehrte ich ab. »Ich habe eine Flasche Wasser im Auto. Aber wir könnten uns mal wieder unterhalten – wenn ich ein bisschen klarer denken kann.«

»Gern. Sag einfach, wann es dir passt. Und ich sag dann, wo wir uns treffen.«

»Warum solltest du aussuchen dürfen, wo wir uns treffen?«, fragte ich leicht irritiert.

»Wäre doch sonst unfair«, erklärte er. »Hey, wir haben eine ganze Diskussion überstanden, ohne aufeinander loszugehen. Das klappt ja bestens.«

»Ich ruf dich dann an«, sagte ich.

Er ließ es dabei bewenden. Er war sogar so nett, mich noch zu meinem Miata zu begleiten, ohne mir weitere Gespräche aufzudrängen. Als ich einstieg, tätschelte er das Dach.

»Pass auf dich auf«, sagte er. »Ich genieße jetzt den Whirlpool, massiere mir die Beine ein bisschen ...«

»Weichei«, sagte ich.

Er spielte den Beleidigten und grinste mir zum Abschied nach. Im Rückspiegel sah ich seine langen olivfarbenen Beine im Dämmerlicht schimmern.

Und zwang mich, nicht mehr hinzusehen.

KAPITEL 11

Ich nahm mir – wenn auch widerwillig – Sams Rat zu Herzen und rief in Dr. McDonalds Büro an, ob ich eine andere Sozialarbeiterin sprechen könnte, um meine Alternativen mit ihr abzuwägen. Man verwies mich an eine gewisse Paige Hill, aber sie hatte Urlaub und würde mich erst in zwei Wochen treffen können. Vielleicht war das gar nicht so schlecht, überlegte ich. Auf diese Weise hatte ich etwas Zeit, die ganze Sache »von anderen Standpunkten aus« zu betrachten.

Ich traf mich also noch mehrmals mit Sam – um nur genau das zu tun und nichts anderes. Und er hielt sich brav an alle unsere Regeln, sowohl an die ausgesprochenen als auch an die unausgesprochenen. Unsere Gespräche fanden an einigermaßen seltsamen Plätzen statt: Einmal spielten wir Billard im *Rose and Crown*, ein anderes Mal aßen wir im *Nusshaus* Erdnüsse und warfen die Schalen hinter uns auf den Boden, ein anderes Mal wieder rannten wir auf der Schleife um die Wette und diskutierten anschließend bei einem Vitamincocktail. Trotz aller Ablenkungen setzte ich alles daran, unsere Debatten rein akademisch zu halten.

An dem Nachmittag im *Rose and Crown*, einer Studentenkneipe, einigten wir uns darauf, dass wir nach nichts mehr und nichts weniger suchten als nach der Wahrheit. Sam bestand darauf, dass wir zunächst einmal definieren müssten, was Wahrheit überhaupt war. Seine Seminare mussten ja todlangweilig sein.

Ich spielte sein Spielchen trotzdem mit und definierte Wahrheit als »die innere Wirklichkeit des Lebens«. Das klang so philosophisch, wie ich es überhaupt hinbekam, und es war immer noch nah genug an der Rationalität, die ich um jeden Preis erhalten wollte.

Sam definierte sie als »Gott«.

Ich wollte, dass wir beide weiter von der »letzten Wahrheit«

sprachen, aber das brachte er nicht über sich, also gab ich nach. Aber an diesem Nachmittag schlug ich ihn beim Billard.

Als wir uns das nächste Mal draußen trafen, hatte Sam einen Drachen mitgebracht und ließ ihn auf einer der großen Rasenflächen steigen. Ich wollte wissen, wie wir denn nun an diese Wahrheit herankommen sollten. Vielleicht schob er solche Gedankenspielchen ja zwischen zwei Picknicks ein, aber ich wollte die Frage nicht so nebenbei abhandeln.

»Du willst also wissen, wonach wir uns richten«, stellte Sam fest.

»Genau«, sagte ich. »In meinem Weltbild ist das die Wissenschaft.«

»In meinem der Glaube«, sagte er. »Habe ich dir schon mal von meinem Freund Pascal erzählt?«

»Von wem?«, fragte ich unschuldig. »Arbeitet der bei dir an der Fakultät?«

Er unterzog seinen Drachen einer kritischen Prüfung. »Ich muss da noch mehr Schnur festmachen. Genau! Siehst du, wie das Ding torkelt und wippt? Guck mal!«

Weil ich wusste, dass wir nicht weiterreden würden, bevor ich gehorsam nach oben geguckt hätte, tat ich es. Und in der Tat, der Drachen »torkelte« tatsächlich, als müsste er ständig irgendwelchen Hindernissen ausweichen. Ich konnte ziemlich gut nachempfinden, wie ihm dabei zumute sein musste.

»Wo war ich stehen geblieben?«, fragte er.

»Bei deinem Freund Pascal.«

»Blaise Pascal. Der Mathematiker aus dem siebzehnten Jahrhundert.«

»Stimmt. Der Typ, der seine Überzeugungen darauf gründet, dass er irgendwo eine Münze wirft«, sagte ich. »Eine äußerst mathematische Vorgehensweise.«

Ich setzte mich ins Gras und stützte mich auf die Ellbogen, sodass ich nach oben schauen konnte, ohne eine Genickstarre zu riskieren. Sam sah von seinem Drachen weg hin zu mir. Ein Strahlen zog über sein Gesicht, als hätte er gerade die aufregendste Idee seines Lebens. Ich stöhnte innerlich auf.

»Ich weiß was«, sagte er. »Komm zu meinem Seminar um neun morgen früh. Da werden wir über Pascal reden.«

»Ich soll in *dein* Seminar kommen? Bleib ich denn da wach?«

Er grinste. »Darauf kannst du wetten.«

Am nächsten Morgen ging ich wieder zu Haus 100 und suchte mir einen Platz am hintersten Ende von Sams Seminarraum. In meiner Hand war ein Becher mit Kaffee und in meinem Kopf waren ungefähr tausend Fragen – unter anderem die, was in aller Welt ich hier eigentlich machte.

Sam nickte mir nur kurz zu, als er hereinkam, aber seine Augen leuchteten schon. Die Studenten machten es sich um einen großen Konferenztisch gemütlich. Die meisten von ihnen sahen ihn erwartungsvoll an. Einer der Jungs war noch in ein Buch vertieft und kaute an den Fingernägeln, aber als er spürte, dass Sam ihm einen fragenden Blick zuwarf, knallte er das Buch zu und grinste ein bisschen scheu.

»Sie haben doch hoffentlich gerade den Stoff vom letzten Mal wiederholt, Mr Evans?«, wollte Sam wissen.

»Natürlich«, versicherte ihm das Jüngelchen.

Ich hatte den Eindruck, dass er ein, zwei Schattierungen blasser geworden war. *Aber hallo*, dachte ich, *Dr. Sokrates scheint seine Leute ja genauso ranzunehmen wie ich meine.*

»Also gut«, begann Sam, nachdem er die Anwesenheit festgestellt hatte. Er prüfte tatsächlich die Anwesenheit? Meine Güte, er war offensichtlich sogar noch strenger als ich. »Machen wir da weiter, wo wir gestern aufgehört haben. Pascal hat gesagt, dass der Glaube uns am sichersten zur Wirklichkeit führt. Irgendwelche Einwände?«

Ein Student hob die Hand. »Das klingt mir nicht besonders nach einem Mathematiker«, stellte er fest. »Ist nicht die Wissenschaft viel besser geeignet, um uns zur Wirklichkeit zu führen?«

Genau, dachte ich, *du hast das voll verstanden.*

»Pascal hat dagegengehalten, dass Wissenschaft mehr die Suche des Menschen nach Macht widerspiegelt, nicht nach Wahrheit.«

Diesmal meldete sich eine Studentin. Offenbar wussten sie, dass das schlauer war, als *keine* Erwiderungen auf Sams Aussagen parat zu haben.

»Aber was ist mit Descartes?«, fragte sie. »›Ich denke, also bin ich.‹«

»Großartig«, freute sich Sam. Er lehnte sich über den Tisch. »Aber Pascal hat dagegengehalten: ›Gott ist verborgen. Er lässt sich aber von jenen finden, die ihn suchen.‹ Hat er also bewiesen, dass es Gott gibt?«

Genau das wollte ich auch gerne wissen. Ich lehnte mich meinerseits ein bisschen vor.

»Ja?«, sagte eine der Studentinnen.

»Ist das eine Antwort oder eine Frage, Miss Robbins?«

Sie grinste. »Es sollte heißen: ›Ich weiß es nicht.‹«

»Gut. ›Ich weiß es nicht‹ ist immer besser als eine bloße Mutmaßung. Nein, Pascal hat *nicht* bewiesen, dass es Gott gibt – zumindest nicht ›bewiesen‹ im herkömmlichen Sinn. Was hat er stattdessen gesagt?«

Diesmal meldete sich niemand. Sam lehnte sich über »Mr Evans« wie eine übergroße Fledermaus. Ich zuckte voller Mitgefühl für das arme Kerlchen innerlich zusammen. »Mr Evans?«

»Äh ...«, grinste Evans verlegen. »Ich weiß es nicht!«

»Das sollten Sie aber wissen, Mr Evans. Aber trotzdem danke fürs Mitmachen. Also, was hat Pascal nun gesagt?«

Miss Robbins meldete sich etwas schüchtern. »Er hat gesagt, dass das Herz und nicht die Vernunft Gott wahrnimmt.«

»Jawohl. Ganz genau! Genau das ist Glauben: Gott wird intuitiv im Herzen wahrgenommen, nicht im Verstand. Das heißt, dass ein Mensch, dessen Verstand nicht mehr funktioniert – oder dessen Verstand nicht mehr zu funktionieren scheint –, immer noch auf einer anderen Ebene etwas wahrnehmen kann.«

Sam sah mich nicht an, aber mir fiel das Glühen in seinen Augen auf. Er sprach mit mir. Und ich antwortete ihm, ohne die Worte auszusprechen. *So viel kann ich dir jedenfalls versichern – meine Mutter sucht nicht nach Gott.*

»Ich zitiere ein bisschen Pascal«, sagte Sam. »›Nichts ist so sehr der Vernunft gemäß als diese Verleugnung der Vernunft. Der letzte Schritt der Vernunft ist anzuerkennen, dass es unendlich viele Dinge gibt, die über sie hinausgehen. Sie ist nur schwach, wenn sie nicht so weit geht, das anzuerkennen.‹«

Wieder fuhr eine Hand nach oben.

»Mr Davis?«

»Können Sie uns mal ein Beispiel nennen?«

»Den Tod.« Sam beobachtete Mr Davis' Gesichtsausdruck. »Das überzeugt Sie wohl nicht?«

»Der Tod lässt sich doch viel besser messen als alles andere! Man hört auf zu atmen. Das Herz bleibt stehen. Es sind keine Hirnströme mehr messbar ...«

»Aber *warum* sterben wir?«

»Eine Frage von Verschleiß. Und wenn niemand stirbt, kriegen wir auf Dauer Platzprobleme.«

Sam lehnte sich in seinem Stuhl zurück. »Wenn Sie lebensgefährlich erkranken, Mr Davis – würden Sie dann nicht alles tun, um doch wieder gesund zu werden?«

»Na klar.«

»Gut!« Sam kniff die Augen zusammen. »Aber warum denn?«

»Na ja, wer will schon gerne sterben!«

»Aber warum?«

»Weil der Tod das große Unbekannte ist. Und wir mögen das Unbekannte nicht besonders.«

»Sie meinen, die Vernunft kann sich darauf noch keinen Reim machen?«

»Genau.«

»Dann liegt der Tod jenseits der Vernunft.«

Miss Robbins seufzte laut. »Könnten Sie das noch mal wiederholen?«, fragte sie.

Sam grinste sie an. »Wir sind wohl ein bisschen zu schnell für

Sie, Miss Robbins? Ich will es nur noch einmal so zusammenfassen. Pascal hat gesagt, dass die Vernunft in letzter Konsequenz zu der Erkenntnis führt, dass jenseits von ihr noch unendlich viel Unbekanntes liegt. Und wenn es schon viel im natürlichen Bereich gibt – was sollen wir dann erst mit dem Übernatürlichen machen?«

»Übernatürlich – also der geistliche Bereich?«

»Der geistliche Bereich, das Jenseitige, die Seele«, sagte Sam. Und diesmal sah er tatsächlich zu mir herüber.

»Also, Dr. Bakalis«, meldete sich ein junger Mann zu Wort, der bis dahin nichts gesagt hatte.

»Mr Francis! Ich habe mich schon gefragt, wann Sie sich in die Diskussion einklinken würden.«

Ein paar der Studierenden verdrehten die Augen und warfen einander gelangweilte Blicke zu.

»Also«, holte Francis noch einmal aus, »hat Pascal gar nicht versucht, Argumente dafür zu liefern, dass es Gott gibt. Er hat nur versucht, es vernünftig erscheinen zu lassen.«

»Und erscheint es vernünftig?«

»Es ist vernünftig ... aber ich glaube es einfach nicht.«

Sam lehnte sich diesmal so weit über den Tisch, dass ich fast erwartete, er würde jeden Moment darauf springen. »Ja, Mr Francis. Allerdings – je vernünftiger es erscheint, desto unvernünftiger ist es, es *nicht* zu glauben.«

Und dann sprang er doch fast auf den Tisch. Er kam mir vor wie ein aufgeregtes kleines Kind, das unbedingt erzählen möchte, was auf dem Weg zum Spielplatz passiert ist. »Wenn es einen Gott gibt, ist er unendlich viel größer, als dass wir ihn fassen könnten. Wer könnte es einem Glaubenden also zum Vorwurf machen, dass er keine Vernunftgründe für diesen Glauben anführen kann?«

Er sah in die Runde. Eine ganze Reihe Hände schossen in die Höhe.

»Mr Evans?«

»Ich schon«, sagte er. »Weil ich ein Skeptiker bin. Ein konsequenter.«

»So etwas gibt es überhaupt nicht. Erzählen Sie doch mal, Mr Evans, zweifeln Sie wirklich alles an?«

»Na ja, nicht alles ...«

»Bezweifeln Sie, dass Sie wach sind?«

»Nein.«

Sam lehnte sich herüber und tätschelte dem Studenten den Arm. »Bezweifeln Sie, dass ich Sie berühre?«

»Nein.«

Er umgriff Evans' Handgelenk. »Bezweifeln Sie, dass Sie gerade meine Hand spüren?«

Evans schüttelte den Kopf.

»Wenn Sie wirklich alles bezweifeln würden«, sagte Sam, »würden Sie komplett durchdrehen. Sie würden zweifeln, ob Sie zweifeln und ob es Sie überhaupt gibt. Es hat noch nie einen konsequenten Skeptiker gegeben.«

Überall um den Tisch herum streckten sich Hände in die Höhe. Ich musste sehr an mich halten, um mich nicht auch zu melden.

»Was ist mit Nietzsche und Sartre?«, wollte eines der Mädchen wissen.

Ja! Genau, was ist mit denen, Sam?

»Ach, die!«, sagte Sam. »Ich glaube, Nietzsche und Sartre haben mehr Skeptiker von Gottes Existenz überzeugt als alle christlichen Großveranstaltungen zusammengenommen. Wenn Sie sich wirklich als Skeptiker bezeichnen wollen, sollten Sie vielleicht erst einmal definieren, was Sie damit meinen. Ist das nicht unsere Hauptaufgabe als Philosophen?«

Er ließ sie ein bisschen darüber nachdenken.

Dann meldete sich Mr Francis wieder. »Ich sehe mich bis zu einem gewissen Grad als Skeptiker an«, erklärte er. »Ich glaube einfach nicht alles.«

»Zum Beispiel?«

»Zum Beispiel bezweifle ich, dass Menschen, die an Gott glauben, die Wahrheit besitzen.«

»Und Sie tun gut daran. Genau darum geht es ja. Die Wahrheit liegt nicht in denen von uns, die glauben.«

»Sondern in Gott. Wollten Sie darauf hinaus?«

Sam nickte. »Das würde ich als Glaubender so formulieren. Aber die Frage, um die es uns geht, ist ja: ›Was hat Pascal gesagt?‹« Er deutete auf Evans. »Mr Evans?«

Komm schon, Evans, das kannst du!

Aber Evans musste wieder den Kopf schütteln.

»Jetzt wissen wir ja auch, was Mr Evans zu tun hat, bevor wir uns das nächste Mal treffen«, sagte Sam. Er grinste, aber der Student zuckte zusammen.

Puh. Ich hatte mit meinem Vorurteil über Sams Seminare falschgelegen. Das hier war jedenfalls alles andere als einschläfernd.

Sie debattierten weiter über Pascal und wie er versucht hatte, die Denker der Aufklärung zu bewegen, gelegentlich über die Wissenschaft, die Berechnungen und Problemlösungen hinauszusehen und Weisheit, Verständnis und die Beschäftigung mit dem Unbegreiflichen nicht aus den Augen zu verlieren. Niemand, so betonte Sam, konnte Gott allein durch die Vernunft kennenlernen.

Dann hatte ich wohl keine Chance.

Sam beschloss das Seminar mit einer Hausaufgabe: »Der Glaube an Gott muss von etwas herrühren, das nicht einfach nur menschlich ist. Genau da hakt Pascal mit seiner berühmten Wette ein. Gehen Sie das bis morgen durch – nicht wahr, Mr Evans?«

Als die Studierenden gegangen waren – was etwas länger dauerte, weil einige von ihnen doch noch kurz zurückblieben, um sich mit Sam einen kurzen verbalen Schlagabtausch zu liefern –, kam Sam zu mir herüber und setzte sich auf die Tischkante an dem Platz, an dem ich noch immer saß.

»Hast du die Hausaufgabe auch mitbekommen?«, fragte er und seine Augen zwinkerten vergnügt hinter seinen Brillengläsern.

»Die Wette durchgehen«, wiederholte ich gehorsam.

»Stimmt nicht! *Deine* Hausaufgabe ist, dich auf die Wette einzulassen!«

Ich zuckte die Schultern. »Na gut. Die Münze wird geworfen.

Kopf heißt, es gibt Gott. Zahl heißt, es gibt ihn nicht. Ich setze auf Zahl.«

Er hielt den Kopf schräg. »Tust du das wirklich – auch wenn du das vernünftig durchdenkst?«

»Was gibt es da zu durchdenken? Die Chancen stehen eins zu eins. Das sieht natürlich ein bisschen anders aus, wenn man die Münze mehrmals wirft, aber ...«

»Die Münze wird nur einmal geworfen. Nehmen wir mal an, du setzt auf Kopf und lebst so, als gäbe es Gott – wenn die Münze tatsächlich auf Kopf fällt, hast du gewonnen. Angenommen, du setzt auf Kopf und lebst so, als gäbe es Gott – und die Münze landet auf Zahl, dann hast du auch nichts verloren. Aber wenn du auf Zahl setzt, kannst du nur gewinnen *oder* verlieren.«

»Na gut. Ich gebe zu, dass das vernünftig klingt, aber nicht vernünftig genug, dass ich es glauben würde. Ich versuche hier nur rational zu sein.«

»Nein. Du bist ganz schön irrational.«

»Wie kommst du denn bloß darauf?«

»Vernunft ist rational. Angst ist irrational.«

Ich schüttelte den Kopf. »Wie schaffst du es nur, mich ständig auf die Palme zu bringen? Manchmal denke ich, du bist wirklich ein großartiger Lehrer – und im nächsten Moment würde ich dir am liebsten den Hals umdrehen.«

»Okay, vergessen wir die Wette für diesmal«, lachte Sam. »Hast du Lust auf ein Experiment? Ganz wissenschaftlich, versteht sich.«

»Aber natürlich«, sagte ich sarkastisch.

»Das ist keine Falle. Ich bin ganz ehrlich. Guck, ich hab hier nichts in der Hinterhand.«

Ich sah tatsächlich gedankenverloren auf seine Hände, bevor ich mich zusammenriss und fragte: »Okay. Und worum soll es bei diesem Experiment gehen?«

»Überleg mal in den nächsten vierundzwanzig Stunden, worüber du so nachdenkst: Wie oft denkst du an die Vergangenheit, wie oft an die Zukunft, wie oft an die Gegenwart? Du musst es nicht aufmalen oder so – nur einen groben Überblick bekommen.«

»Ich bin für grobe Überblicke nicht zu haben«, erklärte ich. »Und wozu soll das gut sein? Worauf soll das letztlich hinauslaufen?«

»Ich möchte nicht, dass du schon mit einer vorgefassten Meinung darangehst. Mach's doch einfach.«

»Und das soll etwas mit meiner Mutter zu tun haben?«, wollte ich wissen.

»Und wie«, behauptete Sam. »Erzählst du deinen Studenten gleich zu Anfang alles, was du über K-Theorie weißt, oder lässt du sie erst selbst ein bisschen mit ihren Vektorbündelchen spielen?«

»Du hast keine Ahnung, wovon du sprichst«, lachte ich. »Das ist dir doch klar, oder?«

»Stimmt.« Und er grinste mich so fröhlich an, dass ich ihm nicht böse sein konnte.

Aber in den nächsten vierundzwanzig Stunden hatte ich mehr zu tun, als meine Gedanken zu analysieren. Zunächst einmal wurde mir klar, dass ich nicht länger so tun konnte, als lebte ich nur vorübergehend im Haus meiner Mutter.

Ich dachte, dass ich wenigstens mit der Arbeit alles wie gehabt im Griff hatte, aber dann fand ich eine Notiz in meinem Postfach, die mich daran erinnerte, dass ich neun Stunden wöchentlich in meinem Büro zu sein hätte. Mein Adrenalinspiegel stieg.

Kann ich hier weitermachen und mich trotzdem um Mom kümmern?, fragte ich mich inzwischen ständig. *Sollte ich nicht eher darüber nachdenken, was passiert, wenn ich meine Dissertation nicht rechtzeitig fertig bekomme, anstatt mir den Kopf über Moms Seele zu zerbrechen? Vielleicht sollte ich mein Leben einmal von diesem Standpunkt aus betrachten.*

Das war nicht das erste Mal, dass ich mir ernsthaft Sorgen machte. An diesem Abend, nachdem Freda III nach Hause gegangen war und Max sich endlich von Mom verabschiedet hatte, legte sich eine unheimliche Stille so schwer über das Haus, dass ich mir vorkam wie in einer Friedhofskapelle. Ich ertrug sie einfach nicht, also setzte ich mich neben Mom, die aus dem Fenster nach hinten auf den erleuchteten Gartenteich starrte. Ich hing einfach meinen Gedanken nach, bis Mom irgendwann ins Bett ging.

Ich starrte weiter aus dem Fenster – und machte eine Bestandsaufnahme. Neunzig Prozent meiner Gedanken drehten sich um die Zukunft. Offensichtlich hatte ich die Kontrolle also doch noch nicht komplett verloren.

Aber warum war mir dann so danach, in den Gartenteich zu *springen*?

Mom schlief inzwischen und die Stille machte mich ganz verrückt.

Ich nahm mein Handy und suchte nach Sams Nummer. Sie erschien auf dem Display und ich starrte darauf – mein Finger schwebte über dem Hörersymbol, doch ich zögerte.

Was machst du denn da? Wird dir dieser Typ auf einmal doch wichtig?

»Nein«, sagte ich laut vor mich hin. »Er ist nur jemand, mit dem ich reden kann, damit ich nicht anfange, mit mir selbst zu reden.«

Ich ließ meinen Finger auf das Display sinken und mein Handy stellte die Verbindung her. Sam nahm gleich beim ersten Klingeln ab.

»Die Zukunft«, sagte ich ohne jede Einleitung.

Die Stille am anderen Ende der Leitung währte nur Sekundenbruchteile.

»Holla«, sagte er. »Gut.«

»Was soll das heißen, ›gut‹? Das hier sind meine Testergebnisse. Und was sagen sie mir nun?«

»Na ja, lass mich die Frage einmal so herum formulieren ...« Es lag immer mehr Wärme in seiner Stimme. »Hast du überhaupt an die Vergangenheit gedacht?«

»Oh ja. Ich habe festgestellt, wie einfach mein Leben doch war, bevor das alles hier passierte.«

»Das heißt, auch an die Vergangenheit hast du nur im Blick auf das gedacht, was sie für deine Zukunft bedeutet. Mit der Gegenwart sieht es wahrscheinlich ähnlich aus. Stimmt's oder habe ich recht?«

»Ja, schon. Ich versuche eben, so zu leben, dass ich auf alles gefasst bin.«

»Wenn du das Leben nennen möchtest.«

»Hey, mach mir nicht meinen Lebensstil mies, Sokrates.«

»Ist ja gut, will ich ja gar nicht.«

Er lachte, aber eins musste man ihm lassen – er merkte es selbst, wenn er arrogant war.

»In Ordnung«, sagte ich. »Ich spiele dein Spielchen weiter mit. Warum denkst du, dass es kein richtiges Leben ist, wenn ich für die Zukunft lebe?«

»Weil es dabei immer darum geht, was morgen ist oder übermorgen oder in einem halben Jahr. Das klingt so, als würdest du immer noch darauf warten, dass das Leben irgendwann anfängt.« Sam schwieg einen Moment. »Du machst alles Mögliche, um irgendwann einmal glücklich zu sein.«

Ich dachte eine Weile darüber nach. »Stimmt«, gab ich zu. »Nur dass ich mich bis zu dieser Picks-Geschichte für einigermaßen glücklich gehalten habe.«

»Und was ist Glück? Was meinst du?«

Es klang nicht wie die Frage eines Professors an seine Studenten. Er klang, als wollte er darüber debattieren, so als wäre er selbst nicht ganz sicher.

»Ich habe das bisher noch nie definieren müssen«, überlegte ich. »Aber ich denke, es ist ein Zustand, in dem alles gut läuft und man sich wohlfühlt.«

»Und wie viel deines Lebens, würdest du sagen, ist bisher glücklich gewesen? Wenn du das mal in Prozenten ausdrücken müsstest?«

Ich trommelte mit den Fingernägeln auf der Tischplatte herum. »Vergiss das mit ›alles läuft gut‹ und ›wohlfühlen‹«, sagte ich. »Lass uns einfach beim Zustand an sich bleiben. Wenn man zufrieden ist.«

»In Ordnung.« Die Sache schien ihm nun richtig Spaß zu machen. Ich stellte mir vor, wie seine Augen inzwischen wieder zu funkeln begonnen hatten. »Wenn Glück so ein Zustand ist, könntest du theoretisch auch trotz allem Schwierigen, das in deinem Leben im Moment passiert, glücklich sein.«

»Theoretisch«, sagte ich langsam.

»Hast du Lust auf noch ein anderes Experiment?«

»Klar«, sagte ich. *Nenn mir nur irgendetwas, was mich davon abhält, hier die Wände hochzugehen.*

»Hast du gerade eine Stunde Zeit?«

»Kommt drauf an, was das für ein Experiment ist.«

»Setz dich eine Stunde lang in irgendein Zimmer – und zwar allein. Tu überhaupt nichts. Hör keine Musik, geh nicht ins Internet, lies kein Buch und berechne keine Logarithmen im Kopf – oder was du sonst so zum Spaß machst.« Sein Lachen war unüberhörbar. »Bleib einfach da sitzen, eine Stunde lang, und tue nichts.«

»Bist du übergeschnappt?«, fragte ich. Es war mir herausgerutscht, bevor ich es mir verkneifen konnte. Ich bemühte mich um einen leichteren Tonfall. »Na gut, das werde ich schon hinkriegen. Und dann?«

»Dann kannst du mich wieder anrufen, wenn du willst. Musst du aber nicht. Das hängt davon ab, wie es dir geht.«

»Und was soll das jetzt heißen?«

»Ich will doch keine möglichen Ergebnisse vorwegnehmen! Bis später dann.«

Sam beendete das Gespräch. Ich saß da und presste die Hände auf die Tischplatte, bis ich merkte, dass meine Handflächen Schweißabdrücke auf der Politur hinterließen. Ich konnte mir nichts Unerträglicheres vorstellen, als eine Stunde lang hier zu sitzen und nichts zu tun. Schon beim bloßen Gedanken daran schoss ich in die Höhe und rannte auf die Tür zu.

Ich hielt mit der Hand auf dem Türknauf inne. Die Hand zitterte. Ich war dabei, in Panik zu geraten, und das allein war schon erschreckend genug.

Ich gerate nicht in Panik!, dachte ich gehetzt. *Nie! Was stimmt denn bloß nicht mit mir? Ich werde glatt verrückt wegen gar nichts.*

Ich hielt den Türknauf noch einige Sekunden lang umklammert. Dann atmete ich tief durch, richtete mich auf und schritt zum Schreibtischstuhl zurück, als träte ich vor Publikum auf. Und es war wirklich nicht mehr als Theater, eine bloße Vorführung, denn mein Herz klopfte wie wild.

Erst nach einigen Minuten schaffte ich es, mich wieder auf den Stuhl fallen zu lassen. Ich konnte regelmäßiger atmen und meine Augen schließen, ohne einen psychotischen Anfall riskieren zu müssen. Ich war ganz ruhig. Na ja, ich war *einigermaßen* ruhig, wenn man meinen Impuls von vorher bedachte, im Schlafanzug auf die Straße zu rennen.

Ich warf ein Blick auf mein Handy. 22.16 Uhr. Ich lehnte mich auf meinem Stuhl zurück und konzentrierte mich auf meine Atmung. Einatmen durch die Nase. Ausatmen durch den Mund. Einatmen. Pause. Ausatmen.

Moment mal. Galt das vielleicht auch als eine dieser Sachen, die ich – wie hatte sich Sam ausgedrückt? – zum Spaß machte?

Nein, Atemübungen konnten nicht wirklich als Spaß angesehen werden. Was war Spaß überhaupt? Jacobonis Hirnwindungen zum Rotieren zu bringen, ohne dass er es überhaupt merkte. Nein, das fiel unter Schadenfreude, nicht Spaß. Spaß war, mit Rashad und Peter vor einer Tafel zu stehen. Nein, das war wohl eher ein Gefühl von Befriedigung, überlegte ich.

Was machte man eigentlich, wenn man Spaß hatte. Lachen? Mom lachte. Na ja, zumindest neuerdings. Früher hatte ich sie eigentlich nie lachen sehen. Sie hatte hier und da gelächelt – charmant, wenn ein gesellschaftlicher Anlass es erforderte, ironisch, wenn wir beide allein waren. Gelegentlich hatte sie ein tiefes, volltönendes Lachen ertönen lassen, das Max jedes Mal glücklich gemacht hatte. Aber jetzt lachte sie – sie kicherte wie ein kleines

Kind. Sie giggelte, wie sie als kleines Kind wahrscheinlich nie gekichert hatte. Sie hatte mir immer nur erzählt, wie sie versucht hatte, ihren Vater zufriedenzustellen, und ... wie war ich jetzt darauf gekommen?

Ich soll hier über Spaß nachdenken. Nein, ich soll irgendetwas machen, was keinen Spaß macht – ich soll hier einfach nur herumsitzen und nichts tun, bis meine Gedanken mich komplett durchdrehen lassen. Denn wenn du nichts tust, Jill McGavock, weißt du ja nicht einmal, wer du eigentlich bist.

»Weiß ich doch!«, sagte ich trotzig.

Und hielt inne. Hatte Sam irgendetwas davon gesagt, dass ich Selbstgespräche führen durfte? Bestimmt war das auch nicht erlaubt.

Ich sah wieder auf die Uhr. 22.18 Uhr. Ich schüttelte den Kopf und presste die Augen ganz fest zu.

Denken musste ja wohl erlaubt sein. Man konnte von niemandem verlangen, eine ganze Stunde lang nicht nachzudenken. Obwohl Mom vermutlich genau das tat, stundenlang und jeden Tag. Kein Wunder, dass sie den ganzen Tag schlief. Wie wäre es wohl auszuhalten, nicht einmal die eigenen Gedanken zu haben, um irgendwie beschäftigt zu sein? Aber was, wenn sie nicht einmal mehr wusste, dass sie nicht dachte? Wie würde sie denken können, dass sie nicht mehr dachte? Ob sie es einfach spürte? Ob irgendein unbestimmtes Gefühl ihr sagte, dass es etwas nicht mehr gab, das sie einmal besessen hatte? Hielt es sie deswegen nicht im Bett, wenn es im Haus vollkommen still war? Konnte sie sich selbst nicht ertragen?

Ich sah auf den Tisch herab und bemerkte zwei Flecken von irgendetwas Feuchtem auf dem Kirschbaumholz. Ich stand verwirrt auf. In diesem Moment wurde mir bewusst, dass ich weinte.

»Ich weine nicht!«, sagte ich laut. »Was soll das denn alles? Ich wollte nur ein paar Antworten, damit ich eine einfache, läppische Entscheidung treffen kann. Und was passiert? Ich drehe komplett durch – und Antworten habe ich trotzdem noch nicht!«

Ich schob den Gefühlsausbruch zurück in mein Innerstes, wo

er kleben blieb wie Kaugummi an einer Schuhsohle. Ich zitterte nicht mehr. Ich weinte auch nicht. Aber eine Sache wusste ich nun und sie war so wirklich, wie sie es nur sein konnte:

Ich wusste, dass die immer beherrschte, beschäftigte – aber nicht gestresste – Jill McGavock, die sich von nichts und niemandem unterkriegen ließ, unglücklich war. Unglücklich bis in die tiefsten Tiefen dessen, was sie als Person ausmachte.

KAPITEL 12

Ich schlief in dieser Nacht, wenn auch unruhig, und wachte richtig wütend auf.

Na und, dann bin ich eben unglücklich, dachte ich trotzig, als ich am nächsten Morgen zur Uni fuhr. *Und jedenfalls war ich sehr viel glücklicher, bevor ich wusste, dass ich unglücklich bin.*

Mir war selbst klar, dass das nicht besonders viel Sinn ergab. Ganz offensichtlich hatte ich mir die ganze Zeit etwas vorgemacht und schon der Gedanke daran brachte mich auf die Palme. Wie war all dieses Elend nur über mich hereingebrochen?

Ich hatte Sam am Abend vorher nicht mehr angerufen, aber mein Handy klingelte, bevor ich das Büro verließ. Ich nahm es in die Hand. *Sam.*

»Hallo, du«, sagte er. »Ist bei dir alles in Ordnung?«

»Du hast genau gewusst, was passieren würde, als du dein kleines Experiment mit mir veranstaltet hast, oder?«

»Du klingst so, als hättest du deine zweite Tasse Kaffee für heute noch nicht bekommen.«

»Was willst du eigentlich?«, schimpfte ich. »Wenn du anrufst, um irgendeine sadistische Freude daran zu haben, dass es mir schlecht geht ...«

»Es tut mir leid, Jill«, sagte er sanft. »Ich wollte wirklich nur fragen, ob es dir gut geht.«

Meine Stimme wurde auch ein wenig weicher. »Ich kann dir gar nicht sagen, wie *nicht-gut* es mir geht. Ich muss zum Seminar.«

»Warum gehen wir nicht zusammen Mittag essen, drüben im *Tresidor*? Du darfst mir sogar einen ausgeben.«

»Oh nein, du gibst mir einen aus«, sagte ich. »Das ist ja wohl das Mindeste.«

»Viertel nach zwölf. Lässt dir das genug Zeit?«

»Zeit, mich noch richtig in Rage zu bringen? Oh ja, ganz bestimmt.«

Bevor ich das Gespräch beendete, hörte ich am anderen Ende der Leitung noch ein leises Lachen.

Ich versuchte, mich nach dem Seminar aus dem Hinterausgang wegzuschleichen, als ich auf Jacoboni stieß. Buchstäblich. Er kam rückwärts zur Tür herein, weil er eine Gruppe Studentinnen in besonders knappen Shorts im Blick zu behalten versuchte, und prallte direkt mit mir zusammen.

Mädels, seht bloß zu, dass ihr hier wegkommt, dachte ich, als ich an ihnen vorbeiging. Und dann kam mir ein anderer Gedanke: *Bin ich eigentlich immer so bissig?*

Ich dachte darüber weiter nach, als ich über den Campus zur Studentenvertretung lief.

Als ich an einer dieser Buden vorbeikam, die mit Aushängen jeder Art zugepflastert waren, fiel mir eine Broschüre ins Auge. Sie forderte alle Studierenden auf, am nächsten Freitag mit gegen »kapitalistische Ausbeutung« zu demonstrieren. *Oh ja, darf ich auch mitmachen? Bittteee!*, dachte ich zynisch.

Als ich an einer Ecke anhielt und mich plötzlich von Menschen mit unförmigen Rucksäcken umgeben sah, dachte ich: *Die sehen alle aus wie der Glöckner von Notre-Dame in Markenklamotten.*

Und als ich zum *Tresidor* kam, dachte ich: *Das sieht überhaupt nicht aus wie eine Studentenvertretung. Eher wie ein Einkaufszentrum. Wir haben eine Kreditkartenvertretung und sogar ein Reisebüro, du liebe Güte! Wir sind doch hier alle arrogante Yuppies – nur eben noch in Ausbildung.*

Es stimmte, ich war immer so bissig. Auf einmal fand ich das deprimierend.

Sam war schon da. Er hatte es sich an einem der Tische draußen gemütlich gemacht und scrollte durch sein Smartphone, wobei er sich von dem mehrsprachigen Gemurmel um ihn herum nicht ablenken ließ. Obwohl es schon Ende November war, war es selbst im Schatten noch angenehm warm. Es ging ein leichter Wind, aber Sam schien die vielen kleinen Ulmenblätter, die bei jedem neuen Windstoß auf ihn niederrieselten, nicht zu bemerken. Ein besonders unverschämtes Blatt hatte sich auf einer Locke häuslich eingerichtet, die aus der Reihe getanzt war. Er sah erwartungsvoll von seinem Handy auf und grinste, als er mich sah.

»Diese Frisur mit dem Lorbeerblatt im Haar steht dir gut«, sagte ich. »Nette Idee.«

Ich lehnte mich genau in dem Moment zu ihm herüber, um das Ding aus seinen Locken zu zupfen, als er die Hand hob, um dasselbe zu tun. Ich zog meine Hand so schnell zurück, dass man hätte meinen können, er wäre leprakrank. Ich stöhnte innerlich auf. Wir waren doch keine pubertierenden Teenager!

»Hast du Hunger?«, fragte Sam. »Ich hab uns ein paar Burritos gekauft. Die Schlangen da drin sind schon jetzt ziemlich unerfreulich.«

Ich betrachtete skeptisch seinen Teller, auf dem schon zwei verdächtig durchgeweichte Tortillas in einer undefinierbaren Bohnenmischung schwammen. Ich schüttelte den Kopf.

»So viel Hunger hab ich auch wieder nicht.«

»Macht's dir was aus, wenn ich ...«

»Oh nein, iss ruhig.«

Ich sah mit einer Mischung aus Faszination und Grauen zu, wie er einen Riesenbissen von einem der Burritos nahm – eine feuchte und irgendwie quietschende Angelegenheit.

»Sicher, dass du keins willst?«, fragte er, wobei er mit vollem Mund fröhlich weiterkaute.

Ich schüttelte erneut den Kopf. Ich fühlte mich wieder unendlich schwer. Am liebsten hätte ich meine Arme auf den Tisch gelegt und den Kopf darin vergraben – was angesichts der versammelten Intelligenz hier vermutlich keine besonders kluge Idee war.

»Ich wollte wirklich nur sichergehen, dass bei dir alles in Ordnung ist«, begann Sam. »Aber das ist es nicht, oder? Du hast noch keine missbilligenden Bemerkungen über mein Mittagessen gemacht. Und das wiederum deutet darauf hin, dass du in Gedanken ganz woanders bist.«

Seine Augen funkelten, aber nicht neckend. Ich hob die Hand, um mir durchs Haar zu fahren, aber selbst dazu hatte ich keine Lust mehr.

»Sam?«, fragte ich mit schwerer Stimme. »Was ist das, wo du mich da reingestürzt hast?«

»*Das*?«

»Dieses Gefühl.«

»Verzweiflung?«

»Nein!« Ich sah ihn an. »Doch. Woher kommt das bloß?«

»Wahrscheinlich ist es die ganze Zeit da gewesen. Du warst nur immer zu abgelenkt, um es zu bemerken.«

Ich zog die Augenbrauen hoch. »Eine Dissertation nennst du Ablenkung?«

»Nicht notwendigerweise. Aber zum Teil war sie es bei dir vielleicht doch.«

»Na ja, jetzt funktioniert das mit dem Ablenken jedenfalls nicht mehr. Sonst noch irgendwelche Vorschläge?«

»Es ist doch logisch, dass es nicht mehr funktioniert. Die Krankheit deiner Mutter hat dich ziemlich ins Schleudern gebracht. Das ist ja auch ein ganz schöner Batzen, den du da zu verarbeiten hast; das würde jeden umhauen. Keine Ablenkung wäre groß genug, um dir das Trauern zu ersparen. Obwohl ich zugeben muss, dass du ja schon ganz schön viel versucht hast.«

»Arbeit ist keine Ablenkung, sondern eine Notwendigkeit.«

»Ich habe da mehr an mich gedacht. War ich nicht auch eine Art Ablenkung für dich?«

Ich musste lachen. »Bloß nicht zu eingebildet, Dr. Sokrates!«

»Mich meine ich ja gar nicht – so direkt jedenfalls nicht«, sagte er und auf seinen Wangen erschienen zwei knallrote Flecken. Er hatte sich tatsächlich selbst in Verlegenheit gebracht. »Ich meine unsere ganzen Gespräche über die Seele – eigentlich war das auch eine Art Ablenkung, wie eine Beruhigungspille, die deine geistlichen Nerven einschläfern sollte. Nur dass du ja dann doch irgendwann aufgewacht bist.«

»Im Moment bin ich jedenfalls nicht abgelenkt«, stellte ich fest.

»Und ich glaube, das ist gut so«, sagte Sam und biss wieder herzhaft in seinen Burrito.

»Was für ein Sadist bist du denn?«

Immerhin hatte er diesmal den Anstand, sein Essen herunterzuschlucken, bevor er antwortete. »Es tut mir wirklich leid, dass du das durchmachst, aber meiner Meinung nach ... das ist jetzt nur meine Auffassung, ja? Ich kann schließlich nicht wissen, was in deinem Kopf vorgeht ... aber wie ich das sehe ...«

»Jetzt sag's endlich!«

Er sah mich ernst und irgendwie auch ein bisschen traurig an. »Ich glaube, dass du deine Angst bisher nie anders in den Griff bekommen hast als mit Gleichgültigkeit, doch nun funktioniert das mit der Gleichgültigkeit einfach nicht mehr. Das ist vermutlich schmerzhaft, aber ich glaube, es ist gut.« Er ließ den Rest seines Burritos liegen und lehnte sich mit blitzenden Augen über den Tisch zu mir herüber. »Du hast am Ende keine Wahl mehr gehabt, als dich mit dir selbst auseinanderzusetzen – was wir früher oder später alle müssen –, und du hast in dein Herz hineingeguckt und die große, gähnende Leere darin gesehen und einen Riesenschrecken gekriegt.«

»Und diese ›große, gähnende Leere‹ ist gut?«

»Wenn du zu der Erkenntnis kommst, dass niemand außer Gott sie füllen kann.«

»Ach, das wusste ich gar nicht«, sagte ich sarkastisch. »Stellen wir das einmal klar: Ich habe ein dickes Loch in mir gefunden – in dem Punkt hast du recht –, aber ich werde bestimmt nicht zu der Erkenntnis kommen, dass niemand außer ›Gott‹ es füllen kann.«

»Womit willst du es denn dann füllen? Du hast eigentlich nur zwei Möglichkeiten, wenn ich das richtig verstehe.«

»Und welche sollen das sein?«

»Gott und du selbst. Und ich möchte wetten, dass du selbst die Person bist, die du – abgesehen von Gott – am meisten fürchtest; die Person, vor der du – abgesehen von Gott – ständig zu flüchten versuchst und mit der du nicht allein sein kannst. Und eins *weiß* ich: Du bist auch die einzige Person – abgesehen von Gott –, der du nie entrinnen kannst.«

Sam starrte mich ein paar Sekunden lang an, dann rieb er sich den Nacken und senkte seinen Blick auf die Tischoberfläche. Ihm schien selbst bewusst zu werden, dass er zu weit gegangen war.

»Ich wollte dir nicht zu nahe treten«, sagte er lahm.

»Mir zu nahe treten?«, sagte ich. »Du hast regelrecht versucht, in mein Hirn zu kriechen. Das habe ich nicht gewollt. Ich wollte nur ein bisschen ... wissen, um eine Entscheidung treffen zu können. Und plötzlich stecke ich mitten in einer Psychotherapiesitzung. Ich habe dich nicht darum gebeten. Ich will damit nichts zu tun haben. Das alles war ein Riesenfehler von mir. Tut mir leid, dass du deine Zeit mit mir verschwendet hast.«

Ich hatte mich eigentlich nicht in eine solche Rede hineinsteigern wollen, aber nun blieb mir nichts anderes übrig, als zu gehen. Ich schob den Stuhl zurück und stieß dabei das Tablett eines Studenten um, der sich seine Tagessuppe nun vom Hemd würde löffeln müssen.

»Tut mir leid«, sagte ich. »Tut mir wirklich leid.«

Er nickte mir verstimmt zu und zog ab in Richtung eines anderen Tischs. Ich sah wieder zu Sam, der inzwischen auch aufgestanden war.

»Schau dir mal an, was du mit mir gemacht hast«, schimpfte ich. »Ich bin fix und fertig. Ich hatte mein Leben vorher sehr viel besser im Griff.«

»Tut mir leid ...«

Ich wandte mich um und wollte ihn einfach stehen lassen. Diesmal achtete ich allerdings auf mögliche Verkehrshindernisse um mich herum. Eine warme Hand legte sich auf meinen Arm.

»Geh nicht, Jill«, sagte Sam.

Ich sah herunter auf seine Finger, aber er ließ einfach nicht los.

»Ich bring dich wenigstens noch zurück, ja?«, schlug er vor. »Wir sollten das hier nicht einfach so abbrechen.« Er ließ meinen Arm los und folgte mir die Treppe hinunter.

»Entschuldigung angenommen«, sagte ich. Ich hielt ein paar

Schritte vor der Treppe an und sah ihn an. Ich merkte, dass ich in mich zusammensank. »Hör zu, ich gebe zu, dass ich es wirklich schwer finde, dich nicht zu mögen. Aber ich habe den Eindruck, dass du mich bedrängst.«

»Tut mir leid«, sagte er. Aber seine Augen leuchteten unbeirrt. »Aber ich fürchte, ich muss dich noch ein bisschen weiter bedrängen.«

Ich schloss die Augen und seufzte tief.

»Ich weiß, dass du unglücklich bist«, begann Sam, »und du weißt es selbst jetzt auch und es ist kein besonders schönes Gefühl. Aber immerhin stellst du dich jetzt der Wirklichkeit und siehst die Dinge, wie sie wirklich sind. Und bist du darauf nicht am meisten stolz – auf deine Intelligenz?«

Ich schüttelte langsam den Kopf. »Du bringst mich mehr auf die Palme als irgendein anderer Mensch, den ich je kennengelernt habe. Vor gar nicht allzu langer Zeit fandest du es totalen Quatsch, vernünftig zu sein, und jetzt auf einmal gratulierst du mir dazu.«

»Ich habe nie gesagt, dass es Quatsch ist, vernünftig zu sein. Ich habe nur gesagt, dass du nicht alles von deinem Verstand abhängig machen kannst. Manchmal musst du eben auch dein Herz einschalten – und immerhin wissen wir jetzt auch, dass du eins hast, denn es wehrt sich sozusagen mit Händen und Füßen gegen das, was du gerade erlebst.«

Seine Augen funkelten lebhaft.

Ich bemühte mich sehr, nicht zu lächeln. »Dir macht das Spaß, nicht wahr? Du findest das aufregend, mir zu beweisen, wie schlecht es mir geht!«

»Es macht mir keinen Spaß, aber ich bin froh zu sehen, dass du nicht total gestört bist.«

»Hattest du daran etwa je deine Zweifel?«

»Du hattest dich doch als Atheistin bezeichnet, oder?«

»Ja und?«

»Ein glücklicher Atheist lügt entweder oder er ist dumm oder geistesgestört. Du hast bewiesen, dass du keins von all dem bist.«

Ich wies mit der Hand in die Richtung, die ich einschlagen wollte, und Sam nickte. Er fiel neben mir in einen leichten Trott und ich merkte, dass ich selbst auch ruhiger sprach.

»Weißt du was?«, sagte ich. »Wenn ich heute Nachmittag nach Hause komme und meine Mutter komplett von dieser Pickschen Krankheit geheilt ist, glaube ich an Gott.«

Sam schwieg einen Moment lang. Ich warf ihm einen verstohlenen Blick zu. Wusste er darauf keine Antwort? Irgendwie war ich ein bisschen enttäuscht.

»Nein, das würdest du nicht tun«, sagte er schließlich. »Nicht aufgrund dieses einen Wunders. Es würde deinen Verstand vielleicht überzeugen, aber wenn dein Herz im Grund nicht mitziehen will, würdest du immer wieder Möglichkeiten finden, das alles wegzurationalisieren.«

Inzwischen waren wir im Innenhof hinter der mathematischen Fakultät angekommen. Ich setzte mich auf eine Bank und Sam stützte einen Fuß darauf.

»Ich nenn dir mal ein paar Floskeln«, sagte er. »›Lad Jesus in dein Herz ein.‹ – ›Bekehr dich und du wirst gerettet.‹ – ›Nimm Jesus Christus als deinen Herrn und Heiland an.‹ – ›Lass Gott den Herrn deines Lebens sein.‹« Er legte den Kopf schräg. »Sagen die dir was?«

»Nein, sie sind hohle Floskeln. Ich kann jede beliebige religiöse Sendung einschalten und irgendeine Labertasse haut sie mir vor der nächsten Werbepause um die Ohren.«

»Genau. Das kommt dabei raus, wenn man das Herz weglässt. Ein Haufen leerer Phrasen, die einem die Haare zu Berge stehen lassen.«

»Worauf willst du also hinaus?«

»Du bist sauer, weil ich das alles viel zu persönlich habe werden lassen, und vielleicht bin ich dir wirklich zu nahe getreten. Ich meine es ernst, wenn ich dir sage, dass mir das leidtut.«

»In Ordnung«, sagte ich.

»Aber wenn du in Bezug auf deine Mutter wirklich Antworten willst, werden diese Antworten immer auch mit dir direkt zu tun haben. Du wirst nie mit Sicherheit sagen können, was in ihr vorgeht, aber dich selbst kannst du besser durchschauen lernen. Und du wirst schon richtig zum Ziel kommen.«

»Und wie willst du das wissen?«

Sam sagte eine Weile nichts und setzte sich dann neben mich.

»Weil ich das lebe«, sagte er schließlich. »Mehr kann ich dir nicht sagen. Habe ich dir je irgendeine dieser Floskeln um die Ohren gehauen?«

»Nein«, gab ich zu.

»Und das werde ich auch nicht. Aber ich kann dir deine Alternativen aufzeigen und du kannst deinem eigenen Herzen folgen. Keine weitere Psychoanalyse.«

»Dann sei wenigstens ehrlich«, sagte ich. »Du versuchst mich zu bekehren, nicht?«

Seine Augen weiteten sich unschuldig. »Wie kommst du denn darauf?«

»Warum wärst du sonst so hartnäckig?«

Er grinste. »Jetzt bin *ich* auf einmal hartnäckig? *Du* bist doch zu mir gekommen mit deinen Fragen.«

Er legte mir den Arm um die Schulter, drückte mich an sich und lachte in meine Haare hinein. Ich ließ es gerade lang genug zu, um ein wenig Wärme abzubekommen, dann wand ich mich aus seinem Arm.

Sam verzog keine Miene, aber das Lächeln in seinen Augen konnte er schlecht verbergen. »Weißt du, ich sollte mich wirklich noch mehr nach Pascal richten. Wusstest du, dass er ...«

»Wenn es irgendetwas mit Pascal zu tun hat, weiß ich es wahrscheinlich nicht«, sagte ich. »Ich bezweifle mittlerweile, dass es ihn überhaupt je gegeben hat.«

»Nein, ich mache keine Witze. Er war so besorgt, andere Menschen zur Sünde zu verleiten, dass er einen Gürtel mit Metallspitzen trug, damit ihm niemand zu nahe kommen konnte.«

»Das glaube ich nicht!«

»Glaubst du, ich lüge dich an?«

»Wie soll ich das wissen?«

Er grinste mich an und ich musste zurückgrinsen. Ich stellte überrascht fest, dass ich mich an ihn lehnte.

Dann stand ich auf. »Gib mir ein bisschen Zeit, über das alles nachzudenken. Wenn mir danach ist, ruf ich dich an und wir können weiterreden.«

»Klingt gut«, sagte er und stand auch auf. »Danke für das Mittagessen.« Er schlenderte davon und ließ seine langen Arme lässig an der Seite baumeln. Er hatte nicht versucht, mich zum Abschied in den Arm zu nehmen.

Und dabei hätte ich mir das so gewünscht.

Nein, ermahnte ich mich streng. *Das kommt überhaupt nicht infrage.* Vielleicht hatte ich eine Menge Dinge in meinem Leben nicht mehr im Griff, aber *dieser* Bereich sollte sich meiner Kontrolle nicht auch noch entziehen.

Zumindest nahm ich mir das vor. Ich war selbst nicht so ganz überzeugt, fürchtete ich.

Ich war noch keine zehn Sekunden in meinem Büro, als Deb den Kopf zur Tür hereinstreckte.

»Hast du mal 'nen Moment Zeit?«, fragte sie.

»Klar.«

Sie zog die Tür hinter sich zu und als sie sich wieder umdrehte, um mich anzusehen, merkte ich, dass sie nicht wusste, wie sie anfangen sollte. Wenn sie nicht aufpasste, würden ihr bei dem unaufhörlichen Blinzeln die Kontaktlinsen glatt aus den Augen springen.

»Was ist los?«, wollte ich wissen.

»Hast du diese Notiz über Anwesenheit im Büro bekommen?«

»Ja klar«, sagte ich und verdrehte die Augen.

Sie ließ sich auf meinen Besucherstuhl plumpsen. »Du, Jill, hier wird ganz schön getratscht. Ich habe versucht, dich zu verteidigen und allen zu erklären, dass deine Mutter diesen Unfall hatte ...«

»Und wogegen genau verteidigst du mich?«, fragte ich.

»Die reden hier alle darüber, dass du fast gar nicht mehr da bist. Du rennst aus deinen Seminaren, als würdest du verfolgt.« Sie senkte die Stimme, als wäre mein Büro verwanzt. »Irgendwann wird Professor Ferguson Wind davon bekommen. Und der ist immerhin der Chef hier. Das kannst du doch nicht wirklich wollen, Jill.«

Nein, das wollte ich in der Tat nicht.

»Danke, Deb«, sagte ich. »Aber du musst dich nicht verpflichtet fühlen, mich zu verteidigen. Ich krieg das schon alles geregelt.«

»Du arbeitest nur so viel. Wer will schon, dass das alles umsonst war?«

Ich jedenfalls nicht. Sobald sie gegangen war, stiefelte ich hoch zu Nigels Büro.

»Ich werde Sie nicht lange aufhalten«, sagte ich, als ich die Tür hinter mir schloss. »Ich habe nur eine Frage: Gibt es ein Problem mit der Art und Weise, wie ich hier arbeite?«

»Setzen Sie sich doch, Jill.«

»Es dauert doch nicht lange, mir eine einfache Antwort auf diese Frage zu geben? Ja oder nein?« Ich muss ziemlich erregt geklungen haben.

Und dann hielt ich plötzlich inne. Ich hatte plötzlich meine Mutter vor Augen, wie sie mit erhobenem Zeigefinger vor mir in der Küche stand und mir unmissverständlich klarmachte, was ich zu tun hatte. *Au weia*. Wo kam das bloß her?

Ich sank auf einen Stuhl. »Tut mir leid«, sagte ich.

»Sie müssen im Moment sehr unter Druck stehen.«

»Das ist keine Entschuldigung. Tut mir leid.« Ich wollte ihn am liebsten fragen: »Bin ich immer so? Bin ich schon so wie Elizabeth McGavock?« Stattdessen fuhr ich mir durchs Haar. Plötzlich war es mir egal, ob er mich für überlastet hielt oder nicht. Ich hatte schließlich selbst zu diesem Eindruck beigetragen.

»Professor Ferguson hat in der Tat geäußert, dass Sie in letzter Zeit öfter außerhalb des Gebäudes zu sein schienen, als wir das bisher gewohnt sind«, sagte Nigel.

»Wie konnte er das wissen? Führen wir hier demnächst vielleicht eine Stechuhr ein? Entschuldigung ...«

»Ich weiß auch nicht, wie Professor Ferguson auf diese Aussage kommt«, sagte Nigel, »und ich habe ihm versichert, dass Sie all Ihren Aufgaben gewissenhaft nachgehen – und darüber hinaus noch einige übernommen haben, zu denen Sie nicht verpflichtet sind. Er hat mich trotzdem gebeten, Sie noch einmal an die Bürozeiten zu erinnern, die Sie einhalten sollen.«

»Darum hat er sich schon selbst gekümmert«, sagte ich. »Er hat mir eine Notiz ins Postfach legen lassen.«

»Und halten Sie die geforderten Bürozeiten ein?«

Ich nickte, aber ich brachte die wütende Verteidigungsrede nicht über die Lippen, die ich sonst vehement vorgebracht hätte.

»Aber ich bin nicht sicher, wie lange ich das noch schaffe«, sagte ich stattdessen. »Meine Mutter braucht sehr viel mehr Pflege, als ich erwartet hatte. Ich überlege im Moment schon, was ich mittelfristig machen kann, aber ich brauche dazu ein bisschen Zeit.«

»Dann nehmen Sie sich die Zeit, Jill.«

»Nach dieser Notiz von Professor Ferguson? Das halte ich für keine besonders gute Idee.«

»Sie sind im Büro, so weit das von Ihnen gefordert wird, Sie halten Ihre Seminare und machen alles, was Sie unbedingt in diesem Gebäude machen müssen, und ansonsten arbeiten Sie von zu Hause aus. An Ihrer Doktorarbeit schreiben oder Seminare vorbereiten können Sie schließlich auch von dort aus.«

»Werden da nicht einige Leute die Stirn runzeln?«

»Um deren Runzeln kümmere ich mich schon. Denken Sie nicht, ich wäre längst auf Sie zugekommen, wenn ich den Eindruck hätte, dass das Stirnrunzeln berechtigt wäre?«

Ich sah ihn an. Das stimmt, er hätte mich längst angesprochen. Nigel Frost war ein durch und durch anständiger Mensch. Aber es fiel mir gerade erst zum ersten Mal auf.

»Geben Sie den Damen unten im Sekretariat Ihre Handynummer, damit wir wissen, wo wir Sie erreichen können. Und dann gehen Sie heim zu Ihrer Mutter«, sagte Nigel. »Nun gehen Sie schon.«

Er hatte noch nie etwas zu mir gesagt, was einem Befehl so nahe kam. Ich verließ gehorsam sein Büro. Aber irgendwie hatte ich immer noch den Eindruck, dass der dissonante Schlussakkord zwischen uns noch nicht aufgelöst war.

Freda III sah überrascht aus, als ich um halb zwei Uhr nachmittags durch die Haustür hereinmarschierte. Sie saß mit meiner Mutter auf der Couchgarnitur vor dem Fernseher und die beiden schauten sich irgendeine Seifenoper an – besser gesagt: Freda schaute fern, während Mom aufrecht dasaß und vor sich hin zu dösen schien.

Ich richtete mich mit meinen Sachen in Moms Arbeitszimmer häuslich ein und ließ die Tür einen Spalt offen, obwohl der lautstarke Streit eines Paars, welches Baby nun von wem war, die Konzentration auf meine K-Theorie etwas erschwerte. Ich wollte Freda gerade bitten, den Ton etwas leiser zu stellen, als mein Handy klingelte. Beim ersten Versuch, das Gespräch anzunehmen, fiel mir das Smartphone aus der Hand, doch es klingelte hartnäckig weiter.

»Hallo?«, meldete ich mich schließlich.

»Oh, ich bin so froh, dass du es bist«, sagte ein heiseres, schüchternes Stimmchen am anderen Ende der Leitung. »Als ich dich in deinem Büro nicht gefunden habe, haben die im Sekretariat gesagt, ich soll dich auf deinem Handy anrufen, weil du nach Hause gegangen bist, aber ich hatte Angst, dass ich dich störe, und dann würde ich mich schlecht gefühlt haben, weil ich solche Umstände ...«

»Tabitha?«, fragte ich.

»Hmm. Bist du böse, dass ich angerufen habe? Ist das in Ordnung, dass ich dich auf dem Handy anrufe?«

Ich hätte sie gerne angekläfft, aber ich hielt mich zurück. »Ist schon okay. Worum geht's denn?«

»Ich brauche mehr Hilfe. Ich verstehe den neuen Stoff *überhaupt* nicht. Und ich fühle mich wieder wie ganz am Anfang des Quartals und ...«

»Jill! Helfen Sie mir, Jill! Kommen Sie! Schnell!«

Das war Freda III und ihr Hilferuf kam offensichtlich aus den Tiefen der Couchgarnitur. Mir standen die Haare zu Berge.

»Ich muss los«, rief ich.

Ich ließ das Handy auf den Tisch fallen und rannte los.

KAPITEL 13

Als ich ins Wohnzimmer stürzte, bot sich mir ein ziemlich groteskes Bild.

Freda lehnte in einer Ecke des Sofas. Meine Mutter war auf sie geklettert und klemmte sie nun mit allen vieren auf dem Sofa fest. Sie schob mit einem Finger eines von Fredas Augenlidern hoch und schien das darunterliegende Auge eingehend zu betrachten.

»Schaffen Sie sie mir vom Hals!«, schrie Freda.

Mir gefror das Blut in den Adern bei ihrem schrillen Schrei, aber Mom schien völlig unbeeindruckt. Sie wandte sich dem anderen Augenlid zu.

»Helfen Sie mir doch!«

»Mom!«, brüllte ich. »Geh sofort von ihr runter! Komm schon!«

Ich packte meine Mutter von hinten an beiden Schultern, aber ich konnte sie keinen Zentimeter bewegen. Sie war ganz schön zäh, wenn man bedachte, wie klein sie eigentlich war – wie ein Ringer im Fliegengewicht, den man allzu leicht unterschätzt.

»Sie schieben und ich ziehe«, sagte ich zu Freda.

Und das tat sie auch, aber wir benötigten mehrere Anläufe, bis Mom endlich losließ und wir beide selbst aufs Sofa kullerten, wobei sie diesmal zur Abwechslung auf mir zu liegen kam. Ich schob sie zur Seite und krabbelte hinüber zu Freda III, um zu sehen, wie es ihr ging.

»Ist bei Ihnen alles in Ordnung?«, rief ich.

»Weiß ich nicht«, kam Fredas Stimme.

Sie setzte sich auf und klopfte die Ärmel ihres Pullovers ab, als hätte Mom Läuse darauf hinterlassen.

»Was ist denn passiert?«, wollte ich wissen. Ich nahm die Fernbedienung und schaltete den Ton aus. Mom zwinkerte mir zu.

»Wir haben nur ein bisschen ferngesehen«, erklärte Freda III.

»Dabei ist sie eingeschlafen und ich anscheinend auch. Es kam auch heute nichts Interessantes ...«

»Und was ist passiert?«, wiederholte ich.

»Ich wachte auf und da hing sie plötzlich auf mir, wie Sie sie gesehen haben, und sie hat mir die Augenlider hochgezogen, als suchte sie darunter irgendetwas.«

»Hat sie Sie verletzt?«, fragte ich.

»Nein, aber sie hat mir einen Riesenschrecken eingejagt. Was in aller Welt ist denn bloß in sie gefahren?«

»Seitengleich und lichtreagibel.«

Freda III und ich starrten einander an. Diese Worte waren weder von ihr noch von mir gekommen ...

Ich fuhr herum. »Hast du was gesagt, Mom?«

Sie fuhr mit der Hand an den Mund und kicherte nur.

»Sie findet das komisch«, beklagte sich Freda. »Sie verliert jeden Rest Verstand. Es ist erstaunlich, wie schnell der Verfall fortgeschritten ist ...«

»Wie wär's, wenn Sie in die Küche gehen und uns allen eine Tasse Tee machen?«, schlug ich vor. »Ich rede in der Zeit mit meiner Mutter.«

Freda III tätschelte mir den Arm und schüttelte traurig den Kopf. »Wann wollten Sie sich noch mit dieser Sozialarbeiterin treffen?«

»Warum?«, fragte ich irritiert.

»Weil ich glaube, es ist an der Zeit, das hier etwas anders zu organisieren.«

»Nehmen Sie Schwarztee«, sagte ich kühl. »Meinen bitte ohne Zucker.«

Als sie gegangen war, schaltete ich den Fernseher komplett aus und hockte mich vor Moms Platz. Sie hatte aufgehört zu kichern und schaute wieder gewohnt ausdruckslos vor sich hin.

»Du wolltest ihre Pupillen sehen«, begann ich. »Warum denn?«

Sie gab keine Antwort.

»Du hast geredet, Mom. Wir haben es beide gehört. Du kannst es also noch. Warum redest du nur nicht mit mir?«

Sie tat gar nichts, als in regelmäßigen Abständen mit den Lidern zu klappern.

»Möchtest du *meine* Pupillen sehen?« Ich beugte mich weiter zu ihr hinüber. »Nur zu. Schieb diese Hautdinger weg. Und sag mir, was du siehst.«

Diesmal schüttelte sie den Kopf und ich stand wieder aus meiner Hocke auf. Ich konnte einfach nicht herausfinden, was in ihrem Kopf vorging. Und Sam hatte recht: Es machte mir Angst.

Max kam gegen vier, um uns etwas zu kochen, und wir ließen Freda III früher nach Hause gehen.

»Ich hoffe bloß, dass sie morgen wiederkommt«, sagte ich zu Max. Ich leistete ihm am Spülbecken Gesellschaft, wo er einem bedauernswerten Seeungeheuer die Tentakel abzog. »Was ist das denn?«

»Calamares.«

»Was machst du mit dem?«

»Ich putze ihn. Die machen das zwar auch am Fischmarkt, aber sie sind nie gründlich genug – und ich habe nicht vor, noch mehr Bakterien oder sonst was hier in dieses Haus zu bringen. Meine *Mamma* hat mir beigebracht, wie man Calamares sauber macht.« Er hielt inne und sah mich an. »Warum sollte sie denn morgen nicht zurückkommen?«

Ich trat vom Spülbecken zurück und wandte mich einem Beutel frischer Erbsenschoten zu, der auf dem Tisch lag. Wenn ich noch einen Moment länger zusehen musste, wie die Calamares gesäubert wurden, würde ich mich übergeben. Mir war sowieso schon elend genug zumute.

»Erzähl mir jetzt nicht, dass die hier auch mit Edelsteinen angerückt ist«, sagte Max. »Das war's doch nicht, oder?«

»Nein«, sagte ich müde und erzählte ihm, was sich am Nachmittag zugetragen hatte.

Als ich fertig war, legte Max ein Stück Küchentuch über die

Sauerei im Spülbecken und kam zu mir herüber, wo ich inzwischen angefangen hatte, die Erbsenschoten zu öffnen. Max ließ sich schwerfällig auf einen Stuhl fallen und nahm meine Hände in die seinen. Sie rochen widerlich nach rohem Fisch.

»Jill«, sagte er. »Vielleicht haben wir einen Fehler gemacht. Meinst du nicht?«

»Dass wir Freda III eingestellt haben? Max – ich hatte keine anderen guten Bewerber!«

»Nein, ich meine, dass wir versuchen, Liz hierzubehalten.«

»*Du* hast schließlich *mich* dazu überredet!«

»Ich weiß, ich weiß und das tut mir wirklich leid. Ich fand nur den Gedanken unerträglich, dass jemand anderes für sie sorgen würde. Wer würde ihr Lieblingsessen so kochen, wie sie es mag? Oder frische Calamares kaufen und sie gleich hier im Spülbecken säubern?«

»Oh! Das macht bestimmt sonst niemand.«

»Es geht doch um mehr als Calamari ...«

»Das will ich ja wohl hoffen.«

Max' unergründliche dunkle Augen nahmen einen tieftraurigen Ausdruck an. »Ich mache keine Witze, Jill. Ich habe einfach den Eindruck, dass es hier für Liz nicht mehr sicher ist – und für sonst auch niemanden. Ich glaube, ich habe mich geirrt.«

»Also meinst du, ich soll sie in ein Heim stecken?«

»Habe ich das gesagt? Ich weiß gar nicht mehr, was ich noch denken soll.«

Max wand seinen bärigen Körper aus dem Stuhl und schleppte ihn hinüber zum Spülbecken, wo er sich wieder seinen Calamares widmete.

Ich blieb in meinem Stuhl sitzen und starrte die ungeschälten Erbsen unglücklich an, als mir eine Erleuchtung kam – ungefähr die vierte an diesem Tag.

»Max«, sagte ich, »du liebst sie, nicht wahr?«

Er stöhnte auf, als hätte ich ihn geschlagen. »Ich habe sie vom ersten Tag an geliebt, als ich sie gesehen habe. Ich habe mich mit der Freundschaft zufriedengegeben, die ich haben konnte – aber ich habe nie aufgehört, sie zu lieben. Nicht hier drin.« Er klopfte auf seinen Brustkorb, wo ich sein Herz vermutete.

Vielleicht hatte Max recht. Vielleicht war es an der Zeit, dass wir ernsthaft darüber nachdachten, Mom in ein Heim zu bringen – Sozialarbeiterin hin oder her, Wahrheit hin oder her. Aber jetzt, wo mir etwas zu Bewusstsein kam, was ich schon vor zwanzig Jahren hätte bemerken müssen – dass Max hoffnungslos in meine Mutter verliebt war –, begriff ich, dass er der letzte zuverlässige Mensch war, der mir bei meiner Entscheidung helfen konnte. Er wollte nur noch, dass der Schmerz endlich aufhörte, und dazu brauchte es keine großen theoretischen Überlegungen mehr. Ich war mir nicht einmal sicher, ob er zu theoretischen Überlegungen überhaupt noch imstande war.

Und bei mir selbst war ich da auch nicht mehr so sicher. Im Moment konnte ich nicht mehr denken, sondern nur noch *empfinden* – mich müde fühlen, Übelkeit empfinden, den Eindruck haben, dass sich mein Brustkorb immer weiter zuschnürte.

»Max«, sagte ich. »Macht's dir was aus, wenn ich auf die Calamares verzichte? Ich muss raus an die frische Luft.«

»Aber sicher, sicher, geh nur. Du drehst hier drin durch, hm? Diese Sache, diese Tragödie ... da würde ja jeder irgendwann verrückt.«

»Ja, irgendwas in der Richtung«, sagte ich.

Ich ging nach oben, zog mir ein paar Sportklamotten über und rief Sam an. Ich hielt meine Stimme neutral. Mir war klar, dass ich mich sonst sofort in mein Handy übergeben würde.

»Können wir uns an der Schleife treffen?«, fragte ich. »So in zwanzig Minuten?«

»Sicher. Ich dachte schon, du meldest dich gar nicht mehr.«

In seiner Stimme schwangen Leichtigkeit und Freude mit, was mir nur recht war. Bis jetzt hatte ich verbergen können, wie gerne ich all meine grässlichen Gefühle am liebsten erbrochen hätte. Hoffentlich hatte ich mich wieder beruhigt, bis ich ihn sah.

Als ich zur Schleife kam, sah mich die Mitarbeiterin der Security über die Ränder ihrer Sonnenbrille hinweg an, die um diese Uhrzeit eigentlich keinerlei Zweck mehr erfüllte. »Er ist noch nicht hier.«

»Würden Sie ihm bitte ausrichten, dass ich schon ohne ihn losgelaufen bin?«

»Klar«, sagte sie. »Mit diesen langen Beinen holt er Sie ja wahrscheinlich ohne Mühe ein.«

Ich verzichtete auf meine üblichen Dehnübungen und joggte auf den ersten Hügel zu. Es war schon fast fünf, langsam wurde es kühl und so war außer mir, soweit ich das abschätzen konnte, niemand unterwegs. Ich versuchte das Alleinsein zu genießen, wie ich es sonst immer getan hatte.

Nur dass es nicht mehr ging. Ich empfand es nicht einmal mehr als Alleinsein, sondern als bedrohliche Einsamkeit. Ich war in meinem Leben nie einsam gewesen. Ich war immer gut mit mir allein zurechtgekommen. Als ich hörte, wie Sam vom Fuß des Hügels aus meinen Namen rief, war ich daher regelrecht erleichtert. Ich drehte mich um – und starrte ihn an.

Was in aller Welt trug er denn da?

Ich hielt die Hand über die Augen und blickte zu ihm nach unten. Sam rannte in seinen üblichen labberigen Shorts und einem T-Shirt auf mich zu, das er offensichtlich aus den Tiefen seines Wäschekorbs gefischt hatte. Aber um die Taille herum trug er etwas metallisch Glänzendes und als er näher kam, fiel mir auch das scharfe, schauderhafte Geräusch auf, das dieses Ding machte.

Was sollte *das* denn sein?

Als er bis auf ein paar Meter herangekommen war, sah ich endlich, was es war – nur dass ich es nicht glauben konnte. Warum denn nur sollte er etwas tragen, das aussah wie ein überdimensionales Hundehalsband mit Metallspitzen?

»Was soll *das* denn sein?«, fragte ich.

Sam hielt vor mir an, wobei er nur unwesentlich schwerer als sonst zu atmen schien, und öffnete den Verschluss der merkwürdigen Vorrichtung.

»Ist für dich«, grinste er. »À la Pascal. Damit dich nicht jemand aus Versehen berühren kann ...«

Er hielt inne und das Grinsen verschwand aus seinem Gesicht. Der Gürtel baumelte in seiner Hand. »Das ist nicht die richtige Zeit für meine Späßchen, oder? Jill, das tut mir leid.«

»Was tut dir leid?«, sagte ich. »Ist ja eine großartige Idee. Richtig niedlich. Aber wenn du ernsthaft denkst, ich trag dieses Ding ...«

»Hey!«, sagte er. »Ganz ruhig.« Er warf den Gürtel an den Rand des Wegs und stemmte die Hände in die Hüften. »Ist was passiert? Du siehst ganz schön fertig aus.«

»Na, vielen Dank.« Ich versuchte, meine Stimme wieder auf neutral zu schalten. »Ich wollte dir nur sagen, dass ich meine Entscheidung getroffen habe, also müssen wir darüber nicht mehr reden.«

»Wir müssen über deine Mutter nicht mehr reden.«

»Genau«, stieß ich zwischen zusammengebissenen Zähnen hervor.

»In Ordnung«, stimmte er zu. »Aber können wir über dich reden?«

Ich holte Luft, um Nein zu sagen. Ich wollte *wirklich* Nein sagen. Ich wollte ihm irgendetwas Hämisches an den Kopf werfen und die Schleife zu Ende laufen und zu meinem Leben zurückkehren, mit dem ich bis vor Kurzem vollkommen zufrieden gewesen war. Bevor ich merkte, dass ich total unglücklich war.

Stattdessen sagte ich: »Weißt du, ich bin wirklich gut zurechtgekommen, bis du mich darauf hingewiesen hast, dass ich sarkastisch, unglücklich ...«

»Komm mal mit«, sagte er. »Ich zeig dir was.«

Er nahm mich am Arm, sah kurz über die Schulter zurück und zog mich herüber zu dem hüfthohen Zaun, der den Rest des Hügels zur verbotenen Zone erklärte. Bevor ich überhaupt protestieren konnte, hatte er mich hochgehoben und auf der anderen Seite des Zauns abgesetzt, woraufhin er selbst darübersprang. Den Gürtel mit den Metallspitzen hatte er irgendwo hinter einen Busch geschoben.

»Was soll denn das?«, fragte ich.

»Wir brechen mal ein paar von deinen Regeln«, sagte Sam fröhlich. Er nahm wieder meinen Arm. »Komm schon.«

Ich ließ mich einen überwucherten Sandweg entlangführen, der sich über den ganzen Hügel schlängelte. Vor einem dicken, knorrigen Baum hielten wir an.

»Was siehst du?«, fragte Sam. »Tu mir den Gefallen. Das ist mal wieder einer von meinen Tests.«

Ich zerrte meinen Pferdeschwanz mit beiden Händen in Position. »Einen Baum.«

»Und was macht der?«

Ich legte den Kopf schief. »Sieht so aus, als wäre er umgeknickt – vielleicht bei einem Erdbeben oder so ... und dann ist er trotzdem einfach weitergewachsen.«

»Richtig! Die Kandidatin hat hundert Punkte. Und jetzt die Zusatzfrage: *Wie* ist er gewachsen? Wohin? In welche Richtung?«

»Du hast ja echt einen Schaden. Na gut, er ist weitergewachsen, aber eben immer am Boden entlang, nicht weiter in die Höhe.«

»Wieder richtig. Die Bonuspunkte gibt's auch.«

Er nickte dem missgebildeten Baum zu, dessen umfangreicher Stamm, wie ich es beschrieben hatte, waagerecht rund zehn Zentimeter über dem Boden hing.

»Den hier haut kein Erdbeben mehr um«, erläuterte Sam, »weil er schon unten ist – und doch wächst er immer weiter. Er lebt noch. Er geht auf Nummer sicher, aber immerhin lebt er.«

»Soll ich dem jetzt irgendeine versteckte Bedeutung abgewinnen?«, fragte ich.

Sam setzte sich auf den Stamm und tätschelte ihn mit beiden Händen. »Ich glaube, du bist wie der Baum«, eröffnete er mir. »Du bist auch so gewachsen – immer schön ohne Risiko am Boden entlang, wo dir niemand wehtun kann.«

»Und das hat bislang auch niemand.« Ich zuckte die Achseln. »Also scheint es ja zu funktionieren.«

»Ach so? Du empfindest im Moment also keinerlei Schmerz?«

Ich verschränkte die Arme vor der Brust.

»Du musst mir da keine Antwort drauf geben«, sagte Sam. »Dein Gesicht spricht ja schon Bände.«

»Aber das liegt nur an den äußeren Umständen und ich versuche, sie in den Griff zu kriegen.«

»Wie der hier.« Er tätschelte den Baum wieder. »Ich kann dir auch sagen, warum das nicht mehr funktioniert.«

»Du hast versprochen, keine Psychoanalyse mehr zu betreiben.«

»Es geht hier nur um mögliche Alternativen. Ich hab dir versprochen, dir deine Alternativen aufzuzeigen.«

Ich überlegte eine Weile. Dann ging ich auch zum Baum herüber und setzte mich ein Stückchen oberhalb von Sam auf den Stamm. »Na gut, Alternativen.«

»Leidenschaft wäre eine.«

»*Wie bitte?*«

»Ich meine nicht Sex. Es gibt noch andere Leidenschaften, auch wenn wir das heute manchmal vergessen.«

»Zum Beispiel?«

»Die Leidenschaft, die ich in deinen Augen sehe, wenn du ausrastest und mir fast ins Gesicht springst.«

»Na ja, du kannst einen aber auch auf die Palme bringen.«

»Aber es ist nicht nur Wut – es ist Leidenschaft. Du möchtest leidenschaftlich gern herausfinden, was die Wahrheit ist. Und das nicht nur, um in Bezug auf deine Mutter die richtige Entscheidung treffen zu können. Das war bestenfalls der Anstoß. Ich glaube nicht, dass irgendetwas, was du mal getan hast, je diese Art von Leidenschaft in dir geweckt hat – kein mathematisches Problem, kein Mann – überhaupt nichts bis jetzt. Und es zerreißt dich fast. Endlich bemerkst du diese tiefe Leidenschaft in dir und du hast keine Ahnung, was du damit anfangen sollst. Eine Alternative wäre, dem nachzugehen.«

Ich war immer noch misstrauisch. »Aber warum denn?«

»Weil ich Leidenschaft großartig finde. Ich mag es, wenn andere Menschen Feuer fangen.«

Das glaube ich gern, dachte ich. Aber ich sagte nichts. Ich sah ihn nur an.

»Ich kann mit diesem leeren Christentum genauso wenig anfangen wie du«, erklärte er. »Und davon gibt es viel zu viel, vor allem in Akademikerkreisen. Ich möchte wirkliche Begeisterung sehen, ein Feuer für Gott – irgendjemanden, der Jesus Christus *sieht* und sich mit Haut und Haaren packen lässt.«

Sam war offensichtlich selbst ganz schön gepackt. Seine Augen sahen aus, als würden sie jeden Moment Funken sprühen.

»Ich weiß, dass du denkst, dass ich ein bisschen besessen bin von Pascal«, sagte er. »Aber er hat damit einfach so recht! Er wurde von einem großen Feuer der Leidenschaft regelrecht verzehrt und ich kann mich gut in ihn hineinversetzen. Ich möchte Gott direkt, unmittelbar erleben. Was würde ich nicht alles geben, um nur ein Fünkchen davon in einem meiner Kollegen zu sehen, die sich Christen nennen!«

»Und du erwartest von mir, eine solche Leidenschaft an den Tag zu legen?«, fragte ich erstaunt. »Für einen Gott, an den ich nicht einmal glaube?«

»Ich schlage nur vor, dass du dir von deiner Leidenschaft helfen lässt, wo auch immer du gerade stehst. Lass dich auf die Wette ein, Jill. Leb einfach einmal so, als gäbe es einen Gott.«

»Das buchstabierst du mir besser ein bisschen genauer«, sagte ich. »Ich bin als Kind nämlich nicht zur Sonntagsschule gegangen.«

»Stell ein paar Nachforschungen an. Das liegt dir doch sowieso, oder?«

»Nachforschungen? Soll ich jetzt die Bibel lesen oder was?«

»Irgendwann bestimmt einmal. Aber fürs Erste kannst du das ganz wissenschaftlich angehen. Beobachte Leute, von denen du weißt, dass sie Gott erlebt haben, und tu, was sie tun.«

Ich knurrte. »Abgesehen von dir kenne ich gar niemanden.«

Er steckte die Hände bequem in die Taschen seiner Shorts und lümmelte sich behaglich auf den Baumstamm. »Versuch es einfach mal, sagen wir, eine Woche lang.«

»Und du lässt mich solange in Ruhe?«, fragte ich.

»Wahrscheinlich nicht.«

Ich drückte meine Fingernägel in die Borke. *Was machst du gerade, Jill?*, fragte ich mich. *Was denkst du?*

Aber ich wusste genau, was ich dachte. Zum ersten Mal seit mehreren Tagen waren meine Gedanken auf einer Lichtung angelangt, auf die der dichte Nebel keinen Zugriff hatte. Und mir war klar, dass ich, wenn ich nicht auf dieser Lichtung blieb, mich im Nebel verlaufen und nie wieder einen Weg heraus finden würde. Wenn's ein bisschen Leidenschaft sein durfte – warum nicht?

Ich sah Sam an. Er betrachtete mich angestrengt.

»Nur unter einer Bedingung«, sagte ich. »Ich gehe daran als an ein Theorem, das verifiziert oder falsifiziert wird.«

»Das kannst du gerne«, gestand er mir zu. »Denn um ein Theorem zu falsifizieren, musst du es regelmäßig anwenden, bis du an eine Stelle kommst, an der es nicht mehr funktioniert.«

Ich sah ihn irritiert an. »Du tust immer so blöd, wenn es um Mathematik geht, aber du weißt viel mehr, als du zugibst.«

»Gerade genug, um dir gefährlich zu werden«, sagte er. Und grinste mich an.

Hmm. Gefährlich konnte er mir wirklich werden.

Es war alles ruhig, als ich nach Hause kam. Meine Mutter schlief, zumindest vorläufig, und Max sah ihr dabei zu.

»Glaubst du an Gott, Max?«, flüsterte ich ihm zu.

»Gott?« Er sah mich an, als wäre mir während des Laufens auf der Schleife plötzlich ein zusätzlicher Kopf gewachsen. »Natürlich! Tun wir das nicht alle?«

Irgendwie kam mir der Verdacht, dass das nicht die Art Glaube war, von der Sam gesprochen hatte. Trotzdem sah ich Max zu, als er sich über Mom beugte und sie zärtlich auf die Stirn küsste.

»Das hätte sie mir früher nie erlaubt«, seufzte er. »Niemals.«

Es war keine schlechte Nacht und Freda III erschien tatsächlich am nächsten Morgen wieder. Ich schrieb ihr zum zehnten

Mal meine Handynummer auf ein Blatt Papier und drückte es ihr in die Hand, als ich aus dem Haus ging.

»Rufen Sie mich an, wenn irgendetwas passiert – oder wenn es so aussieht, dass gleich irgendetwas passiert«, bat ich sie.

»Aber sicher, Herzchen«, sagte sie und tätschelte mir den Arm.

Ich hätte sie fast gefragt, ob sie an Gott glaubte, aber dann entschied ich mich dagegen. Ich war mir ziemlich sicher, dass ich von ihr eine ähnliche Antwort bekommen würde wie von Max und das half meinen Forschungen nun wirklich nicht weiter.

Ich fand in der Tat auch bis zum Nachmittag keine weiteren Testpersonen. Dann aber kam Tabitha zur Nachhilfe und ich fragte mich, warum ich nicht vorher an sie gedacht hatte.

KAPITEL 14

Ich half Tabitha in dieser Stunde wie gewöhnlich mit ihren Matheaufgaben. Ich sah zu, wie sie mit einer Aufgabe kämpfte, dabei eine Haarsträhne um den Finger wickelte und lautlos die Lippen bewegte. Das war für mich ein so anstrengender Anblick, dass ich Sams Idee schon fast wieder verwerfen wollte, bis mir bewusst wurde, dass mir nicht viel anderes übrig blieb. Eigentlich überhaupt nichts, um ganz ehrlich zu sein.

»Oh!«, sagte sie plötzlich. »Wenn man also die Reihe hier addiert und dann durch zwei teilt, heben sich die Teiler dort gegenseitig auf.«

»Genau!«, sagte ich erleichtert. »Du weißt das eigentlich. Du lässt dich nur immer so leicht nervös machen.«

»Na ja, das ist ... ich ...«

Wenn ich sie jetzt nicht unterbrach, müsste ich mir noch ein paar Tage lang ihre Erklärungen anhören. »Tabitha, du glaubst doch an Gott, oder?«

»Stimmt«, sagte sie, ohne zu zögern. »Ich könnte ohne den Herrn gar nicht leben.«

»Den Herrn?«

»Jesus Christus. Er ist Gott, nur ...«

»Jaja, ich weiß schon«, unterbrach ich sie wieder. »Ich würde dich nur gerne etwas fragen: Wie macht sich das in deinem Leben bemerkbar?«

»Was meinst du damit?«

»Inwiefern ist dein Leben mit Gott anders, als es dein Leben ohne Gott wäre?«

»Oh!« Sie runzelte die Stirn. »Das kann ich mir irgendwie nicht einmal vorstellen.«

Ich stöhnte innerlich auf. Das war wirklich keine gute Idee von mir gewesen.

Aber Tabithas Stirn glättete sich wieder und sie sah mir direkt in die Augen. »Doch«, sagte sie aufgeregt, »ich kann mir das doch vorstellen, weil, ganz am Anfang des Semesters, als ich so total durcheinander war mit allem – erinnerst du dich noch?«

»Nur zu gut«, versicherte ich ihr.

»Da hatte ich oft dieses Gefühl, total leer zu sein, wenn ich mich gefragt hab, warum Gott mich hierhin geschickt hatte, wenn es doch so schwierig war, und ich habe gedacht, vielleicht bin ich ihm ja auch egal, und immer, wenn ich das dachte, hatte ich richtig gemeine Gedanken über die Mädchen auf meiner Etage.«

»Ich kann mir nicht vorstellen, dass du richtig gemein werden kannst, Tabitha«, wandte ich ein.

»Ich hab ja auch nichts wirklich Gemeines *gemacht*, aber ich hatte eigentlich große Lust dazu.«

Das klang ja nun doch interessant. »Was denn zum Beispiel?«

»Na ja, einmal zum Beispiel ist dieses Mädchen reingekommen und hat sich mit meiner Mitbewohnerin unterhalten, was für eine tolle Party sie doch gestern gehabt hatten, und ich saß da und versuchte zu lernen und sie haben sich außerdem benommen, als ob ich gar nicht da wäre, und ich habe gedacht: *Hoffentlich erwischen sie euch, weil ihr doch noch gar keinen Alkohol trinken dürft, und stecken euch für eine Nacht in die Zelle, damit ich mal in Ruhe lernen kann!*«

Ich konnte mir ein verächtliches Schnauben nicht verkneifen. »Klingt mir wie eine ziemlich normale Reaktion.«

»Aber das kommt nicht von Gott«, erklärte sie mir. »Verstehst du, wenn man Gott – Jesus – im Herzen hat ...«

Ich zuckte bei dieser Phrase zusammen, aber ich ließ Tabitha weiterreden.

»... reagiert man mit Liebe statt mit Hass. Man liebt die Leute, so sehr man kann, weil man Gott zeigt, dass man ihn liebt, indem man die Leute liebt, die er gemacht hat – egal, wer sie sind. Und wenn man Gott liebt, lernt man ihn ja immer besser kennen, und dann weiß man auch, was er sich von einem wünscht, und man tut das einfach. Es geht immer darum, die anderen zu lieben, verstehst du?«

Ich verstand das eigentlich nicht. Aber ich schaffte es immerhin, nicht mit den Augen zu rollen.

»Aha. Na ja, ich hatte mich das bloß gefragt.« Ich deutete wieder auf ihre Arbeitsblätter. »Wie wär's, wenn du die Aufgabe zehn noch bearbeitest?«

Tabitha wandte sich glücklich wieder ihrer Matheaufgabe zu, während ich versuchte, meine Gedanken zu ordnen.

Wenn du dich so verhalten willst, als würdest du an Gott glauben, solltest du also allen Leuten Honig um den Bart schmieren. Nein, das hat sie eigentlich nicht gesagt. Man liebt die Leute – egal, wer sie sind.

Jacoboni?, dachte ich mit Grausen. *Das konnte sie doch wohl nicht gemeint haben.*

»Also, Tabitha«, begann ich wieder.

Sie sah erwartungsvoll auf. Irgendwie war sie ja schon süß.

»Diese Sache mit der Liebe«, nahm ich den Faden wieder auf. »Sitzt du da einfach rum und denkst nette Sachen über alle möglichen Leute?«

»Nein«, sagte sie. »Es ist mehr so, dass man nette Sachen für alle möglichen Leute *tut*. Du weißt schon, so kleine Sachen, wie dass man jemanden in einer Warteschlange vorlässt oder jemandem zuhört, den man eigentlich sterbenslangweilig findet – oder so große Sachen, wie dass du mir extra Nachhilfe gibst, mehr als du wahrscheinlich müsstest. Und weißt du, was ich wirklich komisch finde?«

»Deswegen bin ich ja hier«, sagte ich.

Tabitha sah einen Moment lang verwirrt aus, dann grinste sie und redete weiter. Von welchem Stern kam dieses Mädchen bloß?

»Was wirklich komisch ist, ist, dass ich die Leute, die ich eigentlich am liebsten habe, oft am schwersten zu lieben finde. Meine Eltern zum Beispiel oder meine Freunde, meine ich. Es ist so schwer, die nicht einfach als selbstverständlich anzusehen ... Uiuiui!«

Sie hielt plötzlich mit weit aufgerissenen Augen inne.

»Was denn?«

»Mir ist gerade ein Gedanke gekommen!«, sagte sie aufgeregt. »Vielleicht ist es mir deshalb bisher so schlecht gegangen hier. Vielleicht hat Gott versucht, mir beizubringen, dass ich die Leute, die ich lieb habe, nicht so einfach hinnehmen soll. Das ist ... megaspannend. Ich habe das ganze Semester über versucht, das zu verstehen, und dann bin ich hier und – wupp! – plötzlich kapier ich es.« Sie sah mich voller Ehrfurcht an. »Das kam direkt von Gott, dass du mir heute all diese Fragen gestellt hast. Ich wär von allein nie draufgekommen.«

»Ich habe was gemacht, das von Gott kam?«, fragte ich perplex. »Das denke ich nicht, Tabitha. Ich kann ja nicht einmal sagen, dass ich ...« Ich biss mir auf die Zunge und nickte wieder zu ihrem Buch hinüber. »Mach noch eine Aufgabe und ich glaube, dann hast du es so weit kapiert.«

Ich betrachtete ihren Scheitel, als sie sich wieder über ihr Buch beugte. Ich konnte diesem Kindchen nicht einfach geradeheraus sagen, dass ich an den Gott nicht einmal glaubte, von dem sie ganz selbstverständlich annahm, dass er sich um jede Kleinigkeit in ihrem Leben kümmerte. Da hätte ich ihr genauso gut ein Messer ins Herz rammen können. Und außerdem sollte ich ja so tun »als ob«.

Es ging um Liebe. So viel hatte ich aus Tabitha immerhin herausbekommen und da sie meine einzige Testperson war, hatte ich sonst auch nichts weiter in der Hand.

Als sie weg war, nahm ich einen Notizblock vom Schreibtisch und zückte einen Bleistift. Nach zwei Minuten war mir ganz anders zumute. Das Theorem war schon so gut wie widerlegt, weil mir kein einziger Name einfiel, den ich aufschreiben konnte.

Sei nicht albern. Du hast doch Freunde. Max zum Beispiel. So viel stand immerhin fest. *Deb. Jacoboni.* Jacoboni? Ich konnte ihn nicht ausstehen. Und was hatten Deb und ich schon gemeinsam, außer dass wir uns bei der jeweils anderen über die gleichen Dinge beschwerten?

Aber wenn sie es nicht auf meine Liste schaffte, wer denn dann?

Und wo waren sie überhaupt?

Es war ungewöhnlich ruhig auf dem Flur, selbst für unsere

Verhältnisse. Ich sah auf den Veranstaltungskalender neben meinem Schreibtisch.

Hoppla! Oben im Aufenthaltsraum der Doktoranden fand gerade die Kinderstunde statt. Ich sollte eigentlich dort sein. Ich griff nach Block und Stift und rannte zur Tür. Immerhin gab mir die Kinderstunde eine Gelegenheit, mich ihnen allen mal wieder aufzudrängen, nachdem ich einen Monat lang Winterschlaf gehalten hatte.

Die Kinderstunde, wie wir sie nannten, war das Treffen der Mathe-Doktoranden, das an jedem Freitag stattfand. Irgendeiner von uns hielt den anderen einen Vortrag über irgendetwas und wir diskutierten darüber – was im Blick auf Lehrveranstaltungen oder auf die Verteidigung unserer Dissertation immer eine gute Übung war. Wir hofften immer, dass wir mitreißendere Redner wären als die meisten Wissenschaftler, die von anderen Unis kamen und Vorträge bei uns hielten, bei denen die Hälfte der Zuhörer anschließend schlief.

Als ich zum Aufenthaltsraum kam, erzählte Rashad irgendetwas und klickte sich in rasender Geschwindigkeit durch eine Präsentation, die von dem Beamer an die Wand projiziert wurde. Rund fünfzehn andere Doktoranden hatten es sich auf der bunten Mischung von Stühlen und Sofas bequem gemacht und sahen mäßig interessiert zu ihm hin. Ich glitt neben Deb auf ein Sofa und flüsterte: »Was läuft denn heute so?«

»Er ist gerade fertig«, flüsterte Deb zurück. »Und wie kommen wir dazu, dass du uns hier mit deiner Anwesenheit beehrst?«

Plötzlich brach Applaus los, woraufhin einige Zuhörer aufsprangen und zur Tür rannten, als wären sie alle gleichzeitig ausgerufen worden. Rashad sah uns andere mit hochgezogenen Augenbrauen an.

»Irgendwelche Kommentare?«, wollte er wissen.

Jacoboni riss sich aus dem Mittagsschläfchen hoch, das er in einer Ecke des Raums gehalten hatte, und schlug vor: »Warum diskutieren wir das nicht im *Antonio's*, hmm, Rashad? Es ist schließlich Freitagnachmittag!«

»Wunderbare Idee«, stimmte Deb zu.

»Ist das da etwa Jill?«, zog Jacoboni mich auf.

»Wer hätte das gedacht?«, sagte ich. »Ich arbeite hier immer noch.«

»Aber die Frage ist: Feierst du auch immer noch hier?«

»Komm doch mit ins *Antonio's*«, sagte Peter.

Ich willigte ein – aber nur, weil ich den Gedanken, allein zu sein, einfach nicht mehr ertrug.

Wir waren kaum zur Kneipentür herein, da begannen einige schon, Billard zu spielen. Und innerhalb von fünf Minuten hatte sich Jacoboni das erste Bier hinter die Binde gekippt. Ich saß auf einem Barhocker, bestellte ein Mineralwasser und fragte mich, wem ich nun meine Liebe zeigen sollte.

Offensichtlich keinem von diesen Typen. Ich hatte immerhin fünf Jahre lang mit ihnen zu tun gehabt und doch kannte ich keinen von ihnen wirklich. Tabithas tolle Ratschläge hin oder her – ich stellte fest, dass ich nicht einmal Lust hatte, sie näher kennenzulernen.

Aber befriedigend war diese Feststellung nicht. Eher schwang Einsamkeit in ihr mit. In mir wuchs eine kalte Sehnsucht, die mir völlig fremd war.

Ich überlegte bereits, wie ich mich verabschieden konnte, ohne unhöflich zu erscheinen, als mein Handy klingelte. Es war Freda III und sie schrie geradezu ins Telefon.

»Ich glaube, Sie sollten schnellstens nach Hause kommen, Herzchen!«

»Warum? Was ist denn passiert?«

Sie klang atemlos. »Ich habe Liz gerade im Arbeitszimmer aufgestöbert. Ich weiß nicht, wie sie da hineingekommen ist – ob Sie es offen gelassen haben oder was. Aber ich hab uns grad was zum Mittagessen zurechtgemacht und da hab ich diesen Lärm gehört ...«

»Welchen Lärm?«

»Vom Aktenvernichter.«

»Aktenver... Was hat sie denn da reingesteckt?«

»Ich habe keine Ahnung«, sagte Freda. »Als ich hinkam, nahm sie gerade etwas vom Schreibtisch und steckte es in das Gerät.«

»Holen Sie sie aus dem Zimmer raus!«, rief ich. »Ich bin schon auf dem Weg.«

Ich feuerte das Handy in meine Handtasche, griff mir eine Handvoll Dollarscheine und schmetterte sie auf die Theke.

»Hey, Jill!«, rief mir Jacoboni nach. »Wo gehst du denn hin, Sweetheart? Wir fangen doch gerade erst an!«

»Die Party ist vorbei!«, brüllte ich zurück und rannte zur Tür.

Als ich nach Hause kam, hatte Freda Mom an den Küchentisch gesetzt, wo sie auf ein Sandwich starrte. Freda stand mit verschränkten Armen neben ihr.

»Sie hat sich nicht wegbewegt, seit ich Sie angerufen habe, Herzchen«, erklärte sie. »Aber ich hab wirklich keine Ahnung, was sie alles vernichtet hat, bevor ich sie ertappt habe. Ich hoffe, es war nichts Wichtiges von Ihrer Arbeit.«

Ich bin ganz sicher, dass es etwas Wichtiges war!, dachte ich, als ich wie eine Wahnsinnige zum Arbeitszimmer rannte. *Auf diesem Tisch lag nichts herum, was nicht wichtig war!*

Ich schimpfte lautlos auf Nigel und seinen verrückten Vorschlag, zu Hause an meiner Doktorarbeit weiterzuschreiben – und auf mich, dass ich auf diesen Vorschlag überhaupt eingegangen war. Als ich zum Schreibtisch kam, erstarrte ich. Mein Ordner lag offen dort – der Ordner, in dem ich all meine Berechnungen aufbewahrte. Ich blätterte wie wild durch die Seiten, erst von vorne nach hinten, dann von hinten nach vorne. Wahrscheinlich würde ich erst genau wissen, ob etwas fehlte, wenn ich alles in Ruhe der Reihe nach durchging. Aber im Moment sah es so aus, als fehlte nichts.

Ich machte den Deckel des Aktenvernichters auf und ließ die Papierschnipsel durch die Finger rinnen. Es sagte mir alles nichts, nur dass die Seiten offensichtlich bedruckt und nicht handschriftlich beschrieben waren. Und Bleistiftnotizen konnte ich nirgends ausmachen.

Ich legte den Deckel wieder auf das Gerät und sank auf einen Stuhl.

»Alles in Ordnung, Herzchen?«, fragte Freda III von der Tür her.

»Ja«, sagte ich, »ich glaube schon.«

Aber ich glaubte das nicht. Ich glaubte das überhaupt nicht. Ich hatte mich den ganzen Tag über nicht so – wie nannte Sam das noch? – leidenschaftlich gefühlt. Es war keine Wut; es war Angst, dass etwas, in das ich zwei Jahre investiert hatte, nun nur noch als Verpackungsmaterial zu gebrauchen sein könnte. Mir war kein Mensch eingefallen, den ich lieben wollte, aber für meine Arbeit würde ich so ziemlich alles tun. Ich beugte mich vor, zog den Stecker des Aktenvernichters aus der Steckdose und griff zum Handy.

»Sam Bakalis.«

»Ich habe keine Leidenschaft für Menschen.«

»Hallo, Jill, ja, mir geht's auch gut. Danke der Nachfrage.«

»Ich meine das ernst. Warum kann ich mich denn nur für nichts begeistern als für diese Dissertation?«

»Ich würde denken, dass du das kannst, aber wo wir gerade über mögliche Alternativen für dich nachdenken ... ich denke Folgendes.« Ich konnte mir vorstellen, wie er sich in seinem Stuhl zurechtsetzte, um besser dozieren zu können. »Zum Menschsein gehört, dass wir irgendetwas anbeten. Wir tun das, ob wir es wollen oder nicht, weil es einfach Teil dessen ist, was wir sind.«

»Du willst also behaupten, dass ich meine Arbeit *anbete?*«

»Ich bin noch nicht fertig.«

»Tut mir leid«, sagte ich. »Mach weiter.«

»Wenn Menschen den wahren Gott der Liebe nicht anbeten, suchen sie sich früher oder später einen anderen Gott, den sie verehren können.«

»Und wo ist da die Alternative für mich?«

Ich konnte ihn fast grinsen *hören.* »Vielleicht wird das ein bisschen schwer verdaulich für ein Telefonat. Sollen wir uns nicht lieber irgendwo treffen?«

»Nein, ich bin im Haus meiner Mutter und ich möchte Freda bald nach Hause schicken. Ich kann hier nicht weg.«

»Ich könnte ja dorthin kommen.«

»In Ordnung«, stimmte ich zu. »Aber keine Gürtel mit Metallspitzen diesmal, ja?«

Die nächste halbe Stunde brachte ich abwechselnd damit zu, mir die Haare zu bürsten, immer wieder neuen Lipgloss aufzutragen, mich auszuschimpfen, dass ich mich besser fühlte, weil ich Sams Stimme gehört hatte, und mich noch besser zu fühlen, weil er vorbeikommen wollte.

Bis er ankam, hatte ich allerdings schon genug Lipgloss abgelutscht, dass ich nicht allzu einladend aussah, und mich selbst davon überzeugt, dass jede beliebige andere menschliche Stimme mir genauso guttun würde.

Meine Mutter saß noch am Küchentisch, als Sam hereinkam. Als ich ihn vorstellte, legte sie die Hand an den Mund und rannte kichernd aus dem Raum. Ich hörte ihre Pantoffeln im Gästezimmer klappern.

»Sie macht bestimmt jetzt ein Nickerchen. Wahrscheinlich das sechste für heute.«

Sam sah zur Tür, aus der Mom gerade gerannt war. Seine Augen blickten traurig drein.

»Das ist nicht die Frau, die du bei diesem Jubiläumsessen reden gehört hast, was?«, sagte ich. »Ich fand, dass sie sich an dem Abend schon merkwürdig verhalten hat. Ich hatte ja keine Ahnung, wie das mit ihr noch weitergehen würde.«

»Sie verhält sich wirklich nicht wie die Frau an diesem Abend«, sagte Sam. »Aber ich hoffe immer noch, dass du irgendwann glaubst, dass sie es noch *ist.*«

»Möchtest du was trinken? Saft? Tee?«

Er schüttelte den Kopf. »Nein. Ich glaube, wir sind inzwischen weit genug, dass wir einfach hier sitzen und reden können. Es sei denn, du willst lieber auf und ab rennen.«

»Ich renne ja gar …«

Ich hielt mitten in der Bewegung inne und er grinste mich an.

»Sitze ja schon«, knurrte ich und ließ mich ihm gegenüber auf einen Stuhl fallen.

Er lehnte sich zu mir herüber und sah mich erwartungsvoll an. »Ich wusste ja, dass du schnell vorankommen würdest – aber dass das so schnell gehen würde …! Du hast schon dein Elend erkannt.«

»Was?«

»So hat Pascal das genannt. Er hat gesagt: ›Die Größe des Menschen zeigt sich darin groß, dass er sich als elend erkennt. Es bedeutet also, elend zu sein, wenn man sich als elend erkennt, aber es bedeutet, groß zu sein, wenn man erkennt, dass man elend ist.‹ Oder irgendwas in diese Richtung.«

»Gar nichts in diese Richtung.« Ich stand auf, öffnete den Kühlschrank und betrachtete die Ansammlung von Behältern, die Max dort gestapelt hatte. »Ich habe ganze vierundzwanzig Stunden gebraucht, um festzustellen, dass ich eigentlich keine Freunde habe. Ich habe alles Recht dieser Welt, mich elend zu fühlen.«

»Du hattest doch schon gesagt, dass du dich elend und unglücklich fühlst und dass die einzige Leidenschaft, die du in dir entdecken kannst, deiner Doktorarbeit gilt.«

»Mein kleiner Ersatzgott oder wie hattest du das noch genannt?« Ich nahm einen der Behälter aus dem Kühlschrank, öffnete ihn, warf einen Blick auf die Ravioli darin, machte ihn wieder zu und stellte ihn an seinen Platz zurück.

»Was du suchst, findest du jedenfalls nicht da drin«, stellte Sam fest.

Ich machte die Kühlschranktür zu und sah ihn an. »Und wo sind nun diese vielen Alternativen hin, die du mir vorstellen wolltest?«

»Das *war* schon eine. Entweder du gibst zu, dass du dich elend fühlst …«

»Kannst du nicht ein anderes Bild benutzen?«, fragte ich.

»Es ist ein Rätsel, behauptet Pascal jedenfalls.« Sam stand auf und schwang sich auf die Küchentheke, wo er sitzen blieb und mit den Beinen baumelte. »Du kannst versuchen, ihm mithilfe deines Verstands auf die Spur zu kommen ...«

»Oder?«

»Oder nicht.«

»Was soll das heißen, ›oder nicht‹? Wo liegt die Alternative?«

»Stille.«

»Das hab ich ja schon versucht. Und du weißt, wohin mich das gebracht hat.«

»Ganz schön weit, wenn ich das richtig sehe.«

»Weit?« Meine Stimme war fast ein Kreischen und da half kein Haareraufen mehr. Ich stand einfach nur da und umklammerte meine Stuhllehne. »Ich bin ein einziges Wrack. Ich bin einsam, lieblos, sarkastisch ...«

»Und leidenschaftlich. Und echt. Und du selbst.« Sam hörte auf, gegen die Schrankwände zu treten, und glitt von der Theke. Er stützte sich auf die Lehne des Stuhls, der neben meinem stand, und als er mich ansah, waren seine Augen weich. »Die Frau, die ich jetzt sehe, ist wenigstens echt.«

»Und wenn schon. Mir gefällt sie nicht.«

»Aber mir.«

Er hob mein Kinn mit dem Finger nach oben. Ich ließ ihn gewähren und er küsste mich so sanft, wie ich mir das bisher bei keinem Mann hatte vorstellen können, und seine Sanftheit hallte in den leeren Tiefen meiner Seele wider.

Ich glaube, er riss sich noch vor mir los und rieb sich betreten den Nacken.

»Hab ich's doch geahnt. Ich hätte den Gürtel doch mitbringen sollen«, sagte er. Sein Grinsen fiel diesmal ein bisschen verlegen aus. »Wo waren wir stehen geblieben?«

»Dass ich so lebe, als gäbe es einen Gott«, half ich ihm auf die Sprünge.

»Und schon viel echter bist.«

Wir redeten beide zu schnell und vermieden es, einander in die Augen zu sehen.

»Das darfst du gerne glauben, wenn es dich glücklich macht«, sagte ich und inspizierte einen Fleck Tomatensoße auf der Tischplatte. »Aber bis jetzt sehe ich noch nicht, was für einen Unterschied es machen soll.«

»Keine Sorge.« Er hob wieder mein Kinn hoch. »Das kommt schon noch.«

KAPITEL 15

Am Montag rief ich wieder in Dr. McDonalds Büro an und fragte nach einer weiteren Sozialarbeiterin. Ich hatte keine Zeit zu warten, bis Paige Hill von Hawaii zurückkam – oder wo immer sie ihren Urlaub verbrachte. Ich musste *jetzt* überlegen, was ich machen konnte, und so bat ich gleichzeitig um eine Aufstellung guter Einrichtungen für Betreutes Wohnen. Seine Sekretärin schlug vor, mir eine Liste an meinen Arbeitsplatz zu faxen.

Das gab mir einen Moment lang zu denken. Erstens: Wer schickte heutzutage noch Listen per *Fax*? Und zweitens: Ich wäre viel lieber zu Dr. McDonalds Büro gefahren, um die Liste höchstpersönlich abzuholen, anstatt zu riskieren, dass irgendjemand in der Fakultät für Mathematik sich wunderte, warum Jill McGavock nun betreut wohnen wollte. Und dann hörte ich auf, mir darüber den Kopf zu zerbrechen.

Wen kümmert's schon, was die anderen denken?, dachte ich. *Die Grenzlinien zwischen meinen verschiedenen Bereichen sind sowieso nicht mehr deutlich zu erkennen.*

»Haben Sie ein Fax dort?«, fragte die Sekretärin.

»Ja«, sagte ich und gab ihr die Nummer.

Natürlich hing ich trotzdem die nächsten zwanzig Minuten im Sekretariat der Fakultät herum, was mir einige verwunderte Blicke der Mitarbeiterinnen dort bescherte, und ich riss mein Fax aus dem Gerät, bevor es vollständig durchgelaufen war. Dann rannte ich damit in mein Büro, als hätte ich eine Bank ausgeraubt und wäre mit der Beute gerade noch entkommen. Ich hatte mich gerade, eine Tasse Kaffee in der Hand, in die Liste vertieft, als mein Handy klingelte.

»Ich habe hier was für dich«, sagte Sam.

»Das glaube ich gern«, seufzte ich. »Bisher haben deine tollen Ideen mein Leben immer nur noch komplizierter gemacht.«

»Das hier macht es unkomplizierter«, versprach er. »Hast du Lust, morgen Abend essen zu gehen?«

Ich war mir nicht so ganz sicher, ob das wirklich eine Verunkomplizierung meines Lebens darstellte. Sam musste das der kurzen Stille angehört haben, die auf seinen Vorschlag hin entstand, denn er fügte schnell hinzu: »Das darfst du auf keinen Fall verpassen. Es wird bestimmt höchst edel. Und mein Vater bezahlt.«

Sein *Vater*? Ich sollte seinen Vater treffen? Du liebe Güte!

»Er hat gerade in der Gegend zu tun und will mich unbedingt zum Essen ausführen.« Diesmal machte Sam eine Pause. »Und wenn du nur ein kleines bisschen Mitleid hast, lässt du mich da nicht allein hingehen.«

»Ist er so schlimm?«

Er lachte. »Keine vorgefertigten Meinungen, wie üblich.«

»Wenn ich irgendetwas für dich empfinde«, sagte ich, »dann Mitleid. Um wie viel Uhr?«

»Hercules Bakalis pflegt spät zu speisen, wie es der Mode entspricht. Stirbst du den Hungertod, wenn wir halb acht sagen?«

»Hör bloß auf! Dein Vater heißt doch nicht wirklich Hercules!«

»Doch. Ich schwör's.«

»Das glaube ich erst, wenn ich seinen Ausweis sehe.«

»Weißt du was?«, sagte Sam und das Lachen in seiner Stimme war jetzt unüberhörbar. »Wenn du meinen Vater kennenlernst und ihn dann noch nach seinem Ausweis fragst, fühle *ich* mich elend.«

»Darfst du gerne«, versicherte ich ihm. »Wo finde ich euch denn?«

»Restaurant *Iberia*, direkt dem Bahnhof gegenüber.«

»Klingt ja wirklich nobel«, sagte ich.

Ich musste zugeben, dass ich es seit Tagen zum ersten Mal schaffte, mich von all dem Schwierigen abzulenken, indem ich mir vorzustellen versuchte, wie Sams Vater wohl war. Bis ich am nächsten Abend neben dem *Iberia* parkte – nachdem ich Mom in Max' Obhut zurückgelassen hatte –, war ich längst überzeugt, dass er entweder ein mustergültiger Kirchenmensch mit einer

Menge Lack im Haar und den Zehn Geboten auf den Manschettenknöpfen war (womit er Sam vermutlich außerordentlich in Verlegenheit bringen würde) oder ein schmallippiger Lateiner der alten Schule (der dann seinerseits von der höchst unschicklichen Ungezwungenheit seines Sohnes peinlich berührt wäre).

Sams Vater war keins von beidem.

Zunächst einmal sah der Mann, der aufstand, als ich an den Tisch trat, wie ein Spiegelbild von Sam aus – wenn man von den paar grauen Strähnen in seinem dunklen, lockigen Haar absah und von dem Haarschnitt, der um Klassen besser war als der seines Sohnes. Vermutlich zahlte er für einen Besuch beim Friseur das, was ich in einem Quartal verdiente. Auch er hatte dichte Augenbrauen, die seine offensichtliche Genugtuung darüber, dass ich nicht ganz hässlich war, weiter unterstrichen. Seine olivfarbene Haut war vom Alter nur wenig gezeichnet und sein kräftiges Kinn ließ ihn stark erscheinen, obwohl er, wie sein Sohn, schmale Schultern hatte und eigentlich eher drahtig gebaut war. Er trug sogar eine ähnliche Brille wie Sam.

Als Sam sich auch erhob, bemerkte ich erstaunt, dass er größer war als sein Vater. Hercules Bakalis *wirkte* einfach größer. Vielleicht rührte das aber auch von seiner unglaublich selbstsicheren Art her, mit der er beide Hände ausstreckte, damit meine Hand ergriff und mich so nah an sich heranzog, wie es der Anstand gerade noch erlaubte.

»Sie ist unglaublich!«, sagte er. »Heirate sie sofort, Junge, bevor ich sie dir wegschnappe.«

Ich wandte mich zu Sam um und starrte ihn ungläubig an. An seinem Gesicht konnte ich nicht genau ablesen, ob er unangenehm berührt oder einfach nur entzückt war – möglicherweise beides. Im Moment schien er jedenfalls meine Sprachlosigkeit mehr zu genießen, als dass er sich für seinen Vater schämte. Ich wandte mich wieder Hercules Bakalis zu.

»So ein Pech aber auch! Ich bin nicht zu haben.«

Er warf mir noch einen schmachtenden Blick zu. »Das ist aber auch zu schade!«

»Äh, Jill, na ja ... setz dich doch einfach.«

Ich sprang in Richtung des Stuhls, der möglichst weit von Hercules weg stand, aber er war schneller. Er verstellte mir so geschickt den Weg, dass ich ihn, den Tisch und einen gerade vorbeilaufenden Kellner hätte umstoßen müssen, um dorthin zu gelangen. Es blieb mir nichts anderes übrig, als mich zwischen Sam und seinen Vater zu setzen.

»Und was trinkt dieses wunderbare Wesen?«, wollte Hercules wissen.

Sam zwinkerte mir zu. »Ich habe nicht die leiseste Ahnung.«

»Deine gesellschaftlichen Umgangsformen scheinen sich ja auch nicht verbessert zu haben in der letzten Zeit. Was trinken Sie, Schätzchen?«

»Mineralwasser«, sagte ich.

»Was? Soll das ein Witz sein? Sind Sie Antialkoholikerin wie mein Sohn?«

»So was Ähnliches.«

Er seufzte melodramatisch auf. »Es ist so eine Schande, wenn eine attraktive Frau wie Sie in die Klauen der Kirche gerät.«

»Dad ...«

Ich hob die Hand und unterbrach Sam. »Ich bin überhaupt niemandem in die Klauen geraten«, betonte ich. »Und der Kirche schon gar nicht.«

Auf seinem Gesicht breitete sich langsam ein breites Grinsen aus. »Oh, das verspricht ja dann doch ein interessanter Abend zu werden.«

Während er *Scotch on the Rocks* bestellte – mindestens sein zweiter Drink an diesem Abend, wenn man nach dem Geruch gehen wollte –, wechselte ich ein paar verstohlene Blicke mit Sam. Ich glaube, er hätte meinen Unmut amüsanter gefunden, wenn er nicht in Gedanken mit irgendetwas anderem beschäftigt gewesen wäre. Er fuhr geistesabwesend mit der Hand am Rand seines Wasserglases entlang.

Das ist ja interessant, dachte ich. *Da sitzt zur Abwechslung einmal Sam auf dem heißen Stuhl und nicht ich.*

Nachdem Sam und ich einen Aperitif abgelehnt und unsere Getränke bestellt hatten, wandte sich Hercules mir zu und überschüttete mich mit Fragen. Es waren die üblichen Fragen, die man stellt, wenn man jemanden näher kennenlernen möchte, aber obwohl ich ihm widerwillig Auskunft zum Stand meiner Doktorarbeit und meinen Plänen für die Zukunft gab, hatte ich die ganze Zeit den Eindruck, dass er mir nicht wirklich zuhörte. Er schien mich eher in Gedanken auszuziehen und ich hätte am liebsten den Kellner um eine Tüte gebeten, in die ich mich übergeben konnte.

Sam ließ seinen Vater nur ein paar Minuten gewähren, dann fragte er: »Und du, Dad, was machst du eigentlich so?«

Hercules hob die Augenbrauen. »Mal abgesehen davon, dass ich dir diese Frau abspenstig zu machen versuche, meinst du?«

»So ungefähr«, sagte Sam.

»Ich versuche, diese Apartments an den Mann zu bringen«, erzählte Hercules. »Das ist vielleicht eine Arbeit! Im Moment kriegt man dafür kaum Zinsen – hattest du das eigentlich mitgekriegt?«

»Stimmt. Ich meine, irgendetwas in der Richtung gehört zu haben«, sagte Sam.

»Du meinst, irgendetwas in der Richtung gehört zu haben«, äffte Hercules seinen Sohn nach. »Du kommst mal besser bald von deinem Elfenbeinturm runter, Junge. Du solltest endlich dein Geld in ein paar nette Immobilien stecken. Wohnst du immer noch zur Miete?«

»Ich bin in der Zwischenzeit nicht umgezogen, wenn du das meinst«, erklärte Sam.

Ich sah zu ihm hinüber. Er grinste fröhlich. Er knirschte nicht mit den Zähnen und schien ganz entspannt. Wenn ich mit meiner Mutter ein solches Gespräch geführt hätte – und das war vor einem Jahr durchaus vorgekommen –, hätte ich in meinem Ärger meine Klauen ins Tischtuch gekrallt.

»Mein Sohn hat so viel Geld, dass er gar nicht weiß, was er damit alles anfangen soll«, bemerkte Hercules, wieder an mich gewandt. »Wussten Sie das?«

»Nein, das hat er mir nie gesagt.«

»Jetzt wissen Sie's. Vielleicht ändern Sie daraufhin ja Ihre Meinung, ob Sie noch zu haben sind oder nicht. Und dann erzähle ich erst mal, wie *ich* finanziell dastehe.«

Er blinzelte mir zu und nippte wieder an seinem Scotch. Ich versetzte Sam unter dem Tisch einen Tritt.

»Jill ist quasi an der Uni aufgewachsen«, sagte Sam. »Sie weiß schon, dass Privatdozenten nicht gerade Großverdiener sind.«

Hercules tat so, als würde er sich an seinem Drink verschlucken. »Soll das heißen, dass du immer noch keine anständige Professur hast?«

»Nein, Dad.«

»Und was musst du tun, damit du endlich eine bekommst? Wen soll ich anrufen, um da mal ein bisschen Druck zu machen?«

Wenn du wirklich willst, dass er beruflich weiterkommt, hältst du dich am besten komplett raus!, dachte ich. *Wenn irgendjemand von der Uni jemals mit dir redet, wird dein Sohn glatt lebenslang aus Stanford verbannt.*

»Ich unternehme gar nichts in diese Richtung«, sagte Sam.

»Sicher. Es überrascht mich auch nicht.« Hercules sah Sam lange über den Rand seines Glases hinweg an, schüttelte resigniert den Kopf und kippte seinen halben Drink in einem Zug herunter. Als er wieder sprach, klang seine Stimme bitter, weil er zu viel getrunken und außerdem offensichtlich gerade an alte Wunden gerührt hatte.

»Das wissen Sie wahrscheinlich auch nicht, Jill«, sagte er. »Oder vielleicht ja doch. Sie scheinen auch ziemlich clever zu sein. Mein Sohn ist ein brillanter Denker. Fast genial, würde ich sagen.«

»Wohl kaum«, sagte Sam.

Hercules zeigte mit dem Finger auf Sam, obwohl er weiter in meine Richtung sprach. »Merken Sie's? Merken Sie auch, was er macht? Er tut so, als wäre ihm sein Potenzial gar nicht bewusst, so hat er immer eine Entschuldigung, es nicht auszuschöpfen. So war er schon immer – unglaublich intelligent und so faul, dass es zum Verzweifeln ist.« Er schüttelte noch einmal enttäuscht den

Kopf und wandte sich dann wieder seinem Scotch zu. »So eine Verschwendung.«

Der einzige Grund, warum ich darauf nichts erwiderte, war, dass ich hin- und hergerissen war zwischen dem Zorn auf ihn, dass er seinen Sohn so vor mir heruntermachte, und dem Zorn auf Sam, dass er sich das gefallen ließ. Warum sprang er nicht einfach über den Tisch und packte seinen Vater an den Brusthaaren – die, wie ich inzwischen festgestellt hatte, üppig unter seinem viel zu weit aufgeknöpften Hemd hervorquollen? Mir war von Minute zu Minute mehr nach Erbrechen zumute.

»Tut mir leid, Daddy«, sagte Sam scheinbar unbekümmert. »An diesem Punkt werden wir uns nie einig, hattest du das vergessen?«

Hercules sah ihn an, gab einen Grunzlaut von sich und schüttelte den Kopf. »Ich glaube, ich brauche noch was zu trinken.« Er sah mich an. »Sind Sie sicher, dass Sie nicht doch was Stärkeres brauchen, Schätzchen?«

»Ich heiße Jill«, erklärte ich. »Und nein, ich brauche wirklich nichts weiter.«

An diesem Punkt gelang es Sam, das Gespräch in ein unverfänglicheres Fahrwasser zu lenken und mit Hercules über dessen Geschäftsvorhaben zu reden. Es ging eine Zeit lang gut – bis Hercules seinen dritten Scotch zu zwei Dritteln heruntergekippt hatte und seinen Sohn völlig unvermittelt fragte: »Und? Mal wieder was von deiner Mutter gehört?«

»Klar. Wir telefonieren mindestens einmal in der Woche.«

»Und? Wie geht's ihr so?«

Ich nahm an, dass Sams Eltern geschieden waren. Ich konnte es seiner Mutter nicht verübeln. Vielleicht war ihr Mann jahrelang anderen Frauen nachgestiegen – oder hatte es wenigstens versucht. Ich konnte mir irgendwie nicht vorstellen, wie eine Frau, die auch nur den kleinsten Rest Selbstachtung hatte, auf einen Mann hereinfiel, der buchstäblich über einem potenziellen Opfer geiferte. Gegen Hercules Bakalis war Jacoboni der reinste Klosterbruder!

»Hat Sam Ihnen erzählt, dass sie mich wegen eines anderen verlassen hat?«, fragte Hercules.

»Äh, nein«, sagte ich.

»Und sie möchte das bestimmt auch gar nicht hören, Dad«, sagte Sam. In seiner Stimme lag immer noch kein eindeutiger Ärger, aber besonders begeistert schien er von der Wendung, die das Gespräch genommen hatte, trotzdem nicht zu sein. Ich merkte das daran, wie er mit seinem silbernen Serviettenring spielte.

»Ist einfach durchgebrannt und das nach zwanzig Jahren Ehe«, klagte Hercules. »Hat sie im Moment einen Freund?«

»Das musst du sie schon selber fragen«, sagte Sam.

»Wie denn? Sie legt jedes Mal sofort auf, wenn sie mitbekommt, dass ich am anderen Ende der Leitung bin.« Hercules sah mich wieder an. Inzwischen sah das Weiße in seinen Augen aus wie eine Landkarte, in der lauter kleine rote Straßen verzeichnet waren. »Warum sollte eine Frau, mit der man Kinder großgezogen hat, einem so etwas antun? Was meinen Sie?«

»Antun? Sie meinen, dass sie einfach auflegt?«

»Ja. Sie sind doch eine Frau – und so eine attraktive noch dazu. Hatte ich Ihnen das schon gesagt?«

»Mehrmals, Dad«, warf Sam an dieser Stelle ein.

»Also müssten Sie doch wissen, warum eine Frau ihrem Ex-Mann das Leben so schwer macht.«

»Ich habe keinen Ex-Mann«, erklärte ich. »Deswegen kann ich da überhaupt nicht mitreden.« *Und meine Vermutung, warum deine Ex-Frau das tut, willst du bestimmt nicht hören.*

»Wie alt sind Sie eigentlich?«, wollte Hercules plötzlich wissen.

»Nicht dass Sie das was angeht«, sagte ich, »aber ich bin dreißig.«

Er zwinkerte mir zu. »Ich finde diese Frau einfach großartig, Sam. Warum hast du sie eigentlich vor mir versteckt?« Er starrte mich unverwandt an. »Und wie kommt es, dass Sie schon dreißig sind, aber noch nie verheiratet waren? Die Frage ist natürlich ein bisschen persönlich. Aber es interessiert mich wirklich.«

Von wegen, es interessiert dich wirklich. Du bist einfach nur neugierig. Und aufdringlich. Und eklig. Und unverschämt. Sam musste, was seinen Charakter anging, mehr nach seiner Mutter geraten sein.

In dem Moment wurde unsere Vorspeise an den Tisch gebracht – irgendeine Zusammenstellung von Meeresfrüchten, die frisch von den Kanaren eingeflogen worden waren. Max wäre selig gewesen! In unserem Gespräch entstand durch diese Ablenkung eine Pause, die Sam nutzte, um das Thema zu wechseln.

»Und, Dad«, fragte er, »warst du mal wieder beim Kardiologen?«

»Machst du Witze?«, schimpfte Hercules. »Da geh ich nicht mehr hin. Warum sollte ich dort meine Zeit verschwenden, nur damit er mir sagt, ich soll mit dem Rauchen und dem Trinken aufhören und ein bisschen kürzertreten, wenn ich nicht die leiseste Absicht habe, irgendeinen seiner Ratschläge zu befolgen?«

»Du willst doch bestimmt noch ein Weilchen leben, oder?«, bemerkte Sam.

Ich sah ihn an. Er meinte das ernst. Es schien ihm tatsächlich etwas auszumachen, ob dieser Mensch lebte oder nicht. Ich verlieh ihm in Gedanken einen Orden dafür. Wenn Hercules mein Vater gewesen wäre, wäre ich für einen kleinen Herzinfarkt zutiefst dankbar gewesen.

»Jetzt fang bloß nicht wieder mit deinen Predigten an, wie ich zu leben habe«, sagte Hercules. »Ich werde mein Leben weiter voll auskosten, bis ich dabei draufgehe. Und mehr gibt's dazu nicht zu sagen.« Er betrachtete mich wieder genauer, wobei das mit der Genauigkeit nach all den Drinks nicht mehr so recht zu funktionieren schien. »Ich muss die Diskussion hier abbrechen, denn als Nächstes wird er versuchen, mir seine Religion anzudrehen, bevor ich den Abgang mache.«

»Ich habe noch nie versucht, dir *meine Religion anzudrehen*, Dad«, sagte Sam.

Es war das erste Mal an diesem Abend, dass er eindeutig angespannt klang. Obwohl ich eigentlich fand, dass dieses Thema es gar nicht wert war, dachte ich: *Gut gemacht, Junge. Lass dir nicht alles gefallen!*

»Wie nennst du das denn sonst?«, fragte Hercules. »Ich hab mir das gut gemerkt, Jill. ›Ich bete weiter für dich, Dad.‹ – ›Lass mich doch mal ausreden, Dad. Ich weiß doch, dass du viel verletzt worden bist.‹ Ach ja, und meinen Lieblingssatz –«

»Das reicht jetzt, Dad.«

Hercules grinste mir verschwörerisch zu. »Nein, *das* ist nicht mein Lieblingssatz.«

»Jetzt reicht's aber«, wiederholte Sam. »Du kannst mich wegen meiner Finanzen aufziehen oder wegen meiner Freunde oder allem Möglichen – aber halt dich zurück, was meinen Glauben betrifft. Und ich meine das ernst.«

Hercules sah ihn wieder lange an, aber diesmal schüttelte er nicht angewidert den Kopf und er grunzte auch nicht. Ich beobachtete, wie er sich zu einem Grinsen zwang.

»Oh weh«, sagte er zu mir. »Das war wohl nichts. Glauben Sie, der redet überhaupt noch mal mit mir?«

»Nicht, wenn er noch einigermaßen bei Verstand ist.«

Er warf den Kopf zurück und lachte laut. Mir war nicht zum Lachen zumute.

Von da an ging unser Abend nur noch weiter abwärts. Sam fragte taktvoll, ob Hercules nicht mit ein bisschen weniger Scotch auskäme, woraufhin er auf Brandy umstieg. Mit bewundernswertem Geschick schaffte es Sam, alles Religiöse auszuklammern und uns in Gespräche über Politik, Sport und ähnliche vergleichsweise harmlose Themen zu verwickeln, während wir über Lammkeule und Paella saßen. Als wir endlich mit dem Nachtisch fertig waren – den Sam und ich gar nicht haben wollten, was aber nichts daran änderte, dass er uns trotzdem aufgedrängt wurde –, nahm Sam sein Handy, um seinem Vater ein Taxi zu rufen.

Sobald Sam abgelenkt war, nutzte Hercules die Gelegenheit, nach meiner Hand zu greifen. Ich entzog sie ihm nicht. Sie steckte einfach zu fest.

»Sie sind eine wunderschöne Frau«, sagte er mit belegter Stimme.

»Das sagten Sie bereits.«

»Sie sind nicht so kirchlich drauf, oder?«

»Kirchlich? Nein, ich bin nicht kirchlich drauf.«

»Umso besser, dass Sie kein Auge auf Sammy geworfen haben. Der will nämlich so was Kirchliches, wissen Sie?«

Wir hatten zwar nicht über Sams Geschmack gesprochen, was Frauen betraf, aber ich nickte einfach, als wüsste ich Bescheid.

»Das hat er mir selbst gesagt«, erklärte Hercules weinerlich. »Es ist wirklich ein Glück, dass Sie nicht die Hochzeitsglocken läuten hören, denn der will wirklich so was Kirchliches.« Er zog mich noch dichter an sich heran und ich konnte das feine Netz von roten Linien, die sich immer weiter in seine Augäpfel zu graben schienen, aus der Nähe betrachten. »Ich andererseits suche nach ...«

»Dad«, sagte Sam. Er stand hinter Hercules und hatte ihm beide Hände auf die Schultern gelegt. »Das Taxi ist unterwegs. Komm, wir warten beide draußen.«

Aber natürlich wollte Hercules das letzte Wort haben. Er führte meine Hand an seine Lippen und pflanzte einen feuchten Kuss darauf. Ich wartete, bis sie beide in eine andere Richtung sahen, und wischte meine Hand heimlich an einer Serviette ab.

»Warte noch auf mich, ja?«, sagte Sam über seine Schulter zurück.

Oh ja, mit dir habe ich nämlich noch ein Hühnchen zu rupfen, sagte ihm mein Blick.

Aber als Sam zurückkam, brachte sein Gesichtsausdruck alle Vorsätze, ihm mal richtig die Meinung zu sagen, zum Schmelzen. Es schien gar nicht mehr so schlimm, was *ich* durchgemacht hatte – aus seiner Sicht musste der Abend noch viel schlimmer gewesen sein.

»Dein Vater ist ja ein ganz besonderer Mensch, was?«, sagte ich.

Sam ließ sich schwer auf den Stuhl neben mir fallen. »Mir war nicht bewusst, dass er inzwischen so viel trinkt, sonst hätte ich dir das hier nicht zugemutet. Er ist schon schwer genug zu ertragen, wenn er nüchtern ist – aber dann ist er wenigstens nicht ganz so vulgär.«

»Zerbrich dir deswegen nicht den Kopf«, sagte ich. »Ich weiß schon, warum du mich hierhergeschleppt hast.«

Er hob erstaunt die Augenbrauen. »Da bin ich aber mal gespannt.«

»Damit ich sehen konnte, dass es mir ja eigentlich noch ganz gut geht. Und ich dachte schon, meine Mutter wäre schwierig! Na ja, zumindest habe ich das sonst immer gedacht.«

Sam lehnte sich in seinem Stuhl zurück und spielte mit einer Gabel herum, die vom Nachtisch liegen geblieben war.

»Du hast das viel besser hingekriegt als ich jemals«, bekannte ich. »Und ich musste nicht mal gegen den Alkohol angehen. Wie kannst du hier ruhig sitzen und dich von ihm so dermaßen fertigmachen lassen?«

»Er tut mir einfach leid.«

»Warum denn? Er könnte sich auch ein bisschen zusammenreißen. Er ist ganz offensichtlich intelligent. Und unattraktiv ist er auch nicht. Ich meine, er sieht genauso aus wie du …«

Hups! Hatte ich das gerade gesagt? Warum gab es für gesprochene Worte nur keine Löschtaste? Sam sah mich merkwürdig an.

Okay, jetzt kommt's, dachte ich. *Als Nächstes wird er sagen: »Oh, du findest mich also attraktiv?«*

Aber stattdessen fragte er: »Du findest wirklich, dass wir uns ähnlich sehen?«

»Vom Alter mal abgesehen, könntet ihr eineiige Zwillinge sein«, sagte ich. »Bis er dann den Mund aufmacht und nicht verbergen kann, was für ein Typ er ist. Ich will dir ja nicht zu nahe treten, aber der Mann ist echt unerträglich.«

»Also heißt das, wir sehen ähnlich aus, aber wir verhalten uns unterschiedlich?«

»Willst du jetzt irgendwas Nettes von mir hören?«

Sam sah mich mit einer aufrichtigen Unschuld an, die ich entwaffnend fand. »Nein, darum geht es mir nicht. Ich will das wirklich wissen.«

»Ihr verhaltet euch wirklich nicht ähnlich. Was das betrifft, so ist kaum vorstellbar, dass er dich überhaupt gezeugt hat. Haben sie dich als Baby im Krankenhaus vertauscht oder was?«

Sam musste lachen. »Nein.«

»Er ist so wie du – nur irgendetwas fehlt.«

»Da liegst du ziemlich richtig. Ich war auch genau wie er – bis ›irgendetwas‹ dazugekommen ist.«

»Du machst wohl Witze«, sagte ich ungläubig.

»Bestimmt nicht. Ich bin in seine Fußstapfen getreten – du weißt schon: Verdiene so viel Geld, wie du kannst, zieh dich an deinen eigenen Haaren aus dem Sumpf, richte dein Leben nach deinen Vorstellungen ein.«

»Und dann?«

»Habe ich Gott gefunden.«

»Was? Mehr nicht?«

»Na ja, Gott und eine Gruppe Christen, die anderen Leuten helfen, ihre falschen Häute abzuwerfen.«

»Ich fürchte, das musst du mir ein bisschen genauer erklären.«

»Mein christlicher Glaube hilft mir, mein falsches Selbst zu erkennen und abzulegen. Das falsche Selbst – das legen wir uns von dem Moment an zu, in dem wir irgendetwas Verbotenes tun und uns damit auseinandersetzen müssen. Also in etwa, wenn wir ein Jahr alt sind. Über eine Gruppe Christen, die ich kennengelernt habe, habe ich das begriffen. Seitdem versuche ich, zum wahren Kern vorzudringen.«

»Also hast du alles abgelegt, was du von deinem Vater hattest. Und deswegen bist du so anders.«

»So einfach ist das nicht. Man kann nicht etwas wegnehmen, ohne etwas anderes an seine Stelle zu setzen.«

»Und als Nächstes erzählst du mir, dieses ›andere‹ war Gott, oder?«

»Nein, ich wollte sagen, dass ich Gott gefunden und festgestellt habe, dass in meinem Innersten Christus ist – und nicht dieses Selbst, das ich konstruiert hatte.«

»Also ist dein Vater wie du, nur ohne Gott.«

Sams Mund verzog sich zu einem Lächeln. »Stimmt genau.«

»Aber ich kenne eine Menge nette, anständige Menschen und in deren Gedankenwelt kommt Gott überhaupt nicht vor.«

»Wen denn zum Beispiel?«

Ich tat so, als hätte ich plötzlich einen Heißhunger auf meinen bislang vernachlässigten Nachtisch entwickelt; so hatte ich wenigstens ein bisschen Zeit zu überlegen.

»Max Ironto«, sagte ich schließlich.

»Ist Max Atheist?«, wollte Sam wissen.

»Nein, er sagt, er glaubt an Gott.«

»Aber du nimmst ihm das nicht ab.«

»Na ja, also nicht Max. Na gut, dann also Nigel Frost. Mein Doktorvater.«

»Nigel Frost?«

»Kennst du den etwa?«

Sam grinste noch breiter, falls das überhaupt möglich war. »Er ist in meinem Männerkreis. Wir treffen uns zweimal im Monat zum Gebetsfrühstück. Eindeutig Kategorie Christ, würde ich behaupten.«

»Nigel?«, fragte ich fassungslos. »Der hat in meiner Gegenwart das Wort Gott noch nie in den Mund genommen.«

»Nigel ist da etwas zurückhaltender. Der geht nicht mit der Dampfwalze vor wie ich und da wir wohl davon ausgehen können, dass du dieses Thema nicht von dir aus angesprochen hast ...«

»Das bietet sich ja auch nicht so an, wenn man über K-Theorie spricht.«

»Och, da gäbe es bestimmt Anknüpfungspunkte«, versicherte mir Sam. Seine Augen blitzten fröhlich hinter seinen Brillengläsern. Das hatte ich bei Hercules definitiv nicht beobachtet.

»Wir haben die Theorie noch nicht bewiesen«, bremste ich ihn.

»Aber auch nicht widerlegt.«

»Also gut, ich gebe zu, dass ich jetzt gesehen habe, wie du wärst, wenn du Gott nicht hättest.«

Sam lehnte sich zu mir herüber. Er versuchte nicht, mich zu

küssen. Er berührte mich überhaupt nicht. Aber seine Stimme umfasste mich sanft und hielt mich fest.

»Jill«, sagte er, »du bist wirklich wunderschön.«

Und in diesem Moment erinnerte nichts, aber auch wirklich gar nichts an ihm an Hercules Bakalis.

KAPITEL 16

Am nächsten Morgen machte ich für den Samstag einen Besichtigungstermin in einem Pflegezentrum aus. Und dann zerbrach ich mir drei geschlagene Tage lang den Kopf, ob ich wirklich hingehen sollte.

Manchmal überlegte ich, dass ich Mom vielleicht einfach zu diesem Gespräch mitnehmen und sie dann gleich dalassen sollte; dann wieder war ich drauf und dran, zum Handy zu greifen und den Termin ganz abzusagen. Es war dann auf eine gewisse Weise Mom selbst, die mir die Entscheidung abnahm.

Als ich am Freitag heimkam, saß Freda III im Flur, als wartete sie auf den Bus. Sie hatte sich ihre Strickjacke schon übergezogen und hielt ihre Handtasche krampfhaft auf dem Schoß fest. Ich war kaum zur Tür herein, da sprang sie schon auf und überschüttete mich mit einem Redeschwall, den sie offenbar schon den halben Tag vorbereitet hatte. Leider klang alles so verworren, dass ich kein Wort verstand.

»Moment mal. Immer mit der Ruhe«, bat ich sie. »Ich ziehe meine Jacke aus, dann können wir uns ruhig hinsetzen und reden ...«

»Ich setz mich nicht mehr hin und ich red auch nicht mehr. Nach allem, was heute passiert ist, mach ich überhaupt nichts mehr.«

Mein Herz begann wie wild zu schlagen und ich warf meine Tasche auf die unterste Treppenstufe. »Was ist passiert? Und wo ist meine Mutter?«

Ich ging in Richtung Wohnzimmer, aber Freda erklärte: »Sie ist in ihrem Zimmer und macht ein Nickerchen. Ich hab hier Wache gehalten, seit sie sich hingelegt hat. Ich hab die Schlafzimmertür keine Sekunde aus den Augen gelassen und wenn sie nicht aus dem Fester geklettert ist – was mich im Übrigen auch nicht mehr wundern würde –, ist sie da noch drin.«

Ich hätte am liebsten selbst nachgesehen, aber Freda III war so offensichtlich auf dem Absprung, dass ich es nicht riskieren wollte, *sie* aus den Augen zu lassen. Sie würde bestimmt einfach gehen und ich würde dastehen und keine Ahnung haben, was eigentlich los war. Freda selbst sah auch nicht gut aus; sie atmete schwer und war ganz rot im Gesicht. Wer weiß, vielleicht stand sie kurz vor einem Schlaganfall.

»Ich bin bei Ihnen geblieben, Jill«, sagte sie, »weil ich ja wusste, wie schwer das alles für Sie ist, aber jetzt reicht's mir einfach. Ich kann hier nicht weiterarbeiten.«

»Was ist denn ...«

»Ich bin in der Küche. Sie sitzt am Esstisch. Ich drehe ihr nicht mal fünfzehn Sekunden den Rücken zu und weg ist sie.«

»Wo ist sie denn hin?«

»Ich bin fast durchgedreht, weil ich sie einfach nicht finden konnte. Und dann hab ich sie hinten im Garten gefunden.«

»Ich dachte, wir hätten vereinbart, dass sie nicht rausgehen soll, wenn sonst niemand dabei ist.«

Freda knurrte. »Das haben *Sie* und *ich* vereinbart. Wir haben wohl vergessen, Liz das auch zu sagen. Ich komm raus und da liegt sie im Teich, auf dem Bauch, und plantscht fröhlich vor sich hin.«

»Sie machen wohl Witze?«

»Herzchen, ich würde über so etwas keine Witze machen. Ich hatte eine Menge Arbeit, sie da rauszuschaffen, das kann ich Ihnen sagen. Es ist ein Wunder, dass wir nicht beide ersoffen sind, aber wenn ihr was passiert wäre, wär's meine Schuld gewesen. Und diese Art von Verantwortung kann ich einfach nicht übernehmen.«

»Aber das ist doch Ihr Beruf! Sie übernehmen die Verantwortung für kranke Menschen!«

»Für welche, die im Bett liegen, vielleicht – aber doch nicht für welche, die man keine Sekunde aus den Augen lassen darf!«

Ich merkte, dass ich langsam ärgerlich wurde. »Ich habe Sie beim Einstellungsgespräch gefragt, ob Sie Erfahrung mit Demenzpatienten haben, und Sie haben das bestätigt.«

»Ja, mit Patienten, die wirres Zeug erzählen. Aber Ihre Mutter redet ja nicht einmal. Sie macht einfach, was sie will.«

Ich fuhr mir mit beiden Händen durchs Haar. »In Ordnung. Ich rufe Burl an und bitte ihn, herzukommen und neue Schlösser einzubauen oder so was in der Art.«

»Machen Sie das ruhig, aber nicht mehr für mich.« Inzwischen war das knallige Rot ihrer Hautfarbe einem etwas gesünderen Rosa gewichen. Freda tätschelte mir den Arm. »Es ist ja wirklich nicht so, dass ich Sie hier total im Stich lasse. Sie wollten sie doch sowieso in so ein Heim bringen.«

»Ich habe nur gesagt, dass ich darüber *nachdenke.*«

Freda III hängte sich ihre Handtasche über die Schulter und ging nun endgültig auf die Tür zu. »Tja, Herzchen, vielleicht *müssen* Sie das jetzt einfach tun.«

Ich muss *überhaupt nichts tun, gute Frau!*, hätte ich ihr am liebsten nachgebrüllt.

Aber ich sagte es nicht, weil ich es selbst nicht mehr glaubte. Es sah so aus, als lägen die Entscheidungen wirklich nicht mehr bei mir. Um mich herum dagegen trafen alle möglichen Menschen ständig alle möglichen Entscheidungen.

Kurz nachdem Freda III gegangen war, erschien Max. Beim Abendessen erzählte ich ihm, was vorgefallen war.

»Ich fürchte, wir werden Mom morgen mitnehmen müssen«, sagte ich. »Das wird schon gehen, wenn wir sie die ganze Zeit im Auge behalten und dafür sorgen, dass sie nicht irgendwem die *Mensch-ärgere-dich-nicht*-Männchen umschmeißt. Könntest du um Viertel nach neun hier sein, damit wir um halb zehn bei diesem Zentrum sein können?«

Max antwortete nicht. Er schien nur Augen für die Scheibe Mortadella auf seinem Teller zu haben.

»Du stehst doch hinter mir, oder?«, vergewisserte ich mich. »Du hast mich schließlich dazu überredet.«

»Das habe ich wohl«, sagte Max, aber er sah mich immer noch nicht an. »Gott weiß, es ist das Richtige. Ich bin mir ganz sicher.«

»Also was stimmt nicht, Max? Sag's mir.«

Er legte seine Gabel zurück auf den Teller. »Ich kann morgen nicht mit dir dorthin gehen. Ich kann nicht dorthin gehen und die ganze Zeit denken, dass wir Liz im Stich lassen.«

»Wir lassen sie nicht im Stich, Max. Und außerdem – morgen wollen wir uns das doch nur einmal ansehen!«

»Ich kann das einfach nicht. Ich weiß, ich bin feige, aber ich kann das einfach nicht. Ich würde total zusammenbrechen.«

Er sah so aus, als würde er mit dem Zusammenbruch nicht erst bis zum nächsten Tag warten. Was sollte ich denn bloß mit ihm machen – ihm links und rechts eine runterhauen und ihn bitten, sich gefälligst zusammenzureißen?

Ich legte eine Hand über seine. »Also gut, Max. Dann bleibst du mit Mom hier und ich fahre allein hin.«

Er streichelte mit seiner anderen Hand unsere beiden Hände, sodass wir einen ansehnlichen Haufen Finger und Handflächen auf dem Tisch liegen hatten.

»Gott segne dich dafür, Jill. Ich werde dir wirklich helfen, wo ich kann. Aber das kann ich nicht. Du verstehst das doch?«

»Jaja«, sagte ich. »Da auf dem Büfett liegt übrigens eine Packung Taschentücher.«

Er entwirrte den Stapel Hände und ging zum Büfett, wo er sich ausgiebig die Nase putzte.

»Darf ich dich mal was fragen, Max?«, begann ich.

»Sicher. Soll ich mehr Mortadella holen?«

»Nein. Du hast in diesem Gespräch ein paarmal Gott erwähnt. Hast du das schon immer gemacht und mir ist das bloß entgangen oder ist das neu?«

Max stopfte das Taschentuch in den Mülleimer. »Er ist hier drin«, sagte er und tippte sich auf die Stirn. »In letzter Zeit ist er immer mehr da drin. Und ich frage ihn: Was machst du eigentlich da oben? Ich meine, nimm's mir nicht übel, aber wir haben hier unten eine Menge Probleme. Was soll das eigentlich?«

»Und bekommst du eine Antwort drauf?«, fragte ich.

Er kam wieder zu mir herüber und stützte sich mit beiden

Händen schwer auf der Tischplatte ab. Wie üblich fiel ihm wieder eine dunkle Locke in die Stirn und sein riesiger Brustkorb hob und senkte sich unter dem Seidenhemd. Er kam mir vor wie eine Figur aus einem Brontë-Roman – und doch war er sehr wirklich.

»Meine Antwort bist du«, erklärte er.

»Ich«, wiederholte ich fassungslos.

»Du bist die Antwort auf fast jedes meiner Gebete. Du bist bei deiner Mutter eingezogen, wie ich es mir gewünscht habe. Du hast dich um sie gekümmert, wie ich gebetet habe. Das Einzige, was du nicht konntest, war, diesen Albtraum zu beenden. Das hast auch du noch nicht hinbekommen.«

»Und ich glaube, das wird auch nicht mehr passieren, Max«, seufzte ich.

Ich brachte es auch nicht übers Herz, ihm zu erklären, dass ich die anderen Gebete auch nicht wirklich beantwortet hatte. Es war alles Zufall gewesen, weil ich die ganze Zeit keine Ahnung hatte, was ich eigentlich tat.

☙

Das zeigte sich auch am nächsten Morgen wieder, als ich dem Pflegezentrum einen Besuch abstattete. Ich hatte mich in meinen einzigen eleganten Hosenanzug gezwängt, mein Haar hochgesteckt und mich mit Block und Stift bewaffnet. Sollten die dort doch ruhig merken, dass ich mich vom bloßen Schein und leeren Versprechungen nicht einfangen lassen würde! Ich musste eine riesige Eingangshalle durchqueren, um überhaupt zur Rezeption zu kommen, und ich hielt die Augen dabei offen, damit mir ja nichts Negatives entging.

Links von mir befand sich ein Aquarium, in das ein alter Mann starrte. Er redete laut mit den Fischen und wedelte aufgeregt mit den Händen, was sie nicht weiter zu beeindrucken schien.

Rechts stützten sich zwei Frauen auf ihre Gehhilfen; sie steckten die Köpfe zusammen und tuschelten, als hätte man sie direkt vom Gartenzaun hierher versetzt. Vielleicht hatten sie nie etwas anderes gelernt, als dass Frauen eben dazu da waren, von morgens bis abends Klatsch und Tratsch auszutauschen.

Direkt vor mir saß ein vielleicht fünfunddreißigjähriger Mann in einem Rollstuhl. Sein Gesicht war verzerrt und auch sein Körper war so in sich verdreht, dass ich mich zwingen musste wegzusehen, um ihn nicht anzustarren.

Ich sah auf meine Liste mit Fragen herunter. Ich hätte sie eigentlich gleich alle wieder durchstreichen und stattdessen nur die eine aufschreiben sollen: *Gehört meine Mutter wirklich hierher?*

Eine blonde Frau steckte den Kopf aus einer der Türen, die weiter hinten von der Eingangshalle abgingen. »Sind Sie Jill McGavock?«, rief sie.

Nur weil es hinter ihr nach Kaffee roch und ich darauf spekulierte, dass sie mir auch einen anbieten würde, gab ich zu, wer ich war: »Ja. Und sind Sie Monique?«

Monique erwies sich, anders als es ihr Name – Monique l'Orange – vermuten ließ, als ziemlich vernünftig. Bei ihr baumelten keine Kristalle von der Decke und sie versuchte auch nicht, mir ständig irgendwelche Körperteile zu tätscheln. Ich brauchte nur ein paar Schluck Kaffee, schon hatte ich ihr Moms komplette Situation erzählt und sie mit der Frage überfallen: »Ist das wirklich der richtige Ort für meine Mutter?«

»Kommen Sie mit, ich zeig Ihnen was«, sagte sie.

Sie führte mich in einen abgegrenzten Bereich des Hauses, wo niemand im Rollstuhl saß oder sinnlos herumlungerte. Das war der Gebäudeteil, in dem Betreutes Wohnen angeboten wurde, wohingegen ich vorher nur den Pflegebereich gesehen hatte.

Die Zimmer sahen einigermaßen gemütlich aus und außerdem gab es Gemeinschaftsräume, in denen Tischtennis oder Karten gespielt wurde. Es gab auch einen Fernsehraum. Vor dem Bildschirm saß eine Gruppe Bewohner, die sich eine Talkshow ansahen und jedes Mal zustimmend nickten, wenn einer der Teilnehmer etwas besonders Geistreiches sagte.

»Wir setzen sie nicht einfach vor dem Fernseher ab«, erklärte mir Monique. »Wir grenzen die Zeiten ein und versuchen, sie für aktivere Beschäftigungen zu begeistern.«

Ich begann mich zu fragen, ob sich meine Mutter wohl für eine Partie Canasta begeistern lassen würde. Als wir weiter in Richtung Speisesaal gingen, wandte ich mich deshalb noch einmal an Monique. »Ich habe Ihnen ja beschrieben, wie es um meine Mutter steht, und ich glaube, ich habe Ihnen einen Eindruck vermittelt, wie schnell sie abbaut.«

»Ja, sicher.«

»Meinen Sie wirklich, sie kommt mit der Atmosphäre hier klar? Ich meine, die Leute da drin scheinen ja alle noch ziemlich gut beieinander zu sein – na ja, jedenfalls im Vergleich zu ihr.«

Monique hielt im Türrahmen des Speisesaals an. »Ich verstehe schon, was Sie meinen, aber ich glaube, wenn Sie Ihre Mutter zusammen mit anderen Patienten sehen, die ganz ähnlich dran sind, wird sie Ihnen gar nicht mehr so merkwürdig vorkommen.«

Ich ließ meinen Blick über die netten kleinen Tische mit den sauberen Tischdecken gleiten. Auf jedem stand ein kleines Weihnachtsgesteck.

»Ach du liebe Zeit!«, wunderte ich mich. »Ist denn schon Dezember?« Es war nur zur Hälfte komisch gemeint.

Monique lächelte. »Sie werden sich schon wieder an Ihr altes Leben gewöhnen«, versicherte sie mir.

Ich griff begierig nach diesem letzten Strohhalm. »Wann kann ich sie denn herbringen?«

Genau da lag der Haken. Sie hatten zwar im Betreuten Wohnen ein Zimmer frei, aber für den Papierkram rechneten sie mit mindestens fünf Arbeitstagen.

»Das ist hier nicht wie im Hotel oder im Krankenhaus«, erklärte Monique. »Sie treten grundsätzlich alle Verantwortung für Ihre Mutter an uns ab.«

»Fünf Tage?«, fragte ich. »Das müsste ich eigentlich schaffen.« Ich hatte nur noch keine Ahnung, wie.

Dieser Tag und auch der darauffolgende Sonntag liefen gut. Max und ich wechselten uns mit dem ab, was einer Überwachung immer näher kam, und Mom spielte brav mit – abgesehen vom Sonntagnachmittag, als Burl herüberkam. Er ließ das Wasser aus dem Teich und brachte Moms übrig gebliebene Fische, die unter der Bezeichnung »Koi« firmierten, bei ihren Nachbarn drei Häuser weiter unter.

»Wenn Sie die verkaufen, kriegen Sie dafür noch eine Menge Geld«, erklärte er mir, als er eines der Tiere mit einem Kescher bis hinter einen Stein verfolgte.

»Was?«, wunderte ich mich. »Ich dachte, das sind bloß überdimensionierte Goldfische.«

Burl schüttelte den Kopf und wies mit dem Kescher zum Haus hinüber. »Sie weiß auch ganz genau, was ich hier mache, und es gefällt ihr überhaupt nicht. Sie macht gleich einen Riesenaufstand.«

Ich sah zum Haus hinüber. Tatsächlich sah Mom vom Gästezimmer aus in den Garten und beobachtete genau, was sich dort zutrug. In dem Moment, als ich zu ihr hinschaute, klopfte sie mehrmals heftig an die Fensterscheiben.

Auch Burl drehte sich zum Haus hin. »Ich weiß schon, dass Sie das nicht mögen«, sagte er beruhigend in ihre Richtung. »Aber Sie ziehen weg und dann ist hier niemand mehr, der so auf die Fische aufpassen kann wie Sie. Ich kümmere mich schon drum, dass sie gut unterkommen – Sie können sich auf mich verlassen.«

Ob es Zufall war, dass Mom daraufhin vom Fenster wegtrat?

Die nächsten Tage brachten einige Probleme mit sich, aber wir kamen irgendwie doch zurecht. Ausgerechnet Burl bot sich an, während meiner Seminare bei meiner Mutter zu bleiben. Ich versuchte Nigel zu überzeugen, dass ich meine Bürozeiten ja auch abends nachholen könnte, aber er machte sich Sorgen um meine Sicherheit, wenn ich allein im Gebäude war. Er schlug vor, dass ich mir in dieser Woche über meine Anwesenheit keine Gedanken machen sollte. Solange ich meinen Studenten eine E-Mail-Adresse und Handynummer gab, unter der sie mich erreichen konnten, sah er von seiner Seite aus keine Probleme. Er versicherte mir auch, dass er das Professor Ferguson gegenüber vertreten würde.

Meine Studenten nahmen die Ankündigung, dass ich in dieser Woche nicht im Büro zu erreichen sein würde, ohne großes Interesse auf. Außer Tabitha. Sie schien schon am Anfang der Stunde in Panik zu geraten und beruhigte sich auch während des Unterrichts nicht.

Sie tat mir wirklich leid. Als sie nach dem Seminar auf mich zukam, bot ich ihr an: »Ich gebe dir die Adresse meiner Mutter. Dann kannst du zur Nachhilfe einfach dahin kommen.«

»Bist du sicher?«, fragte sie unsicher.

»Klar«, sagte ich. »Nur komm bitte ohne Rollschuhe.«

Nachdem all das geregelt war, hatten wir, neutral ausgedrückt, eine recht abwechslungsreiche Woche.

Burl tauchte am Montag, Mittwoch und Freitag um Punkt halb elf auf; sein Gürtel mit den Werkzeugen hing immer so akkurat an seinem Platz, als ginge er damit schlafen. Während ich weg war, schnitt er die Oleanderbüsche, schraubte ein paar Fensterläden wieder fest, die herunterzufallen drohten, und reinigte den Abfluss der Toilette.

»Oh, ich wusste gar nicht, dass sie verstopft war«, wunderte ich mich, als er mir davon erzählte.

»War sie auch nicht, bis sie eine Strumpfhose herunterzuspülen versucht hat«, schmunzelte Burl. »Ich lasse sie normalerweise ja auch nicht aus den Augen, aber aufs Klo geh ich nicht mit.«

Max kam abends, sodass ich mit Sam eine Runde auf der Schleife drehen und danach noch ein bisschen arbeiten konnte. Jeden Abend kochte Max ein aufwendigeres Abendessen als am Abend zuvor. Ich ahnte, dass er seine Schuldgefühle damit zu überspielen versuchte, aber ich sagte nichts. Ich hatte schon seit Jahren nicht mehr so gut und so regelmäßig gegessen.

Obwohl ich Tabitha normalerweise nur zwei- oder dreimal wöchentlich Nachhilfe gab, kam sie in dieser Woche jeden Nachmittag vorbei. Am ersten Tag ging zunächst alles gut. Ich konnte Mom für eines ihrer Nickerchen im Bett verstauen, bevor Tabitha kam, und ich ging mit ihr so schnell ins Arbeitszimmer, dass sie gar nicht erst fragen konnte, wo denn meine »kranke« Mutter war. Wir waren mit unseren Aufgaben fast fertig, als ich Mom erst im Gästezimmer und dann in der Küche herumkramen hörte.

»Versuch dich mal an Aufgabe elf«, rief ich Tabitha noch zu, bevor ich in die Küche rannte.

Mom öffnete und schloss alle möglichen Schranktüren und Schubladen und schien sich immer mehr zu ärgern.

»Wonach suchst du denn?«, fragte ich. »Hast du Hunger?«

Sie nickte.

»In Ordnung. Was isst du denn normalerweise so zwischendurch?« Ich öffnete die Kühlschranktür und schaute nach, was es dort so gab. »Hast du Lust auf ein bisschen ... Mortadella? Die ist noch übrig.«

Ich zog den Kopf wieder aus dem Kühlschrank und sah mich in der Küche um. Mom war weg.

Ich malte mir in Gedanken aus, wie sie im geleerten Teich zu schwimmen versuchte, und sprang in den Flur. Aus dem Arbeitszimmer hörte ich Tabithas helles Stimmchen fröhlich »Hallo!« rufen.

Das konnte ja heiter werden.

Ich kam gerade noch rechtzeitig ins Arbeitszimmer, um zu sehen, wie Mom gierig in eine Tüte Chips griff, die Tabitha ihr hinhielt.

»Nein, Mom!«

»Och, das macht doch nichts. Sie kann gerne ein paar haben«, versicherte Tabitha. »Sind die nicht lecker? Paprika und Zwiebeln – das sind meine absoluten Lieblingschips!«

Es war mir bisher entgangen, dass das offensichtlich auch Moms »absolute Lieblingschips« waren, denn sie bediente sich mit einer Hingabe aus Tabithas Tüte, als hätte sie den ganzen Tag noch nichts gegessen. Wenn ich mich recht erinnerte, hatte sie früher noch nie auch nur einen Bissen fettiger Chips gegessen.

»Tut mir leid, Tabitha«, sagte ich. »Sie weiß nicht, was sie tut.«

Tabitha schaute mich verwirrt an und sah dann wieder zu meiner Mutter. »Na, mich stört sie jedenfalls nicht. Kann sie nicht einfach hierbleiben, während wir arbeiten? Oder soll ich gehen? Ich kann ja auch gehen ...«

Ich sah auch zu meiner Mutter hin. Sie stopfte sich noch zwei Chips in den Mund und kicherte Tabitha zu.

»Die ist aber lieb«, sagte Tabitha. »Kann sie nicht hierbleiben?«

»Wahrscheinlich sitzt sie sowieso nicht länger als ein, zwei Minuten still«, seufzte ich. »Sie hält es nie lange an einem Ort aus.«

Aber Mom blieb erstaunlicherweise friedlich sitzen und leerte die Chipstüte in aller Seelenruhe, während ich mit Tabitha Funktionen zweiten Grades wiederholte. Man hätte fast meinen können, sie wollte mich vor meiner Studentin als Lügnerin dastehen lassen. Als wir fertig waren, nahm Tabitha eine von Moms Händen zwischen ihre beiden.

»Es war nett, Sie kennenzulernen«, sagte sie. »Ich weiß, dass Sie krank sind, und ich bete für Sie. Gott ist immer bei Ihnen, wissen Sie?«

Ich sah meine Mutter warnend an. Wenn irgendetwas eine Reaktion in ihr hervorrufen würde, dann sicher eine Bemerkung wie diese.

Aber Mom sah Tabitha genauso ausdruckslos an, wie sie mich angesehen hatte, als ich sie mit Infinitesimalrechnung zum Einschlafen zu bringen versucht hatte. Es war ganz egal, was wir sagten. Sie war nur der Chips wegen gekommen.

Vielleicht verstörte mich dieser Gedanke mehr als alle anderen, die ich in den letzten Wochen gehabt hatte.

Sam und ich redeten in dieser Woche auf der Schleife über nichts anderes. Die Frage war gar nicht mehr, *ob* meine Mutter eine Seele hatte. Ich wollte nun unbedingt beweisen, *dass* sie eine hatte. Ansonsten wäre sie nicht mehr gewesen als einer ihrer Koi, die wir von unserem Gartenteich in einen fremden gebracht hatten, damit sich jemand um sie kümmern würde.

»Die Wette funktioniert also«, frohlockte Sam am Freitagnachmittag. Wir hatten uns wieder verbotenerweise vom offiziellen Weg entfernt und hockten auf dem Stamm des Jill-Baums, wie Sam ihn nannte.

»Was soll das heißen – sie funktioniert?«, fragte ich. »Da funktioniert doch überhaupt nichts! Ich weiß ja noch nicht einmal, wie ich so handeln kann, als gäbe es einen Gott.«

»Aber das machst du doch schon.«

»Wie das denn?«

»Du hast dein ganzes Leben auf den Kopf gestellt, damit du dich in dieser Woche um deine Mutter kümmern kannst.«

»Es blieb mir ja auch nichts anderes übrig.«

»Aber sicher doch. Du hättest für den Übergang noch eine Pflegerin suchen können.«

»Noch eine Freda? Dafür hab ich einfach keine Kraft mehr.«

»Hättest du sie vor einem Jahr gehabt? Einem halben? Oder auch vor sechs Wochen?«

»Aber was bedeutet das schon? Mom ist es völlig egal, wer bei ihr ist, solange wir darauf achten, dass sie genug zu essen hat und ihre Wäsche nicht im Klo herunterspült. Und du kannst die Frage immer noch nicht beantworten: Wenn es einen Gott gibt, woher kommt dieser ... diese schreiende Ungerechtigkeit ... die eine hervorragende Denkerin in eine Irre verwandelt, die einem netten Mädchen wie Tabitha Chips klaut?«

Sam setzte sich bequemer zurecht. »Nur um das klarzustellen«, begann er. »Von *Un*gerechtigkeit können wir nur reden, weil wir davon ausgehen, dass es eine absolute Gerechtigkeit gibt. Oder?«

»Was soll das heißen? So nach dem Motto: Wir wissen nur, wie unglücklich wir sind, wenn wir auch wissen, was Glücklichsein wäre?«

Sam grinste. »Du solltest auf Philosophie umsatteln und da deinen Doktor machen. Vergiss diesen Mathe-Krempel doch einfach.«

»Nun red schon endlich weiter!«

»Okay. Wenn es Ungerechtigkeit gibt, muss es auch Gerechtigkeit geben, damit man überhaupt eine Vergleichsgröße hat.«

Ich entwirrte diesen Knoten in Gedanken und nickte.

»Also. Gibt es diese Gerechtigkeit?«

»Theoretisch schon.«

»Aber in der Realität? In der Praxis?«

»Da habe ich noch keine beobachtet«, gab ich zu.

»Und ich bin sicher, dass die meisten Menschen dir da zustimmen würden. Ergo, wenn es diese absolute Gerechtigkeit gibt ...«

»Hast du gerade *ergo* gesagt? Sag, dass du nicht wirklich *ergo* gesagt hast!«

»Doch, hab ich. Unterbrich mich nicht in meinen Ausführungen. Wenn es diese Gerechtigkeit gibt und wenn diese Gerechtigkeit auf der Erde oder bei den Menschen nicht zu finden ist ...« – seine Augen funkelten wieder einmal – »... muss es sie im Himmel und bei Gott geben.«

»Du kannst doch nicht einfach hinter allem Möglichen Gott sehen!«

»Klar kann ich das«, sagte er, »weil Gott schon längst dahinter *ist*.«

Ich antwortete nicht sofort. Mir lag ein halbes Dutzend sarkastischer Erwiderungen auf der Zunge. Aber als ich sie der Reihe nach durchging, um die passende zu finden, merkte ich, dass sie alle in sich zusammenfielen wie kleine Kartenhäuschen.

»Weißt du, was mich wirklich wütend macht?«, wechselte ich stattdessen das Thema.

Sam schüttelte den Kopf.

»Dass ich zugeben muss: Wenn ich nur ein kleines Zeichen sähe, dass ›Gott‹ das alles wieder in Ordnung bringen kann, würde ich das sogar wollen. Ich würde mir wünschen, dass es ihn gäbe.«

»Und warum macht dich das wütend?«

»Weil ich gerne recht habe. Ich würde zugeben müssen, dass ich die ganze Zeit falschgelegen habe.«

»Wenn du nicht gerne falschliegst«, sagte Sam, »solltest du erst recht die Wahrheit herausfinden, was Gott betrifft!« Er grinste noch breiter und rückte näher an mich heran, sodass ich die Glut in seinen Augen fast spüren konnte. »Auf was für ein Zeichen wartest du denn? Was würde dich denn überzeugen?«

»Keine Ahnung.«

»Und wie willst du dann ein Zeichen erkennen, wenn du eins siehst? Vielleicht gibt es um dich herum ja schon ganz viele und du siehst sie nur nicht.«

»Glaubst du das im Ernst?«

»Hör zu, Jill«, sagte er. »Ich kann dir Gott nicht aufschwatzen. Ich kann dir, wo wir schon einmal dabei sind, überhaupt nichts aufschwatzen. Das schafft keiner.«

»So viel hast du also immerhin mitgekriegt«, sagte ich und musste nun selbst grinsen.

»Und ich weiß noch was: Wenn du nicht an Gott glauben willst, wirst du das auch nicht tun. Aber du willst es ja – das hast du selbst gesagt.«

»Ich möchte es *vielleicht*«, korrigierte ich ihn. »Aber dass ich etwas möchte, heißt ja noch nicht, dass ich es bekomme. Ich bin dreißig und so viel habe ich inzwischen ja doch begriffen.«

»Und ich bin fünfunddreißig und habe zwei Dinge begriffen.« Sam hob einen Finger. »*Nur* Menschen, die Gott suchen, finden ihn auch.« Und er hob einen zweiten. »Und *alle*, die ihn suchen, finden ihn auch. Weil die Zeichen Gottes nur von denen gesehen werden können, die ihn suchen, bleibt er teilweise verborgen.«

»Das denkst du dir alles nur aus!«, lachte ich.

Aber er sah eigentlich ganz ernst aus. Nur seine Augen tanzten.

»Gott hält nicht besonders viel von diesem *Ich-glaube-nur-was-ich-sehe*-Ansatz«, erklärte er.

Ich merkte, dass das Lachen auch aus meinem Gesicht verschwand – und dass in meinem Herzen etwas aufzog, das sich wie Ärger anfühlte.

»Und wovon hält er dann etwas?«, fragte ich wütend. »Ich habe so ziemlich alles aufgegeben, was mir wichtig war. Ich bin schon so weit, dass ich um Antworten geradezu bettele – und tiefer kann ich nun wirklich nicht sinken! Ich habe diese ganzen hochintellektuellen Diskussionen satt und diese kleinen Glaubenstests, die mich zerreißen! Was soll ich denn seiner Meinung nach noch alles machen?«

Sam fasste mich an beiden Schultern. Und ich weinte. Ich schrie so laut, dass man mich wahrscheinlich bis unten ans Wachhäuschen hören konnte. Ich riss mir die Haare praktisch büschelweise aus. Und es war mir zu allem Überfluss auch noch völlig egal, dass Sam das alles mitbekam.

»Sag mir doch, was ich noch tun soll!«, heulte ich.

Sam legte die Arme um mich und hielt mich so fest, dass aller Widerstand sowieso zwecklos gewesen wäre.

»Du sollst genau das tun, was du gerade tust«, murmelte er in mein Haar hinein. »Er will, dass du ihm das alles abgibst.«

KAPITEL 17

Sam fuhr mich von der Schleife nach Hause. Er wollte sich, so behauptete er, lieber selbst davon überzeugen, dass ich sicher heimkam. All meine Proteste, dass ich nur mal ein paar Minuten lang die Kontrolle über mich verloren hatte und dass es mir wieder gut ging, nützten nichts. Wir wussten beide, dass ich log.

Er brachte mich bis zur Haustür und blieb dort, die Hände lässig in den Taschen, noch kurz mit mir stehen.

»Kommst du morgen zurecht?«, fragte er.

»Dem nach zu urteilen, was eben passiert ist, wahrscheinlich nicht.«

»Dann trau dich doch, die ganze Zeit zu weinen. Das ist sicher nicht das erste Mal, dass sie dort irgendwelche Verwandten weinen sehen.«

»So weit kommt's noch«, sagte ich. »Außer dir hat mich noch nie jemand weinen sehen und das soll auch so bleiben. Wenn du es irgendjemandem erzählst, dreh ich dir das Herz im Leib rum.«

Sam antwortete nicht. Stattdessen betrachtete er konzentriert und, wie mir schien, etwas schüchtern seinen rechten Turnschuh, mit dem er einen Käfer sanft von der Fußmatte schubste. Als er wieder aufsah, war sein Blick ganz weich.

»Zu spät«, sagte er. »Ich glaube, du hast mir das Herz schon rumgedreht.«

Dann nahm er mein Gesicht in beide Hände und küsste mich und ich stieß ihn nicht weg. Ich küsste ihn zurück, bis mir die Puste ausging.

»Ich bete morgen für dich«, sagte er.

Ich blieb noch lange, nachdem er abgefahren war, vor der Haustür stehen und versuchte mich davon zu überzeugen, dass mir Leidenschaft fremd war.

Aber es gelang mir nicht.

Am nächsten Morgen brachte ich Mom zum Pflegezentrum. Burl fuhr uns mit seinem Pick-up hinterher, auf den er ein paar Koffer gepackt hatte, eine Kiste mit Dekoration für das neue Zimmer und den Sessel aus dem Gästezimmer, in dem Mom immer vor dem Fenster gesessen und in den Garten geschaut hatte. Max hatte uns von der Haustür aus nachgewunken und dabei so ausgesehen, als bräche ihm der Abschied das Herz.

Ich dagegen war ein Musterbeispiel an Selbstbeherrschung. Es war das erste Mal seit Moms Termin beim Orthopäden, dass sie überhaupt aus dem Haus kam, und ihr Zustand hatte sich seither massiv verschlechtert. Meine größte Befürchtung war es, dass sie irgendeinem arglosen Mitbewohner das Frühstück klaute.

Das änderte sich etwas, als wir auf dem Parkplatz ankamen und ich den Zündschlüssel abzog.

»Na also«, sagte ich. »Da wären wir.«

Sie saß da und starrte aus dem Beifahrerfenster, während ich hinter dem Sitz nach meiner Tasche kramte.

»Ich komme zu dir herüber und helfe dir, aus dem Auto zu ...«, wollte ich sagen. Aber ich hielt inne.

Meine Mutter deutete mit dem Zeigefinger auf das Gebäude.

»Was ist denn?«, fragte ich.

Sie drehte sich zu mir hin und ich musste einen kleinen Aufschrei unterdrücken. In ihrem ansonsten völlig ausdruckslosen Gesicht war jetzt totale Verwirrung zu lesen. Für den Bruchteil einer Sekunde besaßen ihre Augen wieder das intensive Blau von früher – und sie verlangten nach Antworten.

»Das ist das Pflegezentrum«, begann ich also zu erklären. Ich merkte, wie ich lauter und langsamer sprach, als ob ich mit jemandem redete, der schwerhörig war. »Verstehst du, Mom, du wohnst von heute an hier. Es ist da richtig schön und sie werden dafür sorgen, dass du ...«

Dass du was? Nicht aus dem Fenster springst? Nicht das nächste Goldfischglas austrinkst?

Sie sah mich immer noch erwartungsvoll an. Ich fühlte, wie sich die alte Anspannung wieder zwischen uns schlich, und automatisch suchte ich nach passenderen Worten, angemesseneren Sätzen.

»Es geht um Lebensqualität«, holte ich deswegen von Neuem aus. »Zu Hause gibt's davon für dich nicht so viel. Deswegen wohnst du jetzt hier. Vertrau mir. Ich hab das allen möglichen Analysen unterzogen, die die Menschheit sich je ausgedacht hat, und noch einigen darüber hinaus.«

Ich kam mir vor, als redete ich mit der alten Liz McGavock, die meine Worte nicht nur hörte, sondern regelrecht beobachtete, um sich dann auf jedes von ihnen zu stürzen wie eine Löwin auf ihre Beute.

Aber sie drehte sich wieder um und sah zum Gebäude hinüber, dann hob sie eine Hand und deutete vage dorthin.

»Genau«, sagte ich, »da wirst du jetzt wohnen.«

Als sie sich mir wieder zuwandte, war aus ihrem Gesicht jeglicher Ausdruck gewichen und ihre Augen wirkten völlig leblos. Aber sie hielt sie auf mich gerichtet, bis wir in die Eingangshalle traten, und hin und wieder auch noch danach. Trotz aller Leblosigkeit schienen doch einige Fragen in ihnen zu liegen.

In der Eingangshalle war mehr Betrieb als am letzten Samstag, als ich dort gewesen war. Diesmal standen mehrere Patienten am Aquarium. Ich zerrte meine Mutter schnell in Richtung des Büros, weil mir die Fischteichepisode plötzlich wieder vor Augen stand. Monique wartete schon auf uns und führte uns schnell weiter zum Bereich für Betreutes Wohnen, wo ich Mom versicherte: »Hier kommst du hin – nicht dahinten.«

Wir waren kaum eine halbe Minute in Moms neuem Zimmer, da lag sie schon auf dem Bett und schlief. Ich hatte ihre Sachen gerade in den Schränken und Schubladen verstaut, als Burl mit dem Sessel kam. Fast hatte ich vergessen, dass er mitgekommen war. Es schien ihm nichts auszumachen. Er schien sich kein bisschen unwohl zu fühlen, als er den Sessel vor dem Fenster zurechtrückte und dann die Schlösser an Tür und Fenster genauer in Augenschein nahm. Offenbar wollte er sich vergewissern, dass Mom keine Gelegenheit zu nächtlichen Kletteraktionen bekommen würde.

»Nett hier«, sagte er.

»Das finde ich auch«, sagte ich. Doch dann klang das in meinen Ohren schrecklich arrogant – als wäre er irgendein Untergebener, den ich zurechtwies, weil er sich einen Kommentar zu meiner Entscheidung erlaubte, die ich gefällt hatte. Ich wandte mich zu ihm um. »Sie glauben doch auch, dass es ihr hier gut geht? Ich meine – hatten Sie nicht auch den Eindruck, dass ihr zu Hause zu viel Lebensqualität verloren gegangen ist?«

Burl verschränkte die Hände hinter dem Rücken. Sein Gesicht verriet wie üblich keine Emotionen, aber in seinen Augen lag so etwas wie eine leichte Verstimmung.

»Was soll das denn schon sein – Lebensqualität?«, fragte er zurück.

»Na ja ... ich meine schöne Dinge, die Freude, die sie so erlebt. Es ist doch bestimmt nicht besonders spannend, den ganzen Tag in einem Sessel zu sitzen und aus dem Fenster zu starren. Ich glaube, dass sie deswegen ständig aufgesprungen und im Haus herumgelaufen ist. Sie hat bestimmt irgendetwas tun wollen. Hier haben sie ein paar Sachen, die sie auch in ihrem Zustand machen kann.«

»Im Krankenhaus reden sie ständig von Lebensqualität«, brummelte Burl.

»Kann ich mir denken.«

»Das klingt dann immer so, als hinge die davon ab, wie viel Geld man hat und wie viel Sex.«

»Wie bitte?« Meine Augenbrauen zogen sich irritiert zusammen.

»Man bekommt da fast den Eindruck, dass man überhaupt kein Leben hat, wenn man kein Geld ausgeben oder seine Macht nicht einsetzen oder jemanden ins Bett kriegen kann.«

Ganz abgesehen davon, dass ich aus Burls Mund noch nie eine so zusammenhängende Rede gehört hatte, war ich ganz gefesselt.

»Ihre Mutter«, fuhr er fort, »die hat nie von Lebensqualität geredet.«

»Haben Sie oft darüber gesprochen?«, wollte ich wissen. Ich hoffte, dass ich nicht skeptisch klang, denn das war ich wirklich nicht. Mir dämmerte so langsam, dass die Menschen mich so wahrnahmen, wie ich meine Mutter sah, und der Gedanke behagte mir überhaupt nicht.

»Wir haben an den meisten Abenden ein Kaffeepäuschen zusammen gemacht, wenn sie noch da war und nicht zu viel zu tun hatte«, erläuterte Burl. »Und sie hat nie so etwas gesagt wie: ›Sie sollten bei dem und dem endlich die Maschinen abschalten, weil sein Leben ja doch keine Qualität mehr hat‹ oder so.« Er sah zu Mom herüber, die leichte Schnarchlaute von sich gab. »Sie fand immer, dass jedes Leben es wert ist, erhalten zu werden; also denke ich, dass sie auch dem Leiden seinen Wert zumessen würde. Wenn das nicht so wäre – worum hätte sich ihr Leben denn dann bis jetzt gedreht?«

Mir war klar, dass ich ihn anstarrte, aber ich unternahm erst gar keinen Versuch wegzuschauen. Denn wenn ich das getan hätte, wäre mir auch sein Blick entgangen, mit dem er meine Mutter wie mit einer warmen Decke einhüllte, als sie schlief. Er schüttelte nicht den Kopf, als wollte er sagen: »So eine Schande. So eine Verschwendung.« In seinem Gesicht lag tiefe Weisheit. Mir wurde klar, dass Burl Vokey meine Mutter auf eine Art und Weise gekannt hatte, auf die ich sie nie gekannt hatte und wohl auch sonst niemand – vielleicht nicht einmal Max. Ich fühlte mich ganz klein und kalt.

Mom wachte kurz darauf auf und ging direkt auf den Stuhl zu, setzte sich und schaute aus dem Fenster.

»Ich glaube, hier wird's Ihnen gefallen, Doc«, sagte Burl. Er lächelte sie an und in seinem Gesicht erwachten wieder all die feinen Linien zum Leben. »Ich muss jetzt gehen, aber ich komme wieder. Brauchen Sie noch was?«

Sie sah ihn an und schüttelte den Kopf.

»Wenn Ihnen noch was einfällt, geben Sie einfach Ihrer Tochter Bescheid. Mit der habe ich noch weiter zu tun. Ich muss um Ihr Haus rum nämlich noch ein paar Sachen erledigen.«

»Danke«, sagte ich, als er gemächlichen Schrittes zur Tür ging. »Das klingt nach so wenig. Und dabei haben Sie so viel getan.«

»Ich bin noch nicht fertig«, sagte er gelassen.

Als Burl gegangen war, wusste ich plötzlich nicht, was ich noch sagen oder tun sollte. Mom betrachtete zufrieden, was es vor ihrem Fenster zu betrachten gab. Alles war ausgepackt, aufgeräumt und zurechtgerückt und ich begann die Stille als belastend zu empfinden. Als Monique das Zimmer betrat, wäre ich ihr deswegen am liebsten um den Hals gefallen.

»Wenn Sie jetzt gehen wollen«, meinte sie, »ist das, glaube ich, ganz in Ordnung. Ihnen geht's doch fürs Erste ganz gut hier, oder, Dr. McGavock?«

Meine Mutter antwortete nicht.

»Ich glaube, wir sollten das als Ja interpretieren«, schlug ich vor.

Monique trat nach draußen in den Flur. Ich hockte mich neben Moms Sessel und sie wandte mir ihren leeren Blick zu. Ich wollte sie nicht einfach hier lassen und doch wollte ich im Moment nichts lieber tun, als nach draußen zu rennen – ob mit ihr oder ohne sie, was machte das schon. Was ich wirklich wollte, war doch, dass alles wieder so wurde, wie es gewesen war, bevor dieses ... diese Sache unser Leben zerstört hatte. Bevor ich je einen Knoten im Hals erlebt oder mich über meine Unentschlossenheit gewundert oder für meine Lieblosigkeit geschämt hatte.

»Ich muss jetzt gehen«, sagte ich. »Aber ich komme morgen wieder. Bis dahin schmeißt du den Laden wahrscheinlich längst. Nimm die Leute hier nur am ersten Tag nicht gleich so hart ran, ja?«

Sie blinzelte und drehte sich wieder von mir weg, um weiter aus dem Fenster zu schauen. Ich griff nach meiner Tasche und stand auf.

»Bis morgen dann«, sagte ich. »Ich versuche, dich nicht gerade in einer Skatpartie zu unterbrechen.«

Irgendwie schaffte ich es, zur Tür hinauszukommen und ein paar Schritte den Flur hinunterzugehen. Monique stand an einer Ecke. Sie lächelte und deutete hinter mich.

»Da kommt Ihnen jemand hinterher«, sagte sie.

Ich drehte mich um. Mom kam mit energischen Schritten auf mich zu, gerade so, als brächte sie nur eben schnell ein paar Laborergebnisse in Ted Lyons' Büro.

»Was ist denn noch?«, fragte ich.

Sie hielt neben mir an und zeigte mit einer heftigen Bewegung auf den Flur vor uns.

»Genau. Ich muss jetzt gehen«, bestätigte ich. Ich sah hilflos zu Monique hinüber und sie nickte mir zu. Ich hatte keine Ahnung, was sie mir damit vermitteln wollte. »Ich hab's dir doch erzählt«, wiederholte ich. »Du bleibst hier. Es ist das Beste so.«

Sie sah nicht verwirrt aus. Sie stand nur da, blickte den Flur entlang und deutete auf irgendeinen unbestimmten Punkt in der Ferne.

»Wissen Sie was, Mrs McGavock?«, sagte Monique schließlich – und zwar meinem Zeitgefühl zufolge mindestens zwei Minuten, *nachdem* sie die Stille hätte unterbrechen müssen. »Ich zeig Ihnen mal ein bisschen, was es hier zu sehen gibt. Wir könnten direkt einen kleinen Rundgang machen, dann kann Jill in der Zwischenzeit etwas anderes erledigen.«

Zumindest meine ich, dass sie etwas in der Art sagte. Ich verabschiedete mich noch einmal von meiner Mutter und rannte dann fast im Galopp von ihr und Monique fort. Ich hatte nur meine eigenen Worte im Ohr, die ich im Brustton der Überzeugung gesprochen hatte. Als wäre ich sicher, dass sie stimmten. *Es ist das Beste so*, hatte ich gesagt. *Es ist das Beste so.*

Aber ich wusste nicht, ob es wirklich das Beste war, sie dort mit einem Tischtennisschläger in der Hand wie eine Schaufensterpuppe vor einer Pingpongplatte stehen zu lassen. Genauso wenig wie ich wusste, ob ich es aus dem Pflegezentrum schaffen würde, ohne mich in den nächsten Abfalleimer übergeben zu müssen.

Ich dachte darüber nach, bis ich den Klang meiner Stimme im eigenen Kopf nicht mehr ertrug. *Es ist das Beste so*. Dann stieg ich in meinen Miata und zog mein Handy aus der Tasche.

»Sokrates?«, fragte ich, als Sam ans Telefon ging. »Ich muss dich unbedingt treffen.«

Wir trafen uns in *Danny's Café*, das nicht weit vom Pflegezentrum entfernt lag. Sam sah mit seinem verwuschelten Haar ein bisschen aus wie ein verschlafener kleiner Junge. Er trug nur ein einfaches T-Shirt mit dem Logo der Universität und Jeans. Aber er war offensichtlich hellwach. Er bestellte für uns beide Kaffee und lehnte sich dann interessiert zu mir herüber.

»Ist wohl nicht so gut gelaufen?«, fragte er.

Ich erzählte ihm alles.

»Also«, forderte ich ihn dann auf. »Wo siehst du in dem allen Gott?«

Er wartete, bis wir unseren Kaffee bekommen hatten. Dann nippte er gedankenverloren an seiner Tasse, während ich drei Päckchen Zucker in meinen Kaffee kippte und in dem Gemisch so heftig herumrührte, als müsste ich Sand in Meerwasser auflösen.

»Ich glaube, wir sollten mal ein bisschen klarerstellen, was du eigentlich von Gott erwarten kannst«, sagte er. Er nickte meiner Kaffeetasse zu. »Du holst dir noch eine Sehnenscheidenentzündung.«

Ich sah betreten auf meine Hand und legte den Löffel auf den Tisch. »Also los.«

»Wenn du einen Gott suchst, der nur mathematische Wahrheiten erschafft und die Ordnung der Welt aufrechterhält und weiter nichts, kannst du Epikur lesen.«

»Kein Bedarf. Mit mathematischen Wahrheiten komme ich auch allein gut zurecht.«

»Wenn du einen Gott suchst, der den Menschen, die ihn verehren, ihre Wünsche erfüllt und sie reich, gesund und glücklich leben lässt, musst du mit denjenigen reden, die Gott als so eine Art harmlosen Weihnachtsmann ansehen.«

Ich lachte ein bisschen. »Das klingt doch gar nicht schlecht. Mach mich mit denen mal bekannt.«

»Ich kann dich mit ihnen bekannt machen, aber diesen Gott wirst du nicht finden. Es gibt ihn nämlich nicht.«

Ich starrte unglücklich in meine Kaffeetasse. »Dann sagst du mir aber besser gleich, was für eine Art Gott es stattdessen gibt«, sagte ich. »Im Moment nehme ich dir nämlich fast alles ab.«

Sam schob seinen Kaffee beiseite, um sich noch weiter zu mir herüberlehnen zu können. »Stört's dich, wenn ich wieder mal auf Pascal zurückkomme?«

Ich schüttelte den Kopf.

»Okay. Denk dir also einfach mal den guten alten Blaise, wie er in seiner Wohnung sitzt und sich ärgert, dass sein Glaube so eine furchtbar akademische Angelegenheit ist. Er steckt in einer Zwickmühle, denn es ist schwer, die Erwartungen Gottes an ihn zu erfüllen und gleichzeitig die der Gesellschaft.« Sam grinste. »Es gab da so gewisse kleine Kompromisse in moralischen Fragen, die sich Männer seiner Gesellschaftsschicht zugestanden. Na ja, jedenfalls erlebt er plötzlich Gott – ungefähr zwei Stunden lang.«

»Erlebt Gott – wie denn?«

»Er hat eine Vision.«

»Eine Vision«, sagte ich langsam, »ah ja.«

»Er hat das *die Nacht des Feuers* genannt. Gott ist ihm offensichtlich in Feuerflammen erschienen und hat ihm gesagt, was ewiges Leben ist: dass er den allein wahren Gott kennen sollte und Jesus Christus, den er in die Welt gesandt hatte. Pascal ist aus dieser Erfahrung als völlig verwandelter Mensch herausgegangen – wie hat er das noch ausgedrückt? Ach ja: Er lebte dann in ›vollkommener Unterwerfung unter Jesus Christus. Ewige Freude für einen Tag der Mühe auf Erden.‹« Sam sah mich an und seine Augen strahlten, als hätte er gerade selbst eine Vision gehabt. »Was ich an der ganzen Sache am spannendsten finde, ist, dass niemand je von dieser Vision erfuhr, bis er neun Jahre später starb. Sein Diener ging seine Kleider durch und bemerkte dabei, dass Pascals Weste an einer Stelle besonders dick war. Es stellte sich heraus, dass er dort ein Dokument eingenäht hatte, auf dem er diese *Nacht des Feuers* beschrieb. Er hat es offensichtlich überall mit sich herumgetragen.«

»Und daher stammen wohl auch diese ganzen weisen Sprüche, die du mir häppchenweise servierst?«, wollte ich wissen.

»Nein, die fanden sich auf wer weiß wie vielen Papierschnipseln im ganzen Raum verteilt. Es scheint, dass Pascal vorgehabt hat, sie noch zu einem Buch zusammenzufassen, dann aber nicht mehr dazu kam. Andere haben das dann übernommen – und diese Sammlung heißt *Pensées*, das ist französisch für ›Gedanken‹.«

»Also gibt's doch ein Buch von ihm?«

»Willst du's lesen?«, fragte Sam erwartungsvoll. »Ich hab ungefähr zehn Exemplare in verschiedenen Übersetzungen zu Hause.«

»Kann ich mir gut vorstellen«, sagte ich. Ich lächelte ihn an und merkte, wie ich entspannt in meinen Sitz zurücksank. »Also, was jetzt? Erwartest du, dass ich eine Vision habe?«

»Ich würde nicht behaupten, dass das *nicht* passieren kann«, sagte Sam, »aber ich habe nie welche oder jedenfalls nicht solche überwältigenden. Entscheidend ist, dass der Gott der Christen – der Gott, dem Pascal begegnete und den Hunderttausende, Millionen von Menschen kennen – ein Gott ist, der die Menschen, die ihn lieben, ganz ausfüllt. Er macht uns deutlich, überdeutlich, dass wir eigentlich unwürdig sind ...«

»Jaja, wir fühlen uns elend.«

»... und gleichzeitig zeigt er uns, wie gnädig er ist. Er verbindet sich mit uns in den Tiefen unserer Seele, sodass wir demütig sind und froh und zuversichtlich und voller Liebe, weil wir gar nichts anderes sein können, wenn wir mit ihm verbunden sind. Und das ist unabhängig von dem Leid, dem wir in der Welt begegnen. Und um uns *das* zu vermitteln, ist Jesus gekommen.«

»Soll ich mich also freuen, weil ich meine Mutter gerade in ein Pflegeheim gebracht habe?« Ich betrachtete angestrengt meine Hände, die ich flach auf die Tischplatte gedrückt hatte. »Ich meine das gar nicht ironisch. Ich will es wirklich wissen.«

»Du musst dich nicht freuen auf so eine oberflächliche Art – wie auf einem Konzert oder einer Party«, meinte Sam. »Aber du kannst Frieden haben hier drin.« Er klopfte sich mit der Faust gegen die Brust.

»Aber das ist es ja – ich habe keinen Frieden da drin«, sagte ich. »Ich finde den Gedanken schon jetzt unerträglich, dass Mom dort ist – sie nennen das zwar Betreutes Wohnen, aber früher oder später wird sie mit den anderen in dieser großen Halle herumhängen und ins Aquarium starren.« Ich legte meine Hände um die Kaffeetasse. »Aber was soll ich denn machen? Ich kann sie nicht zu Hause lassen – außer wenn ich alles aufgebe, worin ich je investiert habe. Finde ich dann vielleicht Frieden?«

»Du könntest in deine Vision von Gott schauen und ihn das fragen«, schlug Sam vor.

Ich sah ihn verwirrt an. »Welche Vision?«

»Die Vision, die du von Gott hast.«

»Aber habe ich denn eine?«

»Vorläufig ist es die Art und Weise, wie du Gott wahrnimmst. Denk daran und frag einfach: ›Was soll das alles? Und was soll ich machen?‹«

»Du willst, dass ich bete.«

»So kann man das auch nennen. Ich möchte, dass du mit Gott redest – was auch immer das für dich bedeutet. Das gehört zum ›so leben, als ob‹. Warte nicht darauf, dass eine Hand aus dem Himmel kommt und dich in der Welt herumschiebt wie einen Bauern auf dem Schachbrett. Gott spielt nicht Schach mit uns. Gott will eine Beziehung mit dir.«

Ich fuhr nachdenklich mit dem Finger über den Rand meiner Kaffeetasse. »Ich weiß nicht so recht. Ich glaube nicht, dass Gott mit mir schon fertigwird.«

Sam beugte sich über den Tisch und berührte meine Wange mit seinem Finger. »Jill, Gott wartet schon schrecklich lange auf dich. Und ich glaube, ich kann ein bisschen nachempfinden, wie es ihm dabei geht.«

Er lehnte sich wieder zurück und blickte sich im Café um.

Ich musste mir meine schweißnassen Hände an der Hose abwischen.

»Du bist die überwältigendste Frau, die ich je kennengelernt habe«, sagte er schließlich.

Ich versuchte zu lachen. »Überwältigend? Na, so hat nun wirklich noch keiner bei mir zu landen versucht.«

»So – wie? Denkst du, das ist einfach meine Art, um dich anzumachen?«

Seine Augen bettelten um ein klares Nein. Es schien ihm wirklich ernst zu sein und ich konnte ihm hier nicht einfach noch eine sarkastische Bemerkung entgegenschleudern. Ich schüttelte also den Kopf.

»Nein, ich glaube, du denkst das wirklich.«

»Ich denke das nicht nur – ich weiß es.« Sam grinste mir zu. »Ich versteh's zwar nicht, aber ich weiß es.«

Unsere Lächeln trafen sich wie zwei Weingläser, mit denen man sich zuprostet. Im gleichen Moment wanden sich die klaren Linien, die es in meinem Hirn noch gab, umeinander. Sie verbogen und verknoteten sich und brachten die schöne Ordnung, die bisher in meinen geistigen Schubladen geherrscht hatte, völlig durcheinander. Die Wände zwischen diesen Schubladen schmolzen wie Schneemänner im März und es gab nichts mehr, was zwischen mir und dem angenehmen Schmerz stand, Sam Bakalis anzusehen.

Und ich erlaubte es mir.

Kapitel 18

Nach diesem Stündchen in *Danny's Café* versuchte ich erst gar nicht mehr, meine Gefühle für Sam zu leugnen. Es wäre sowieso nicht mehr gegangen, denn inzwischen erkannte ich mich selbst nicht wieder.

Aber abgesehen von einem kurzen Plausch, als ich ihn am Sonntag auf meinem Weg zum Pflegezentrum vom Handy aus anrief, gab es von Sams Seite aus eine plötzliche und absolute Funkstille. Ich dachte mir nichts weiter dabei, als ich ihn am Montagmorgen anzurufen versuchte und ihn weder auf dem Handy noch im Büro erreichte. Aber als ich am Nachmittag immer noch nichts von ihm gehört hatte und er auch auf meine Nachrichten nicht reagierte, begann ich mir Gedanken zu machen. Es war schon zwei Uhr und ich wusste, dass er keine Veranstaltungen mehr hatte. Warum hatte er sich nicht gemeldet?

Ich hinterließ ihm gerade eine Nachricht in der Fakultät für Philosophie, als Tabitha für ihre Nachhilfestunde zum Haus meiner Mutter kam. Ich hatte vergessen, ihr zu sagen, dass wir uns nun wieder in meinem Büro treffen konnten, und eigentlich hatte es von zu Hause aus ja auch gut geklappt.

»Bei dir alles in Ordnung?«, erkundigte sich Tabitha.

»Jaja, es geht mir gut«, versicherte ich ihr.

»Hm, ich wollte nicht, na ja, ich wollte dich nicht belauschen oder so, aber ich habe grad mitgehört, dass du von Dr. Bakalis gesprochen hast. Ich wusste ja gar nicht, dass du Dr. B. kennst! Du stehst doch bestimmt auch total auf den, oder?«

Ich war froh, dass sie gerade ihre Jacke aufhängte und deswegen mit dem Rücken zu mir stand. »Du kennst ihn wohl?«

»Er ist einer der Begleiter unserer christlichen Studentengruppe«, erklärte sie. »Findest du ihn nicht auch süß?«

»Süß?« Ich verschluckte mich fast. »Man könnte ihn wohl als attraktiv bezeichnen ...«

Tabitha kicherte. »Ich finde ihn total cute. So einen Mann möchte ich mal heiraten.«

Ich drehte mich zu ihr um und hoffte, dass mir der Mund nicht allzu weit offen stand.

»Hast du ihm schon einen Antrag gemacht?«

Sie gab ein kleines Kreischen von sich. »Nein! Er ist mir dann doch ein bisschen zu alt.« Inzwischen war sie so rot, dass ihre Sommersprossen nicht mehr erkennbar waren. »Aber ich hoffe, dass ich einen Mann wie ihn treffe, wenn ich einmal so weit bin. Er hat uns in unserem Bibelkreis sogar erzählt, dass er sich nie vorstellen könnte, eine Frau zu heiraten, die keine Christin ist, weil er eine Beziehung will, die sich auf Gott gründet. Na ja, so genau kann ich mich an seine Worte nicht mehr erinnern, aber es ging irgendwie in diese Richtung.«

Ich nickte nur wissend, aber die ganze Zeit hatte ich Hercules' Stimme im Ohr: *Er will so was Kirchliches, wissen Sie?* Seine Worte lagen mir im Hirn, wie einem eine zu große Portion Pfannkuchen im Magen liegt.

Während Tabitha ihre Sachen auf dem Tisch im Wohnzimmer zurechtlegte, an dem ich mich in den letzten Tagen ausgebreitet hatte, fragte ich: »Du fährst doch bestimmt über die Ferien heim, oder?«

»Ja, nur noch sieben Tage! Ich habe die Stunden noch nicht ausgerechnet – damit fange ich wahrscheinlich morgen an.«

»Wenn du das ausrechnen kannst, kannst du auch Differenzialrechnung«, meinte ich trocken. »Ich glaube übrigens, dass du nur eine Denkblockade hast. Du bist wahrscheinlich eine der intelligentesten Studentinnen in diesem Seminar.«

»Was?«, rief sie erstaunt und riss die Augen weit auf. »Ich komme mir da drin so furchtbar blöd vor. Die Jungs rattern all diese Sachen nur so runter!«

»Ach, die haben wohl nichts Wichtigeres zu tun.«

Tabitha kicherte. Ich hätte mir am liebsten einen Spiegel gesucht, um nachzuschauen, ob ich irgendwie ausgetauscht worden war. War das gerade ich gewesen, die gesagt hatte, dass es außer einer akademischen Karriere noch etwas anderes gab? Es war ziemlich beängstigend!

Wir setzten uns schließlich und Tabitha griff nach ihrer üblichen Tüte Chips. Wir hatten uns gerade der zweiten Aufgabe zugewandt, als sie sich suchend im Raum umsah und meinte: »Es ist so anders ohne deine Mutter hier.«

»Stimmt«, sagte ich. »Keiner nimmt dir deine Chips weg.«

»Ich hab ihr gern welche abgegeben«, versicherte Tabitha. »Da hatte ich wenigstens den Eindruck, dass ich ihr irgendetwas Gutes tun konnte. Geht es ihr gut, da, wo sie jetzt ist?«

»Wer kann das schon wissen?«, seufzte ich.

Tabitha nickte. Dann sah sie zum Flügel hinüber. »Der klingt bestimmt großartig.«

»Oh, ich hatte ganz vergessen, dass du Klavier spielst. Probier ihn ruhig aus.«

Ihre Augen wurden ganz weit. »Einen Steinway? Wow! Bist du sicher?«

»Klar«, sagte ich. »Er hat schwarze und weiße Tasten wie jedes andere Klavier auch. Spiel ruhig irgendwas.«

Ich lehnte mich auf dem Sofa zurück und beobachtete sie. Sie ging ehrfürchtig auf den Flügel zu, als wäre sie vor einen Königsthron geladen, und ich rechnete fast damit, dass sie vor ihm auf die Knie fallen würde. Sie hob vorsichtig den Deckel von der Klaviatur und setzte sich auf das Bänkchen davor. Als sie zu spielen begann, betrachtete ich sie gebannt.

Das Wohnzimmer begann in purpurroten Klängen zu leuchten und sich mit Leben zu füllen. Tabitha war nicht mehr die unbeholfene Erstsemesterin, als die ich sie immer betrachtet hatte. Alles um sie herum wurde von der Energie einer jungen Frau, die von der Musik ergriffen war, mitgerissen. Tabitha entlockte dem Flügel die wunderbarsten Töne mit einer Leichtigkeit, von der ich für mich selbst immer nur hatte träumen können. Und ich hatte sie auch selten bei anderen Menschen beobachtet.

Ich bekam das Ende des Stücks fast nicht mit. Tabitha zuckte die Achseln, drehte den Kopf nach rechts und links und kicherte dann ohne jeden Anlass. Vor meinen Augen verwandelte sie sich wieder in den linkischen, unsicheren Teenager.

»Also gut«, sagte ich, nachdem ich ein paarmal tief durchgeatmet hatte. »Und jetzt verrate mir bitte mal, warum du deine Zeit mit Mathe verschwendest! Tabitha, das war gerade unglaublich! Hast du eigentlich eine Ahnung, wie begabt du bist?«

»Ist alles von Gott«, murmelte sie.

»Aber will Gott, dass du das verschwendest und dich stattdessen in so eine Mathe-Schnepfe verwandelst?«

Sie legte den Kopf schief. »Du bist ja auch keine Mathe-Schnepfe«, stellte sie fest.

»Oh doch. Ich bin zur Mathe-Schnepfe geboren. Aber du nicht.«

Sie sah ein bisschen erschrocken aus. »Meinst du, ich komme mit Mathe als Hauptfach nicht durch?«

»Das schon. Du wirst zurechtkommen. Aber du hast keine Leidenschaft dafür – jedenfalls nicht die Art Leidenschaft, wie du sie für Rachmaninoff hast.«

»Aber das ist doch bloß, weil ich schon so lange spiele. Und Differenzialrechnung ist mir ganz neu.«

Ich schüttelte energisch den Kopf. »Das stimmt nicht. Ich habe zehn Jahre lang Klavierstunden genommen. Meine Mutter musste mir Hausarrest androhen, damit ich überhaupt übe. Und heute könnte ich dir vielleicht allenfalls noch den Flohwalzer in Edelversion vorspielen. Ich habe dafür nie so viel übrig gehabt, wie du das offensichtlich hast. Aber die Mathematik habe ich immer geliebt. Du solltest das tun, wofür du dich begeistern kannst.«

Tabitha kam vom Flügel herüber und setzte sich zu mir auf das Sofa. »Aber ich hab's dir doch schon gesagt: Meine Eltern denken nicht, dass Gott will, dass ich Musik mache – professionell in irgendeiner Weise, meine ich.«

»Warum lässt du dir denn von deinen Eltern sagen, was du mit deinem Leben machen sollst?«, fragte ich. »Das habe ich nicht einmal meiner Mutter erlaubt – und glaub mir, sie hat mir nur allzu gerne hereingeredet. Sie hätte auch als Diktator Karriere machen können, fand ich immer ... Sie war davon ausgegangen, dass ich es ihr gleichtun und Medizin studieren würde, aber ich wollte nicht für den Rest meines Lebens mit ihr verglichen werden, also habe ich mich für Mathe entschieden.«

Tabitha lehnte sich nach vorn und nickte. Sie betrachtete mein Gesicht mit aufrichtigem Interesse. Mir war noch nie aufgefallen, dass sie so intensiv zuhörte – mit weit mehr Haltung, als wenn sie selbst sprach.

»Ich will dir ja nicht zu nahe treten oder so«, sagte sie vorsichtig, »aber irgendwie hast du ja doch deine Mutter bestimmen lassen, was du aus deinem Leben gemacht hast. Ich meine, indirekt, weil du dich dagegen aufgelehnt hast.«

Ich dachte darüber nach. »Ja, wenn man das einmal so herum betrachtet, hast du wahrscheinlich recht.«

»Das ist ja auch nicht schlimm«, beeilte sie sich hinzuzufügen. »Du bist die beste Mathelehrerin, die ich je gehabt habe. Ich glaube, obwohl du Mathe vielleicht nur gemacht hast, um dich gegen deine Mutter aufzulehnen, ist das vermutlich das, wo Gott dich haben will.«

»Das ist dann aber ein glücklicher Zufall«, sagte ich trocken, »denn ich habe das nicht mit Gott abgesprochen.«

Tabitha hörte auf, sich Strähnen ihres Haars um den Finger zu wickeln, und ihre Augen wurden auf einmal ganz weit. Sie hatte offensichtlich wieder eine ihrer plötzlichen Erleuchtungen.

»Gerade fällt mir auf«, sagte sie atemlos, »dass ich das eigentlich auch nicht mit Gott abgesprochen habe. Ich meine, ich habe mit meinen Eltern darüber geredet und immer wieder gebetet: ›Gott, hilf mir, dass ich ihren Vorschlägen folge.‹ Aber ich habe ihn nie selbst gefragt, was ich tun sollte.« Sie legte wieder den Kopf schief. »Wie alt warst du denn, als du deine Mutter nicht mehr wegen allem gefragt und selbst deine Entscheidungen getroffen hast?«

»Ich glaube nicht, dass ich Entscheidungen je unabhängig von ihr gefällt habe«, sagte ich zögernd. »Sie hat ihre Meinung nur irgendwann nicht mehr geäußert.«

»Und wann war das?«, wollte Tabitha wissen.

Ich seufzte. »Vor ungefähr zwei Monaten.«

Tabitha kicherte verlegen, aber ich hatte gar nicht versucht, witzig zu sein. Ich hatte gerade selbst eine Erleuchtung gehabt: Vor zwei Monaten hatte ich aufgehört, um jeden Preis anders sein zu wollen als meine Mutter – was in der Vergangenheit ohnehin nur dazu geführt hatte, dass ich ihr immer ähnlicher wurde. Als sie mir keinen Rahmen mehr bot, aus dem ich fallen konnte, war meine ganze Identität infrage gestellt worden. Eigentlich nicht verwunderlich, dass mein ganzes Leben seither ein einziges Fragezeichen war.

»Und wie findest du sonst heraus, was der richtige Weg ist?«, fragte Tabitha. »Und wie soll ich wissen, wo Gott mich hinführt?«

Ich wand mich innerlich. Ich hatte doch genug Fragen und kämpfte mit mir selbst schon mehr, als mir lieb war! Wo sollte ich für dieses Kind – nein, für diese vertrauensvolle, begabte, freundliche junge Frau – bloß Ratschläge hernehmen?

Aber sie erwartete offensichtlich eine Antwort.

»Ein Freund von mir hat das mal so gesagt«, begann ich. »Denk einfach an Gott – so, wie du ihn dir vorstellst – und rede dann drauflos. Sag ihm alles so, wie du es mir gerade sagst.«

Ich hatte natürlich nicht die leiseste Ahnung, wie sie die Antworten, die ja hoffentlich kommen würden, überhaupt verstehen sollte. Aber vielleicht wusste sie das schon – jedenfalls fragte sie nicht weiter. Sie strahlte nur über das ganze Gesicht, sprang dann zu mir herüber und umarmte mich fest.

»Ist ja gut«, sagte ich. »Weißt du was? Wir richten die Nachhilfe so ein, dass du einfach später am Nachmittag hierherkommst statt in mein Büro. Dann kannst du hinterher noch ein bisschen Klavier spielen.«

»Du willst also hier wohnen bleiben?«, fragte sie.

»Ja. Ich weiß auch nicht warum – ich glaube, ich bin einfach noch nicht so weit, wieder auszuziehen.«

»Das ist großartig!«, quietschte Tabitha. »Ich bin sooo begeistert!« Und sie klatschte in die Hände – sie klatschte vor lauter Begeisterung tatsächlich in die Hände!

Als ich Tabithas Aufgaben wieder zur Hand nahm, schoss es mir durch den Kopf: *Ich weiß gar nicht, wann ich das letzte Mal vor lauter Freude spontan geklatscht habe.* Und vielleicht hatte ich es nie.

Die Mitarbeiter im Pflegezentrum erklärten mir, dass ich nun wirklich nicht jeden Tag bei meiner Mutter vorbeischauen müsste und dass ich sie damit möglicherweise sogar davon abhalten würde, sich richtig einzuleben. Also befolgte ich ihren Rat, was den Nachteil hatte, dass mir umso mehr Zeit zum Grübeln blieb: wie sehr ich mit meiner Arbeit ins Hintertreffen geraten war, wie leer das Haus ohne Mom war – und das, obwohl Max mir an den meisten Tagen doch beim Abendessen Gesellschaft leistete – und wie merkwürdig ich es fand, dass Sam sich immer noch nicht bei mir gemeldet hatte.

Ich versuchte nicht mehr, ihn anzurufen. Er war offensichtlich nicht besonders erpicht darauf, mit mir zu reden, sonst hätte er auf das halbe Dutzend Mitteilungen, die ich ihm auf der Mailbox hinterlassen oder geschrieben hatte, sicher reagiert. Am Freitagnachmittag bereute ich bereits, auch nur eine einzige geschickt zu haben. Er musste ja den Eindruck gewinnen, dass ich ziemlich verzweifelt hinter ihm her war.

Sosehr ich auch versuchte, nicht weiter darüber nachzudenken – und ich versuchte es wirklich, indem ich mich in meine K-Theorie-Berechnungen vergrub – ich wunderte mich einfach immer mehr, warum er sich so plötzlich nicht mehr meldete.

An diesem Abend hielt ich es mit meinen eigenen Gedanken nicht länger aus. Ich überlegte, ob ich zum *Antonio's* hinübergehen und den anderen beim Billardspielen zusehen sollte, aber ich wollte nicht riskieren, Sam über den Weg zu laufen – und womöglich noch in Damenbegleitung. Also nahm ich mir einfach nur meine Tasche und fuhr zum Pflegezentrum hinüber. Es war zwar schon spät, aber ich dachte mir, dass sie mich bestimmt auch noch zu meiner Mutter lassen würden, wenn sie schon im Bett war. Ich wusste selbst nicht, woher dieser dringende Wunsch kam, dass ich jetzt unbedingt zu Mom wollte.

Als ich ankam, war die Beleuchtung in den Fluren auf ein gedämpftes Halbdunkel heruntergefahren worden. Ich tappte auf leisen Sohlen zu Moms Zimmer. Hinter den Türen waren Murmeln, leises Schnarchen und unregelmäßige Atemgeräusche zu hören. Vor Moms Tür hielt ich kurz inne und lauschte, ob ich das leise Schnaufen hören konnte, das sie im Schlaf von sich gab und das mir inzwischen so vertraut war. Aber ich hörte von drinnen nur ein verängstigtes Schluchzen.

Ich drückte die Tür auf und drehte das Licht an. Die Gitter an beiden Seiten ihres Betts waren hochgezogen worden und ihre Hände waren daran festgebunden.

Eine ganze Ladung Flüche sprudelte mir über die Lippen, während ich meine Tasche in die Ecke warf und mich wütend daranmachte, die Gurte zu lösen.

»Was soll das denn bedeuten?«, schimpfte ich. »Wer war das?«

Meine Mutter zitterte und starrte mich völlig verängstigt aus großen Augen an. Sobald ich den letzten Gurt gelöst hatte, versuchte sie über das Gitter zu klettern. Immerhin schaffte sie es, mir beide Arme entgegenzustrecken und sie um meinen Hals zu werfen. Sie klammerte sich fest an mich und wimmerte mir leise ins Ohr.

Ich legte behutsam die Arme um sie. Es lag nicht gerade in meiner Natur – oder in der Natur der Beziehung, die wir bisher gehabt hatten –, meine Mutter in den Arm zu nehmen. Aber das hier war nicht meine Mom – das war ein verängstigtes kleines Kind, das man ans Bett gefesselt hatte.

»Gibt's ein Problem?«, kam eine Stimme von der Tür her. Die Frau, die so fragte, hatte eine Dauerwelle wie aus Beton und hielt ein Clipboard in der Hand.

»So kann man das auch sagen«, fauchte ich über meine Schulter. Ich merkte, wie Mom sich noch fester an mich drückte und ihr Herzschlag, so nah an meinem, schneller ging.

»Moment, ich setze meine Mutter erst einmal hin«, sagte ich.

»Warten Sie, ich helfe Ihnen ...«

»Sie haben schon genug geholfen. Gehen Sie – lassen Sie mich einfach mit ihr allein!«

Die Frau stapfte nach draußen, wo sie, wie ihr am Gesicht abzulesen war, Verstärkung anfordern würde. Ich hielt meine Mutter im Arm, bis sie sich ein bisschen beruhigt hatte und ihren Griff um meinen Hals lockerte.

»Alles in Ordnung?«, fragte ich. »Bist du verletzt?«

Sie sagte nichts, also nahm ich ihre Handgelenke selbst in Augenschein. Die Gurte waren offensichtlich weich und nicht sehr straff gezogen worden und hatten deswegen keine Spuren hinterlassen. Aber das machte für mich keinen Unterschied mehr. Allein der Schaden, der ihr emotional zugefügt worden war, machte mich wütend genug. Ich war so richtig, richtig wütend und nur weil Mom sich allmählich beruhigte, schnappte ich sie mir nicht einfach, um sie nach Hause zu bringen.

Stattdessen trug ich sie zu ihrem Sessel hinüber und wickelte sie in eine Decke. Sie lehnte sich zurück und deutete mit einer ruckartigen Bewegung aufs Fenster. Ich schob die Scheiben hoch und sie seufzte zufrieden und starrte nach draußen. Ich hockte mich neben sie.

»Ich gehe jetzt zum Stationszimmer hinüber«, sagte ich, »und versuche herauszufinden, was hier eigentlich abgeht. Kommst du allein zurecht?«

Sie sah mich nicht an, aber ich meinte, sie nicken zu sehen.

Ich machte mich also auf den Weg nach draußen, wo mir auf dem Flur die Beton-Frisur-Schwester und ein halbes Dutzend Kolleginnen und Kollegen entgegenkamen. Ich nahm sie mir alle zusammen vor.

»Warum war meine Mutter ans Bett gefesselt?«, fragte ich und sah sie der Reihe nach vernichtend an.

»Sie war nicht ›gefesselt‹«, versuchte Schwester Betonhaar klarzustellen, »wir haben sie fixiert.«

»Mir ist völlig egal, wie Sie das nennen. Warum haben Sie das gemacht? Ich habe Ihnen mit keiner Silbe erlaubt, etwas Derartiges zu tun. Und in all den Unterlagen, die ich mit Ihnen durchgegangen bin, stand davon auch nichts.«

»Sie haben das Kleingedruckte nicht gelesen«, murmelte eine Frau, aber Schwester Betonhaar brachte sie mit einer Handbewegung zum Schweigen.

»Wir müssen unsere Bewohner in der Abteilung für Betreutes Wohnen normalerweise nicht fixieren«, erklärte sie, als hätte sie ein kleines Kind vor sich. »Aber wir sehen sonst keine Möglichkeit, Ihre Mutter im Bett zu halten. Sie scheint zu schlafen, aber bevor man sichs recht versieht, wandert sie im Flur herum.«

Ein etwas klein geratener Mann mit einem Zopf und der Figur eines Ringers trat neben sie, um ihr beizustehen.

»Die anderen Patienten haben sich beschwert«, berichtete er. »Sie ist in ihre Zimmer geschlichen und hat sich über sie gebeugt, während sie schliefen. Ein paar haben gesagt, dass sie plötzlich wach wurden und da stand Ihre Mutter und pikste sie in den Bauch.« Er schüttelte missbilligend den Kopf, wobei sein Zopf hin und her tanzte. »Das können wir ja nun wirklich nicht zulassen.«

»Und ich kann nicht zulassen, dass Sie sie ans Bett fesseln wie eine Schwerverbrecherin! Sie war total verängstigt, als ich sie fand.«

»Glauben Sie mir, die anderen Patienten waren auch verängstigt, als sie aufwachten und Ihre Mutter da plötzlich am Bett stand«, antwortete der Zopf-Mann bissig.

»Warum haben Sie nicht einfach die Tür abgeschlossen? Oder – noch besser – warum haben Sie mich nicht angerufen?«

»Wir rufen die Familienmitglieder nicht wegen jeder Kleinigkeit an.«

»Das ist doch nicht ›jede Kleinigkeit‹!«, protestierte ich. »Entweder uns fällt eine andere Lösung ein oder ich hole sie hier weg.«

»Schon gut, schon gut«, sagte die Betonhaar-Schwester und legte dem Zopf-Mann, dessen Bizeps schon zu beeindruckender Größe anschwoll, besänftigend die Hand auf den Arm. »Wir schließen einfach ihre Tür ab und schauen, wie weit wir damit kommen.«

»Jedenfalls werden Sie sie nicht mehr festbinden«, beharrte ich. »Unter gar keinen Umständen. Wenn es Probleme gibt, rufen Sie mich an – egal wann. Sie haben meine Handynummer in Ihren Akten.«

Ich wartete, bis alle Köpfe gehorsam genickt hatten – und mir war es egal, mit wie viel Begeisterung sie das taten – und die dazugehörigen Beine sich in Richtung Schwesternzimmer davonmachten. Ich konnte nicht hören, was die Schwestern und Pfleger zueinander sagten, aber ich vermutete, dass sie sich leise vernichtende Kommentare über diese hysterische McGavock-Tochter zuraunten. Es war mir egal. Ich ging zu Moms Zimmer zurück. Sie saß immer noch in ihrem Sessel am Fenster.

»Also gut, wir haben das Folgende ausgemacht«, versuchte ich ihr zu erklären, als ich mich wieder neben sie hockte. »Du kannst aufstehen, in deinem Sessel sitzen, nach draußen gucken – aber in der Nacht musst du hier im Zimmer bleiben. Sie werden die Tür abschließen, du brauchst die Klinke also nicht einmal zu versuchen. Aber eins verspreche ich dir: Sie binden dich nicht mehr am Bett an. Das ist ja auch schon was. Verstehst du mich?«

Sie sah mich nur an, dann sprang sie plötzlich auf und kroch unter die Bettdecke. Ich ließ mich auf den Stuhl neben ihrem Bett fallen.

»Soll ich dir was erzählen, bis du einschläfst?«, fragte ich.

Sie schloss die Augen. Ich legte den Kopf auf die Arme und stützte diese auf dem Bett ab. Mein Herz schlug allmählich wieder in seinem gewohnten Rhythmus und raste nicht mehr wie ein Güterzug, aber meine Gedanken liefen einfach weiter, stießen ständig aneinander und entgleisten hier und da. Ich hätte mir so gewünscht, dass Sam da wäre.

»Das hier wirst du kaum glauben, Mom«, begann ich. »Ich

habe da einen Typen kennengelernt. Ausgerechnet bei deinem Jubiläumsabend! Er hat einen Doktor in Philosophie und lehrt als Privatdozent in Stanford. Wir sind ein paarmal miteinander ausgegangen – na ja, oder wie auch immer man das nennen will – und dann hat er sich offensichtlich sang- und klanglos aus dem Staub gemacht. Du hast mir ja immer gesagt, dass Männer das machen, nicht wahr? Du hast mir immer eingebläut, ich soll mich lieber auf meine Karriere konzentrieren – und das habe ich auch, bis wir so spannende Gespräche geführt haben. Und jetzt halt dich fest, Mom: Wir haben über Gott geredet.«

KAPITEL 19

Als ich an diesem Abend endlich nach Hause kam, war es schon nach Mitternacht. Ich hätte eigentlich völlig erschöpft sein müssen, aber selbst nach einem heißen Bad, einem Glas warmer Milch und einem Schäferstündchen mit einer Reihe Aufsätze aus *K-Theorie* wollten meine Augen einfach nicht zufallen. Mein Körper wollte sich noch nicht einmal hinsetzen. Ich wanderte also ziellos im Haus herum, öffnete hier eine Schublade und dort einen Schrank, hob irgendwelche Sachen aus den Regalen und stellte sie wieder hin. Ich wurde mit jeder meiner Bewegungen unruhiger und heftiger, bis ich irgendwann den Deckel des Flügels so wild zuknallte, dass eine Fünfhundert-Dollar-Vase herunterfiel und auf dem Wohnzimmerboden in tausend Stücke zerschellte.

»Reiß dich zusammen!«, sagte ich – zu mir selbst, wohlgemerkt. »Reiß dich endlich wieder zusammen! Mein Gott!«

Das Wort hallte im Wohnzimmer wider wie eine verzerrte Variante von Tabithas Rachmaninoff. Als es wieder mein Bewusstsein erreichte, landete es mit einem dumpfen Aufprall irgendwo in meinem Brustkorb und setzte sich dort fest.

»Ist ja gut«, sagte ich. »Tut mir leid. Ich wollte – wie nennt man das? – deinen Namen nicht unnütz aussprechen. Aber ich krieg hier die Krise!«

Das tat ich offensichtlich wirklich. Jetzt redete ich schon laut mit irgendeiner Macht, von der ich bisher immer behauptet hatte, dass es sie gar nicht gäbe.

Und doch war das irgendwie beruhigend. Keine irre Stimme in meinem Kopf schrie mich mehr an und befahl mir, unruhig im Haus herumzurasen wie eine Geistesgestörte. Mit jemandem zu reden, den es gar nicht gab, war mit Sicherheit immer noch besser als das!

Ich zog die Beine zu mir auf das Klavierbänkchen hinauf und schlang meine Arme um die Knie, als wollte ich mich gegen die Stille wappnen.

»Also gut«, sagte ich. »Wie siehst du denn eigentlich aus? Irgendeine Form hätte ich ja doch gerne in meinem Hirn, um mir wenigstens eine grobe Vorstellung von dir machen zu können. Lass mich hier bitte nicht hängen.«

Ich schloss die Augen. Doch jetzt war es zu dunkel und es gab zu viele Schatten. Also starrte ich an die Zimmerdecke. Wie sieht Gott aus? Darüber hatte ich noch nie nachgedacht.

Also denk besser jetzt drüber nach – bevor du komplett durchdrehst.

»Okay, ich sag dir jetzt mal, was für einen Eindruck ich von dir bis hierher habe«, sagte ich. »Ich glaube, du bist entweder so ein grausamer, herzloser Despot mit sadistischen Anwandlungen – oder du hast einfach nur mehr Überblick als wir anderen alle.«

Ich kniff die Augen angestrengt zusammen, als gäbe es an der Decke irgendetwas zu sehen. »Du sitzt da oben oder da draußen oder wo auch immer du sitzt und schaust zu, was sich hier so abspielt. Wenn du doch so mächtig bist, warum kannst du die Krankheit meiner Mutter nicht einfach heilen? Warum schaust du nicht einfach einmal bei mir vorbei und nimmst diesen ganzen Müll weg, den ich hier zu sortieren habe und mit dem ich nicht zurechtkomme? Denn dass ich nicht zurechtkomme, ist ja offensichtlich – heute bin ich so durchgedreht, dass ich mich mit sieben Menschen gleichzeitig angelegt habe. Ich weiß einfach nicht, was ich machen soll, weil ich ja noch nicht einmal weiß, was ich *denken* soll – und wo ich zu denken auch nur *anfangen* soll! Und erst recht nicht, solange dieser ganze übersinnliche Quark um mich herumwabert, mit dem ich gar nichts anfangen kann, weil er mir völlig fremd ist. Und gerade jetzt, wo ich den Durchblick haben und einen klaren Kopf bewahren müsste, mutiere ich zu einer zweiten Tabitha – nur noch verwirrter! Ich will mir überhaupt keinen Gott vorstellen, der so etwas passieren lässt! Ich will mir einen Gott vorstellen, dem es nicht egal ist, was hier passiert, und der herkommt und den Müll für mich sortiert. Ich krieg das nämlich nicht allein hin. Das ist die Art Gott, die ich mir wünsche!«

Ich schlug mit der Faust auf den Flügel. Dann presste ich die Hand in den Mund und biss darauf, aber ich konnte meine Tränen nicht länger zurückhalten.

»Bitte sei doch die Art Gott«, schluchzte ich, »weil ich alles andere einfach nicht ertrage. Ich kann einfach nicht mehr.«

Irgendwann hörte ich auf zu weinen und bahnte mir meinen Weg durch die Scherben der Vase hindurch zum Sofa, wo ich mich, wenn ich mich recht erinnere, in den Schlaf redete.

Kurz nach drei wachte ich wieder auf und hatte noch den Nachgeschmack eines Traums im Kopf. Ich sah Mom, wie sie auf allen vieren über Freda III kniete und ihre Augenlider hochhob. Ich hatte noch ihre Stimme von jenem Tag im Ohr, die genauso wie vor der Krankheit geklungen hatte: »*Seitengleich und lichtreagibel.*«

Ich schoss auf dem Sofa in die Höhe. *Die anderen Patienten haben sich beschwert*, hatte der Zopf-Mann gesagt. *Sie ist in ihre Zimmer geschlichen und hat sich über sie gebeugt, während sie schliefen. Ein paar haben gesagt, dass sie plötzlich wach wurden, und da stand Ihre Mutter und pikste sie in den Bauch.*

»Das ist es!«, rief ich. »Das muss es sein!«

Ich war um sieben Uhr im Pflegezentrum. Ich hatte mir in aller Eile irgendwelche Klamotten übergeworfen und meine Haare in einem wirren Knoten auf dem Kopf festgesteckt. Ich wollte unbedingt noch die Mitarbeiter von der Nachtschicht sehen, bevor sie nach Hause gingen.

Der Zopf-Mann verzog das Gesicht, als ich zum Stationszimmer stiefelte.

»Ja, wir haben die ganze Nacht die Tür verschlossen gehalten«, sagte er. »Wir haben sie vor einer Viertelstunde aufgeschlossen, falls Ihre Mutter Frühstück will. Passt Ihnen das etwa nicht?«

»Nein«, sagte ich. »Ich bin froh, dass Sie das so gemacht haben, und ...«

Ich suchte nach Worten. Das hier hatte ich noch nicht sehr oft gemacht.

»Ich muss mich für gestern Abend entschuldigen«, sagte ich. »Ich war wütend und habe wohl ein bisschen überreagiert.«

Der Zopf-Mann lächelte, vielleicht gegen seinen Willen. Ein Grübchen, das bisher noch keine Gelegenheit gehabt hatte, sich zu zeigen, erschien auf seiner linken Wange. »Kommt vor«, sagte er. »Wir haben wahrscheinlich auch nicht mit so viel Verständnis reagiert, wie angebracht gewesen wäre.«

Ich fragte ihn, ob ich mit einigen der Patienten reden dürfe, denen meine Mutter einen Hausbesuch abgestattet hatte. Während er ein paar Namen aufschrieb, schaute ich kurz in Moms Zimmer.

Sie war schon angezogen und Burl war bei ihr.

»Was machen Sie denn hier um diese Zeit?«, fragte ich ihn.

»Ich komme für gewöhnlich auf dem Heimweg hierher, gleich nach der Schicht. Sie hört sich gerne an, wie es im Labor so läuft.«

»Jeden Morgen?«, wunderte ich mich.

»Fast. Liegt für mich auf dem Weg.«

So wie ich ihn inzwischen kannte, wäre er wahrscheinlich auch vorbeigekommen, wenn das dreißig Kilometer Umweg bedeutet hätte.

Ich blieb ein paar Stunden und unterhielt mich mit vier der Bewohner von der Liste, die mir der Zopf-Mann gegeben hatte. Sobald ihnen klar war, dass ich erst gehen würde, wenn ich meine Informationen hatte, nutzten sie meine Aufmerksamkeit schamlos aus. Sie schweiften vom Thema ab, wo es irgend möglich war, und nutzten die Gelegenheit, mir ihre Lebensgeschichte zu erzählen und die ihrer Familie über mehrere Generationen. Irgendwann kamen sie dann aber auch auf Moms nächtliche Besuche zu sprechen.

Der erste ältere Herr krempelte den Ärmel hoch und zeigte mir den Arm, den Mom zu untersuchen versucht hatte. Er hatte dort mehrere eitrige Wunden. Ich versuchte, mir meinen Ekel nicht anmerken zu lassen.

Eine andere Frau erzählte, dass Mom ihre Bettdecke zurückgeschlagen hatte, während sie schlief. Sie war davon aufgewacht, dass Mom auf ihrem Bauch herumdrückte und stocherte. Ich fragte sic, ob sie Verdauungsprobleme hatte, und sie erzählte, dass sie seit einiger Zeit unter Magenschmerzen litt, für die die Ärzte keine Erklärung fanden.

Die anderen Bewohner erzählten ähnliche Geschichten. Eine Frau war aufgewacht, weil ihr der Puls gefühlt wurde, ein anderer Patient, weil Mom an seinem Hals herumtastete. Er erzählte in aller Ausführlichkeit, mit was für Halsschmerzen er seit einiger Zeit zu kämpfen hatte.

Bis zum Mittag war ich überzeugt, dass Mom nicht einfach plan- und ziellos herumgelaufen war, um an ihren Mitbewohnern seltsame Rituale zu vollziehen. Sie ließ ihnen kostenlose ärztliche Untersuchungen zukommen, wobei sie sich auf ihre eigenen Beobachtungen tagsüber stützte.

Diese Feststellung fand ich gleichzeitig beruhigend und erschreckend.

Mom verschlief den größten Teil des Nachmittags, obwohl die anderen Mitbewohner versuchten, sie zu Gymnastik, Volkstanz und Nachmittagsfilm zu animieren. Ich blieb einfach in ihrem Zimmer und wartete darauf, dass sie wieder aufwachte. Die Zeit nutzte ich, um mir zu überlegen, was ich sagen sollte. Als ich merkte, dass ich selbst wie eine angeschossene Rennmaus im Zimmer herumrannte, zwang ich mich, es mir in ihrem Sessel am Fenster gemütlich zu machen. Und dann murmelte ich wieder vor mich hin.

»Okay, Gott, wenn es dich also gibt – *falls* es dich also gibt! –, kannst du mir dann bitte auch sagen, was ich jetzt als Nächstes machen soll? Ich habe hier nichts wirklich in der Hand und das finde ich ziemlich bescheiden!«

Mir kam plötzlich der Gedanke, dass man Gott gegenüber vielleicht etwas ehrfürchtiger sein sollte – nur für den Fall, dass es ein solches Wesen überhaupt gab.

»Tut mir leid«, flüsterte ich.

Wie war das noch – *so leben, als ob.*

Als Mom schließlich aufwachte, sprang sie gleich aus dem Bett und stellte sich neben mich. Sie wirkte erregt, bis ich aufstand und ihr den Sessel überließ.

»Ich glaube, so langsam kann ich nachvollziehen, warum du hier so gerne sitzt«, sagte ich. »Der Sessel passt sich einem an wie angegossen, nicht?«

Sie blinzelte zufrieden und döste gleich wieder ein. Ich hockte mich neben sie. Inzwischen machte ich das ganz automatisch.

Hatte ich mir das alles nur ausgedacht – dass sie die Patienten so selbstverständlich untersuchte, wie andere Menschen atmeten oder schluckten? Glaubte ich allmählich sogar selbst, dass irgendetwas übrig war von dem, was sie einmal gewesen war? Oder wollte ich nur so sehr, dass das stimmte, und klammerte mich deswegen verzweifelt an jeden Strohhalm? Aber vielleicht machten das die Menschen so, die behaupteten, an Gott zu glauben.

In meinem Brustkorb breitete sich ein unbekannter Schmerz aus. Das hier war eine Frage für Sam.

Ich ging nach Hause, als das Abendessen ausgeteilt wurde, damit ich wenigstens noch ein bisschen arbeiten konnte. Was von der vernünftigen Jill, als die ich mich einmal gesehen hatte, noch übrig war, sagte mir, dass ich schleunigst in die Wirklichkeit zurückkehren sollte, bevor ich keinen Zugang mehr dazu fand. Aber in dem Moment, als ich mich, mit Laptop, Bleistift und Block bewaffnet, aufs Sofa fallen ließ, schlief ich ein. Ein Hämmern, das näher zu kommen schien, je weiter ich die Augen öffnete, riss mich aus dem Schlaf. Jemand klopfte an die Haustür.

»Einen Moment«, sagte ich verschlafen. Ich taumelte in den Flur und brauchte mehrere Versuche, bis ich die Haustür fand und öffnen konnte. Als ich sie endlich aufriss, stand Sam auf der Matte. Er hatte die Hände in den Taschen vergraben und sein Lächeln sah ein bisschen unsicher und nicht besonders natürlich aus.

»Hallo, du«, sagte er.

Es gelang mir später, mich zu überzeugen, dass ich ihm die Tür vor der Nase zugeknallt und damit der ganzen Farce ein Ende bereitet hätte, wenn ich nur wach genug gewesen wäre. Aber ich war nur halb bei Bewusstsein, deshalb starrte ich ihn mit weit aufgerissenen Augen an wie ein Kleinkind, dem die Nase läuft. Automatisch trat ich zurück und ließ ihn ins Haus.

Ich muss allerdings gestehen, dass Sam meinen Zustand nicht ausnutzte. Er nahm mich nicht in den Arm und versuchte auch nicht, mich zu küssen. Er stand einfach nur im Flur herum, behielt die Hände in den Taschen und sagte: »Ich war mir nicht sicher, ob du mich überhaupt hereinlassen würdest. Ich könnte es dir nicht verdenken.«

»Warum sollte ich dich nicht hereinlassen?«, fragte ich. Manche Reaktionen kommen einfach automatisch, egal wie breiig sich das eigene Gehirn anfühlt.

Er rieb sich den Nacken. »Weil ich dich ohne Angabe von Gründen eine Woche lang nicht zurückgerufen habe.«

»Ach, so lange war das?«, sagte ich und hob gespielt gleichgültig die Schultern.

Er zuckte zusammen. Es tat mir weh und so drehte ich mich um und ging ins Wohnzimmer. Sam kam mir hinterher.

»Ich weiß, dass ich nicht das Recht habe, hier irgendwelche Wünsche zu äußern«, sagte er. »Aber könnten wir uns darauf einigen, dass wir keine Spielchen miteinander spielen?«

Ich hatte ihm den Rücken zugewandt und starrte aus dem Fenster. Ich merkte, dass er hinter mir stand. Er bedrängte mich nicht gerade, aber ich hatte auch nicht den Eindruck, dass er klein beigeben würde.

»Also gut«, sagte ich. »Du hast mich eine Woche lang nicht angerufen und ich hatte keine Ahnung, warum. Ich meine, das letzte Mal war ich noch *überwältigend.*«

Selbst ich war überrascht, wie ätzend das klang. Ich drehte mich um und sah, wie er wieder zusammenzuckte.

»Tut mir leid«, sagte ich. »Es ist grad nicht der günstigste Moment für das hier. Wobei es bei mir zurzeit aber auch keinen günstigen Moment zu geben scheint.«

Er schüttelte den Kopf.

»Stimmt«, sagte ich. »Ich bin wirklich sauer, dass du dich einfach aus dem Staub gemacht hast – du herzloses, arrogantes Schwein –, und ich hoffe, du hast eine gute Entschuldigung, sonst bist du nämlich schneller draußen, als du gucken kannst. Ich hab dich nicht hier reingelassen, damit du ... herumtrampeln kannst auf meinen ...«

Ich hätte eigentlich *Gefühlen* sagen müssen, aber ich schaffte es nicht. Es war wohl auch nicht nötig, denn Sam grinste mich an. Er versuchte wirklich, sich zusammenzureißen, aber es gelang ihm einfach nicht.

»Was ist denn?«, fuhr ich ihn an. »Was ist daran so komisch?«

»Gar nichts ist komisch. Ich hab dich bloß vermisst.«

»Oh ja, natürlich«, sagte ich so sarkastisch, wie ich nur konnte. Ich sah auf meine Armbanduhr und musste selbst ein Lächeln unterdrücken. »Ich gebe dir genau zehn Minuten. In der Zeit erzählst du mir entweder eine Geschichte, die ich glauben kann, oder du fliegst hier hochkant raus.«

Er blickte fragend zum Sofa hinüber.

»Nein, du bleibst genau da stehen, mit dem Blick zur Wand ... klar, setz dich. Es macht mich ganz nervös, wenn du da so rumstehst.«

Ich schob mit dem Arm meine Unterlagen weg und setzte mich selbst in eine Ecke des Sofas. Sam ließ sich in die andere Ecke fallen.

»Ich musste weg.«

»Ganz plötzlich natürlich.«

»Nein, das war schon seit einigen Wochen geplant.«

Der Schmerz in meinem Brustkorb brachte mich dazu, alle Schutzmauern hochzufahren. »Ist ja auch egal. Es gibt schließlich keinen Grund, warum du mir erzählen solltest, wenn du wegfährst. Wir haben keinerlei Verpflichtungen füreinander.«

»Ich habe eine Verpflichtung.«

»Aber nicht mir gegenüber.«

»Mir selbst gegenüber – hier zu sein, wenn du dich mit all diesen Fragen herumzuschlagen hast. Ich hätte nicht einfach ohne eine Erklärung verschwinden sollen und es tut mir leid.«

Ich merkte, wie sich Enttäuschung in mir ausbreitete. Ich versuchte, sie wegzustreichen, indem ich mir mit den Fingern durchs Haar fuhr.

»Ich bin schon allein zurechtgekommen«, behauptete ich.

»Das glaub ich gerne.«

Sam rieb sich wieder den Nacken. Was hätten wir zwei für ein Paar abgegeben!

»Also gut«, meinte ich. »Erzähl weiter.«

»Ich bin nach Illinois geflogen.«

»Im Dezember? Tolle Idee!« Ich hob die Hand, als wollte ich mich selbst beschwichtigen. »Tut mir leid. Mach weiter.«

»Ich war dort bei einem College – einem christlichen College. Sie suchen dort einen Dezernatsleiter und ich habe mich um die Stelle beworben. Ich bin in die engere Wahl gekommen, deshalb haben sie mich zum Bewerbungsgespräch eingeladen. Es ist gut gelaufen und so hab ich ein paar Tage drangehängt, um mir den Laden ein bisschen genauer anzusehen. Wobei ich mir natürlich die Nase abgefroren habe.«

Ich starrte ihn an. »Moment, nur noch mal langsam zum Mitschreiben«, sagte ich. »Du bist Privatdozent an einer der bedeutendsten Unis weltweit und trotzdem denkst du ernsthaft darüber nach, eine Stelle an einem ...« Ich stockte. »... an einem College anzunehmen, das dir nichts bieten kann, was du hier nicht auch hättest. Außer einer gefrorenen Nase.«

Sam schüttelte den Kopf. »Sie haben dort mehr zu bieten als das, zumindest von meinem Standpunkt aus betrachtet. Ich bin hier vom ersten Tag an nicht besonders glücklich gewesen. Na ja, vielleicht vom zweiten Tag an. Am ersten hab ich mich noch richtig schön wichtig gefühlt, aber das hat nicht lange vorgehalten. Ich habe schnell gemerkt, dass ich einfach nicht recht hierher passe. Stanford ist eine unglaubliche Uni, aber – das wirst du selbst noch merken, wenn du deinen Doktor hast und dich selbst nach einer Stelle umsiehst – es geht nicht um große Namen und auch nicht um das Geld, das man irgendwo verdienen kann. Es geht darum, wo man hinpasst.«

Sam lehnte sich zu mir herüber. »Ich habe so eine Sehnsucht«, erklärte er. »Ich möchte gerne an einer Uni unterrichten, an der ich weiß, dass meine Kollegen in Glaubensfragen ebenso unterwegs sind wie ich. Das werde ich hier nicht erleben – oder jedenfalls nicht offiziell, nicht so, dass es mich anstecken und mir auf meinem eigenen Weg zu Gott weiterhelfen kann. Kannst du das nachvollziehen?«

»Nichts, was du mir je erklärst, kann ich nachvollziehen, Sokrates«, sagte ich trocken. »Aber ich verstehe, warum das für dich wichtig ist. Und darauf kommt es schließlich an, oder?«

»Nicht nur. Jill, ich möchte eine Sache gerne wissen. Denkst du, ich war unaufrichtig dir gegenüber, weil ich dir von diesem Bewerbungsgespräch nichts erzählt habe? Ich meine, das stand ja schon fest, bevor ich dich überhaupt kennengelernt habe. Es kam nicht überraschend. Es gab bestimmt genügend Gelegenheiten, dir davon zu erzählen.«

»Nein«, widersprach ich. »Es wäre etwas anderes gewesen, wenn ich je gesagt hätte: ›Weißt du, Sokrates, ich hab den Eindruck, du wirst hier mal alt‹ und du einfach geantwortet hättest: ›Stimmt. Ich hab auch nicht vor, mir je anderswo was zu suchen.‹ Dann wärst du unaufrichtig gewesen. Aber eigentlich geht es mich ja auch nichts an ...«

»Aber natürlich geht es dich etwas an. Oder jedenfalls wünsche ich mir so, dass es dich etwas angeht.«

Sam nahm eine meiner Hände und drückte sie zwischen seinen. Wieder so einer von diesen starken Griffen, aus denen ich mich nicht einmal hätte herauswinden können, wenn ich es gewollt hätte. Und in diesem Fall wollte ich es ja auch gar nicht.

»Bis zu dem Tag, bevor ich nach Illinois flog, sah ich eigentlich auch keinen Grund, dir davon zu erzählen. Wir haben uns ja mehr mit dem beschäftigt, was in *deinem* Leben passiert. Aber dann ist alles so plötzlich passiert – für mich jedenfalls.«

Hab ich da was verpasst?, wollte ich fragen. Aber das war mehr die alte Gewohnheit. Etwas anderes, etwas Tiefes und bisher Unbekanntes, brachte mich dazu, den Mund zu halten und schlicht zu nicken.

»Wir haben da in *Danny's Café* gesessen«, fuhr er fort, »und auf einmal war mir das so deutlich. Du warst Gott so nahe und ich war dir so nahe. Und ich wollte dir so gern näher sein.«

Ich zog nun doch meine Hand weg. »Hattest du das von Anfang an vor?«

»Nein«, sagte er. »Es ist gegen alle Vorsätze passiert, die ich gefasst hatte – nämlich vor allem, mich nicht in dich zu verlieben.«

»Oh«, sagte ich und das Wort sagte schon genug.

Sam legte mir die Hand in den Nacken und zog mich nah an sich heran. »Ich liebe dich, Jill«, sagte er.

Ich musste nicht nach Worten suchen. Ich küsste ihn – das war meine Antwort.

Er zog den Kopf gerade weit genug von mir weg, um mir in die Augen sehen zu können. »Also gut, gehen wir das Ganze einmal so an«, meinte er. »Wenn ich diese Stelle angeboten bekäme und zusagen würde – könntest du dir vorstellen, mit dorthin zu kommen?« Er legte mir einen Finger auf die Lippen, die sich schon in Bewegung gesetzt hatten. »Es wäre erst im Juni, bis dahin müsstest du deinen Doktor ja haben. Ich wollte nur schon einmal vorfühlen. Es gibt noch eine Menge ›Wenns‹, aber würdest du wenigstens darüber nachdenken?«

Mein Mund fühlte sich an wie eingefroren. Ich brachte nur heraus: »Soll das ein Heiratsantrag sein?«

»Ich weiß nur, dass mir an diesem College alles gefiel – nur nicht, dass du nicht dabei warst.«

»Und was soll ich jetzt deiner Meinung nach tun?«

»Ich wollte dir nur erzählen, was mich im Moment beschäftigt, und dich bitten, darüber nachzudenken. Mehr nicht.«

Ich nickte ein bisschen betäubt und er grinste – so wie ein Kind grinst, dessen Mutter gerade »vielleicht« gesagt hat.

»Na gut«, wechselte er das Thema. »Wir können das ja im Hinterkopf behalten. Aber erzähl mir, wie's bei dir die letzte Woche lief.«

»Nicht so schnell«, widersprach ich. »Ich verstehe immer noch nicht, warum du mir nichts davon erzählt hast, bevor du geflogen bist. Oder warum du mich nicht wenigstens von Illinois aus angerufen oder wenigstens eine kurze Nachricht geschrieben hast. Warum die ganze Geheimniskrämerei?«

Das Grinsen verschwand aus seinem Gesicht und er sah ernster aus, als ich ihn je gesehen hatte.

»Weil ich eine unglaubliche Angst davor hatte, was du sagen würdest. Und das habe ich immer noch.« Er streichelte meine Wange. »Ich möchte, dass du ein Teil meines Lebens bleibst.«

Eine ganze Reihe von Fragen begannen sich in meinem Hirn zu drängeln und jede wollte die erste sein. *Ich dachte, du willst so was Kirchliches, Sokrates. Was ist denn aus* dem *Vorsatz geworden? Du willst also allen Ernstes, dass ich mir irgendwo in Illinois eine Stelle suche, obwohl du nicht einmal klar sagen kannst, wie du unsere Beziehung siehst? Denkst du, du bist der Einzige, bei dem es eine Menge »Wenns« gibt?*

Aber auf einmal nervten mich all diese Fragen und ich war wütend, dass sie sich überhaupt in meinem Kopf angesammelt hatten. Dieser Mann, der mich so ernsthaft fragend ansah – dieser Mann hatte etwas Besseres verdient, als dass ich ihm diese Fragen ins Gesicht warf.

»Was denkst du?«, fragte Sam. »Oder sollte ich besser nicht fragen?«

»Ich denke grade ... dass ich dir doch gerne erzählen möchte, wie die letzte Woche mit meiner Mutter war.«

»Fang an«, sagte er. Er sah sehnsüchtig in Richtung Küche. »Sind hier noch Max-Essen übrig, die wir aufwärmen können, während wir reden? Ich habe den ganzen Tag noch nichts Ordentliches gegessen.«

Während ich die letzten Cappellacci mit Bolognesesoße in die Mikrowelle schob, erzählte ich Sam von den letzten Erlebnissen mit Mom. Je mehr ich redete, desto lebendiger stand mir alles wieder vor Augen.

Nachdem ich ihm den Teller gereicht hatte, ließ ich mich auf den Stuhl ihm gegenüber fallen. Ein neuer Gedanke begann sich in meinem Gehirn zu bilden.

»Was?«, wollte Sam wissen.

»Glaubst du, sie versucht immer noch, Leute ärztlich zu untersuchen?«

»So klingt es jedenfalls.«

»Aber denkst du, es ist ein ganz automatischer Reflex ihrerseits? Also würde ich, wenn ich die Picksche Krankheit hätte, immer noch Gleichungen an die Tafel schreiben? Und würdest du immer noch ... immer noch ...«

Er lachte. »Ja, genau. Was mache ich denn eigentlich den ganzen Tag?«

»Die Frage ist: Wenn jemand so eine Demenz bekommt – macht er einfach aus purer Gewohnheit noch eine Weile weiter, was er bisher gemacht hat?«

»Hast du darüber was in den Büchern oder im Internet finden können?«

Ich schüttelte den Kopf. »Außerdem hat Mom ja auch schon seit über zwanzig Jahren keine Patienten mehr untersucht. Sie hat mir höchstens mal in den Hals geguckt und gesagt: ›Du wirst's überleben. Ab in die Schule.‹«

»Also kann es kaum eine Gewohnheit sein.«

»Außer wenn ihr Gehirn sich in die Zeit zurückversetzt, als sie noch studierte oder so.«

Sam sah mich an, während er zufrieden vor sich hin kaute. »Aber du meinst, es könnte noch etwas anderes sein? Es könnte die alte Gewohnheit sein. Oder ...?«

»Oder sie klammert sich bewusst an ihren Verstand.«

»Oder?«

»Oder ihre Seele«, sagte ich. Ich hob die Hand, bevor er etwas sagen konnte. »Du brauchst noch nicht in Siegesgeheul auszubrechen, Sokrates. Ich sehe es nur als eine Möglichkeit an. *Wenn* sie eine Seele hat, die über alles hinausgeht – den Tod, die Demenz, Krankheiten oder was auch immer –, dann würde dort vielleicht auch ihr Wunsch liegen, zu heilen und Leben zu erhalten. Vielleicht!« Ich schüttelte den Kopf. »Und dann sehe ich sie wieder vor mir, wie sie versucht, ihre Strumpfhose im Klo herunterzuspülen, und ich bin mir nicht mehr so sicher.«

»Na ja, ich könnte mir vorstellen, dass sie sich nicht nur selbst an ihre Seele klammert, sondern auch *dich* zu überzeugen versucht, dass sie immer noch eine hat.« Sam legte die Gabel ab und lehnte sich zu mir herüber. »Wie wäre es denn damit: Deine Mutter nimmt Pascal mit seiner Wette beim Wort.«

»Wenn du meine Mutter je kennengelernt hättest, als sie noch bei klarem Verstand war, würdest du von so etwas nicht einmal träumen.«

Er grinste von einem Ohr zum anderen. »Schließlich kenne ich dich bei klarem Verstand und du hast dich schließlich auch drauf eingelassen. Ich sehe da keinen besonders großen Unterschied.«

»Es ist mir unbegreiflich, warum ich mir diesen Krempel, den du mir da vorsetzt, überhaupt weiter anhöre«, sagte ich und grinste zurück.

KAPITEL 20

In der nächsten Woche begannen die Weihnachtsferien und ich war noch nie so glücklich darüber gewesen. Ohne Seminare und Anwesenheitszeiten und einen nervigen Jacoboni konnte ich mich bestimmt auf meine Arbeit konzentrieren ... und auf Mom ... und auf Sam.

Ich stellte zu meiner Überraschung fest, dass mein Leben auch in der vorlesungsfreien Zeit hoffnungslos überladen war, und führte regelmäßig angeregte Diskussionen darüber mit der Zimmerdecke. Sam nannte das Beten, aber ich widersprach ihm in diesem Punkt weiter vehement.

»Vielleicht bewahrt mich das davor, komplett durchzudrehen«, erklärte ich ihm, »aber mehr kann ich im Augenblick nicht behaupten.«

»Ist schon in Ordnung«, schmunzelte er. »Wir haben Zeit.«

»Wir? Du und wer noch?«

Als Antwort grinste er mich an und brachte die Polkappen meines Herzens damit weiter zum Schmelzen.

Ich bereitete mich auf Weihnachten nicht weiter vor und kaufte nur ein paar Geschenke: einen Riesenkrug besonders edlen Olivenöls für Max, einen Goldfisch im Glas für meine Mutter und ein Sweatshirt mit einem Sokrates-Kopf für Sam. Er schenkte mir eine Lederausgabe der *Pensées* von Pascal und erklärte mir auch, wie man das auszusprechen hatte: »Ponsehs« mit nasalem N und der Betonung auf der zweiten Silbe.

Die Weihnachtsfeier im Pflegezentrum war beeindruckend. Es gab Gesangsgruppen aus allen möglichen Kirchengemeinden, einen Besuch vom Weihnachtsmann – den ich als den Zopf-Mann mit einem besonders schlecht sitzenden Rauschebart entlarvte – und ein Festessen, das, wie ich zugeben musste, sogar Max gegessen hätte. Mom goss sich Soße über den gesamten Teller und aß dann doch nichts. Sie schien auch nicht zu wissen, was sie mit dem hübsch eingeschlagenen Geschenk vom Pflegezentrum machen sollte, das man ihr in die Hand gedrückt hatte. Aber sie betrachtete den Goldfisch mit mehr Aufmerksamkeit, als sie schon seit Langem für irgendetwas an den Tag gelegt hatte.

»Ich weiß, dass das nicht dasselbe ist wie die Koi im Gartenteich«, erklärte ich ihr. »Aber mehr war nicht drin. Versprich mir nur, dass du ihn nicht rausnimmst und sezierst, ja?«

Ich besuchte sie jeden Tag und die nächtlichen Hausbesuche schienen wirklich aufgehört zu haben. Die Beton-Frisur-Schwester, die mit bürgerlichem Namen Emily Murphy hieß, erzählte mir, dass Mom, wenn sie zu ihr ins Zimmer schaute, immer entweder schlief oder aus dem Fenster schaute oder den Goldfisch betrachtete. Sie gab mir den Rat, das Fischfutter nicht in Moms Zimmer aufzubewahren, damit das arme Ding nicht hoffnungslos überfüttert wurde und irgendwann platzte.

Sam und ich setzten unsere lebhaften Diskussionen weiter fort und sie drehten sich häufig um das, was ich in den *Pensées* las.

»Dein Pascal war ja total durchgeknallt«, erklärte ich Sam bei einer dieser Gelegenheiten. »Diese ganze Sache mit der *Nacht des Feuers* – glaubst du, er hat das wirklich so erlebt?«

»Wer will das heute schon so genau sagen?«

»Ich habe nicht gefragt, ob irgendjemand das heute sagen kann, sondern ob *du* glaubst, dass das so passiert ist.«

Sam nickte. »Ja, das denke ich schon.«

»Aber dir ist so etwas noch nicht passiert.«

»Nicht genau dasselbe, nein. Jeder erlebt das anders. C. S. Lewis hat erzählt, dass er eines Tages als Atheist auf den Soziussitz vom Motorrad seines Bruders kletterte, und als er wieder abstieg, war er zum Glauben an Christus gekommen.«

»Scheint ja eine ziemlich spannende Tour gewesen zu sein.«

»Ja, eine spannende Tour ist das sicher, egal, wie man sie dann letztendlich erlebt.« Sam zwinkerte mir zu. »Hast du nicht auch den Eindruck, dass du auch so unterwegs bist?«

»Klar, auf einer Achterbahn, die jeden Moment anhalten kann. Großartig!«

»Ach, du willst doch gar nicht, dass sie anhält!«

»Vielleicht ja doch!«

»Nein, du würdest ja sonst das Beste verpassen.«

»Ach was – und das steht wohl noch aus?«

»Es steht jedem bevor, der Gott sucht, und du suchst ihn ja. Jeder erlebt es anders, das sagte ich schon, aber jeder, der sucht, empfindet irgendwann die Freude – und die Tränen – und alles erscheint ihm klar und einleuchtend.« Er sah mich nachdenklich an. »Du wirst es erleben, dass das, was du im Moment so zögerlich umkreist und hinterfragst und anzweifelst, irgendwann wie tausend Puzzleteile an den richtigen Platz findet. Du wirst Christus – den lebendigen Gott – auf *deine* Art erleben, aber es wird der gleiche Christus sein.«

Ein anderes Mal erzählte ich ihm, dass ich in den *Pensées* auf die Passage mit dem »Elend des Menschen« gestoßen war.

»Also, wie Pascal senior das sieht …«

»Ich bin wohl jetzt Pascal junior?«, erkundigte er sich.

»Ja.«

»Wollte nur sichergehen. Erzähl weiter.«

»Wie er das sieht, sollten wir uns eigentlich verachten. Na, vielen Dank.«

»Du hast nicht bis zum Ende gelesen. Gib mir mal deine *Pensées*.«

Ich starrte ihn über den Tisch im *Rose and Crown* hinweg konsterniert an. »Ich schlepp das nicht mit mir herum.«

»Also gut, wie war'n das noch gleich …«

In diesen Momenten, wo der Dialekt, mit dem Sam aufgewachsen war, sich in seine Sprache schlich, liebte ich ihn am meisten. Er war so herrlich echt.

»Ich glaube, das ging ungefähr so: ›Der Mensch soll sich lieben, denn es gibt in ihm eine zum Guten fähige Natur; aber er soll deshalb nicht die Niedrigkeiten lieben, die sich in ihr befinden. Er soll sich verachten, weil diese Fähigkeit ungenutzt ist; aber er soll deshalb nicht diese natürliche Fähigkeit verachten. Er soll sich hassen, er soll sich lieben: er hat in sich die Fähigkeit, die Wahrheit zu erkennen und glücklich zu sein.‹ So ungefähr. Und ich würde sagen, dass diese Fähigkeit, die Wahrheit zu erkennen, in unserer Seele liegt.«

»Du meinst, wenn wir auf unsere Seele hörten und nicht auf uns selbst, wären wir bessere Menschen?«, fragte ich nach.

»Genau. Bessere Menschen sind eher in der Lage, gute Entscheidungen zu treffen.«

»Aber das funktioniert nur, wenn es einen Unterschied gibt zwischen unserer Seele und uns selbst.«

»Stimmt. Eins. Setzen.«

»Danke. Und was ist nun was?«

»Nehmen wir deine Mutter als Beispiel. Es ist ja ganz offensichtlich, dass das, was ihr ›Selbst‹ einmal ausgemacht hat, fast völlig verschwunden ist – dieses Selbst, das man kannte, weil es das Selbst war, das sie nach außen hin vermitteln wollte.«

»Gut. So weit kann ich dir folgen.«

»Aber die Frage bleibt – in deinem Kopf zumindest –, ob sie darüber hinaus eine Seele hat, die noch fühlt, instinktiv handelt und sich an Dinge wie Liebe und Respekt erinnert.«

»Und wenn es also so eine Seele gibt, die über Demenz, Tod und so weiter und so fort hinausgeht, dann ist sie das.«

»Genau.«

»Also müsste ich sie mit Liebe und Respekt behandeln, wenn ich mich weiter auf die Wette einlasse.«

Sam grinste, aber das Grinsen verschwand, je länger er mein verwirrtes Gesicht betrachtete. »Was ist denn?«, fragte er.

Ich schob meine Cola von mir weg. »Ich weiß nicht einmal, *wie* ich sie liebevoll oder respektvoll behandeln kann. Ich habe so was noch nie gemacht.«

»Aber natürlich hast du das. Ich hab dich doch an diesem einen Abend bei ihr gesehen. Du hast sie mit dem größten Respekt behandelt.«

»Nein, das war Angst«, gestand ich. »Die einzigen Gefühle, die ich in Bezug auf meine Mutter je empfunden habe, sind Wut und Angst. Ich war ihr gegenüber nie respektlos, weil ich eine furchtbare Angst vor ihr hatte. Und dann habe ich mich wieder maßlos über mich selbst geärgert, dass ich überhaupt solche Angst vor ihr hatte.«

»Das hat dein *Selbst* empfunden«, sagte Sam. »Aber jetzt kannst du dir auch überlegen, was deine *Seele* empfunden hat. Ganz tief da drin, was *wolltest* du denn für deine Mutter empfinden?«

Ich zog meine Cola wieder zu mir heran und rührte mit dem Strohhalm darin herum. »Ich habe schon verstanden. Wir müssen in dieser Richtung nicht weitergehen.«

»Weil du Angst hast.«

»Habe ich nicht!«

»Dann muss es einen anderen Grund geben, dass du deine Cola hier über den halben Tisch spritzt.« Er nahm mir den Strohhalm aus der Hand. »Deine Seele hat Angst. Guck sie dir doch einfach an. Sie hat Angst, dass du deine Mutter ganz verlierst, weil du sie liebst.«

»Und genau da täuschst du dich«, widersprach ich. »Ich habe schon gehört, dass manche Menschen sagen: ›Ich liebe meine Eltern, weil sie meine Eltern sind, aber ich mag sie nicht besonders.‹ Ich habe ihnen das nie geglaubt. Wenn ich meine Mutter nicht einmal mag – und das tue ich nicht –, wie kann ich sie dann lieben? Sie hat mich bevormundet und zu dem gemacht, als was sie mich haben wollte. Und als ich begann, meine eigenen Wege zu gehen, hat sie so lange an mir herumgemäkelt, bis ich irgendwann alles andere sein wollte als das, was sie für mich vorgesehen hatte. Und was ist dabei herausgekommen? Ich bin genau wie sie. Und vielleicht hatte der gute alte Pascal ja doch recht – ich verabscheue mich.«

»Und deine Mutter.«

»Genau.«

»Ihr Selbst. Aber nicht deine Seele – und nicht ihre.« Sam legte mir die Hand in den Nacken und zog mich zu sich heran. »Also lass dich von Seele zu Seele auf sie ein«, schlug er vor. »Geh so mit ihr um, wie du es als Kind immer wolltest.«

»Soll ich mich auf ihren Schoß setzen?«

»Das hast du wohl nicht gedurft, als du klein warst.«

»Nein«, sagte ich zögernd. »Nicht dass ich wüsste.«

Er ließ mich los und betrachtete mich eingehend. »Und was noch?«

»Das weiß *ich* doch nicht.«

»Natürlich! Wer denn sonst?«

»Du bist unmöglich!«

»Stimmt genau«, sagte er fröhlich. »Dass du das erst jetzt merkst ...! Also los, spuck es ruhig aus.«

Und er hatte recht. Ich hatte wirklich den Eindruck, dass ich alles »ausspucken« musste, wie er es bezeichnete – dass ich all den Müll wieder an die Oberfläche holte, der sich tief in mir angesammelt hatte, der in mir gegärt und mich vergiftet hatte. Aber ich wollte mich nicht seelisch übergeben; ich wollte mich lieber stundenlang mit den schlimmsten Magenschmerzen des Jahrhunderts herumplagen, als einmal alles herauszulassen und es hinter mich zu bringen. Meine Mutter hatte mir, wenn mir übel war, immer gesagt, dass es mir viel besser gehen würde, wenn ich einfach nicht weiter darüber nachdachte.

»Ich habe mir immer so sehr gewünscht, ihr mal die Haare kämmen zu dürfen«, erinnerte ich mich dann doch. »Sie hat so tolle Haare und ich wollte sie einfach bürsten, während wir spanische Grammatik lernten.«

»Spanische Grammatik?«, fragte Sam entgeistert. »Wie alt warst du da?«

»Ich habe sie nicht mehr gefragt, seit ich etwa sieben war.«

»Und sie hat es nie zugelassen.«

»Nein. Sie wollte auch nicht, dass ich ihr in der Öffentlichkeit ›am Bein hing‹, dass ich mit an ihrem Eis lutschte oder kicherte, wenn ich zu ihr ins Bett kroch. Es hat dann sowieso nicht mehr lange gedauert, dann hat sie überhaupt nicht mehr geduldet, dass ich nachts zu ihr kam.«

Ich hielt inne und sah Sam an.

»Das tut mir leid«, sagte er sanft.

»Ich will hier keinen Mitleidstrip, Pascal. Und ich will auch nicht hören: ›Kein Wunder, dass du so eiskalt bist‹ ...«

»Hör sofort auf«, sagte er.

Und ich tat es, weil er mit ungewohnter Schärfe gesprochen hatte.

»Du bist alles andere als eiskalt«, sagte er. »Ich könnte keine Frau lieben, deren Seele sich nicht in meine einbrennen würde.«

»Du, Pascal«, sagte ich. »Das ist wirklich sehr poetisch.«

Es schlich sich kein Sarkasmus in meine Stimme und darüber war ich froh.

Tabitha kehrte – wie alle anderen Studenten – ein paar Tage nach Neujahr nach Stanford zurück. Als die Vorlesungen begannen, streckte sie kurz ihren Kopf in mein Büro, um ihrem Bedauern Ausdruck zu geben, dass sie in den nächsten Monaten keine meiner Veranstaltungen besuchen würde.

»Das wird daran liegen, dass ich momentan gar nicht unterrichte«, sagte ich trocken.

»Und daran, dass ich keine Kurse in Mathe belegt habe«, gab sie zurück.

»Das ist aber keine gute Idee«, wandte ich ein. »Du solltest in jedem Semester irgendetwas in deinem Hauptfach belegen.«

»Mathe ist nicht mehr mein Hauptfach.«

Jede einzelne ihrer Sommersprossen leuchtete.

»Und deine Eltern?«

»Sie haben gemeint, ich soll das nächste Semester ruhig nutzen, um andere Fächer auszuprobieren.«

Wenn ich Sommersprossen gehabt hätte, hätten meine jetzt auch geleuchtet.

»Ich bin beeindruckt«, sagte ich. »Wie hast du das denn hinbekommen?«

»Nach diesem Gespräch, das wir im Haus deiner Mutter hatten, hab ich viel über die ganze Sache gebetet und als ich nach

Hause kam, hab ich mich einfach hingesetzt und gesagt: ›Ich bin mit Mathe nicht glücklich und ich glaube nicht, dass Gott will, dass ich Mathe mache.‹ Sie waren erst eher noch so: ›Na, das sehen wir aber anders‹, aber dann habe ich ihnen erzählt, was du gesagt hast ...«

»Nur mal langsam zum Mitschreiben«, unterbrach ich sie. »Du hast mich zitiert? Deinen christlichen Eltern gegenüber?«

»Genau. Na ja, und als ich ihnen von dir und deiner Mutter erzählt habe und wie du mir immer noch geholfen hast, obwohl du schon so viel um die Ohren hattest, und dass du mir nicht nur mit Mathe geholfen hast, sondern auch mit ... na ja, Lebensentscheidungen, hat sie das irgendwann überzeugt. Sie haben gesagt, Gott hat dich geschickt.«

Ich stellte mich darauf ein, dass sich tief in meinem Innern ein gehässiges Lachen formen und sich, zusammen mit einer sarkastischen Bemerkung, einen Weg durch meinen Mund bahnen würde. Aber es kam nicht. Ich sagte nur: »Kaum zu glauben.«

»Aber wahr«, versicherte Tabitha. »Also habe ich keine Mathekurse mehr und es geht mir schon viel besser. Das einzig Traurige ist, dass ich dich dann nicht mehr sehe. Ich meine, es gibt dann ja keinen Grund mehr für Nachhilfe und deswegen ...«

Sie sah so betrübt aus, dass ich lachen musste. »Du bist wirklich zum Schreien, Tabitha«, sagte ich. »Zuerst hast du Tränen vergossen, *weil* du Nachhilfe brauchtest, und jetzt bist du tief unglücklich, weil du *keine* mehr brauchst.«

»Weil ich dich vermissen werde«, sagte sie.

»Ich bin doch hier. Du kannst gerne mal vorbeischauen.«

»Ja klar, ich steh hier ständig auf der Matte, wo du doch schon kaum Zeit für mich hattest, als du musstest ...«

»Das ist nicht ganz richtig«, widersprach ich. »Ich *musste* eigentlich nie. Ich hätte dich auch an einen der anderen Doktoranden abschieben können, die noch nicht so weit sind wie ich.«

Sie wackelte wieder mit dem Kopf, wie sie es immer tat, wenn sie ein bisschen verlegen war.

»Weißt du was?«, schlug ich vor. »Es wäre wirklich nett, wenn du mal wieder zu mir nach Hause kommst, vielleicht gleich an einem Abend diese Woche. Es gibt da jemanden, den du kennenlernen solltest. Du könntest zum Abendessen kommen.«

»Wirklich?«, strahlte sie.

»Ja. Wie wär's mit morgen Abend? Magst du italienisches Essen?«

ꟹ

»Ich gebe also morgen diese kleine Party«, erzählte ich meiner Mutter an diesem Abend, als ich in ihrem Zimmer saß und ihr die Haare bürstete, während sie aus dem Fenster schaute. »Eine nette Mischung! Du hast das bei deinen Partys doch auch immer gerne gemacht, Mom – die unmöglichsten Leute zusammengebracht und dann amüsiert zugesehen, wie die Funken flogen. Jedenfalls wird Max da sein. Natürlich. Ich würde doch nicht selber kochen! Und Sam – das ist der, von dem ich dir erzählt habe. Und Tabitha Lane – das ist die, der du immer die Chips geklaut hast, erinnerst du dich? Ich will, dass Max sie Klavier spielen hört. Das würde dir auch gefallen. Erinnerst du dich noch an dieses Stück von Rachmaninoff, an dem ich mir im letzten Schuljahr die Zähne ausgebissen habe – dieses Ding in c-Moll, das bei mir immer so klang, als ob wir Blechbüchsen in den Trockner gesteckt hätten? Wenn sie das spielt, klingt es einfach nur großartig.«

Ich hielt inne und hockte mich neben meine Mutter, um ihr ins Gesicht schauen zu können. Einen kleinen Moment lang flackerte in ihren Augen etwas Helles auf und mir flackerte etwas Unerwartetes durchs Hirn.

»Ist Gott da in dir, Mom?«, fragte ich.

Sie gab mir darauf keine Antwort. Aber immerhin sagte sie auch nicht Nein.

Ich erzählte Tabitha nicht, wer Max war, und ich erzählte ihm auch nichts von ihrem Talent. Ich ließ ihn einfach in dem Glauben, dass er wie üblich das Abendessen kochte, nur dass wir diesmal zwei Gäste hatten. »Wie üblich kochen« bedeutete bei Max natürlich selbst gemachte Tortellini als Vorspeise, geschmortes Lamm an Wacholderbeeren als Hauptgang und Tiramisu zum Nachtisch.

Tabithas Gesichtsausdruck nach zu urteilen, als sie sich an den Tisch setzte, aß sie zu Hause üblicherweise etwas anders. Aber sie hielt sich tapfer, obwohl sie Sam gegenübersaß, der sie alle zwei Minuten erröten ließ, indem er sie einfach nur angrinste. Ich hatte der Versuchung widerstanden, ihm zu erzählen, dass sie für ihn schwärmte. Ich war über mich selbst leicht schockiert, als ich feststellte, dass ich gar kein Bedürfnis verspürte, ihr Vertrauen zu missbrauchen.

Wir nahmen unseren Kaffee – so starken Espresso, dass Tabitha und ich ihn mit Unmengen von Sahne zu entschärfen versuchten – mit ins Wohnzimmer. Ich nahm Tabitha die Tasse aus der Hand und bat: »Spielst du uns was vor?«

Ihre Augen schossen sofort fragend zu Sam hinüber. »Will irgendjemand hier mich überhaupt spielen hören?«

»Unbedingt!«, versicherte ihr Sam. »Ich fang doch immer an zu tanzen, wenn Sie den Pharao-Boogie spielen oder wie das Ding heißt.«

Sie hüpfte auf den Flügel zu, als wollte sie besagten Boogie in die Tasten hämmern, aber ich sagte schnell: »Spiel doch den Rachmaninoff, den du mir vor Kurzem vorgespielt hast.«

»Oh«, sagte sie und diesmal sah sie Max etwas zweifelnd an. »Ich bin mir nicht sicher, ob Sie den mögen. Der ist so, na ja ... so ein bisschen wuchtig und dramatisch.«

Max richtete sich langsam in seinem Sessel auf.

»Mach ruhig«, sagte ich. »Max steht auf wuchtig und dramatisch.«

Tabitha spielte uns das Stück vor. Wie schon beim letzten Mal legte sie eine Haltung und Sicherheit an den Tag, die sie völlig verwandelten, sobald ihre Finger die Tasten berührten. Ich warf hier und da einen flüchtigen Blick zu Max hinüber und bemerkte auf seinem Gesicht denselben Ausdruck, den ich dort gesehen hatte, wenn Mom und er zusammen Puccinis *Turandot* anhörten und, von einem unbestimmten Weltschmerz ergriffen, in regelmäßigen Abständen aufseufzten. Aber die meiste Zeit sah ich Tabitha an. Noch mehr als beim letzten Mal bemerkte ich die Leidenschaft in den Akkorden, die sich unter ihren Fingerspitzen brachen, als würde sie selbst verwandelt, indem sie sie spielte.

Wir sehen ihre Seele, musste ich denken.

Ein solcher Gedanke war so untypisch für mich, dass ich mich ihm innerlich zuwandte, um ihn gleich spöttisch zu verwerfen. Aber ich entdeckte in mir nur noch eine tiefe Würdigung für etwas Wunderschönes, das ich einfach nicht mehr mit meinem Sarkasmus vertreiben wollte. Ich schloss die Augen und hörte einfach nur noch zu.

Als Tabitha fertig war, entstand eine andächtige Stille, bis Max aufstand, in die Hände klatschte und »Bravo!« rief, als wäre er in der Oper. Das war nun wirklich zu viel für Tabitha, die Ärmste, und sie wurde rot bis in die Fingerspitzen. Max brachte sie endgültig aus der Fassung, als er sagte: »Warum studieren Sie nicht Musik, meine Liebe? Ein Talent wie dieses dürfen Sie doch nicht verstecken! Sie sollten es weiter vervollkommnen!«

Er fuhr fort, sie zu loben, und Sam und ich warfen uns einen stolzen Blick zu. Und einen einzigen Augenblick lang hatte ich regelrechte Muttergefühle.

Die relative Ruhe in meinem Privatleben – relativ natürlich nur im Blick auf die vorhergehenden Monate – spiegelte sich leider nicht in meinem Arbeitsleben wider. Es war paradox, dass es jetzt noch viel weniger mit dem Rest meines Lebens zu tun zu haben schien als zu der Zeit, als ich hartnäckig versucht hatte, meine Welten um jeden Preis getrennt zu halten. Mir wurde klar, dass diese Trennung nichts mehr mit schlechter Zeiteinteilung oder Schubladendenken meinerseits zu tun hatte. Sie ergab sich einfach daraus, dass die Welt der Mathematik sonst mit nichts in Verbindung zu stehen schien.

Als Jacoboni aus den Winterferien zurückkehrte, war er wieder neu davon überzeugt, unwiderstehlich zu sein. Das kam immer vor, wenn er längere Zeit bei seiner Mutter verbracht hatte. Am ersten Tag, als wir uns wiedersahen, drückte er mich so fest und so lange an sich, dass ich regelrecht kämpfen musste, um mich aus seinen Armen zu befreien. Das schien ihn nicht weiter zu stören und er erzählte mir in aller Ausführlichkeit, wie viel er an seiner Doktorarbeit hatte schreiben können – und das trotz der vielen Frauen, die ihn offenbar einfach nicht in Ruhe lassen konnten.

»Ich musste wieder nach Stanford zurück, sonst hätte ich einfach zu viele Partys gefeiert«, erklärte er.

»Hat dein Großvater dich noch nicht enterbt?«, hakte ich nach.

»Ach wo.«

»Dann hast du nicht so viele Partys gefeiert, wie du vorgibst.«

Ich setzte mich an meinen Schreibtisch, um meine Mails zu checken. Ich war schon fast fertig damit, als ich spürte, dass er mich immer noch anstarrte.

»Was ist denn?«, fragte ich.

»Irgendetwas ist anders«, sagte er. »Hast du was mit deinen Haaren gemacht? Nein, das ist es nicht. Ein anderes Make-up? Nein, du schminkst dich doch nie.«

»Hast du jetzt eine komplette Bestandsaufnahme vor oder was?«, lachte ich.

Alan steckte eine Hand in die Hosentasche und gestikulierte mit der anderen wild in der Luft herum, als wollte er irgendetwas darstellen, was er selbst noch nicht begriff. »Ich weiß nicht. Ich glaube, es ist deine Stimme.«

»Du hast wirklich zu viele Partys gefeiert. Geh und hol dir einen Kaffee.«

»Nein, das ist es wirklich, Sweetheart. Deine Stimme ist anders. Ich glaube, sie ist irgendwie weicher geworden.«

»Ich weiß, was hier weich geworden ist«, sagte ich. »Dein Hirn. Hol dir schon deinen Kaffee und bring mir einen mit, wo du schon einmal dabei bist, ja?«

Als er ging, war er immer noch überzeugt, dass ich mich über die Weihnachtsferien einer Stimmbandoperation unterzogen hatte.

Am gleichen Tag traf ich mich noch mit Professor Frost – zum ersten Mal seit Wochen. Ich war über die Ferien zwar an meiner Arbeit etwas weitergekommen, aber den Quantensprung, den ich ihm versprochen hatte, hatte ich nicht geschafft. Als ich mich ihm gegenübersetzte, sah er mich über meinen Zwischenbericht hinweg an und runzelte die Stirn.

»Da haben Sie aber noch eine ganze Menge zu tun«, sagte er.

»Ich weiß. Aber inzwischen habe ich meine Mutter in einem ... inzwischen ist mein Leben nicht mehr so durcheinander und ich kann mich wieder mehr auf meine Arbeit konzentrieren. Und ich habe gerade ja auch keine Verpflichtung zu Lehrveranstaltungen, was sicher helfen wird.«

Nigel nahm die Brille von der Nase. »Ich weiß, was mit Ihrer Mutter los ist, Jill. Ich halte mich aus dem üblichen Klatsch und Tratsch heraus, aber manche Dinge bekommt man trotzdem mit. Es tut mir leid.«

Ich nickte. Ich war nicht wütend, weil er eine Grenze überschritten hatte. Es war nur so ungewohnt, mit Nigel über solche Dinge zu reden.

»Sie sind eine intelligente junge Frau«, sagte er plötzlich. »Und wenn es um Mathematik geht, sind Sie überragend. Sie haben eine glänzende Zukunft in der Mathematik vor sich. Aber niemand – nicht einmal der Beste von uns – kann sich auf die Arbeit konzentrieren, wenn um ihn herum alles zusammenbricht.«

Er sah mich ernst an. Wenn ich gewusst hätte, was väterlich ist, hätte ich es wahrscheinlich so beschrieben.

»Es tut mir leid, dass Sie mir nicht genug vertraut haben, um mir von Ihrer Mutter zu erzählen, Jill«, sagte er. »Ich hätte Ihnen helfen können. Und ich kann es immer noch.«

Ich wusste nicht, was ich sagen sollte. Wie auch bei Sam weckte diese ungekannte Zuneigung in mir eine schmerzhafte Sehnsucht, mit der ich nicht umgehen konnte. Plötzlich wurde mir bewusst, dass ich aus lauter Ratlosigkeit an die Zimmerdecke starrte.

»Danke«, sagte ich schließlich, wieder zu Nigel gewandt. »Aber ich kann mir im Moment einfach nicht vorstellen, das alles aufzugeben – oder auch nur aufzuschieben. Ich möchte es zu Ende bringen, und zwar pünktlich.«

Langsam und bedächtig schlug Nigel ein Bein über das andere. Ich wartete.

»Darf ich Ihnen eine persönliche Frage stellen?«, wollte er wissen.

Ich nickte überrascht.

»Hat ... soll ... ich weiß nicht so recht, wie ich das ausdrücken soll ... ist es Ihrer Mutter sehr wichtig gewesen, dass Sie Ihren Doktor machen?«

»›Sehr wichtig‹ ist wahrscheinlich nicht der richtige Ausdruck«, meinte ich. »Sie hat es einfach erwartet. Wenn Sie jetzt wissen wollen, ob ich das aus Schuldgefühlen heraus mache oder so etwas ...«

Nigel schüttelte den Kopf. »Nein, nein, darum geht es mir nicht. Ich würde mir hier keine unangemessene Neugier anmaßen.«

Sie sollten sich mal mit Sam unterhalten, dachte ich. Und dann fiel mir wieder ein, dass die beiden ja befreundet waren – dass sie zusammen über dem Frühstück beteten oder so etwas.

»Aber wenn Sie es mir erlauben«, fuhr er fort, »würde ich Ihnen gerne sagen, wie ich das als Vater betrachte.«

Ich war noch überraschter. »Klar.«

»Ich habe zwei Söhne – sie sind natürlich längst erwachsen«, sagte er. »Sie haben es beide weit gebracht und ich bin sehr stolz auf sie. Aber sollte je der Moment eintreten, in dem ich nicht mehr für mich selbst sorgen kann, würden mir all ihre Errungenschaften egal sein. Ich würde mir ihre Liebe und ihre Unterstützung wünschen. Wenn sie irgendetwas für mich aufgeben müssten, würde ich hoffen, dass sie aus Liebe handeln und nicht aus dem heraus, was ich einmal von ihnen erwartet haben mag.«

Aber Ihre Kinder lieben Sie!, wollte ich ihm erklären. *Ich liebe meine Mutter nicht. Ich bin schon mehr als überfordert mit dem Versuch, so zu handeln, als ob ich es täte! Du liebe Güte, Professor, ich bin doch schon völlig elend, was wollen Sie denn noch!*

Er setzte seine Brille wieder auf. »Ich habe auf etwas verschlungenen Wegen gelernt, keine Ratschläge zu erteilen, sondern nur weiterzugeben, was in meinem Leben funktioniert«, sagte er.

»Danke«, sagte ich.

Ich wollte aufstehen, aber ich konnte es nicht. Noch nicht.

»Herr Professor ...«, sagte ich. »Ich habe gehört, dass Sie möglicherweise beten.«

Nun war es an Nigel, überrascht zu schauen. Seine Brille rutschte ihm sogar die Nase herunter und er musste nach ihr greifen, bevor sie über die Nasenspitze abstürzte und auf den Schreibtisch fiel.

»Das stimmt«, sagte er. »Obwohl sich so etwas normalerweise nicht mit dem üblichen Klatsch verbreitet.«

»Wir haben einen gemeinsamen Bekannten«, erklärte ich.

Seine Mundwinkel zuckten. »Doch nicht etwa Gott?«

»Das weiß ich noch nicht«, sagte ich. »Aber bis die Hypothese widerlegt ist – würden Sie für mich beten? Ich meine, nicht hier ... aber ich meine, wenn Sie ... so beten ... wo auch immer das ist ...«

Ich stotterte herum, als wäre ich komplett durchgedreht. Bevor ich mich noch weiter zum Narren machen konnte, stand ich abrupt auf. Nigel lächelte.

»Ihre Bitte kommt ein bisschen spät, Jill«, sagte er. »Ich bete schon seit Jahren für Sie.«

Trotz aller Gebete war ich an dem Abend allerdings ziemlich fertig, als ich Sam traf. Ich erzählte ihm, dass diese ganze Dissertation nicht mehr ein Zielpunkt am Ende eines langen, geraden

Wegs war, sondern mehr wie ein Mammato-Cumulus über meinem Kopf hing.

»Wie ein *was?*«, fragte Sam nach.

»Das ist eine besonders gigantische Gewitterwolke«, erklärte ich. »Meine Mutter hat mir immer beigebracht, für alles die richtige Bezeichnung zu verwenden. Ich konnte nicht einmal sagen, dass ich eine Grippe hatte. Bei uns hieß das immer *Influenza.*«

»Ich weiß, was mit dir los ist«, stellte Sam fest. »Du leidest an einer lebenslangen Unterversorgung mit allem, was Spaß macht. Ich gehe mit dir diesen Samstag in die Stadt und wir machen richtig einen drauf.«

»Einen drauf?«

»Zieh dir einfach bequeme Schuhe an. Wir gucken uns was Tolles an und machen tolle Sachen.«

»›... und treffen tolle Leute‹ hast du vergessen.«

»Nein, das war Absicht. Du triffst nur mich.«

Dieser Samstag passte gut, weil das Pflegezentrum mit den Betreuten Bewohnern einen Ausflug zu irgendeiner Zeremonie machte, die auf dem Gelände der Universität stattfand. Sam und ich fuhren in Sams kleinem Möchtegern-Jeep nach San Francisco und hörten unterwegs seine Playliste an, die in der Hauptsache aus uralten Phil-Collins-Songs bestand.

»Du hast ja überhaupt keinen Geschmack«, rief ich über den Krach hinweg. »Können wir nicht was Jazziges hören?«

»Kommt nicht infrage. Ich hör mir keine Musik an, die so klingt, als hätten sich die Leute nicht vorher überlegt, was sie als Nächstes spielen wollen.«

Wir dagegen verbrachten den Rest des Tages, ohne uns vorher zu überlegen, was wir als Nächstes tun wollten. Wir fuhren mit der berühmten Straßenbahn und hängten uns aus der Tür – was mir meine Mutter nie erlaubt hatte, weil sie seinerzeit in der Notaufnahme zu viele Verletzte gesehen hatte, die genau das getan hatten. Wir gingen am Kai entlang und stöberten in den kleinen Galerien herum, die es dort zwischen all den T-Shirt- und Souvenirläden gab, und dann aßen wir in Cocktailsoße ertränkte Krabben von Papptellern.

»Das schmeckt nach mehr«, fand Sam. »Ich kenne ein Restaurant, in dem wir frische Garnelen aus Alaska bekommen können. Um diese Tageszeit ist es dort sicher auch nicht zu voll. Vielleicht haben wir Glück und erwischen einen Tisch am Fenster.«

Ich war schon pappsatt von unserem Abstecher in die Fußgängerzone, wo wir an jeder zweiten Ecke Schokolade gegessen hatten. Zwischendurch hatte es, als wir auf die Straßenbahn warteten, frisches Brot gegeben. Aber ich trank immerhin eine Cola, während ich Sam zuschaute, wie er sich über einen Teller mit Garnelen hermachte, als wäre er das Ereignis des Jahres. Und schließlich steckte ich mir sogar selbst ein paar Stückchen in den Mund, nachdem er sie noch einmal ausgiebig in Butter getunkt hatte. Mit diesen wenigen Bissen – die für all den Spaß standen, den wir an diesem Tag gehabt hatten – erlebte ich zum ersten Mal Zufriedenheit.

Vielleicht war es gut, dass ich gar nicht zu lange Zeit hatte, mich daran zu gewöhnen. Sam verkündete nämlich: »Sie haben mir diese Stelle als Dezernatsleiter in Illinois angeboten.«

Ich hörte auf, mir glückselig die fettigen Finger abzulutschen. »Und? Nimmst du sie an?«

»Hängt davon ab«, sagte er. »Ich hab noch ein bisschen Zeit, darüber nachzudenken und zu beten.«

»Und wovon hängt es ab?«, wollte ich wissen.

Er konnte nicht mehr antworten, denn in diesem Moment klingelte mein Handy. Ich sah auf das Display.

»Da muss ich rangehen«, seufzte ich. »Es ist das Pflegezentrum. Ich habe den Mitarbeitern dort gesagt, dass sie mich anrufen sollen, wenn es Probleme gibt.«

»Na, geh schon ran«, meinte Sam. »Ich lauf dir nicht weg.«

»Jill McGavock«, meldete ich mich.

Die Stimme am anderen Ende klang aufgelöst. »Jill, ich bin's, Monique. Es geht um Ihre Mutter – sie ist verschwunden.«

KAPITEL 21

Ich sprang schon aus dem Auto, bevor Sam überhaupt vor dem Hauptverwaltungsgebäude der Universität anhielt, wo wir Monique treffen sollten. Mom hatte sich während der Exkursion von der Gruppe abgesetzt. Monique hatte uns versichert, dass sie ganz bestimmt noch auf dem Unigelände war.

Aber nun sah ich Monique durch eines der vorderen Fenster. Sie sprach aufgeregt in ihr Handy und ihr Gesichtsausdruck ließ nicht gerade auf gute Neuigkeiten schließen. Ich lief auf das Gebäude zu und merkte, wie mir die Angst in die Knie fuhr und ich keinen klaren Gedanken mehr fassen konnte. Ich hatte nicht mehr die Kraft, Monique gehörig zusammenzustauchen, als sie ihr Gespräch beendete und zu mir herüberkam.

»Von Ihrer Mutter gibt es noch keine Spur«, sagte sie. »Aber sie war nur etwa zehn Minuten weg, als es auffiel, dass sie nicht mehr da war, Jill. Sie kann nicht weit gekommen sein.«

»Und wie lange ist das alles jetzt her?«, fragte Sam, der inzwischen hinter mir aufgetaucht war.

Monique presste die Lippen zusammen. »Eine gute Stunde.«

Sam legte mir beide Hände auf die Schultern, als hätte er Sorge, dass ich auf Monique losgehen würde, aber ich rührte mich nicht. Ich griff mir ins Haar und versuchte nachzudenken.

»Wir könnten Max anrufen«, schlug ich dann vor.

Sam nahm mein Handy.

»Vielleicht hat er eine Idee, wo sie hingegangen sein könnte«, erklärte ich Monique.

Ihre Gesichtszüge wurden weich. »Jill, ich glaube eigentlich nicht, dass sie bewusst irgendwohin gegangen ist. Ich denke, sie läuft einfach ziellos herum.«

»Kann sein«, sagte ich. »Aber ich schaue lieber selbst nach.«

Ich ging auf die Tür zu. Sam folgte mir auf den Fersen.

»Jill, wir haben eine Menge Leute hier, die nach Ihrer Mutter suchen«, rief Monique mir nach.

»Jetzt haben Sie eben noch ein paar mehr«, gab ich zurück.

Als wir draußen waren, reichte Sam mir mein Handy. »Max möchte wissen, was er tun soll«, sagte er. »Er scheint ganz durcheinander zu sein.«

Ich nahm Sam das Handy aus der Hand und versuchte, mich zu beruhigen. Wenn Max jetzt zusammenklappte, würde alles nur noch schlimmer werden, wenn ich es ihm nachtat – und es war ja schon schlimm genug.

»Max«, sagte ich beschwörend. »Hast du eine Idee, wo Mom hingehen würde, wenn sie sich auf dem Unigelände die Zeit vertreiben will? Würde sie in den Rodin-Garten gehen? Du hast ja mehr mit ihr unternommen als ich.«

»Das Konservatorium«, sagte er und seine Stimme klang alt und besorgt.

»Bist du sicher?«, fragte ich nach.

»Ich kann euch in fünf Minuten dort treffen«, schlug er vor und beendete das Gespräch.

Ich weiß, dass in dem Blick, den ich Sam zuwarf, Panik lag. »Ich glaube, er dreht jetzt komplett durch. Er meint, sie ist vielleicht zum Konservatorium gegangen. Warum sollte sie das bloß tun?«

Sam nahm meinen Arm und zog mich in Richtung Osten. Ich sah mich auf dem Weg zum Konservatorium nach allen Seiten um, aber ich konnte Mom nirgendwo erblicken.

Max stand schon vor dem Eingang, als wir ankamen. Sein ganzes Gesicht zitterte. Ich fasste seine beiden Bärenschultern und drückte sie fest.

»Wir finden sie schon«, versicherte ich ihm. »Wir müssen nur ein bisschen überlegen. Warum denkst du, dass sie da drin sein könnte?«

Er schüttelte den Kopf. »Ist sie ja gar nicht. Ich hab schon nachgesehen.«

Ich sah an der Fassade des immerhin dreistöckigen Gebäudes hoch. »Du hast das ganze Gebäude schon abgesucht?«

»Ich habe einen Blick in den Probenraum geworfen, in dem sich das Kammerorchester immer trifft. Das ist der einzige Raum, den sie da drin je betreten hat. Jill, was ist, wenn wir sie nicht wiederfinden?«

»Warum in aller Welt sollte sie denn in den Probenraum ...« Ich hielt inne und zwang mich, tief durchzuatmen. »Also gut, wir sollten das ein bisschen systematischer angehen. Du hast nur in diesen einen Raum geschaut?«

Max nickte, als hätte er Zahnschmerzen.

»Vielleicht wollte sie dorthin und hat sich unterwegs verlaufen. Das wäre doch auch eine Möglichkeit, oder?« Ich drehte mich um, um Sams Antwort mitzubekommen. Aber er war schon auf die Eingangstür zugesprungen.

»Wie teilen uns besser auf«, rief er über die Schulter zurück. »Und wir sollten die Leute hier fragen, ob sie sie gesehen haben.«

Max sah inzwischen kaum weniger verwirrt aus, als Mom es vermutlich war. Aber er nickte und folgte Sam nach drinnen.

»Wir finden sie schon«, versicherte ich ihm wieder. »Lass mich jetzt bloß nicht hängen.«

Er schüttelte den Kopf und wandte sich nach links, während ich das Treppenhaus in Angriff nahm und nach oben in den zweiten Stock rannte.

Es war Samstag; deshalb war der schmale Flur leer und still, wenn man von den paar verwaisten Klavieren im Gang absah und von der Musik, die aus einigen der kleinen Probenräume drang. Nur wenige schienen besetzt. Ich streckte meinen Kopf kurz in jedes Zimmer hinein, aber keiner der Musizierenden hatte Mom gesehen. Und sie saß auch in keiner der Sitzecken, die sich überall im Gebäude fanden.

Ich stand in einer dieser Nischen und blickte mich um, als ich Sam von unten rufen hörte. Ich lehnte mich über das Geländer.

»Komm runter!«, rief er. »Max hat eine Spur!«

Ich sprang die Stufen hinunter. Sam kam mir entgegen. »Eine Mitarbeiterin in der Musikbibliothek hat Max erzählt, dass sie vor ungefähr einer Dreiviertelstunde eine Frau dort hat herumirren sehen, die so aussah wie deine Mutter. Sie hat sie angesprochen und gefragt, ob sie ihr irgendwie helfen kann, aber deine Mutter hat sich einfach auf dem Absatz umgedreht und ist aus dem Raum gerannt.«

»Hat diese Frau auch gesehen, in welche Richtung sie gelaufen ist?«, fragte ich.

»Sie ist nach draußen gegangen«, erzählte Sam. »Die Bibliothekarin meinte noch, dass ihr die ganze Sache ein bisschen merkwürdig vorkam, deshalb hat sie deine Mutter weiter beobachtet. Sie ist zum Hauptausgang gegangen.«

Ich rannte schon längst auf den Ausgang zu und Sam rannte neben mir.

»Immerhin wissen wir jetzt, dass sie tatsächlich hier war«, keuchte er. »Du hattest also recht. Es sieht wirklich so aus, als suche sie Orte auf, die sie von früher her kennt.«

»Ich weiß bloß immer noch nicht, warum sie das Konservatorium von früher her kennt. Na ja, ist ja auch nicht so wichtig. Wohin könnte sie sonst noch gegangen sein?«

Max stand am Hauptausgang und sah kreidebleich aus. »Sie war hier, Jill«, sagte er tonlos. »Sie hat das Kammerorchester gesucht. Ich bin mir ganz sicher. Sie ist öfter hierhergekommen, wenn wir probten, und manchmal habe ich sie dirigieren lassen. Sie hatte eine solche Leidenschaft für die Musik. Du hättest nur ihr Gesicht sehen müssen, wenn ...«

Ich legte ihm eine Hand auf den Arm. »Und wo sonst könnte sie hingegangen sein? Wo hat sie sich sonst noch gerne aufgehalten? Du kennst offensichtlich die meisten ihrer kleinen Geheimnisse.«

Max sah mich verloren an. Es war Sam, der eine Idee hatte. »Es muss ja kein Geheimnis sein. Was ist mit dem Labor?«

»Meint ihr, sie würde es bis dahin schaffen?«, fragte Max zweifelnd. »Es ist doch so schrecklich weit.«

»Sie ist immerhin bis hierhergekommen«, wandte Sam ein. »Wir könnten ja zumindest dorthin fahren, um *auszuschließen*, dass sie dort ist.«

Ich griff in meine Tasche und gab Sam mein Handy. »Ruf das Labor an und sag, sie sollen nach meiner Mutter Ausschau halten. Sag ihnen, sie sollen sie nicht aus den Augen lassen, wenn sie sie finden – aber bloß nicht die Sicherheitsbeamten rufen oder versuchen, sie aufzuhalten. Wenn sie einfach mit ihr reden, bleibt sie vermutlich da. Die Nummer ist gespeichert.«

»Hab sie schon«, sagte Sam. »Max, wir nehmen besser dein Auto.«

Nachdem Sam mit den Leuten vom Krankenhaus gesprochen hatte, sagte niemand von uns ein Wort. Max hatte genug damit zu tun, sich aufs Fahren zu konzentrieren – er fuhr, als müsste er ein Rennen gewinnen. Sam und ich drückten uns regelrecht die Nasen an den Seitenfenstern platt, um unterwegs nach Mom Ausschau zu halten. Es war bei Weitem nicht so viel los wie an einem Wochentag. Mit Sicherheit würden wir Mom erkennen, wenn sie wirklich unterwegs gewesen wäre. Aber sie war es offensichtlich nicht.

Bitte, bitte, bitte!, hörte ich mich denken. *Gib, dass sie im Labor ist. Gib, dass alles in Ordnung ist. Bitte!*

Inzwischen war es schon fast dunkel geworden. Die Laternen auf dem Krankenhausgelände gingen in dem Moment an, als Max vor der Eingangstür hielt, um Sam und mich schnell aussteigen zu lassen.

»Ich komme nach, sobald ich einen Parkplatz gefunden habe«, sagte Max. »Sagt ihr bitte, dass ich sie liebe ... sagt ihr einfach ...«

Ich nickte, als ich die Tür hinter mir zuknallte, aber ich nahm mir nicht die Zeit, ihm ein paar beschwichtigende Worte zuzusprechen. Ich hatte für mich selbst auch keine mehr. Es war ja praktisch ausgeschlossen, dass sie hier war. Schließlich war es ein weiter Weg vom Konservatorium hierher und sie war verwirrt ... und vermutlich verängstigt.

Oder hatte ich da gerade mehr mich selbst und meine Gefühle gesehen? Als wir uns am linken Eingang durch die Tür drückten, merkte ich, wie mir der Boden plötzlich entgegenzukommen schien.

Sam legte mir fest einen Arm um die Schulter und bremste mich ab. »Bei dir alles in Ordnung?«

»Nein!«, sagte ich.

»Körperlich, meine ich. Du bist weiß wie die Wand.«

»Das ist doch jetzt egal! Wir müssen zu ihrem Labor.«

»Hey!« Sam nahm mein Gesicht in beide Hände und zog es näher an seines heran. »Ich habe dir doch gesagt, dass sie noch niemand gesehen hatte, als ich anrief. Das heißt, wir haben sie wahrscheinlich überholt, wenn sie hierherkommen wollte. Ich gebe den Leuten an der Rezeption Bescheid, dann warte ich draußen und schaue, ob ich sie dort abfangen kann. Und du gehst zum Labor und wartest dort auf sie. Das gibt dir auch noch ein bisschen Zeit, ein paarmal tief durchzuatmen, bevor du sie siehst.«

»Und du meinst, ich *werde* sie sehen?«

»Sicher wirst du das. Wir sind auf der richtigen Spur.« Er sah mich ernst an. »Du kennst sie schließlich.«

»Nein, das tue ich ganz offensichtlich nicht!«, widersprach ich. »Max weiß einige Sachen von ihr, die ich nicht einmal geahnt hätte.«

»Max hat sie *früher* gekannt. Du kennst sie *jetzt*. Er hat ihr *Selbst* gekannt. Du kennst ihre *Seele*.«

Er gab mir einen Kuss auf die Stirn und machte sich auf in Richtung Rezeption. Ich ging zum Labor und in meinem Kopf schrie alles nur *bitte, bitte, bitte*.

Obwohl das Labor samstags in voller Besetzung lief, waren die Flure fast leer und ich sah nur eine Frau in einem grünen Kittel, die die Glasscheiben in den Türen der Büros putzte. Als ich sie sah, kam mir ein neuer Gedanke. Warum hatte ich Burl nicht angerufen?

Ich griff automatisch in meine Hosentasche, doch dann fiel mir wieder ein, dass Sam ja mein Smartphone hatte. Ich überlegte, ob ich zum Eingangsbereich zurückgehen und es mir holen sollte, aber ich wollte lieber zuerst mit Moms ehemaligen Kollegen und Mitarbeitern reden. Außerdem war Burl bestimmt hier irgendwo unterwegs – wenn er samstags arbeitete, war das vermutlich etwa die Zeit, in der er seine Schicht antrat.

Ich ging weiter auf das Hämatologielabor zu, aber meine Schritte waren schwerer und langsamer geworden. Was Sam gesagt hatte, hallte noch durch meinen Kopf. *Er kannte ihr Selbst. Du kennst ihre Seele.*

Es waren nicht einmal seine Worte, die mich nun fast schleichen ließen, sondern die Tatsache, dass ich sie glaubte.

Ich liebte meine Mutter. Ich würde nie mehr dieselbe sein, wenn ihr irgendetwas passierte. Ich würde überhaupt nichts mehr sein.

Ich legte den Kopf zurück und sah zur Decke hoch. »Bitte, bitte, bitte!«, sagte ich. »Ach, bitte!«

»Jill?«

Mein Kopf fuhr herum. Ted Lyons stand neben mir.

»Ted!«, rief ich. »Haben Sie meine ...«

»Sie ist hier.«

»Wo?«

Er legte einen Finger an die Lippen. »Sie steht da vorne um die Ecke. Aber ich glaube, Sie sollten sich das einmal ansehen, bevor Liz Sie sieht.«

Er ging mir zur nächsten Ecke voran und sah in den anderen Gang hinüber. Er hob die Hand, um mich vom Reden abzuhalten. Dann nahm er meinen Arm und bedeutete mir, mich nach vorn zu beugen, damit ich sehen konnte, was sich nur ein paar Meter von uns entfernt abspielte.

Meine Mutter stand vor der verschlossenen Tür ihres ehemaligen Büros. Sie trug einen weißen Kittel, der ihr mindestens zehn Nummern zu groß war, und drückte einen Notizblock gegen die Brust. Vor ihr stand Burl.

»Ich hätte es mir ja denken können«, raunte ich.

Ted hob wieder die Hand. »Pst. Hören Sie mal zu«, flüsterte er.

Burls monotone Schmirgelpapierstimmer drang zu uns herüber. »Sie sind so gut wie eh und je, Doc«, erklärte er. »Das hab ich Ihnen schon ein Dutzend Mal gesagt. Sie sind nur auf eine andere Weise gut, weiter nichts.«

»So eine Schande!«

Ein Schauer überlief mich. Ted legte mir eine Hand auf die Schulter. Meine Mutter hatte diese Worte gesprochen. Sie hatte »so eine Schande« gesagt – in der volltönenden und klaren Stimme, die ich immer an ihr gekannt hatte.

»Nein, es ist keine Schande«, sagte Burl. »Wofür sollten Sie sich denn schämen? Sie haben denen hier fünfundzwanzig Jahre Ihres Lebens gegeben. Was sollten die denn sonst noch von Ihnen wollen? Sie können sich jetzt ausruhen – und das Leben genießen.«

»Ich habe doch noch viel Arbeit vor mir«, widersprach sie. »Ich habe noch so viel zu tun.«

»Vielleicht«, gab Burl zurück. »Aber nicht hier. Sehen Sie?« Er deutete auf das neue Namensschild an der Tür. »Jemand anderes tut jetzt Ihre Arbeit. Alles wird erledigt. Darauf achte ich schon.«

Mom sah zuerst unbestimmt auf das Namensschild und dann auf ihren Notizblock.

»Hier«, sagte sie und reichte ihn Burl. Er klemmte ihn sich beiläufig unter den Arm.

»Die sind bestimmt froh, das wiederzuhaben«, sagte er.

»Sagen Sie ihnen das noch«, bat sie. »Blasten in Transformation. Myelodysplasie.«

»Sehen Sie?«, sagte Burl. »Sie haben ganz vieles noch nicht vergessen. Aber für Sie ist jetzt was anderes dran. Sie werden einen anderen guten Grund finden, jeden Morgen aufzustehen.«

Der Ausdruck, der über ihr Gesicht glitt, schnürte mir das Herz zu. »Dr. Elizabeth McGavock«, sagte sie mit Würde.

»Genau, Doc«, stimmte Burl zu. »Das sind Sie und das werden Sie immer bleiben. Aber Sie sind viel mehr wie das. Entschuldigung – *als* das.«

Er nickte ihr zu und sie nickte zurück, als ginge es um ein Ritual, das sie Hunderte Male vollführt hätten.

»Sie sind viel mehr als das«, wiederholte er. »Und jetzt gehen Sie nach Hause und finden heraus, was Sie sonst noch sind.«

»Nach Hause«, sprach sie ihm nach.

Ich trat vor. »Ja, Mom«, sagte ich sanft. »Ich bin hier, um dich nach Hause zu holen.«

Ich ging zu ihr herüber und blinzelte so heftig, um die Tränen zurückzuhalten, dass ich vermutlich aussah wie Deb Kent. Meine Mutter wandte das Gesicht langsam von Burl ab und sah mich an. In ihren Augen flackerte irgendetwas auf, dann verschwand jeglicher Ausdruck wieder aus ihnen. Aber ich hatte gesehen, was es war. Sie hatte mich wiedererkannt. Und in ihrem Blick hatte Liebe gelegen.

CB

Wir brachten Mom ins Pflegezentrum zurück und ich verkündete, dass ich bei ihr bleiben würde. Der Zopf-Pfleger zog los, um ein Bett zu suchen, das er für mich in Moms Zimmer rollen konnte.

Mom ging schon ins Bett, bevor ich ihr etwas zum Abendessen geben konnte. Als ich mir sicher war, dass sie tief und fest schlief, ging ich nach draußen und hielt nach Sam Ausschau. Max hatte ihn zum Unigelände zurückgefahren, damit er sein Auto holen konnte, aber er hatte gesagt, dass er auf dem Weg nach Hause noch einmal bei uns vorbeischauen wollte.

Er saß in einem der Aufenthaltsräume und ließ einen Tischtennisball auf einem Schläger tanzen. Er nahm mich in den Arm und zog mich mit auf das Sofa, auf dem er saß.

»Ist sie eingeschlafen?«, fragte er.

»Fürs Erste schon. Aber ich übernachte hier. Sie wird bestimmt sehr unruhig sein.«

»Und was machst du nach heute Nacht?« Er grinste. »Willst du hier einziehen?«

Ich schüttelte den Kopf. »Nein. Ich denke, ich werde sie wieder nach Hause zurückholen.«

Er starrte mich an.

Ich würde mich wahrscheinlich auch angestarrt haben. Ich wusste ja selbst nicht, dass ich diese Entscheidung gefällt hatte, bis sie mir über die Lippen kam – oder jedenfalls war ich mir noch nicht endgültig klar gewesen. Aber schon in dem Moment, als ich Mom mit Burl im Flur des Labors stehen sah, hatte ich begriffen, dass ich sie nicht im Stich lassen konnte.

»Natürlich nicht gleich morgen«, fügte ich hinzu. »Ich werde noch allerhand klären müssen.«

»Willst du ihre Pflege ganz allein übernehmen?«, fragte Sam.

»Nein, ich suche mir wieder eine Pflegekraft, aber diesmal eine, die sich mit Demenzpatienten wirklich auskennt. Das dauert bestimmt eine Weile. Ich habe mir die Einzelheiten noch nicht genau überlegt. Im Moment denke ich nur laut.«

»Dann denk doch auch mal in diese Richtung«, schlug Sam vor. »Wie wär's, wenn du sie mit nach Illinois bringst?«

Nun war es an mir, *ihn* anzustarren.

»Ich hatte dich doch schon mal gefragt, ob du mitkommen würdest«, erklärte er.

»Du hattest mich gebeten, darüber *nachzudenken*«, korrigierte ich ihn. »*Wenn* sie dir diese Stelle anbieten und *wenn* du sie annimmst.«

»Ich gehöre dorthin und möchte nirgendwo anders sein ... wenn du mit mir dort bist.«

Ich blickte um mich und suchte nach irgendetwas, woran ich mich orientieren konnte. Aber ich fand nichts. Ich lachte ein bisschen unsicher. »Willst du vielleicht sonst noch ein paar Dinge in den Topf werfen, bevor ich ihn umzurühren beginne?«, fragte ich.

»Ich finde, du solltest dir schon überlegen, welche Möglichkeiten es für dich gibt. Ich hätte sonst nichts gesagt – vor allem heute nicht, nach dem Tag, den du gehabt hast. Aber im Moment sieht es so aus, als würdest du sehr schnell sehr weitreichende Entscheidungen treffen. Und ich möchte auch gerne meinen Senf dazugeben ... oder zwei Möhren oder was auch immer ich mit in deine Topf-Metapher werfen soll.«

Er grinste, aber mir war nicht nach Grinsen zumute. Ich rückte zur Seite, sodass ich ihm besser ins Gesicht blicken konnte.

»Dann brauche ich aber klare Ansagen«, stellte ich fest. »Was genau meinst du eigentlich?«

»Genau? Das weiß ich auch nicht.«

»Dann gebe ich dir mal ein paar Kästchen zum Ankreuzen vor, ja? Nur damit ich weiß, woran ich bin.«

»Klar«, sagte er.

»A: Du willst, dass ich dich – so wie ich dich kenne – heirate? Mit dir nach Illinois ziehe und meine Mutter mitbringe und wir pflegen sie zu Hause. Oder B: Du willst, dass ich dich heirate und mit nach Illinois ziehe und für Mom dort ein Pflegeheim finde. Oder C: Du willst, dass ich nach Illinois komme, mit Mom in eine Wohnung ziehe, mir einen Job suche, dann lernen wir beide uns weiter unverbindlich kennen ...« Ich führte den Satz nicht zu Ende. »Nein. C kommt für mich nicht infrage.«

»Warum denn nicht?«, fragte Sam.

»Ich liebe dich«, sagte ich. »Und das weißt du. Aber ich kann hier nicht alles hinter mir lassen und, was noch wichtiger ist, ich kann meine Mutter nicht einer völlig neuen Umgebung aussetzen, wo sie ihr gewohntes Umfeld mehr als alles andere braucht, und mit dir nach Illinois ziehen, ohne dass klar ist, worauf das hinausläuft ...« Ich schüttelte den Kopf. »Nein, Sam. Das kann ich einfach nicht tun.«

Er rieb sich den Nacken. »Und ich kann dich nicht fragen, ob du mich heiraten willst.«

»Weil du dann den Eindruck hättest, meine Mutter gleich mit zu heiraten.«

»Nein, das ist es nicht.«

Er nahm mein Gesicht in beide Hände. Ich rückte nicht von ihm weg, aber ich merkte, dass sich in mir alles zusammenzog.

»Ich liebe dich wirklich, daran gibt es nichts zu rütteln«, sagte er. »Und ich möchte, dass du nach Illinois kommst, damit wir beide sehen können, wie unsere Beziehung sich entwickelt. Ich meine nicht, dass wir sofort zusammenziehen sollten. Wir würden eine Wohnung für dich suchen und ich würde dir natürlich auch finanziell unter die Arme greifen – vor allem, weil du ja deine Mutter dabeihättest.«

Nun rückte ich doch von ihm ab. »Und bis wann, Sam? Bis

sie stirbt oder bis ich sie dann doch in ein Pflegeheim bringen muss?«

»Nein. Ich habe doch gesagt, dass deine Mutter nichts damit zu tun hat.«

»Was denn dann?«

Er beugte sich vor, stützte die Arme auf die Oberschenkel und den Kopf in die Hände. Ich legte den Kopf zurück, um an die Decke zu schauen – und in dem Moment wurde mir alles so klar, als wäre auf den Deckenpaneelen dort oben eine Schrift erschienen.

»Ich bin dir nicht kirchlich genug«, stellte ich fest.

Er sagte nichts.

»Das hat dein Vater gesagt«, sagte ich. »›Sammy will so was Kirchliches‹, hat er erklärt. Aber wer hört schon auf einen Mann, der sich drei Drinks zu viel genehmigt hat – oder auf eine Erstsemesterin, die meint, dass ›Dr. B.‹ nie eine Frau heiraten würde, die keine Christin ist? Wenn natürlich *du* das irgendwann einmal erwähnt hättest, Pascal, hätte ich das wahrscheinlich geglaubt und ich hätte mir eine Menge ...«

Ich wollte eigentlich *Kummer ersparen können* sagen. Ich tat es nicht. Ich war mir sicher, dass mir Sam das vom Gesicht ablesen konnte. Und jedenfalls empfand ich diesen Kummer – bis in die Tiefen meiner Seele hinein.

»Das ist es, nicht wahr?«, fragte ich leise.

»Wir brauchen nur mehr Zeit«, sagte er verzweifelt. »Denn es stimmt, ich muss einfach wissen, dass die Frau, die ich heirate, auf dem gleichen Weg ist wie ich – und dieser Weg ist nun einmal Christus.«

»Warum hast du diese Sache mit Illinois dann überhaupt je erwähnt?«

»Weil du so nahe dran bist.«

»Aber nicht nah genug.«

»Wenn du das so sagst, klingt das, als hätte ich Grundanforderungen, die du erfüllen musst, bevor ich dich heiraten kann, aber so ist es ja gar nicht«, wehrte sich Sam. »Ich liebe dich, Jill. Ich liebe dich, wie du bist.«

»Aber ich bin noch nicht vom Glauben überzeugt. Und das geht nicht. Schluss. Punkt. Aus. Ende der Diskussion.« Ich legte ihm eine Hand auf den Arm. »Es bringt nichts, sich da herumzuwinden, Sam, denn genau darum geht es doch.«

»Aber du bist so nah dran!«, sagte er noch einmal und es klang fast trotzig.

»Vielleicht«, stimmte ich zu. »Aber jetzt habe ich nicht mehr den Eindruck, dass es eine Entscheidung ist, die *ich* treffe – sondern ein Ultimatum, das *du* mir stellst.«

»Es ist kein Ultimatum!«

Zum ersten Mal, seit ich Sam kannte, klang er kläglich und verunsichert. Mir dagegen war genau klar, was ich zu sagen hatte.

»Wenn es also meine Entscheidung ist«, sagte ich fest, »dann lass sie mich auch selbst treffen. Und gib mir so viel Zeit, wie ich dazu brauche. Und lass sie mich auf meine Weise treffen. Das hast du schließlich selbst gesagt – wir brauchen noch Zeit.«

Er lehnte sich auf dem Sofa zurück. »Und wie soll das konkret aussehen?«

»Du gehst nach Illinois, wenn du dorthin gehörst, und ich bleibe hier und kümmere mich um Mom, bis sich das Pflegeheim gar nicht mehr vermeiden lässt. Und in der Zwischenzeit suche ich weiter Antworten auf meine Fragen und wir beide ...«

»... führen unsere Beziehung aus der Entfernung weiter«, sagte Sam unglücklich.

»Das machen doch viele.«

Er antwortete nicht. Die Pause in unserem Gespräch schien mir endlos.

»Ich glaube nicht, dass das in unserem Fall funktioniert«, sagte er schließlich.

»Warum denn nicht? Ich habe nicht vor, herumzurennen und mir einen anderen zu suchen. Ich war schließlich auch nicht auf der Suche nach einem Mann, bevor wir uns kennengelernt haben. Glaubst du, ich kann dir nicht treu bleiben, wenn wir uns nicht ständig sehen?«

»Nein, das ist es nicht«, sagte Sam und ich sah an seinen Händen, mit denen er unruhig spielte, wie frustriert er war. »Deine Suche nach Gott hat immer so zu unserer Beziehung gehört. Ich möchte dabei sein, wenn du Christus schließlich findest.«

Ich sah ihn lange an. Er hatte das Kinn vorgestreckt und starrte zurück. Er wollte gewinnen.

Aber was mich betraf, war die Diskussion hiermit beendet.

Ich legte ihm eine Hand an die Wange und er griff danach.

»Ist es wirklich das?«, fragte ich. »Oder denkst du, ich suche nicht weiter, wenn du mich nicht auf meiner Suche begleitest?«

»Das habe ich nicht gesagt!«

»Ich habe auch nicht behauptet, dass du das *gesagt* hast. Ich frage dich nur, ob du es vielleicht *denkst.*«

Sam nahm seine Hand von meiner und griff sich wieder an den Nacken, um ihn zu reiben.

»Das ist es, nicht wahr?«, beharrte ich. »Sam, lüg mich nicht an. Ich habe ein Recht darauf zu wissen, was du denkst.«

Er sah auf seine Knie nieder. »Ja. Ja, wahrscheinlich hast du recht.«

»Dann weiß ich, welche Möglichkeit sich ergibt.« Ich schloss die Augen. »Möglichkeit D: Du gehst nach Illinois und suchst dir eine Frau, auf die du nicht warten musst.«

»Und was wird aus dir?«

Ich kämpfte mit den Tränen, als ich ihm antwortete. »Ich bleibe hier ... und suche weiter nach Gott.«

KAPITEL 22

Ich lag den größten Teil der Nacht wach, lauschte auf Moms leisen, regelmäßigen Atem und schickte meine Fragen im Flüsterton an die Zimmerdecke. Als ich endlich einschlief, war ich mir nicht mehr sicher, ob es überhaupt Antworten gab. Doch als ich aufwachte, wusste ich, dass es sie gab und dass ich sie finden würde.

Ich fand sie nach und nach in den folgenden Tagen – und Wochen.

Zunächst einmal legte ich bei Dr. McDonald einen Termin für Mom fest, damit er sie untersuchen und mir sagen konnte, wie schnell die Krankheit seiner Meinung nach fortschritt. Er erklärte uns, dass der vordere Hirnlappen offensichtlich schneller zerfiel als in den meisten Fällen, dass Mom aber weniger verwirrt und unruhig schien als viele andere Patienten mit Pickscher Krankheit, die er bisher gesehen hatte.

»Wie lange werde ich sie zu Hause versorgen können, wenn ich Hilfe habe?«, wollte ich wissen. »Bis sie ins Pflegeheim muss. Ich würde gerne wissen, wie Sie das einschätzen.«

Er betrachtete mich eine Weile, bis ihm, wie mir schien, alles vor den Augen verschwamm.

»Ich schätze, höchstens eineinhalb Jahre«, sagte er schließlich.

»Mehr muss ich nicht wissen«, sagte ich. Ich streckte ihm die Hand entgegen. »Vielen Dank für Ihre Hilfe. Ich weiß, dass Sie einige dieser Fragen ungern beantworten, aber es war für mich wirklich wichtig, abschätzen zu können, was auf mich zukommt.«

»Sie können jederzeit anrufen«, versicherte er mir. Dann sah er Mom an. »Sie haben wirklich Glück, Dr. McGavock.«

Vor einem halben Jahr wäre ich bei einer solchen Äußerung glatt durch die Decke gegangen. Nun wandte ich mich nur *an* die Zimmerdecke. Ich sah hoch und flüsterte: »Danke.«

Monique versuchte natürlich, mich zu überzeugen, dass Mom

im Pflegezentrum viel besser aufgehoben war, aber als sie merkte, dass ich wirklich fest entschlossen war und alles schon vorbereitet hatte, verabschiedete sie Mom freundlich. Emily Murphy – die Schwester mit dem Betonhaar – kam auch. Sie sah verschlafen aus, aber sie wollte uns unbedingt noch alles Gute wünschen.

»Ich bewundere Ihren Mut«, sagte sie. »Wie übrigens alle hier.«

Und zu Burl, der natürlich auch wieder angerückt war, um Moms Habseligkeiten zurück nach Hause zu schaffen, sagte sie: »Vielen Dank für alles, was Sie hier in Ordnung gebracht haben. Können wir Sie anrufen, wenn noch einmal irgendetwas repariert werden muss?«

»Sie haben ja meine Nummer«, sagte Burl.

»Habe ich hier irgendetwas verpasst, Mom?«, fragte ich sie im Auto, als wir vom Pflegezentrum wegfuhren. »Was ist Burl denn eigentlich für ein Mensch? Hat er überhaupt ein Zuhause oder zieht er von Haus zu Haus und repariert alles Mögliche und schläft dann in seinem Wagen?«

»Süden von San Fran.«

»Was? Du willst mir doch wohl nicht weismachen, dass er jeden Tag aus der Südstadt hier hochfährt? Tatsächlich?«

Ich fragte ihn selbst, als er Moms Sachen ausgeladen und im Haus verstaut hatte und ich ihn für eine Tasse Kaffee in die Küche bat. Es war nicht so einfach, sich zu unterhalten, weil Max aus voller Kehle Ausschnitte aus *Turandot* sang, während er Conchiglie in Sahnesoße kochte. Aber immerhin bekam ich aus Burl heraus, dass er im Süden der Stadt geboren und aufgewachsen war, obwohl er jetzt ein bisschen näher am Zentrum lebte. Er war der älteste Sohn der Familie und hatte sich immer um seine Geschwister gekümmert, vor allem um einen Bruder, der leicht geistig behindert war.

»Ich hab einfach mit ihm geredet wie mit allen anderen auch«, erzählte Burl, »und die anderen Kinder wussten alle, dass sie's mit mir zu tun bekamen, wenn sie sich über ihn lustig machten.«

»Was ist denn aus ihm geworden?«, fragte ich.

»Ist vor zwanzig Jahren gestorben – bekam zu allem Überfluss auch noch Leukämie. Doc McGavock hat sich besonders für seinen Fall interessiert. So haben ich und sie – Entschuldigung, sie und ich«, er nickte feierlich, »uns kennengelernt.«

Er nickte mir wieder zu, als gäbe es nun nichts weiter zu erzählen, und schlürfte weiter seinen Kaffee.

Von diesem Tag an spielten sich unsere Abende meist ähnlich ab. Max kochte, während Burl sich zu Mom setzte. Manchmal redete er mit ihr; manchmal nicht. Auch die Pflegerin blieb oft bis zum Abendessen, obwohl sie eigentlich ab drei Uhr frei hatte. Dr. McDonald hatte sie uns selbst empfohlen – er hatte sie, wie er mir erzählte, sogar aus dem Vorruhestand geholt, weil für Dr. McGavock das Beste gerade gut genug war.

Diese Pflegerin trug ein Kreuz um den Hals, neigte kurz den Kopf vor dem Essen und verbreitete eine Aura von Unbeschwertheit, die ganz offensichtlich nicht von Kristallen und Weihrauchstäbchen herrührte. Von der ersten Stunde an, als sie einfach nur Mom beobachtet und mir einige Fragen gestellt hatte, empfand ich keinerlei Bedürfnis, sie Freda zu nennen. Wir nannten sie Laura, weil – na ja, weil das eben ihr Name war.

An den Sonntagabenden stieß auch Tabitha zu uns. Sie kam vor allem, um Klavier zu üben und sich von Max auf die Aufnahmeprüfung am Konservatorium vorbereiten zu lassen. Wenn schönes Wetter war, setzten wir uns danach noch auf die Veranda und verzehrten gemeinsam eine Tüte Chips, wobei Mom oft daneben saß und ihre Hand in regelmäßigen Abständen in die Tüte steckte.

Ich arbeitete tagsüber an meiner Doktorarbeit, während Laura sich um Mom kümmerte. Einmal am Tag fuhr ich zur Fakultät hinüber, um nach dem Rechten zu sehen, und zweimal wöchentlich traf ich mich mit Nigel. Weil ich gerade nicht unterrichtete, musste ich auch keine Anwesenheitszeiten einhalten. Deshalb holte ich die meisten meiner Sachen aus dem Büro nach Hause. Jacoboni sah mir dabei zu.

»Du bist einfach ein besserer Mensch als ich«, sagte er, als ich an einem Mittag vorbeikam, um die letzte Kiste zu holen.

»Das ist ja wohl nichts Neues, Jacoboni«, sagte ich trocken. »Mann, jetzt kriegst du bald deinen Doktortitel. Ein bisschen originellere Gedanken solltest du schon entwickeln.«

»Ich liebe meinen Großvater wirklich, aber ich würde nie das hier alles hinter mir lassen – noch dazu so kurz vor Schluss –, um mich um ihn zu kümmern.«

»Erstens«, korrigierte ich, »liebst du nicht deinen Großvater, sondern sein Geld. Zweitens lasse ich ja nicht alles hinter mir. Ich habe eine Verlängerung für meine Dissertation erhalten und werde dann entweder im August oder Dezember fertig werden, je nachdem.«

»Aber dein Stipendium läuft doch aus, oder?«

»Ja, im Mai, aber ich brauche es nicht. Ich habe meine Wohnung im Doktorandenwohnheim gekündigt und habe genug zum Leben, bis ich hier fertig bin und mir eine Stelle suchen kann. Aber so weit im Voraus kann ich noch gar nicht planen. Im Moment kann ich nur einen Tag nach dem anderen leben.«

»Moment mal! Geh nicht weg. Halt sofort an!« Jacoboni war ganz rot im Gesicht vor Aufregung. »Habe ich dich gerade sagen hören, dass du von Tag zu Tag lebst?«

»So was in der Art.«

»Aha. Zeig mal deinen Ausweis.«

»Was?«

»Du kannst unmöglich Jill McGavock sein. Die Jill McGavock, die ich kenne, lebt *nicht* in den Tag hinein.«

Ich konnte mir ein Lächeln nicht verkneifen. »Du magst mich auf deine eigene, kaputte Art ja mögen – aber *kennen* tust du mich noch lange nicht.«

Ich hob die Kiste an die Hüfte und machte mich auf zur Tür.

»Na ja, dann lass mich das wenigstens für dich tragen«, sagte er.

Er streckte den Arm aus, um die Kiste entgegenzunehmen. Ich schob sie ihm zu, ließ aber nicht sofort los, sodass wir beide dort standen. Unsere Hände berührten sich unter der Kiste und unsere Gesichter waren nur wenige Zentimeter voneinander entfernt.

»Du kannst wirklich regelrecht charmant sein, Alan«, sagte ich. »Ich hoffe, ich war nicht allzu unerträglich.«

Wenn er überrascht war, überspielte er es jedenfalls gut. Was er nicht so gut überspielte, war der plötzliche Drang, die Kiste fallen zu lassen und mich fest und viel zu lange in den Arm zu nehmen. Aber immerhin kannte er mich gut genug, es gar nicht erst zu versuchen.

Ich drückte ihm die Hand und sagte: »Danke, dass du mich ertragen hast. Es ist bestimmt nicht immer einfach gewesen, sich mit mir ein Büro zu teilen.«

»Was nicht immer einfach war, war, die Finger von dir zu lassen, Sweetheart«, sagte er.

Ich ließ seine Abschiedsworte einfach in der Luft hängen und zog mit meiner Kiste ab. *Den überlasse ich besser dir*, sagte ich zur Flurdecke. *Mit dem bin ich hoffnungslos überfordert.*

Es gab natürlich trotzdem in allen möglichen Bereichen Schwierigkeiten. Der eine Bereich, in dem es in der Tat nichts als Schwierigkeiten für mich gab, war die Sache mit Sam, was ich einigermaßen paradox fand. Mein Leben war erst wieder einigermaßen in Ordnung gekommen, weil ich so viele Antworten von Gott bekam. Und ausgerechnet die Person, die mich nach diesen Antworten erst hatte suchen lassen, war aus meinem Leben verschwunden.

An dem Abend, nachdem wir meine Mutter im Labor aufgestöbert hatten, war er verwirrt und enttäuscht aus dem Pflegezentrum weggegangen. Ich sah ihn erst am letzten Tag vor den Frühjahrsferien wieder. Er schaute bei uns vorbei, als Burl und ich im Tulpenbeet Unkraut zupften – was bedeutete, dass ich eine schmuddelige alte Leggings trug und mein Haar mit irgendeinem Gummiband hochgebunden hatte, sodass es nach allen Seiten abstand wie ein Hahnenkamm. Ich sah vermutlich so gepflegt und zuversichtlich aus, wie ich es mir nur wünschen konnte.

Sam stand mit den Händen in den Taschen lässig da und schien sich in seiner Haut so wohlzufühlen wie am ersten Tag, als ich ihn getroffen hatte. Seit unserem letzten Gespräch waren zugegebenermaßen schon fünf Wochen vergangen, aber ich hätte mich doch gefreut, wenn er wenigstens den Anstand gehabt hätte, ein bisschen zerknirscht auszusehen. Ich merkte, wie sich die Mauern in mir, die ich in den letzten Monaten nach und nach eingerissen hatte, wieder im Zeitraffer aufbauten. Ich zwang mich, die Stopptaste zu drücken, bevor sie zu hoch wurden. Ich hatte Sam schon verloren, was schlimm genug war. Ich musste mich nicht auch noch verlieren.

»Wie geht's denn so?«, fragte ich.

»Hast du mal einen Moment Zeit?«, fragte er und warf einen Blick auf Burl.

»Klar, aber drinnen ist es ein bisschen eng. Wir könnten uns hinten an den Fischteich setzen, da ist es um diese Uhrzeit immer schön.«

»Fischteich? Ich dachte, aus dem hättet ihr das Wasser abgelassen.«

»Burl hat ihn wieder aufgefüllt. Wir sind genug Leute, um darauf zu achten, dass Mom nicht wieder schwimmen geht.«

Hinter dem Haus bot ich ihm einen Liegestuhl an und setzte mich selbst auch auf einen. Ich sah zu, wie er seinen langen, sehnigen Körper in den Stuhl faltete, und merkte, wie sich ein inzwischen altvertrauter Schmerz in mir breitmachte. Die langen Beine, die olivfarbene Haut, die dunklen Locken – all das machte mich nun regelrecht fertig. Hoffentlich grinste er wenigstens nicht. Ein klitzekleines Augenzwinkern und *ich* würde im Fischteich schwimmen gehen.

»Und?«, fragte ich. »Worum geht's?«

Sam antwortete nicht, als erwartete er, dass ich mehr sagen würde. Als ich das nicht tat, legte er den Kopf schief und sah mich an.

»Du siehst gut aus«, stellte er fest.

»Sicher«, sagte ich. »Gartendreck steht mir gut, meinst du nicht?«

»Dir steht alles gut«, sagte er. »Weil du einfach schön bist.«

»Sam, es ist erst einen Monat her, seit wir uns nicht mehr sehen. Hast du erwartet, dass ich in dieser Zeit total abbaue?« Ich hob beschwichtigend die Hand. »War nicht so gemeint. Danke für das Kompliment. Aber bevor wir hier weiterreden und von einem Fettnäpfchen ins nächste treten – sag mir doch einfach, warum du hergekommen bist. Ich reiß dir schon nicht den Kopf ab.«

»Das merk ich schon«, sagte er. »Es geht dir wirklich gut, nicht wahr?«

»Sam …«, sagte ich nur.

Er kratzte sich am Kopf. »Ich wollte mich entschuldigen.«

»Dazu gibt es keinen Grund. Wir haben über alles geredet. Es gab keine andere Möglichkeit. Das war's.«

»Nein. Ich muss das einfach loswerden. Du hattest recht.«

Ich hielt den Atem an, als könnte ich damit auch die Hoffnung anhalten, die sich hartnäckig Zutritt zu meinem Bewusstsein schaffen wollte. Ich nickte vorsichtig.

»Ich hätte dir erzählen müssen, dass ich mir ganz fest vorgenommen habe, nie eine Frau zu heiraten, die meinen Glauben nicht teilt. Ich habe zuerst so viel Zeit mit dir verbracht, weil ich dir wirklich helfen wollte. Ich habe mir selbst viel zu lange etwas vorgemacht – mir immer eingeredet, dass ich nicht in dich verliebt bin. Und als ich dann merkte, dass ich dich wirklich liebe, erwartete ich eigentlich jeden Moment, dass du zum Glauben kommst. Na ja, jedenfalls habe ich mir die ganze Zeit selbst eingeredet, dass es eigentlich keinen Grund gab, dir davon zu erzählen. Tut mir leid.«

Es war ihm anzusehen, dass er wirklich zerknirscht war. Ich hoffte bloß, dass mir meinerseits nicht anzusehen war, dass ich unglaublich enttäuscht war.

Ich erzählte ihm nicht, dass ich inzwischen nicht mehr mit der Zimmerdecke sprach, sondern mit einer klareren Vorstellung von Gott. Dass ich regelmäßig betete. Dass ich die *Pensées* durchgearbeitet hatte und inzwischen die Bibel las. Dass ich mit Nigel bei unseren wöchentlichen Treffen so diskutierte wie vorher mit

Sam und dass es dabei um den Christus ging, den er mir immer nahezubringen versucht hatte. Dass Tabitha und ich zusammen beteten – was so ablief, dass Tabitha all ihre Gedanken so ungeordnet vor dem Herrn ausbreitete, wie nur sie es konnte, und ich in heiliger Faszination zuhörte. Dass ich auf der Suche nach einer Gemeinde war. Und dass ich Mom über all das auf dem Laufenden hielt.

Wenn ich ihm das alles erzählt hätte, hätte er vielleicht noch einmal umgedreht und mich in den Arm genommen, anstatt zu seinem Auto zurückzugehen und sich in Richtung Illinois aufzumachen, wo er sich während der Frühjahrsferien schon nach einer Wohnung umsehen wollte. Aber ich sagte nichts, denn er hatte mich nicht danach gefragt. Weil er ganz offensichtlich davon ausging, dass ich ohne ihn im Glauben nicht weiterkam.

Und ich hatte meinen eigenen festen Vorsatz gefasst: Ich würde nie einen Mann heiraten, der meine Seele nicht kannte.

Mein Leben blieb zwar weiter in einer gewissen Schräglage, aber so langsam stellte sich eine gewisse Routine ein. Anfang Mai hatte ich wieder Zeit für mich, die Luft war wunderschön warm und klar und mein Körper begann sich nach der Schleife zurückzusehnen.

Ich war nicht mehr dort gewesen, seit Sam und ich das letzte Mal zusammen gelaufen waren. Ich kam ganz gut zurecht, wobei ich es mir inzwischen auch gestattete, gelegentlich traurig ins Kissen zu weinen oder das entsprechende Kissen wütend durch den Raum zu schleudern. Aber »unsere« Restaurants und Treffpunkte, wie das *Rose and Crown* oder das *Antonio's*, mied ich auch weiterhin. Ich hatte Sam seit jenem Gespräch im Garten, an dem Tag kurz vor den Frühjahrsferien, nicht mehr gesehen und legte auch keinen gesteigerten Weg darauf, ihm über den Weg zu laufen. Ich war mir einfach nicht sicher, ob ich den Schmerz verkraften würde, der meinen Brustkorb dann noch mehr zusammenziehen würde, als er es so schon tat. Egal, wie enttäuscht ich von ihm war, und egal, wie sehr ich inzwischen innerlich weitergekommen war – der Schmerz, dass er nicht da war, verließ mich einfach nicht. Mir war bewusst, dass dieser Schmerz weit aufrichtiger war als die kalte Empfindungslosigkeit, die bis vor einem halben Jahr mein Gefühlsleben ausgemacht hatte, und so versuchte ich nicht, ihn zu bekämpfen. Aber was würde wohl passieren, wenn ich Sam sah und er grinste oder wenn er mir die Hand in den Nacken legte und mich zu sich heranzog ...?

Als der letzte Tag des Semesters gekommen war, überlegte ich, dass ich nun vermutlich nichts mehr zu befürchten hatte. Tabitha hatte mir, bevor sie zu ihren Eltern heimgefahren war, erzählt, dass Sam die Stadt verlassen wollte, sobald er sein Büro geräumt hatte. Also kramte ich an einem Abend, als die Sonne langsam unterzugehen begann, meine Turnschuhe wieder hervor, ließ Mom mit Max und Burl auf der Veranda zurück und machte mich auf in Richtung Schleife.

Die gleiche Security-Mitarbeiterin wie im Herbst und Winter war immer noch auf ihrem Posten. Wenn sie mich überhaupt wiedererkannte, so ließ sie es sich jedenfalls nicht anmerken. Mir kam der Gedanke, dass sie sich bestimmt gerne einmal mit Sam verabredet hätte, nachdem wir nicht mehr zusammen gelaufen waren. In meinen sarkastischen Zeiten hätte ich den Gedanken komisch gefunden.

Der erste Hügel brachte mich nach so vielen Monaten ohne Training völlig aus der Puste und ich musste langsam weitergehen, als ich oben angekommen war. Ich dehnte mich ein bisschen, um das Seitenstechen schneller loszuwerden, als mir ein kleiner Pfad in die Augen fiel, der sich verführerisch hinter dem Zaun vom Hauptweg wegschlängelte.

Ich richtete mich auf und betrachtete ihn eine Weile. Hier, als ich mit Sam zum Jill-Baum gegangen war, hatte wirklich etwas ganz Neues für mich begonnen. Es würde mir bestimmt wehtun, jetzt dort hinzugehen – aber noch trauriger wäre es, das nicht zu tun. Ich war seit damals so viel weitergekommen und es würde bestimmt spannend sein, so als veränderter Mensch auf meinem Baum zu sitzen.

Ich blickte nicht einmal zurück, ob die Security-Lady mich sehen konnte. Ich sprang einfach über den Zaun und joggte locker auf den Baum zu.

Er sah noch verwachsener und knorriger aus, als ich ihn in Erinnerung hatte, und er tat mir fast leid. Ich schwang mich auf seinen langen horizontalen Stamm und tätschelte ihm die Rinde.

»Wie geht's dir denn so?«, fragte ich ihn. »Ich bin ganz schön durchgeknallt, was? Jetzt rede ich schon mit einem Baum.«

Es ist kein bisschen durchgeknallter, als deine Mutter aus einem ausgesprochen ordentlichen Pflegeheim zu nehmen und zu Hause Krankenschwester zu spielen, dachte ich dann. *Kein bisschen grotesker als diese bunte Zusammenstellung von Menschen, die bei dir zu Hause alles am Laufen halten. Und kein bisschen verrückter, als mit Gott zu reden.*

Ich sah zum Himmel hoch. Die Sonne ging gerade hinter den Hügeln unter und tauchte dabei alles in ein warmes, goldenes Licht. Und so verrückt war das eigentlich doch nicht, überlegte ich. Ich tat es einfach und es funktionierte. Vielleicht wurden die Dinge nicht verändert, von denen ich mir wünschte, dass Gott sie verändern würde – aber *ich* wurde verändert und das war ja auch etwas.

Ich verlagerte mein Gewicht ein bisschen und versuchte, es mir gemütlicher zu machen, aber es funktionierte nicht so recht. Ich hatte den Eindruck, dass ich nicht mehr hierher passte.

Ich glitt vom Baumstamm hinunter, klopfte mir den Dreck von den Shorts und joggte wieder zum Hauptpfad zurück. Es war niemand zu sehen. Als ich den nächsten kleineren Hügel hinauflief, erinnerte ich mich daran, wie viel mir die Stille auf der Schleife immer bedeutet hatte. Niemand, der mit mir reden wollte. Niemand, dem man irgendetwas beweisen musste. Und dann hatte es diese Zeiten gegeben, in denen ich das Alleinsein einfach nicht ertragen hatte – und jedes Mal Sam anrief, der die Dinge dann wieder ins Lot brachte.

Ich drückte mir eine Hand ans Herz. *Okay, Gott,* dachte ich, *ich glaube, ich habe so ziemlich alles gelernt, was es aus diesem Schmerz zu lernen gab. Könnten wir bitte zur nächsten Lektion übergehen?*

Ich hörte ein Rascheln direkt vor mir und mein Herz setzte einen Moment lang aus.

Es war nur ein großer Eichelhäher. Er machte sich an einigen Sonnenblumenkernen zu schaffen, die irgendjemandem heruntergefallen sein mussten, aber ich wusste, warum er mich so erschreckt hatte. An dieser Stelle hatte ich Sam aus dem verbotenen Gebiet kommen sehen, noch bevor ich ihn wirklich gekannt hatte. Ich blieb stehen und sah über den Zaun. Auch dort gab es einen Pfad – ähnlich wie den, der zu meinem Baum führte –, der sich auch über einen kleinen Hügel schlängelte. Dahinter konnte ich einige weit ausladende Äste sehen, die sich im Wind hin und her wiegten und mich zu sich zu winken schienen.

Ich sprang über den Zaun und lief auf den Hügel. Vor mir stand ein Baum wie aus einem Bilderbuch. Er stand fest im Boden verwurzelt und hatte einen breiten Stamm. Die größeren Äste, die gerade und in regelmäßigen Abständen von ihm abgingen, verliehen ihm das Aussehen eines überdimensionierten Kronleuchters. Aber die kleineren Zweige bogen sich vergnügt, wie es ihnen in den Sinn kam; sie schienen an allen möglichen Stellen aus den größeren Ästen zu wachsen und schlängelten sich fröhlich himmelwärts. Zu Gott hin.

Der Baum erinnerte mich so an Sam, dass ich laut loslachte.

»Dir fehlt nur noch so ein breites Grinsen«, sagte ich zu dem Baum.

Natürlich musste ich hochklettern. Ich war in meinem Leben nicht auf besonders viele Bäume geklettert; so etwas rangierte in Moms Notaufnahme-Erinnerungen gleich hinter Straßenbahnfahrten mit offener Tür und war folglich verboten. Aber immerhin kam ich hoch genug, um die Stanforder Schleife im Licht der untergehenden Sonne betrachten zu können.

»Eine *Nacht des Feuers*«, sagte ich zum Baum. »Da wäre Pascal senior sicher ganz in seinem Element gewesen.«

Ich setzte mich rittlings auf einen starken Ast und schaute in die herrlich verdrehten Zweige hinauf, die über mir zu tanzen schienen. Vielleicht war ich ja hier auch in meinem Element. Ich hatte jedenfalls nicht mehr so viel Frieden empfunden seit ... überhaupt jemals. Obwohl ich Sam verloren hatte, obwohl Moms Krankheit noch viele Schwierigkeiten erwarten ließ, obwohl alle meine Pläne für die Zukunft in der Luft hingen, war ich innerlich ganz ruhig. Und ich wusste auch warum.

Tja, Pascal, dachte ich. *Ich muss nicht mehr warten, bis die Münze zum Liegen kommt. Ich habe auf Kopf gesetzt und so gelebt, als gäbe es Gott. Und ich weiß schon, dass ich die Wette gewinne.*

Ich wusste es, weil ich zu lieben begonnen hatte, weil ich liebte und immer weiterlieben würde – Gott, mich selbst und die verrückte Kollektion von Menschen, mit denen ich täglich zu tun hatte. Und wenn man bedenkt, wie kalt, starr, hyperrational und verängstigt ich vorher gewesen war, konnte das eigentlich nur von der Quelle aller Liebe herrühren. Es konnte nur von Gott kommen.

Die Sonne schickte ihre letzten Strahlen über die Hügel und ließ einen brennenden Rand über den Schatten der Schleife zurück. »Das wird wohl *meine* Nacht des Feuers sein«, flüsterte ich.

Das Feuer, das ich in diesem Moment in mir erlebte, war überwältigend, unmittelbar und traf mich im Kern – so ähnlich musste Pascal es empfunden haben. Merkwürdigerweise empfand ich gleichzeitig eine tiefe Traurigkeit. Ich hatte die Liebe kennengelernt mit all ihren Triumphen und Abgründen, aber es war nicht Liebe gewesen, die mein letztes Gespräch mit Sam bestimmt hatte. Ich war nur zu stolz gewesen zuzugeben, dass ich den Christus, den er mir immer hatte nahebringen wollen, inzwischen selbst kennengelernt hatte. Es war ein Überbleibsel meines alten Selbsthasses gewesen.

Es war inzwischen fast völlig dunkel, aber ich konnte nicht gehen, ohne das hinter mir zu lassen. Ich konnte den Gedanken nicht ertragen, dass es auf Dauer zwischen mir und der Liebe stehen würde.

Ich lehnte den Rücken gegen einen Ast und schloss die Augen. In diesem Moment hörte ich Schritte auf dem Hauptweg – bestimmt die Frau von der Security, die mir nachgestiefelt war, um mir eine Strafpredigt zu halten. Ich drückte mich noch fester an den Baum und wollte warten, bis die Schritte vorübergegangen waren. Aber sie kamen näher. Auf dem unbefestigten Weg, den sie offensichtlich nun betreten hatten, klangen sie gedämpfter.

Und dann hörte ich eine Stimme.

»Hallo, du.«

Ich öffnete die Augen. »Sam?«

Ich sah nach unten. Im Dunkeln konnte ich zwar kaum etwas sehen, aber die sehnige, lange Gestalt, die da unten am Baum lehnte, hätte ich überall wiedererkannt.

»Geht's dir gut?«, fragte er.

»Ja. Dir auch?«

»Ja. Ich war bei dir zu Hause. Max hat gesagt, du würdest hier eine Runde laufen.«

»Ich dachte, du wärst schon weg. Ich dachte, du wolltest nach Illinois.«

Die ganze Situation war grotesk – da trafen wir uns nun wieder und unterhielten uns wie flüchtige Bekannte, wobei ich vom Baum aus auf ihn herunterschaute und er von unten zu mir hochblickte. Und wir taten beide so, als hätten wir nie etwas anderes füreinander empfunden als ein bisschen Freundschaft.

Wahrscheinlich sollte ich runterklettern, überlegte ich.

»Ich komme hoch«, kam in diesem Moment Sams Stimme.

Er hatte offensichtlich mehr Übung als ich, denn er saß schon neben mir, bevor mir überhaupt zum Bewusstsein kam, dass meine Hände zitterten. Und Zeit, sie wieder zu beruhigen, blieb mir schon gar nicht. Als er sich neben mich auf den Ast schwang, merkte ich, dass er etwas angespannt aussah und dass seine Augen hinter den Brillengläsern wieder diesen intensiven Ausdruck angenommen hatten, den ich ganz zu Anfang unserer Bekanntschaft bei ihm bemerkt hatte. Er verzichtete auf weitere Höflichkeitsfloskeln.

»Jill, warum hast du mir nicht erzählt, dass du zum Glauben gekommen bist? Ich möchte nur zu gerne wissen, warum. Wenn du gemerkt hast, dass du mich eigentlich doch nicht liebst, und es so einfacher fandest, verkrafte ich das schon. Aber ich muss es einfach wissen.«

Ich schüttelte den Kopf. »Nein, das ist es nicht.«

»Was denn dann?«

Meine Antwort kam ohne jedes Zögern. »Weil du mich nicht gefragt hast. Weil du ganz offensichtlich davon ausgingst, dass ich ohne dich nicht weiterkommen würde. Weil ich stur, stolz und egoistisch bin. Und weil ich mich elend fühle.«

Sam öffnete den Mund.

»Ich bin noch nicht fertig«, warnte ich.

Also schloss er ihn wieder.

»Aber wie Pascal das so nett ausdrückt – kennst du eigentlich Pascal?«

Er nickte.

»Wie Pascal das in etwa ausdrückt, mag ich ja der absolute Abschaum sein, aber meine Seele kann das Richtige tun, weil sie von Gott kommt. Kennst du eigentlich Gott?«

Er nickte wieder.

»Ich auch.« Ich hörte auf zu dozieren. »Ich hätte dir sagen sollen, was ich erlebt habe. Nach allem, was du für mich getan hattest, war das ja wohl das Mindeste.«

Sam betrachtete mich eingehend und seine Augen glänzten auch im Dunkeln.

»Danke fürs Zuhören«, sagte ich. »Jetzt bin ich fertig.«

»Ganz sicher?«

»Ja. Nur frage ich mich, warum du mich jetzt suchst. Wie hast du es denn erfahren?«

Er lehnte sich zu mir herüber. »Meine Männergruppe hat ein

Abschiedsfrühstück für mich veranstaltet. Ich saß neben Nigel Frost und hab's mir einfach nicht verkneifen können. Ich habe ihn gefragt, ob Jill McGavock inzwischen mit ihrer Dissertation fertig ist. Er hat mich angeguckt, als wäre mir ein zweiter Kopf aus dem Hals gewachsen, und ganz erstaunt gefragt: ›Was, du kennst Jill?‹ Ich hab das zugegeben und da meinte er: ›Ich bin überrascht, dass sie die Fragen, die sie bei mir angesprochen hat, nicht bei dir losgeworden ist. Ihr würdet eigentlich ein gutes Team abgegeben haben. Sie ist dir so ähnlich – sie glaubt und sie denkt.‹« Sam sah mich ernst an. »Das hätte ich nicht von Nigel erfahren sollen. Ich hätte dich fragen müssen. Nein – ich hätte es dir eigentlich ansehen müssen, als wir uns das letzte Mal gesehen haben.« Ich hörte ihn seufzen. »Es tut mir wirklich leid, Jill.«

Ich nickte.

»Das ist alles?«, wunderte er sich. »Willst du mich nicht ausschimpfen, wie arrogant ich bin?«

»Nein, ich glaube, du fühlst dich auch schon so elend genug«, sagte ich.

Auf seinen Lippen zuckte ein Grinsen. Er wusste es, bevor ich es sagte, bevor ich nickte, bevor ich näher an ihn heranrückte und darauf wartete, dass er mir die Hand in den Nacken legte und mich an sich zog – er wusste, dass ich ihn liebte.

»Es tut mir so leid, Jill«, murmelte er. »Gibst du mir noch eine Chance?«

»Ich kann jetzt nicht hier weg und nach Illinois ziehen«, stellte ich fest. »Jedenfalls nicht sofort.«

»Ich weiß.«

»Und ich kann dir nicht einmal sagen, wie lange es dauern wird, bis ich hier wegkann.«

»Auch das weiß ich.«

»Aber ich liebe dich, Sam.«

Und dann zog er mich wirklich an sich, die Hand in meinen Nacken gelegt, und küsste mich, bis ich keine Luft mehr bekam.

»Zahlt Pascal uns jetzt den Wettgewinn aus?«, flüsterte ich.

»Nein«, sagte Sam. »Das macht Gott schon selbst.«

Anmerkungen

Die *Pensées* des Blaise Pascal liegen in verschiedenen Übertragungen, Zusammenstellungen und Übersetzungen vor. Deshalb ist es zum Teil schwierig, die Zitate genau nachzuvollziehen.

Die in diesem Buch wiedergegebenen Zitate richten sich nach der Ausgabe, die im Reclam-Verlag erschienen ist: Blaise Pascal, *Gedanken über die Religion und einige andere Themen,* Reclams Universal-Bibliothek Nr. 14227 (aus dem Französischen übersetzt von Ulrich Kunzmann, herausgegeben von Jean-Robert Armogathe. Durchgesehene und aktualisierte Ausgabe von 2021).

Die dem Roman vorangestellte berühmte »Wette des Blaise Pascal« wird hier in einer freien Übertragung wiedergegeben. In der oben erwähnten Ausgabe der *Gedanken* findet sich diese Wette im Abschnitt 418/233 ab Seite 189.

Zitat in Kapitel 11: »Gott ist verborgen …«: ebd., S. 517, Abschnitt XV.

Zitat in Kapitel 11: »Das Herz und nicht die Vernunft nimmt Gott wahr«: ebd., S. 198, Abschnitt 424/278.

Zitat in Kapitel 11: »Nichts ist so sehr der Vernunft gemäß …«: ebd., S. 93f., Abschnitt 182/272 und Abschnitt 188/254.

Zitat in Kapitel 14: »Die Größe des Menschen zeigt sich darin groß …«: ebd., S. 52, Abschnitt 114/397.

Zitat in Kapitel 17: »Vollkommene Unterwerfung unter Jesus Christus …«: ebd., S. 442f., Abschnitt »Das Gedenkblatt (Mémorial)«.

Zitat in Kapitel 20: »Der Mensch soll sich lieben …«: ebd., S. 53, Abschnitt 119/423.